Zoe S. Rosary

Wintertee & Feenstaub

Über die Autorin

Zoe S. Rosary, geboren 1980 in Lutherstadt Wittenberg, hat Biologie und Theologie studiert. Nach ihrem
abgeschlossenen Studium in Greifswald arbeitete sie in
Berlin als Biologin. 2012 zog sie zusammen mit ihrem
Mann und ihren drei Kindern zurück nach Wittenberg
und entdeckte dort ihre Leidenschaft fürs Schreiben.

Inhalt

Kurz vor Weihnachten geht es in Caylins kleinem
Teeladen immer sehr turbulent zu. Ausgerechnet in dieser Zeit stirbt ihr Vermieter und dessen Sohn kündigt
den Mietvertrag. Caylins Laden steht vor dem Aus,
denn ein Umzug kommt nicht infrage. Eine uralte Feenmagie durchfließt die Räumlichkeiten, die ihren Tee einzigartig macht - Caylins großes Geheimnis.

Als plötzlich Marc, ein Londoner Immobilienhändler,
in ihrem Geschäft steht und nicht nur eine Teezeremonie
gewinnt, sondern auch ihre Gefühle durcheinander-
bringt, nimmt das Chaos seinen Lauf.

Kann Caylin ihren Laden retten?

WINTERTEE & FEENSTAUB

Zoe S. Rosary

Bibliografische Information der Deutschen Nationalbibliothek:
Die Deutsche Nationalbibliothek verzeichnet diese Publikation in
der Deutschen Nationalbibliografie; detaillierte bibliografische Daten sind im Internet über http://dnb.dnb.de abrufbar.

ISBN: 978-3-8370-7384-3
Verlag: BoD · Books on Demand GmbH, In de Tarpen 42, 22848 Norderstedt
Druck: Libri Plureos GmbH, Friedensallee 273, 22763 Hamburg

Impressum
K. Blossey, Hans-Sachs-Straße 1, 06886 Lutherstadt Wittenberg

Lektorat
Serena Avanlea | www.herzensbuecher-schreiben.de

Korrektorat
Petra Schütze

Text
Zoe S. Rosary | www.zoe-rosary.com

Buchcoverdesign
Giessel Design | www.giessel-design.de
Bilder unter Lizensierung von Shutterstock.com

Layout und Satz
Christian Blossey | www.mcblossey.com
Intarsien mit Canva Pro erstellt

INHALT

PROLOG

CAYLIN
23 Jahre zuvor

»… zwei, drei, vier …«

Ich hielt mir eine Hand vor den Mund. Nicht kichern. Denn das konnte ich nicht leise. Nur laut. Ich musste aber leise sein, damit Simon mich nicht finden würde. Ich hockte im besten Versteck überhaupt. Triumphierende Freude machte sich schon in mir breit.

»… sechs, sieben, acht …«

Neben mir zischte es. Ich teilte mir das Versteck mit Brad, dem Nachbarsjungen. Leider! Obwohl ich es gestern zuerst entdeckt hatte.

»Linny, deinen Rock sieht man noch auf dem Weg.« Brad deutete auf den Boden.

Ich hatte heute extra den Rock mit den Blumen angezogen. Der war mein Lieblingsrock. Auch wenn Mummy nicht mehr alle Flecken rausbekam.

»Rutsch mal!«

Ich drückte mit meinem ganzen Gewicht gegen ihn. Doch Brad bewegte sich nicht. Er trug einen dunklen Wollpulli mit einem Schaf darauf. Den mochte ich an ihm. Wegen dem Schaf.

»Dann guckt mein Hintern raus«, beschwerte er sich.

»… elf, zwölf, dreizehn …«, zählte Simon weiter.

»Das Versteck geht nicht für uns beide. Kannst du nicht woanders hingehen?«, schimpfte ich und versuchte dabei leise zu sein.

Ich wollte meinen Sieg nicht mit Brad teilen. Er sollte das nächste Mal zählen.

»Geh du doch woanders hin. Schließlich war ich zuerst hier«, maulte er und verschränkte die Arme vor seinem Oberkörper, sodass von dem Schaf auf seinem Pulli nur noch die Beine hervorlugten.

Ich verzog mein Gesicht und schnitt ihm eine Grimasse. Nur weil er zwei Jahre älter war als ich und schneller rennen konnte, sollte ich gehen? Das war unfair.

»Kannst du den Rock nicht enger um deine Beine wickeln?«

»Hmm.«

Dann sah man die Blümchen auf dem Rock nicht mehr so schön. Ich probierte es trotzdem. Schließlich wollte ich nicht entdeckt werden. Als ich mich erneut hinhockte, ruderte ich mit den Armen. Plumps! Ich fiel um. Direkt auf meinen Po, was Brad kichern ließ. Ich rappelte mich auf und stieß den Ellbogen in seine Hüfte.

»Das ist nicht witzig.«

»Doch, dein Gesicht.«

Ich streckte ihm die Zunge raus.

»Du bist eben noch klein«, flüsterte er.

Das war zu viel. Wie konnte er es wagen, mich als klein zu beschimpfen? Ich stampfte mit dem Fuß auf den Boden, sodass die dicke Sohle meines Schuhs ein schmatzendes Geräusch von sich gab und stemmte meine Arme in die Taille.

»Ich bin nicht klein. Ich bin schon fünf. Eine ganze Handvoll.« Demonstrativ streckte ich ihm meine ganze Hand vor das Gesicht.

»Huuu! Jetzt hab ich aber Angst«, spottete Brad.

»… neunzehn, zwanzig, einundzwanzig …«

Simon zählte bis dreißig. Wie lange das noch dauerte, wusste ich nicht. Aber bei Brad wollte ich jetzt nicht mehr bleiben. Missmutig drehte ich mich um und rannte weg, um mir ein neues Versteck zu suchen. Dreißig war schließlich eine große Zahl, also blieb mir noch etwas Zeit. Die zwei geflochtenen Zöpfe klopften im Rhythmus meiner Schritte auf den Rücken.

»Hey, bleib doch. Caylin!«, rief mir Brad halb flüsternd hinterher. »War nicht so gemeint.«

»Blöder Brad«, schimpfte ich leise vor mir her und hörte nicht auf ihn.

Eigentlich hatte ich nicht mit Brad und Simon spielen wollen. Lieber mit Fiona. Doch Fiona war krank. Da durfte ich gerade nicht hin. Da Daddy bei den Schafen war und Mummy einkaufen, hatte Daddy gesagt, ich solle doch mit Brad spielen. Daddy mochte Brad. Schon immer. Weil er etwas kräftiger war und ein Händchen für die Schafe hatte.

Ich fand einen Busch den Weg weiter rauf, hinter den ich mich hockte und wartete. Simon hörte ich nicht mehr

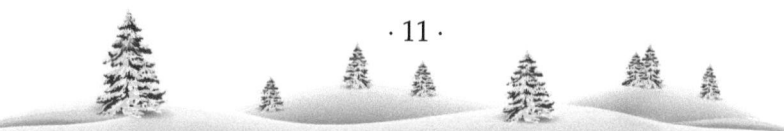

zählen. Doch ich konnte durch den Busch hindurchschauen. Kein gutes Versteck. Wenn ich das konnte,
konnte Simon es auch. Prompt drehte ich mich um und
suchte weiter. Hinter der Weggabelung bemerkte ich einen noch dichteren Busch. Der sah gut aus.

Ich stand auf und rannte so schnell es ging dahin. Der
Busch war perfekt. Ein wenig mulmig war mir jedoch
schon zumute. Eigentlich durften wir nicht hinter die
Weggabelung. Wegen dem Moor. Das verwitterte Holz-
schild ragte schief aus der Erde heraus. Auch wenn ich
noch nicht lesen konnte, wusste ich, was darauf stand:
Betreten verboten. Mummy hatte mal erzählt, dass schon
jemand im Moor versunken war. Voll gruselig. Vorsichtig sah ich mich um. Die Seggen waren hochgewachsen.
Wie Inseln ragten sie aus dem finsteren Wasser.

Ich lugte kurz um den Busch. Von Simon war noch
nichts zu sehen. Meine Füße tappten ungeduldig auf der
Stelle und gaben schmatzende Geräusche von sich. Eben
war doch noch kein Wasser unter meinen Füßen gewesen, oder? Aber ich musste jetzt hierbleiben. Sonst
würde ich Simon direkt in die Arme laufen. Dann hätte
Brad gewonnen. Aber ich wollte doch gewinnen.
Schließlich sollte Brad das nächste Mal zählen. Ich zählte
nämlich nicht so gern. Weil ich das noch nicht so gut
konnte.

Ungeduldig trippelte ich auf der Stelle. Mit dem Fin-
ger spielte ich mit meiner roten Locke, die sich aus den
Zöpfen gelöst hatte und mir ständig ins Gesicht fiel.
Mein Herz hämmerte ganz doll. Wo blieben die denn?
Ob die mich vergessen hatten? Nein, das konnte nicht

sein. Brad wusste doch, dass ich mich woanders versteckt hatte.

Noch einmal sah ich zum Moor. Nebelschwaden legten sich wie weiche Kissen über das schwarze Wasser. Mein Blick wanderte zum Himmel. Es zog sich zu. Die dicken Wolken verdeckten bereits die Hügel der Highlands am Horizont und strebten weiter dem Boden entgegen. Das war nicht gut. Mummy würde länger mit dem Auto wegbleiben. Bei Nebel fuhr sie nicht so schnell.

Ich wartete und drehte mich zu dem Moor hinter mir um. Die weichen Nebelschwaden streckten sich weiter aus. Manche bildeten bizarre Grimassen, von denen ich mich beobachtet fühlte.

»Es ist nur Nebel, Linny«, murmelte ich zu mir selbst und lugte wieder um den Busch auf der Suche nach Simon.

Doch weder er noch Brad kamen. Mein Versteck war vielleicht zu gut. Der Nebel wurde dichter. Etwas hinter mir knackte. Ich wirbelte herum. Kurz darauf sprang ein kleiner Hase hinter einer Segge hervor und verschwand in der nächsten Nebelwolke.

Feuchtigkeit drängte sich durch meine dicke Wollstrickjacke. Ich rieb mir über die Arme und beschloss, nach Hause zu gehen. Das Spiel machte keinen Spaß mehr. Brad hatte es versaut. Hoffentlich war Fiona morgen wieder gesund. Dann konnten wir Puppenkleider stricken.

Ich trat hinter dem Busch hervor, als ein dunkler Schatten neben mir auftauchte. Schreiend drehte ich mich um und rannte davon. Der Matsch spritzte unter meinen Schuhen über meinen Rock bis hoch zur Hüfte. Auweia! Hastig blickte ich immer wieder über die Schulter. Erst als ich den Schatten nicht mehr sah, blieb ich keuchend stehen.

Wo war ich?

Ich drehte mich mehrfach um die eigene Achse, konnte aber nichts erkennen. Nur weißer Nebel. Wo war die Weggabelung? Von dort aus kannte ich den Weg nach Hause. Ich schaute auf den Boden und bemerkte zu spät, dass meine Füße im schwarzen Matsch einsackten. Panisch begann ich zu strampeln. Doch die Schuhe hatten sich festgesaugt. Die Schnürsenkel lockerten sich, als ich zappelte. Ich schlüpfte heraus und rannte erneut los. Nur in meiner Strumpfhose. Ich wollte nicht im Moor versinken. Auf dem Boden suchte ich nach festen Stellen, auf die ich treten konnte.

Endlich fand ich einen Weg. Er führte bergauf. Das fühlte sich nicht richtig an. Ich müsste bergab. Aber da war dieser dunkle Schatten. Also rannte ich weiter. Immer dem Weg folgend, bis ich ganz oben war.

Keuchend hielt ich an und stemmte mich auf meine Knie ab, um besser Luft zu bekommen. Meine Strumpfhose hatte sich mit Wasser vollgesogen. Kalt klebte sie an meinen Beinen, während von den Blumen auf meinem Rock nicht mehr viel zu sehen war.

Langsam richtete ich mich auf. Dicke Wolken, die aussahen wie Zuckerwatte, verbargen das Tal mit meinem Dorf. In welcher Richtung lag es? Besser ich wartete, bis ich es sehen konnte. Der Nebel kitzelte auf der Haut in meinem Gesicht, während sich feine Wassertropfen in meinem Haar sammelten. Ich sollte mir einen Unterschlupf suchen, falls es noch regnen würde.

Ich schaute mich um und bemerkte die Steinplatten auf dem Boden, in denen ein Baum eingraviert war. Wunderschön sah das aus. Ich setzte mich an den Rand der Platten und fuhr mit dem Finger über den Baum im Stein.

Was, wenn ich den Weg nicht mehr nach Hause fand?

»Sei nicht albern, Linny. Sobald der Nebel weg ist, findest du den Weg«, sprach ich mir selbst Mut zu.

Ich wünschte, Fiona wäre hier. Oder Brad und Simon. Ich war nicht gern allein.

Auch abends im Bett schlief ich nicht. Granny sang mir dann immer ein Lied vor. Singen vertrieb die Angst, sagte Granny. Also begann ich Grannys Lied zu summen. Zuerst ganz leise. Dann immer lauter, als ich merkte, wie die Angst sich legte. Und plötzlich begann der Baum im Stein zu leuchten.

»Oh, wie schön!«, murmelte ich.

Blaues Licht strahlte aus dem Stein hervor und vertrieb den Nebel um mich herum. In dem Licht erschien eine Frau in einem weißen Kleid, was magisch funkelte. Sie war schöner als eine Prinzessin. Ihre Füße schwebten über dem Boden und ihre blonden Haare waren aufwendig geflochten. Sie lächelte mich an.

»Wer bist du?«, fragte ich.

»Ich bin die Wächterin des Nordtores. Du hast mich gerufen.« Ihre Stimme klang ganz weich.

Wirklich?

»Ich habe gesungen.«

»Das Lied der Feen.«

»Du bist eine Fee?«

Sie drehte sich um ihre eigene Achse und ich sah ihre Flügel auf dem Rücken. Sie glänzten in einem hellen Blau und sahen hauchzart aus. Wie dünne Glitzerfolie, mit der ich manchmal basteln durfte. Aber nur ganz selten, weil die so teuer war.

»Oh!«

»Hast du dich verlaufen?«, fragte die Wächterin.

Ich nickte. »Da war was Schwarzes im Moor. Ein Schatten. Und ich weiß nicht, wie ich nach Hause komme. Wegen dem vielen Nebel.«

Sie hob ihre Hand an den Mund und blies darüber. Blauer Glitzerstaub legte sich auf den Boden und folgte einen Weg hinab.

»Wenn du diesen Weg nimmst, kommst du nach Hause«, sagte sie mit einem freundlichen Lächeln.

Ich sprang auf die Füße und wollte zu ihr, um sie zu umarmen. Weil ich mich doch so freute. Sie streckte allerdings sofort ihre Arme aus und hielt mich davon ab.

»Betritt niemals diesen Baum!«, sagte sie streng und deutete mit einem Finger auf die Steine unter sich. »Versprichst du es mir?«

Ich schnappte nach Luft und nickte. Eben war sie noch so nett und jetzt so streng? Doch sie fand schnell ihr Lächeln wieder.

»Kannst du ein Geheimnis für dich behalten? Du darfst niemandem von mir oder dem Lied erzählen.«

Abermals nickte ich. Die Fee formte in ihren Händen einen Ring. Er war silbern und hatte ein wunderschönes Muster, was sich rundum wiederholte. Ich kannte diesen Ring.

»So einen hat meine Granny auch«, sagte ich sofort und mein Herz hüpfte vor Freude.

»Ich glaube, ich weiß, wer deine Granny ist. Trotzdem ist dieses Nordtor ein uraltes Geheimnis.«

Ich hob zwei Finger in die Luft und fühlte mich dabei unendlich groß. »Ich verspreche es. Großes Ehrenwort. Hoch und heilig.«

Die Fee lächelte und überreichte mir den Ring. Er passte wie angegossen an meinem Finger.

»Darf ich dich wieder besuchen kommen?«, fragte ich.

»Sehr gern. Aber nur allein. Und immer ohne Schuhe. So wie jetzt.«

»Kannst du mir dann etwas über deine Welt erzählen?«

»Was möchtest du denn wissen?«

»Wie hast du das mit dem blauen Glitzerstaub gemacht? Kannst du auch zaubern?«

Sie lachte. »Wenn du das nächste Mal wiederkommst, erzähl ich es dir. Es ist Feenmagie und gar nicht so schwer. Vielleicht kannst du es auch.«

KAPITEL 1

MARC

Mit einer fahrigen Geste fuhr ich mir durch mein Haar, da mich die Telefonkonferenz aufwühlte. Das durfte doch nicht wahr sein. Heute war der 14. Tag nach Vertragsabschluss und damit bereits Mitte November.

»Was meinen Sie damit, Sie treten von dem Vertrag zurück?«, fragte ich ungläubig den CEO der amerikanischen Immobiliengesellschaft, den ich auf meinem Laptop im Videocall verfolgen konnte, wobei ich innerlich bereits kochte.

In New York ging gerade die dunstverhangene Großstadtsonne auf, die sich in orangegoldenen Farben im Wolkenkratzer gegenüber spiegelte. Bei mir in London war bereits früher Nachmittag und das Essen vom Lunch machte sich durch dieses Meeting deutlich bemerkbar.

»Wir haben alles durchkalkuliert, aber die aktuelle Entwicklung und der jüngste Absturz des Aktienmarktes lässt den Kauf der Ladenzeile in London einfach nicht zu.«

Das war jetzt schon der dritte Großinvestor infolge, der von seinem Rücktrittsrecht Gebrauch machte.

»Liegt es am Preis? Was halten Sie davon, wenn ich Ihnen noch einmal entgegenkomme?«

Das hatte ich bei den Vertragsverhandlungen bereits zweimal getan. Doch lieber verkaufte ich mit einem Gewinn von nur fünf Prozent, als gar keinen Umsatz einzufahren. Was sollte ich meinen Mitarbeitern sagen? Und das auch noch so kurz vor Weihnachten. Sie hatten sich das ganze Jahr in die Arbeit gekniet und oft Überstunden geschoben. Mit dem Platzen des letzten Vertrags fiel bereits ihre Jahresendprämie. Doch mit dem Widerspruch von diesem Vertrag ging ich mit einem Minus in das nächste Jahr. Wenn ich nicht bald einen neuen Investor fand, musste ich im Januar die ersten Mitarbeiter entlassen.

Er lachte kurz auf und schüttelte den Kopf. »Meine Anwälte haben bereits ein Schreiben aufgesetzt, das Ihnen in diesem Moment per Mail zugeht. Sollte sich die wirtschaftliche Lage entspannen und die Banken wieder bessere Konditionen bieten, dann komme ich gern auf Sie zurück. Denn unser Vorhaben bleibt weiterhin bestehen, nach London zu expandieren.«

London war für viele der erste Schritt, um Fuß in Europa zu fassen. Ich stützte den Ellbogen auf meinen Schreibtisch, um dort meinen Kopf abzulegen. Was für eine Farce!

»Es tut mir wirklich leid, Marc. Ich wünsche Ihnen trotzdem schöne Feiertage.«

Ich nickte und beendete den Videocall. Mit Schwung klappte ich meinen Laptop zu, schlug mit der Faust auf den Schreibtisch und sank tiefer in den Stuhl. Die Chance, dass ich dieses Jahr noch die eine oder andere Immobilie verkauft bekam, war aussichtslos. Wer verschenkte schon den Schlüssel eines englischen Herrenhauses oder die Kaufurkunde eines ganzen Straßenzugs mit Gewerbeeinheiten zu Weihnachten? Das war der Tiefpunkt meiner Immobilienfirma seit ihrer Gründung.

Ich strich mir mit beiden Händen über das Gesicht. Diese Nachricht hatte gesessen und ich würde sie nicht so leicht verdauen. Frustriert erhob ich mich und steuerte die kleine Bar in meinem Büro an. Dabei öffnete ich die zwei obersten Knöpfe meines Hemdes, da sich mein Kragen plötzlich zu eng anfühlte, und schlug die Manschetten an den Armen zurück.

Die Bar befand sich neben den zwei Aktenschränken und dem 3D-Modell von London, was ich hatte anfertigen lassen. Der rauchige Geruch des schottischen Whiskeys entfaltete sich umgehend, als ich den geschliffenen Korken zog. Die bernsteinfarbene Flüssigkeit tanzte im Kristallglas, während ich zu den bodentiefen Fenstern ging. Mit einer Hand stützte ich mich am Rahmen ab und starrte hinunter auf das geschäftige Treiben der Stadt. Dunkelgraue Novemberwolken zogen über den Himmel und versprühten feine Regentropfen.

Die *South Realty Inc* hatte ich als StartUp schon während meines Wirtschaftsstudiums gegründet. Damals hatte ich ganz klein angefangen, als ich dem Vater eines

Kommilitonen half, sein Familiengrundstück gewinnbringend zu veräußern. Es hatte Spaß gemacht und irgendwie hatte ich ein Händchen sowohl für den Käufer als auch für den Verkäufer.

Mittlerweile hatten wir uns am Markt etabliert. Ich fand für den Verkäufer die richtigen Interessenten, vermittelte zu Banken, arbeitete mit Kommunen und Stadtverwaltungen zusammen, wenn diese ganze Land- und Straßenabstriche veräußern wollten. Ich schrieb die Objekte international aus und erstellte Nutzungskonzepte.

Doch noch nie hatten wir so miese Zahlen geschrieben. Inflation, Bankenkrise und Immobilienabsturz. Immer wieder dieselben Gründe wurden mir von den Investoren um die Ohren gehauen. Seitdem England aus der EU ausgestiegen war, ging es nur noch steil bergab. Etliche Immobilienfirmen hatten in den letzten Jahren Konkurs angemeldet. Bisher hatte die *South Realty Inc* davon profitiert. Doch nun kämpften selbst wir.

Wenn sich nicht bald etwas änderte, konnte ich meine Firma nächstes Jahr schließen. Es würde dem Bürgermeister Londons nicht gefallen, wenn ich ihm diese Nachricht überbringe. Nein, es durfte einfach nicht so weit kommen.

Niemals!

Der herbe Geschmack des Whiskeys auf meiner Zunge verstärkte das beklemmende Gefühl in mir. Das Klingeln meines Handys riss mich aus dem Gedankenstrudel. Mir war nicht nach einem Gespräch zumute, also ignorierte ich es, bis es nach einigen Malen von allein aufhörte.

Geht doch!

Hohl klopfte es an meiner Glastür. Ohne dass ich antwortete, öffnete sie sich selbstständig. Das Klappern von Geschirr war zu vernehmen.

»Marc, ich bring dir deinen Nachmittagstee.«

Langsam drehte ich mich um. »Danke, Mel. Sei so gut und trink du ihn für mich. Ich brauchte etwas Stärkeres und hab mich schon selbst bedient.«

Meine Assistenz blieb stehen, als sie das Whiskeyglas in meinen Händen entdeckte. Verwirrt sah sie mich an. Da ich ihren fragenden Augen ausweichen wollte, drehte ich mich zum Fenster zurück.

»Was ist passiert?«

Abermals vibrierte mein Handy auf dem Schreibtisch.

»Willst du nicht rangehen?«

»Nein! Du kannst Feierabend machen. Und sag den anderen Bescheid, dass sie heute ebenfalls eher gehen können.«

Ich würde ihnen keine Jahresendprämie zahlen können, aber wenigstens konnte ich ihnen freigeben, damit sie ihre Überstunden abbummeln konnten. Und Zeit brauchte schließlich jeder vor den Feiertagen.

»Du machst mir Angst. Wie war die Videokonferenz mit New York?«

Mein Handy hörte abermals auf. Doch das anschließende Piepen machte den Eingang einer Textmessage deutlich. Ich antwortete nicht auf Mels Frage. Wenn alle gegangen waren, würde ich eine Mitarbeiterinfo verfassen. Dann wussten es alle gleichzeitig. Morgen früh.

»Warte, wann war der Vertragsabschluss?«

Sie ging zu meinem Kalender an der Wand und ich vernahm das Rutschen ihres Fingernagels auf dem Papier. Dann stieß sie die Luft aus.

»Der 14. Tag!«, sagte sie atemlos. »Sie sind zurückgetreten?«

Ich klopfte ihr gedanklich auf die Schultern. Sie konnte schon immer gut kombinieren.

»Das darf doch nicht wahr sein«, murmelte sie entsetzt.

Kurz erfüllte Schweigen mein Büro.

»Ich weiß, du willst das nicht hören, aber was wäre, wenn wir uns doch in Richtung Facility Management etablieren. Ich könnte mich darin einarbei…«

»Nein!«, fuhr ich sie ungehalten an und wirbelte so schnell herum, dass der Whiskey im Glas gefährlich schwappte.

Als ich bemerkte, wie sie zusammenzuckte, seufzte ich auf. Ich fuhr meine Assistenz nie an. Normalerweise.

»Entschuldige bitte.«

»Marc, das könnte uns vorübergehend über Wasser halten.«

Ich wollte keine Immobilienverwaltung übernehmen. Damit hatte man nur Ärger am Hals. Obendrein fraß es jede Menge Zeit, die einem niemand bezahlte.

»Ich wünsch dir einen schönen Nachmittag. Sieh deiner Tochter beim Ballett zu. Sie freut sich bestimmt.«

Ihre Schultern sackten niedergeschlagen nach unten.

»Bis morgen. Tue mir bitte den Gefallen und sag mir rechtzeitig Bescheid, wenn ich mir einen neuen Job suchen muss. Du weißt, ich brauche den Job, seitdem …«

… ihr Ex sie und ihre Tochter allein gelassen und zuvor das gemeinsame Konto samt Ersparnissen geplündert hatte. Mel arbeitete schon lange für mich. Und die Tragödie ging weder spurlos an ihr noch an mir vorbei. Sie war kurzerhand aus ihrer Wohnung geflogen, weil sie die Miete nicht mehr zahlen konnte. Also hatte ich sie und ihre Tochter mit in mein Loft genommen, bis sie etwas Neues gefunden und ein paar Rücklagen aufgebaut hatte.

»Ich lass mir etwas einfallen. Versprochen«, unterbrach ich sie.

Ihr Gesicht verzog sich wehleidig. »Du lebst mehr in deinem Büro als in deinem Loft. Du hast das gesamte letzte Jahr mehr gearbeitet als in den Jahren davor. Was willst du noch tun?«

»Ich sagte, ich lasse mir etwas einfallen«, wiederholte ich in einem Tonfall, der jede weitere Diskussion im Keim erstickte.

Ihre Absätze klackerten auf dem Parkett, als sie mein Büro verließ.

KAPITEL 2

CAYLIN

H ast du schon die ersten Weihnachtsmischungen fertig?«, fragte mich Elenor voller Vorfreude, die einen Backshop am anderen Ende der Fußgängerzone hatte. »Die ersten Kunden fragen bereits danach.«

Ich lächelte und schob die Ärmel meines hellblauen Strickpullis mit Schneeflockenmuster, das sich entlang des Dekolletés und an den Oberarmen erstreckte, nach oben, während ich die zwei Teeboxen zurück ins Regal schob.

»*Winterzauber* und *Weihnachtsglück* habe ich Anfang der Woche gemischt. Die kannst du schon mitnehmen. *Kaminliebe* und *Bratapfelmagie* habe ich erst nächste Woche fertig.«

Elenor klatschte begeistert in die Hände. »Dann nehm ich die beiden und komme nächste Woche wieder. Die *Kaminliebe* kannst du mir mindestens zweimal abfüllen und zur Seite stellen.«

Ich schmunzelte. Natürlich würde sie diese haben wollen. Es war der Wintertee, bei dem ich oft nicht hinterherkam mit den Mischungen. Dieses Jahr hatte ich einen extragroßen Vorrat an getrockneten Zutaten gekauft. Der Vertreter hatte mich bereits gefragt, ob ich expandieren möchte oder mich verkalkuliert hatte. Doch das hatte ich nicht, denn *Kaminliebe* hielt, was sie versprach: heiße leidenschaftliche Stunden vor dem Kamin.

Ich mischte die Tees im Sortiment oft selbst. Nur ein paar wenige kommerzielle Teesorten bot ich an. Doch die ließen sich nicht so gut verkaufen wie meine persönlich zusammengestellten Teemischungen. Meistens nahmen nur Touristen diese mit, die etwas typisch Englisches haben wollten.

»Bis *Kaminliebe* fertig ist, könntest du mir noch den *Liebeszauber* zurechtmachen?«, fragte Elenor erneut, wobei ihre Wangen ganz plötzlich zu glühen begannen und ihre blauen Augen glücklich strahlten, als wären sie Sterne am Nachthimmel. »Den zahl ich dann aber privat.«

»Hat er Jake geschmeckt? Du warst dir ja nicht so sicher.« Innerlich grinste ich, denn ich konnte mir bereits denken, was geschehen war.

Sie schnaubte. »Ich komme gar nicht hinterher mit kochen. So schnell ist die Kanne Tee leer. Und, na ja …« Elenor räusperte sich und ihre Wangen strahlten nun roter als Father Christmas' Mantel. Sie zog die blaue Filzmütze vom Kopf und fächerte sich mit der Hand etwas Luft zu, während ihre blonden, schulterlangen Haare im Licht des Ladens seidig glänzten. »Seitdem ich diesen Tee zu Hause koche … wie soll ich das sagen …« Sie hielt sich die Hand vor den Mund und kicherte wie ein Teeniemädchen, derweil war sie schon Mitte vierzig. »Also Jake ist so leidenschaftlich geworden. Ich hätte nicht geglaubt, dass wir noch einmal einen zweiten Frühling in unserer Ehe erfahren würden.«

Ich grinste noch breiter. Solche Bemerkungen bekam ich von meiner Stammkundschaft oft zu hören. Während ich die Tüten mit *Winterzauber* für Elenor fertigmachte, verströmten der Anis und der Zimt in dem Tee bereits einen weihnachtlichen Duft, den ich genüsslich einsog. Schließlich füllte ich ihr noch *Weihnachtsglück* und *Liebeszauber* ab, während sie durch die Regale schlenderte und die Teeschilder las. Dabei murmelte sie vor sich hin, ob sie den Tee schon kannte oder noch nicht.

Das kleine Glöckchen über der Eingangstür läutete und Tom stürmte mit seiner grünen Floristenschürze und den gelben Gummistiefeln in den Laden. Er wedelte mit einigen Zetteln hin und her.

»Caylin, Liebste. Das sind die Unterlagen für den Adventsverkauf. Du machst doch wieder mit, oder?« Tom drückte mir links und rechts einen gehauchten Kuss auf die Wange. Er winkte Elenor ebenfalls zu und ein Luftküsschen flog ihr entgegen.

»Natürlich bin ich dabei«, sagte ich.

»Ach, das dachte ich mir schon. Deshalb habe ich schon alles ausgefüllt. Du musst nur noch hier unterschreiben.«

Er legte das Blatt auf den Tresen und drückte mir seinen pinkfarbenen Kuli mit den hellblauen Bommeln in

die Hand, sodass ich unterschreiben konnte. Seine schwarzen Haare hatte er streng zur Seite gegelt.

»Dann sollte ich nachher gleich bei Jane anfragen, ob sie mir aushelfen kann. Wann kommt William eigentlich wieder?«

Er hob vielsagend seine gezupften Augenbrauen, die makelloser aussahen als meine. »Dieses und nächstes Wochenende. Dann wollen wir ein paar Gestecke und Kränze vorarbeiten.«

»Ihr seht euch so selten. Du glaubst doch wohl selbst nicht, dass ihr dazu kommt.«

Ein süffisantes Lächeln erschien auf seinen Lippen. »Deine Worte in Gottes Gehörgang.«

»Nimm eine Packung Liebestee mit«, mischte sich Elenor ein.

Tom kicherte. »Am Freitag dann. Ich muss weiter. Ciao, ciao, Liebes.«

Er schnappte sich die Unterlagen und düste schnell wieder durch die Tür. In der Zwischenzeit kam Elenor zurück zum Verkaufstresen.

»Hast du im Übrigen schon gehört, dass der alte McKenzie verstorben ist?«, fragte sie mich.

Damit rückte sie erst jetzt raus? Das Lächeln erstarb umgehend auf meinem Gesicht und ich hielt in der Bewegung inne, während mein Herz einen Schlag aussetzte.

»Nein, wann?«

»Vor zwei Tagen muss die Beerdigung gewesen sein. Der Ärmste hatte sich von einer Lungenentzündung nicht mehr erholt.«

»Ist es denn dieses Mal sicher?«

Manchmal ereilten einen Kleinstadtgerüchte im Laden, die sich nicht bewahrheiteten. Und in dem Fall brauchte ich natürlich Gewissheit. Es hatte schon im vergangenen Winter geheißen, dass der alte McKenzie verstorben sei, was sich glücklicherweise nicht bestätigt hatte.

Zugegeben, als ich ihn das letzte Mal vor zwei Wochen besuchen wollte, ging es ihm nicht gut. Ein schwerer Husten hatte ihn geplagt, sodass er nicht einmal aufstehen konnte. John, sein Butler, hatte mich gar nicht erst zu ihm gelassen, als ich frischen Tee vorbeigebracht hatte. Seitdem war ich nicht mehr auf *Chester Hall* gewesen. Warum hatte John mich nicht angerufen, um es mir mitzuteilen?

Auf die Beerdigung wäre ich natürlich gegangen. Schließlich hatten der alte McKenzie und ich ein freundschaftliches Verhältnis in den letzten vier Jahren zueinander aufgebaut.

»Es ist dieses Mal kein falsches Gerücht. Die Liz hat es mir erzählt und die hat es von Meggie. Und die muss es ja wissen.«

Ich nickte zustimmend. Meggies Mann war der Pfarrer in Chichester und führte jede Beerdigung durch. Somit war Elenors Quelle definitiv glaubwürdig.

Ich seufzte. »Schade um den alten McKenzie. Er war so ein liebenswerter Mann.«

»Sein Sohn war wohl auf der Beerdigung. War er nicht hier im Laden? Er ist doch der alleinige Erbe.«

Ich schüttelte den Kopf. »Hmm, seinen persönlichen Besuch hätte ich nicht erwartet. Immerhin meiden die McKenzies dieses Haus in der Fußgängerzone. Doch mit einer Einladung zur Beerdigung hätte ich gerechnet. Die kam nicht.«

»Das ist in der Tat merkwürdig. Wenn du willst, hör ich mich mal um«, bot Elenor an.

»Nein, lass gut sein. Ich kann John selbst anrufen, ihm mein Beileid aussprechen und nachfragen, ob alles in Ordnung ist.«

»Mach das. Wohin ist der Sohn gleich nochmal ausgewandert?«, fragte Elenor weiter.

»In die Staaten. War das nicht New York?«

Ich schob die Teeboxen zurück ins Regal und begann die Preise in die Kasse einzutippen, damit Elenor bezahlen konnte.

»Hmm, schon möglich. Die Liz meinte, er kam in Begleitung. Eine sehr hübsche Frau mit langen Beinen und blonden Haaren bis zum Po. Die beiden wirkten wohl sehr innig. Ich schätze, er geht nach der Erbschaft wieder zurück.«

Ich hoffte, Elenor würde recht behalten. Und tatsächlich wäre mir das am liebsten, wenn alles so bliebe wie bisher. Dennoch machte ich mir nichts vor. Wenn die Erbschaft abgewickelt war, würde es bestimmt neue Verträge geben. Mal sehen, was er für einen Mietpreis fordern würde.

»Dann stell ich mich mal auf eine Mieterhöhung ein«, sagte ich mit einem flauen Gefühl im Bauch.

»Dein Geschäft läuft doch gut.« Elenor streckte mir ihre Kreditkarte entgegen, die ich auf das Lesegerät hielt.

Es lief sogar mehr als gut. Der alte McKenzie hatte das Geld nicht gebraucht, weshalb er mir extrem güns-

tige Mietkonditionen angeboten hatte. Obendrein wollte in diese Immobilie weder jemand einziehen noch seinen Laden darin errichten. Zu lange glaubten die Einwohner der Stadt, dass es in den Räumlichkeiten meines Teegeschäfts spuken würde. Deshalb standen sie mehrheitlich leer.

Ich hatte den alten McKenzie auf einer Teemesse kennengelernt, wo ich ihm meine Geschäftsidee vorstellte. Damals war ich noch auf der Suche nach dem richtigen Ort, an dem ich meinen Teeladen eröffnen wollte. Er bot mir eine alte Immobilie in Südengland an, jedoch erzählte er auch, dass es in dieser spuken würde. Sofort wurde ich hellhörig, denn an Spuk und Geister glaubte ich nicht, auch wenn es in vielen englischen Gebäuden spuken sollte. Es stand sogar ganz oben auf einer Liste von Geisterhäusern Britanniens, die man im Internet googeln konnte. Jedoch erhoffte ich, etwas anderes zu finden, etwas, wonach ich schon lange gesucht hatte.

Als der alte McKenzie am Anfang nicht einmal Miete haben wollte, sagte ich sofort zu, auch wenn ich die Räume zuvor nicht gesehen hatte. Es war für mich ein Zeichen des Schicksals. Innerlich wusste ich, dass ich hierherziehen sollte. Der alte McKenzie war einfach nur froh gewesen, dass die Zimmer nicht mehr leer standen, während ich meine Chance ergriffen hatte, Schottland dauerhaft zu verlassen und einen Neuanfang zu wagen. Ohne großes finanzielles Risiko.

Die Renovierung musste ich selbst übernehmen. Kein regionales Gewerk wollte das Spukhaus sanieren. Dabei hatte ich das gefunden, wonach ich schon lange suchte.

Niemals hätte ich es in einem Gebäude erwartet. Diese Entdeckung wurde zu meinem persönlichen Geheimnis.

Den Mietpreis hatten der alte McKenzie und ich erst später ausgemacht, als mein Geschäft gut lief. Die Bewohner stellten schnell fest, dass es nicht spukte und mein Tee etwas Besonderes war. Dass sich mein Laden so gut entwickelt hatte, hätte ich nie für möglich gehalten. Denn ich verkaufte losen Tee. In ganz Britannien war ich der einzige Teeladen, der das anbot und auf Teebeutel verzichtete.

Die Wahrheit über diese Räumlichkeiten und meinen Tee kannte natürlich nur ich. Ich hatte nicht einmal den alten McKenzie in das Geheimnis eingeweiht.

Ein Seufzen entwich mir, als Elenor sich verabschiedet hatte und gegangen war. Warum hatte ich keine Einladung zur Beerdigung erhalten? Ich nahm mir vor, ihm Blumen auf sein Grab zu legen. Es war das Mindeste.

KAPITEL 3

MARC

Das Licht meiner Schreibtischlampe spiegelte sich im Fenster, da sich die Sonne schon seit einigen Stunden für heute verabschiedet hatte. Ich verschränkte hinter dem Kopf beide Arme und drückte meinen Rücken durch. Ein letztes Mal ging ich die Mitteilung an meine Mitarbeiter durch, in der ich von dem Vertragsrücktritt erzählte und ihnen die Möglichkeit einräumte, bis zum Ende des Jahres ihre Überstunden abzubummeln.

Den ganzen Nachmittag hatte ich an einer neuen Ausschreibung für den Straßenzug gesessen, die ich morgen noch ein wenig überarbeiten würde, wenn ich darüber *geschlafen* hatte. An Schlaf war nicht zu denken. Nicht seit dem Ereignis von damals.

Ich drückte auf *Senden*, als es in dem Moment an meiner Glastür klopfte. Sie stand nur einen Spalt offen und ein schwarzer Schatten zeichnete sich dahinter ab. Kurz darauf lugte ein mir vertrautes Gesicht ins Büro.

»Aiden!«, stieß ich aus. »Was für eine Überraschung.«

»Hey, Mann. So kenn ich dich. Wie immer spät abends noch im Büro.«

Aiden trug eine dunkelgraue Flanellhose, einen kurzen Wollmantel, aus dem ein grün-rot karierter Schal hervorschimmerte und einen Stetson. Ich stand auf, während er eiligen Schrittes mein Büro betrat. Wir umarmten uns kurz zur Begrüßung und klopften uns auf die Schultern.

»Man tut, was man eben tun muss«, sagte ich.

Er lachte kurz auf. »Das kenn ich.«

Ich stieg in sein Lachen kurz mit ein. »Ich wusste nicht, dass du in London bist. Wann bist du gekommen?«

Ich deutete mit einer Handbewegung auf die Sitzgarnitur vor den bodentiefen Fenstern. Aiden legte Mantel und Stetson ab.

»Willst du einen Drink?«

»Klar. Zu einem echten schottischen Whiskey sag ich nie nein.«

Ich ging zur Bar und füllte zwei Gläser mit Eis, nur um im Anschluss den Whiskey darüber zu gießen.

»Ehrlich gesagt, bin ich schon wieder auf der Rückreise. Mein alter Herr ist verstorben. Vorgestern war die Beerdigung«, erzählte Aiden, als ich vor ihm das Kristallglas auf dem kleinen Tisch abstellte.

Mir entglitten kurz die Gesichtszüge. »Oh, das tut mir leid. Wie geht es dir?«

»Geht schon, Marc. Es ist nicht so, als ob wir in den letzten Jahren viel Kontakt hatten. Lass es zwei Telefonate im Jahr gewesen sein. Er hat nie verstanden, warum ich nach Washington gegangen bin.«

Aiden und ich hatten uns in Oxford am College kennengelernt. Er studierte Jura mit internationaler Ausrichtung und ich Immobilienwirtschaft. Nach seinem Studium hatte er einen Vertrag in einer New Yorker Kanzlei unterzeichnet und ein paar Jahre später seine eigene in Washington gegründet.

Ich stützte meinen Kopf in die Hand, während mein Ellbogen auf der Armlehne des Sessels ruhte. »Deine Mum war schon vor einiger Zeit gestorben, richtig?«

Er nickte und zuckte mit den Schultern. »So ist das Leben, mein Freund. Es geht immer nur in eine Richtung, nie zurück.«

»Wohl wahr. Was machst du jetzt mit dem Anwesen? Willst du verkaufen?«

Aiden legte ein Bein auf seinem Knie ab und fuhr sich durch das dunkle, kurze Haar.

»Zuerst hatte ich das vor. Aber Sheryl und ich waren nun ein paar Tage dort, und ich war überrascht, dass es ihr gefallen hat.«

Etwas leuchtete in seinen Augen auf.

»Ich fass es nicht! Aiden, du willst es behalten. Wer hätte das gedacht, so wie du immer darüber geschimpft hast?«

Er hob lachend beide Hände. »Ich weiß, ich weiß. Aber Meinungen können sich ändern. Dort für ein paar Tage zu wohnen, hat sich sehr vertraut angefühlt. Wie

nach Hause kommen. Aus dem Grund haben Sheryl und ich beschlossen, wieder zurückzuziehen.«

Ich richtete mich in meinem Sessel auf. »Ich freu mich, dass du zurückkommst. Du hast Jeremy und mir schon mächtig gefehlt.«

Ich hatte meinen besten Studienfreund nur ungern ziehen lassen. Umso mehr freute ich mich wirklich, dass er zurückkam.

»Weiß es Jeremy schon?«

Jeremy war der dritte aus der Collegezeit und gleichzeitig mein ältester Kumpel, da wir zusammen zur Schule gegangen waren.

Aiden lachte kurz auf. »Nein, natürlich nicht. Es kam jetzt doch alles sehr spontan. Du bist der Erste. Und zugegeben war es Sheryls Idee.« Er räusperte sich verlegen. »Ich hab ihr einen Antrag gemacht und ich schätze, ihr gefällt die Vorstellung, im Sommer auf dem Anwesen zu heiraten.«

Ich nickte lächelnd. »Solche alten Villen gibt es dort drüben nicht, oder?«

»Was denkst du denn? Die Villen drüben sind anders. Kein Vergleich mit unseren alten Herrenhäusern.«

»Suchst du in London eine Kanzlei? Ich kann dir bei der Immobiliensuche bestimmt helfen.«

Er zwinkerte mir zu. »Tatsächlich bin ich nicht ohne Hintergedanken hier und hatte gehofft, dich einspannen zu dürfen. Vorweg, ich werde all deine Zeit bezahlen.«

Ich hob beschwichtigend die Hände. »Jetzt erzähl erstmal, was dir vorschwebt. Was wird aus deiner Kanzlei?«

Ich setzte das Glas an meine Lippen, um einen Schluck zu trinken.

»Ich werde meine Kanzlei zur Hälfte an meinen Stellvertreter verkaufen. Wir haben das gestern am Telefon schon ausführlich besprochen. Er übernimmt die amerikanischen Konzerne in der Betreuung, während ich die europäischen weiterhin beraten werde. Nur eben nicht mehr von Washington aus, sondern von Chichester.«

Ich prustete los, stellte das Glas auf dem Tisch ab und zog die Augenbrauen nach oben. »Von Chichester aus? Nicht dein Ernst.«

»Ich weiß, London wäre besser. Aber meinem alten Herrn gehörte nicht nur das Anwesen, sondern auch ein Mehrparteienhaus in Chichesters Fußgängerzone. Der Nachlassverwalter hat gemeint, dass dieses Haus nicht zu verkaufen sei. Und ich habe alle Gesetzlichkeiten überprüft. Er hat leider recht. Ich konnte das Erbe des Anwesens nur antreten, wenn ich unterschreibe, dass ich dieses Haus in der Fußgängerzone niemals verkaufen würde.«

»Und? Dann vermiete es«, gab ich unbeeindruckt zurück.

»Wollte ich zuerst auch. Aber Sheryl ist London zu groß. Sie ist auf einer Farm in Texas großgeworden und liebt das Ländliche. Sie hat sich in Washington schon nicht sonderlich wohl gefühlt.«

»Was arbeitet sie?«

»Das ist der Punkt. Sie ist Tourismusberaterin. Wir könnten uns beide das Mehrparteienhaus teilen. Sie würde ein Reisebüro eröffnen und ich über ihr eine Kanzlei. Und sollte ich doch mal nach London oder aufs

europäische Festland müssen, dann bin ich in zwei Stunden dort. Die Entfernungen hier auf der Insel sind nichts im Vergleich zu den Amerikanischen. Das plane ich einfach ein.«

»Ist das Haus vermietet?«

»Nur der untere Bereich. Ich weiß nicht, wer es gemietet hat. Eine Floristin oder ein Wollladen. Keine Ahnung. Ich war nicht vor Ort, um es mir anzusehen, weil ich genug mit der Beerdigung, dem Nachlass und mit meinen Mandanten zu tun hatte, während Sheryl angefangen hat, das Anwesen zu entrümpeln.«

»Das heißt, du würdest Eigenbedarf anmelden.«

»So ist es. Und hier kommst du ins Spiel, mein Freund. Würdest du für mich die Abwicklung übernehmen? Den Mietvertrag kündigen. Aufgrund des Todesfalls müsste ich da sehr schnell rauskommen.«

»Warum machst du das nicht selbst oder deine Assistenz? Du bist Anwalt, Aiden. Es ist ein Standardschreiben.«

»Sheryl und ich haben eine Reise in die Karibik gebucht. Schon vor einem halben Jahr. Die wollen wir nicht absagen, auch wenn sie zeitlich gerade nicht in den Kalender passt. Meine Assistenz habe ich mit meiner Wohnungsauflösung eingespannt und durfte mir gestern am Telefon schon eine Reihe von Flüchen anhören. Wenn ich ihr jetzt noch die Verwaltung hier vor Ort aufdrücke, befürchte ich, dass sie mich steinigt, wenn ich wieder in der Kanzlei auftauche.« Er lachte leise auf. »Ich weiß, du übernimmst keine Immobilienverwaltung. Aber ich würde deinen Aufwand bezahlen. Sagen wir das Dreifache deines Stundenlohns.«

Ich stieß hörbar die Luft aus und machte ein nachdenkliches Gesicht.

»Ich hasse Immobilienverwaltung, Aiden.«

»Ich weiß. Aber ich will keine fremde Verwaltung rein haben. Dafür bin ich viel zu misstrauisch.«

»Ich werde nicht nach Stunden bezahlt.«

»Dann nehmen wir meinen dreifachen Stundenlohn und mir ist egal, ob du deine Assistenz das Standardschreiben rausschicken lässt oder du es selbst übernimmst.«

Nachdenklich starrte ich in die goldene Flüssigkeit meines Kristallglases. Mel hatte mir angeboten, sich in diese Richtung einzuarbeiten. Somit könnte sie sich ausprobieren.

»In Ordnung. Deal. Schick mir die Unterlagen am besten per Mail zu.«

Aiden lachte und streckte mir die Hand entgegen, in die ich einschlug.

»Ich wusste, ich kann auf deine Hilfe zählen.«

»Du kannst immer auf mich zählen. Dafür sind Freunde schließlich da. Wer macht den Umzug?«

»Meine Assistenz managt die gesamte Wohnungsauflösung auf amerikanischer Seite. Die Möbel würden wir verkaufen, das würde sie auch übernehmen. Und die persönlichen Sachen holt *Moving International* ab.«

Ich verzog mein Gesicht.

»Was ist?«

»Die haben einen schlechten Ruf, Aiden. Geh doch zu *Rolling Overseas*.«

»Die sind ausgebucht. Es muss mit *Moving International* gehen.«

Ich schüttelte den Kopf. »Es kommen immer wieder zu viele Dinge weg, doch man kann ihnen nie etwas nachweisen. Ich würde mir das an deiner Stelle gut überlegen.«

Er seufzte. »Was soll ich tun, Marc? So kurzfristig bekomm ich keine Firma für einen akzeptablen Preis organisiert, die mir den Umzug managt.«

Nachdenklich tippte ich mit dem Finger gegen mein Whiskeyglas und rieb mir mit Daumen und Zeigefinger über die Nasenwurzel. Minuten verstrichen, in denen jeder vor sich hin grübelte.

»*Moving International* sagst du ab. Bitte. Dann organisiere ich es. Gib mir die Nummer deiner Assistenz und ich stimme mich mit ihr ab.«

Aidens Augen wurden weit, dann hob er abwehrend die Hände. »Auf gar keinen Fall. Das kann ich nicht annehmen.«

Ich zuckte gelassen mit den Schultern. »Überleg es dir.«

Er lachte auf. »Das meinst du nicht ernst, oder?«

»Du willst keine Firma beauftragen, bei der hinterher die Hälfte fehlt oder kaputt ist.«

»Du meinst es ernst. Marc …« Er sah mich dankbar an. »Du bist der Beste.«

Kaum hatte er das gesagt, bereute ich mein Angebot bereits. Was hatte ich mir da soeben nur ans Bein gebunden? Ich hatte doch schon wahrlich genug Probleme.

»Aber ich bezahl dich dafür. Zusätzlich zu der Immobilienverwaltung.«

»Da sag ich nicht nein.«

Ich strich mir übers Kinn. Wenn ich die neue Ausschreibung getätigt hätte, würde ich eh nicht viel zu tun haben, außer zu warten, bis sich Investoren melden. Warum nicht diese Zeit sinnvoll überbrücken? Es gäbe wenigstens ein bisschen Umsatz, sodass ich nicht sofort die ersten Mitarbeiter kündigen müsste.

»Schreib mir einfach eine Rechnung. Ich bin dir unendlich zu Dank verpflichtet.«

Wir saßen noch ein wenig zusammen und beschlossen dann, etwas beim Chinesen um die Ecke zu essen.

»Wenn du aus der Karibik zurückkommst, gehen wir mit Jeremy feiern«, sagte ich.

Aiden zwinkerte mir zu. »Grüß ihn von mir und sag ihm, dass ich wenig Zeit hatte. Aber wir holen das nach.«

Wir verabschiedeten uns schließlich. Als ich zu Hause ankam, sah ich auf meinem Handy eine Nachricht meiner Schwester und ihre verpassten Anrufe.

Vergiss nicht Grams Geburtstag nächste Woche, Bruderherz.

Natürlich nicht. Wie könnte ich, wo sie mich doch ständig daran erinnerte. Ich schlüpfte schließlich in eine bequeme Kleidung und ließ den Abend gemütlich ausklingen, bevor ich ins Bett ging.

Lachend warf sie ihre blonden, langen Haare in den Nacken, während ihre Fingerspitzen über meinen Oberschenkel

strichen und eine prickelnde Gänsehaut hinterließen. Ich wünschte, ich wäre allein mit ihr. Dann könnte ich mir ihre zarten Handgelenke schnappen, sie ausgiebig küssen, nur um sie dann über meinen Körper zu schicken. Es war das, was ich schon den ganzen Abend mit ihr tun wollte.

Susan richtete sich im Beifahrersitz auf und beugte sich über die Mittelkonsole zu mir. Als ich mein Gesicht zu ihr drehen wollte, legten zwei ihrer zarten Finger ein Veto ein.

»Du musst fahren, Marc. Schön auf die Straße schauen. Ich habe das Vergnügen«, wisperte sie verführerisch an meinem Ohr, wobei ihr mit Alkohol geschwängerter Atem über mein Gesicht strich.

Ich spürte ihre heiße Zunge an meinem Ohrläppchen, während ihre Zähne anfingen zu knabbern. Wenn sie nicht bald aufhörte, würde ich es nicht bis nach Hause schaffen, sondern den Wagen irgendwo auf dem Seitenstreifen parken müssen.

»Ach, nehmt euch ein Zimmer«, schimpfte Jeremy von der Rückbank.

»Eifersüchtig?«, kichernd neckte Susan meinen besten Freund.

Sie hatte mehr als nur zu viel von dem Billigbier getrunken. Ihre Pupillen waren geweitet. Die von uns allen. Jemand hatte uns was in den Drink gemixt, was nicht gut war. Aber die Straßen waren nachts leer und irgendwie mussten wir von der Beachparty wieder nach Hause kommen. Auf der Party hatten wir nicht bleiben wollen. Jeremy legte demonstrativ seinen Arm um Jills Schultern und zog sie an sich.

»Träum weiter, Susan. Jill und mir gehört wenigstens die Rückbank. Wir sind zwei wahre Glückspilze. Ihr zwei könnt euch etwas anderes suchen.«

»Hey, das ist mein Auto«, beschwerte ich mich. »Hinterlasst mir bloß keine Flecken auf dem Polster.«

Ich warf meinem besten Kumpel einen warnenden Blick über den Rückspiegel zu. Als ich wieder auf die Straße schaute, blendeten mich die Lampen des entgegenkommenden Autos. Wo kam das denn so plötzlich her?

»Marc! Du fährst viel zu weit in der Mitte«, vernahm ich noch Susans panische Stimme.

Mein Herz setzte aus. Ich wollte ausweichen, während ich gleichzeitig auf die Bremse stieg. Verdammt! Warum hatte ich nicht auf die Geschwindigkeit geachtet?

»MARC!«

Schweißgebadet und keuchend fuhr ich aus dem Schlaf. Meine Ohren klingelten immer noch von dem Aufprall des Unfalls, während mir das Schweigen meiner viel zu großen Wohnung entgegenschrie. Meine Hand tippte auf mein Handy am Nachttisch. 3 Uhr morgens. Wenigstens hatte ich drei Stunden geschlafen. Jede Nacht seit damals träumte ich dasselbe und wie jede Nacht beendete ich meinen Schlaf nach diesem Traum, denn Ruhe würde ich jetzt eh nicht mehr finden. Nie wieder würde ich Frieden finden. Zeit für eine Joggingrunde im Park, um die Geister der Nacht und die Schatten der Vergangenheit zu vertreiben, bevor ich ins Büro fuhr.

KAPITEL 4

CAYLIN

In einem grünen Licht erstrahlte das alte Baumrelief im Steinboden meines Teezeremonieraumes. Dieser uralte Raum war der einzige ohne Fenster, den man nur durch einen steinernen Rundbogen betreten konnte. Den Bereich um das Baumrelief im Steinboden hatte ich mit einem Hochflorteppich und dicken Sitzkissen ausgestattet, damit Zeremoniebesucher es sich dort gemütlich machen konnten. Doch gerade hielt ich keine Teezeremonie ab, sondern mischte neuen Tee zusammen.

Über dem Baumrelief schwebte eine Fee. Sie war die Wächterin des Südtores, was über Jahrhunderte als verschollen galt. Niemand wusste, dass sich das Südtor in einem Gebäude befinden würde. Die anderen drei Tore lagen frei zugänglich und dennoch versteckt auf kleineren Hügeln und Bergen. Ich hatte sie alle besucht.

In ihrem weißen, bodenlangen Kleid beäugte die Wächterin neugierig, wie ich die Zutaten für den Bratapfeltee in das große Behältnis gab. Ihre hauchzarten Flügel schwirrten in der Luft.

»Ich sollte mir das Mischungsverhältnis merken. Vielleicht kann ich ihn in unserer Welt auch aufbrühen. Es duftet jedenfalls herrlich«, schwärmte sie und sog genüsslich das Aroma ein.

Ihr kastanienbraunes Haar glänzte magisch in dem grünen Licht des Steintores. Ich liebte die Zeiten mit ihr. Sie erinnerten mich immer daran, dass es wesentlich mehr in dieser Welt gab, als ich mit meinen Augen erfassen konnte.

»Mandel ist das Geheimnis, was den Geschmack auszeichnet«, sagte ich. »Du brauchst das richtige Verhältnis, damit der getrocknete Apfel gut zur Geltung kommt.«

»Ich probiere es aus.« Sie lächelte und leckte sich über die Lippen. »Kann man auch Blätter oder Kräuter dazu tun?«

»Hmm, eher für eine andere Teemischung. Was ist mit eurem Feenwein?«

»Die Königin ist des Weines überdrüssig. Als ich ihr von dir und dem Tee erzählt habe, war sie ganz begeistert.«

»Probiert es aus. So schwer ist es nicht.«

Nachdem ich die Mandelstückchen dazugegeben hatte, rührte ich noch einmal um.

»So, fertig. Du darfst.«

Freudvoll sah ich die Wächterin an und streckte ihr das Behältnis des Bratapfeltees entgegen. Sie sprach eine Rune, woraufhin sich das grüne Licht des Baumreliefs in ein warmes Orange veränderte. Die gesprochene Rune

schwebte in der Luft, bevor die Wächterin diese in meine Teemischung entließ. Die Teemischung leuchtete ebenfalls kurz orange auf.

»Willst du ihn noch ausprobieren?«, fragte sie.

»Hast du solange Zeit?«

Sie nickte und kicherte. »Typisch Mensch. Nur ihr jagt ihr hinterher.«

»Hey, das ist nicht fair. Wenn ich eine Ewigkeit leben würde wie du, wäre mir die Zeit auch nicht so wichtig.«

Ich erhob mich, ging zu der Kommode gegenüber dem Steintor und befüllte ein Teesieb mit dem Bratapfeltee.

»Oh, glaub mir. Auch bei uns musst du dir die Zeit nehmen für die Dinge, die dir am Herzen liegen. Tust du es nicht, verrinnt sie wie Sand zwischen deinen Fingern. Es sind genau die Momente, die das Leben zu etwas Besonderem machen.«

Dem hatte ich nichts entgegenzusetzen. Erwartungsvoll goss ich heißes Wasser aus der Thermoskanne über den Bratapfeltee. Sein Aroma nach Zimt und Apfel entfaltete sich umgehend in dem Raum, der wieder in einem grünen Licht des Baumreliefs leuchtete. Ich atmete ihn genussvoll ein und schloss dabei die Augen. Als er seine Ziehzeit beendet hatte, setzte ich die Tasse an meine Lippen und trank einen Schluck. Der Geschmack von Bittermandel gepaart mit Apfel und Zimt legte sich auf meine Zunge. Derweil stach keine der drei Geschmacksrichtungen zu sehr heraus, sondern bildeten ein angenehmes Mischungsverhältnis.

Kaum hatte ich das registriert, riss mich die Magie des Tees mit. Ich stand in einem Apfelgarten auf einer

grünen Wiese. Umgeben von unzähligen blühenden Apfelbäumen, die einen süßlichen Geruch verströmten. Berührte ich eine, wuchs im Zeitraffer aus ihr ein Apfel, den ich pflücken konnte. Mit einem Knacken biss ich hinein. Abermals entfaltete sich ein fruchtiger Geschmack auf meiner Zunge. So intensiv, als ob ich es wirklich erleben würde.

Seufzend öffnete ich die Augen. Die Wächterin sah mich erwartungsvoll an. Ich lächelte und streckte meinen Daumen nach oben.

»Die Mischung ist perfekt geworden.«

Ich probierte alle Teesorten nach dem Zusatz von Magie aus. Na gut, fast alle. Die Liebeszaubertees nicht. Dennoch liebte ich die mentalen Reisen, zu denen die Mischungen meine Kundschaft und mich beflügelten. Und ich wusste, dass ich das alles nur der Feenmagie zu verdanken hatte. Der Tee gab meinen Kunden das, was sie am meisten benötigten.

Gefühle und eine Reise zu sich selbst.

Beides führte zu einer Auszeit vom Alltag. Lächelnd löste sich die Wächterin schließlich auf. Ihre Magietunken tanzten anregend in der Luft, umhüllten mich und entlockten mir ein herzhaftes Lachen, da sie auf meiner Haut kitzelten. In solchen Momenten fühlte ich mich nicht als Teil dieser Welt, sondern der ihren. Auch wenn ich sie so gern würde sehen wollen, so würde das niemals geschehen. Kein Mensch hatte die Feenwelt betreten und war jemals zurückgekommen. Das wusste ich schon als kleines Kind, als ich damals im Moor der Wächterin des Nordtores begegnet war.

Das grüne Licht des Baumreliefs erlosch, übrig blieb der gedimmte Schein meiner LED-Lichterkette, die ich ringsum an den Steinwänden des Raumes angebracht hatte. Ich brachte die Tasse und meine terracottafarbene Teekanne in die Küche nebenan, schließlich musste ich gleich den Laden öffnen. Nur ein kleiner Flur verband den Teezeremonieraum mit der Küche und meinem kleinen Büro, welches sich im hinteren Teil der Räumlichkeiten befand.

Als ich die Kanne ausspülte, sah ich, wie James etwas in meinem Briefkasten hinterließ. Ich trocknete meine Hände, ging durch die Hintertür zum Briefkasten und grüßte James.

»Du bist heute aber früh dran«, sagte ich mit einem Lächeln.

»Guten Morgen, Caylin. Ja, es gibt viel zu tun. Die Weihnachtspost steht demnächst an. Hab einen guten Tag.«

Er stieß sich an seine dunkelblaue Postmütze, unter der seine grauen Haare hervorschimmerten.

»Danke, dir auch. Und wenn du zwischendurch mal einen Tee brauchst ...«

Er lachte. »... dann klopf ich einfach an deine Hintertür.«

Während James weiterlief, fischte ich den Brief heraus. Mehrfach drehte ich den Brief in meinen Händen. Der Absender war von *South Realty Inc* aus London. Das musste der Mietvertrag von Mr McKenzie Junior sein. Doch der Brief war ein wenig zu klein und zu schmal für einen neuen Mietvertrag. Mein Herz begann sofort wild in meiner Brust zu klopfen. Vielleicht musste ich nach

London kommen, um ihn zu unterschreiben. Das wäre in der Vorweihnachtszeit ungünstig, denn dazu würde ich meinen Laden für einen Tag schließen müssen.

Sofort riss ich den Brief auf und las die Zeilen. Als ich den Brief beendet hatte, begann ich von vorn. Wieder und wieder, da ich glaubte, mich verlesen zu haben.

Ein kalter Windstoß ließ mich zittern. Ich rieb mir über die Oberarme. Die wohlige Magie meines Tees war längst verflogen. Übrig blieb die eisige Realität. Ich taumelte etwas, als ich durch die Hintertür trat. In der Küche angekommen, ließ ich mich auf einem Stuhl an dem kleinen, quadratischen Tisch sinken. Das musste doch ein Missverständnis sein.

»Was mache ich denn jetzt?«

Mit einem Seufzen schloss ich gegen 1 Uhr mittags den Laden, um mir etwas zu essen zu holen. Mein Blick fiel auf das Schreiben neben dem Telefon. Es gab keine fünf Minuten, wo niemand im Laden war, sodass ich ungestört hätte telefonieren können. Da mein Bauch bereits schmerzhaft grummelte, entschied ich mich erst für Essen und dann für den Anruf. Ich holte mir Fish & Chips und ging anschließend noch zu Elenor, um mir zwei Scones zu kaufen. Es war fünf Minuten vor zwei, als ich endlich die Nummer auf dem Schreiben wählte. Es klingelte und klingelte, doch es hob keiner ab. Unruhig erledigte ich noch ein paar Aufgaben, bevor ich wieder öffnen musste, und probierte es wenige Minuten später noch einmal. Abermals ging keiner ran. Die ersten Leute standen bereits vor meinem Schaufenster. Ich musste öffnen.

Es war schon halb sieben, als ich endlich den letzten Kunden verabschiedete. Ich räumte noch ein wenig auf. Schließlich startete ich einen weiteren, eher halbherzigen Versuch, in London anzurufen. Ich war viel zu müde, um jetzt so ein Gespräch zu führen. Obendrein bezweifelte ich, dass ich um diese Uhrzeit in der Immobilienfirma noch jemanden erreichen würde. Erleichtert musste ich jedoch feststellen, dass abermals keiner abhob. Allerdings klingelte mein Handy.

Mum!

Mit einem Seufzen begrüßte ich sie und stellte mich auf ein längeres Gespräch ein. Eigentlich wollte ich gerade nur noch nach Hause. In der Küche brühte ich mir einen Tee auf und hörte meiner Mum zu.

»Kommst du zu Weihnachten nach Hause?«, fragte sie, nachdem sie mir den neusten Dorfklatsch erzählt hatte.

»Ich weiß es noch nicht, Mum. Ich habe Heiligabend bis 2 Uhr am Nachmittag auf und am Boxing Day muss ich wieder öffnen. Für die eineinhalb Tage lohnt sich die Strecke nicht. Ich verbringe mehr Zeit im Auto, als dass wir uns sehen.«

»Muss das denn sein? Kannst du nicht einmal eher schließen? Oder Urlaub machen?«

»Mum, es ist mein Laden und den Umsatz kann ich mir nicht entgehen lassen. Gerade am letzten Tag kommen noch einmal viele, um ein verspätetes Weihnachtsgeschenk zu kaufen.«

»Hmm.«

Ich unterdrückte ein Seufzen, denn jedes Jahr führte ich dieselbe Diskussion. Im Grunde genommen könnte sie glücklich und stolz auf mich sein, dass mein Geschäft so gut lief. Doch das war sie nicht. Sie war verletzt, weil ich Schottland den Rücken gekehrt hatte. Ein bitterer Geschmack stieg in mir auf, wenn ich an das Schreiben der Immobilienfirma dachte.

»Brad ist aus Glasgow zurück. Er ist jetzt geschieden. Er hat gefragt, ob du an Weihnachten da bist.«

Ich verschluckte mich an meinem heißen Tee und begann zu husten.

»Schätzchen? Geht es dir gut?«

»Ich habe mich nur verschluckt«, krächzte ich mit belegter Stimme.

»Brads Kind ist bei seiner Ex-Frau geblieben. Ich fand, ihr wart immer so ein süßes Paar.«

»Das ist lange her.«

Ich wollte ihn nicht einmal sehen.

»Vier Jahre ist doch keine lange Zeit. Bleibst du wenigstens etwas länger? Über Silvester? Dann könntet ihr euch ja mal wieder im Pub treffen. Obendrein wäre es schön, wenn du am 24. abends zur Dorffeier im Pub dabei sein könntest. Deinem Dad würde das viel bedeuten.«

Ich rollte mit den Augen. Es waren fünf Jahre. Schließlich war ich noch ein Jahr gereist, bevor ich den Laden eröffnet hatte, doch ich korrigierte sie nicht. Brad zu sehen war das Letzte, was ich wollte. Genauso wenig wie die alljährliche Dorfweihnachtsfeier, auf der sich jeder betrank und *Merry Christmas* lallte.

Dennoch würde ich mich sicherlich nicht um einen Besuch drücken können. So wie jedes Jahr würde ich mir wieder eine Ausrede einfallen lassen, um den Aufenthalt bei meinen Eltern so kurz wie möglich zu gestalten. Es war nicht so, dass ich mit ihnen nicht klarkam. Nur die Erinnerungen waren einfach zu schmerzhaft, zudem setzten mich ihre Erwartungen, die ich kaum erfüllen konnte, unter Druck.

»Ich werde sehen, Mum, wie ich es einrichten kann. Ich muss jetzt auflegen.«

»Nein, noch nicht.«

»Was gibt es denn noch?«

Kurz blieb es still in der Leitung.

»Mum?«

»Dein Dad überlegt, ob er Brad die Schaffarm überschreibt. Jetzt, wo er aus Glasgow zurück ist. Wir sind beide schon ein wenig zu alt, um die Farm allein zu betreiben und Granny braucht auch mehr Pflege.«

Das kam etwas plötzlich.

»Du weißt, dass Dad die Farm am liebsten dir geben würde. Aber dazu müsstest du wieder herziehen.«

»Mum«, stieß ich gequält aus. »Können wir das nicht bereden, wenn ich mal da bin? Oder wollt ihr sie so dringend loswerden?«

Ich musste mir darüber erst einmal Gedanken machen. Natürlich wusste ich, dass Mum und Dad die Schaffarm nicht ewig allein bewirtschaften konnten. Doch ausgerechnet jetzt? Innerlich fühlte ich mich noch nicht so weit, wieder nach Durness zurückzuziehen. Ich liebte meinen Teeladen. Er war mein persönlicher Traum. Und ich konnte davon gut leben. Nur wusste

ich, was die Schaffarm meiner Familie bedeutete und zugegeben, sie zu verlieren, würde nicht spurlos an mir vorbeigehen.

»Wir wollen sie am liebsten gar nicht aus der Familie geben. Doch Brad wäre ein guter Schäfer. Er hatte schon immer bei uns ausgeholfen und das Rheuma bei deinem Dad wird eben nicht weniger.«

»Verstehe.«

»Dann überlegst du es dir? Wir können Brad erstmal anstellen. Er braucht eh einen Job. Vielleicht gibt es für Brad und dich doch noch eine Lösung, Schätzchen. Das wäre am besten. Ich meine, du könntest doch deinen Tee auch beim alten Sully verkaufen. Der bräuchte auch Hilfe.«

Ich wollte meinen Tee nicht beim alten Sully verkaufen. Ein Tante-Emma-Laden war nicht dasselbe wie mein Teegeschäft.

»Ich denk darüber nach, Mum. Versprochen. Ich muss jetzt wirklich auflegen und den Laden abschließen.«

Ich gab mich schließlich geschlagen, sonst würden wir ewig weiter diskutieren. Die Sache mit der Schaffarm musste ich mir erst einmal in Ruhe durch den Kopf gehen lassen. Der fühlte sich nach dem heutigen Tage jedoch nicht mehr sehr fit an. Alles, wonach ich mich gerade sehnte, war eine Tiefkühlpizza auf meiner Coach und eine Soap zum Abschalten.

»Danke, Schätzchen.«

Mum und Dad hatten es nicht verstanden, dass ich mich von Brad getrennt hatte. Er war die erste und einzige Beziehung, die ich je geführt hatte. Die große

Jugendliebe. Obgleich im Nachgang betrachtet die gro-
ßen Gefühle irgendwie nie existiert hatten. Schon als
Kinder hatten wir zusammen gespielt. Da Brad mit Dads
Schafen gut zurechtkam und mehr Zeit bei uns auf der
Farm verbracht hatte, hatte ich irgendwie angenommen,
dass wir später auch ein Paar werden würden.

Nach der Schule gingen wir zusammen nach Edinburgh. Er studierte Landwirtschaft und ich machte eine
Ausbildung im Einzelhandel. Was ich nicht bemerkt
hatte, war, dass Brad mich über einen längeren Zeitraum
betrogen hatte. Obgleich ich mit ihm zusammenge-
wohnt hatte. Aufgeflogen war es, als sie vor unserer Tür
stand, um ihm zu erzählen, dass sie von ihm schwanger
war. Sie redete frei heraus, schließlich hielt sie mich nur
für Brads Mitbewohnerin. Mum und Dad fanden das
nicht so schlimm.

»*So ein Ausrutscher hat doch keinen Halt. Ihr kennt euch
schon so lange. Das darf man nicht überbewerten.*«

Nun, ich sah die ganze Angelegenheit etwas anders
als meine Eltern. Nach meiner Ausbildung reiste ich eine
Zeit lang allein durch Europa und besuchte in Ostfriesland das erste Mal einen Teeladen, der losen Tee verkaufte. Auch nahm ich dort an einer Teezeremonie teil,
die ich ebenfalls in meinem Laden etabliert hatte. Danach reiste ich nach Indien und China auf die Teeplantagen. Als ich schließlich aufgrund Geldmangels wieder
nach Großbritannien zurückkehrte, war klar, dass ich
ein Teegeschäft eröffnen wollte.

Auf einer Teemesse traf ich dann den alten McKenzie, den ich mit meiner Idee sofort begeistern konnte. Er
stellte mir nicht nur seine Ladenfläche zur Verfügung,

sondern lieh mir auch das Startkapital, was ich ihm innerhalb eines Jahres aufgrund des guten Umsatzes zurückzahlen konnte.

Ohne ihn hätte ich es nicht geschafft. Er war stolz auf das, was ich erreicht hatte. Im Gegensatz zu meinen Eltern. Aus dem Grund musste ich morgen unbedingt in London jemanden erreichen. Es musste ein Missverständnis sein.

Am nächsten Morgen kurz vor neun wählte ich die Nummer auf dem Schreiben.

»*South Realty Inc* Sie sprechen mit Melissa Turner, was kann ich für Sie tun?«

»Hi, ich bin Caylin O'Neil aus Chichester und habe Ihr Schreiben erhalten. Ich befürchte, das muss ein Missverständnis sein.«

»Ah, Miss O'Neil. Nein, das ist es nicht. Mr McKenzie Senior ist verstorben und sein Sohn wird den Mietvertrag nicht verlängern.«

»Aber Mr McKenzie Senior hatte mir zugesichert, dass sich an dem Mietverhältnis auch nach seinem Ableben nichts verändern würde. Wir hatten erst im Sommer darüber geredet. Es war ihm wichtig, mir das mitzuteilen, für den Fall der Fälle.«

»Das tut mir leid, Miss O'Neil. Davon habe ich keine Kenntnis. Haben Sie das schriftlich?«

Schriftlich? Mir wurde heiß und kalt zugleich. Daran hatte ich damals gar nicht gedacht. Jeder im Ort kannte den alten McKenzie als jemanden, der immer zu seinem Wort stand. Nie hatte ich es in Erwägung gezogen, mir

so etwas schriftlich geben zu lassen. Ich räusperte mich, da sich meine Kehle viel zu trocken anfühlte.

»Verstehe. Nein, ich habe kein Schreiben. Wir haben uns bei einer Tasse Tee unterhalten. Ich dachte, er würde es in seinem Nachlass festhalten. Können Sie mir die Telefonnummer von Mr McKenzie Junior geben, damit ich ihn anrufen kann?«

»Es tut mir leid. Das darf ich aus Datenschutzgründen nicht.«

»Aber Mr McKenzie Senior muss doch etwas im Nachlass vermerkt haben.«

»Das bringe ich in Erfahrung. Allerdings mache ich Ihnen da wenig Hoffnung, wenn dem nicht so ist. Sein Sohn hat uns beauftragt, die Verwaltung des Gebäudes zu übernehmen. Und wenn etwas in der Erbschaft gestanden hätte, hätte er es sicherlich berücksichtigt.«

»Hören Sie, ich habe immer pünktlich meine Miete gezahlt. Auch das Darlehen, was Mr McKenzie Senior mir zur Verfügung gestellt hatte, habe ich zurückgezahlt.«

»Eine Mietschuldenfreiheit können wir Ihnen auf alle Fälle austellen. Es geht auch nicht um die Zahlungen. Wie in dem Schreiben vermerkt, möchte Mr McKenzie Junior die Räumlichkeiten selbst verwenden.«

»Aber er lebt doch in den Staaten.«

»Sie haben bis Ende des Jahres Zeit, ihr Geschäft zu verlassen. Am 31.12. wäre die Schlüsselübergabe. Die genaue Uhrzeit lasse ich Ihnen noch zukommen, sollte wirklich keine Klausel in seinem Testament über Ihren Vertrag existieren«, fuhr sie fort und ignorierte meinen Einwand.

Bis Ende des Jahres waren es keine sechs Wochen mehr. Mal davon abgesehen, dass ich nicht umziehen wollte, würde ich einen Umzug nie im Leben so schnell über die Bühne bekommen. Die Weihnachtszeit stand vor der Tür.

»Sie verstehen das nicht. Ich kann nicht mit meinem Teeladen umziehen. Gleich gar nicht jetzt«, fuhr ich sie aufgebracht durch den Hörer an. »Die Weihnachtszeit ist mein Hauptgeschäft. Ich kann unmöglich jetzt packen. Vor allem, wo soll ich denn hin?«

»Das kann ich Ihnen nicht beantworten.«

»In meinem Mietvertrag sind drei Monate Kündigungsfrist vereinbart ...«, startete ich einen neuen Versuch.

»Diese trifft in dem Fall nicht zu, da der Vermieter verstorben ist. Das ist im Unterparagraphen festgehalten. Haben Sie den nicht gelesen?«

Das hatte ich nicht mehr im Kopf und fühlte mich in dem Moment wie der letzte Trottel.

»Sie finden bestimmt eine Lösung. Ich wünsche Ihnen einen angenehmen Tag.«

Damit legte sie auf und ich starrte völlig verdattert über das misslungene Telefonat auf das Schreiben. Meine Hände zitterten und ein dicker Kloß saß in meinem Hals. Vier Jahre führte ich jetzt erfolgreich diesen Laden, der mein Ein und Alles war. Und jetzt sollte es vorbei sein?

KAPITEL 5

MARC

Melissa streckte leicht irritiert ihren Kopf in mein Büro und klopfte mit der Hand zaghaft an die Glastür. Sie sah ein wenig blass aus.

»Kann ich dich kurz stören?«

»Hmm. Hast du Anmerkungen zu der neuen Ausschreibung?«

Sie schob die Glastür auf, blieb aber in der Tür stehen.

»Nein, die ist großartig geworden. Ich hatte einen Anruf von der Mieterin der Gewerbeeinheit aus Chichester.«

Hellhörig blickte ich auf und deutete an, fortzufahren.

»Sie sagte, dass der Vater von Mr McKenzie ihr zugesichert hätte, dass sie auch nach seinem Ableben in den Räumlichkeiten bleiben darf.«

Ich zog überrascht die Augenbrauen in die Höhe. »Dann hätte es im Testament oder in einem Schreiben vermerkt sein müssen.«

Mel nickte, während ich mich erhob und mein Blick in die Kaffeetasse fiel, die bereits leer war. Zeit für einen neuen.

»Ich glaube kaum, dass Aiden so etwas übersehen hat. Was zahlt sie an Ladenmiete?«

»Da muss ich nachschauen.«

Ich griff nach meiner Tasse und deutete an, ihr zu folgen, damit ich mir einen neuen holen konnte. An ihrem Schreibtisch fand sie schnell den Mietvertrag und stieß erstaunt die Luft aus.

»Gerade einmal 150 Pfund.«

»Das ist ein Witz, oder?«

»Nein, ist es nicht. Hier, sieh doch.«

Ich schüttelte den Kopf. »Lass gut sein. Das reicht gerade einmal, um die Unkosten an Strom und Wasser im Monat zu decken. Dann ist es selbstverständlich, dass sie so etwas behauptet, weil sie nirgendwo eine Gewerbeeinheit zu diesem Preis bekommen wird.«

»Du willst also nicht noch einmal nachfragen?«

»Nein. Aiden sitzt jetzt am weißen Strand in der Karibik und genießt seinen wohlverdienten Cocktail. Dabei stör ich ihn wegen so einer Angelegenheit nicht. Er ist sehr genau und hat das Testament sicherlich eingehend studiert. Wir bleiben auf Kurs für die Schlüsselübergabe am 31.12.«

Ich wandte mich ab, um dem Gang zur Küche zu folgen. Das fing ja schon richtig gut an. Ich wusste, warum ich keine Immobilienverwaltung übernahm. Man hatte

nur Ärger mit den Mietverhältnissen und steckte als Verwalter zwischen den Stühlen.

Am Montagvormittag fuhr ich die lange gepflegte Einfahrt von *Chester Hall* entlang. Das Herrenhaus mit seiner Natursteinfassade und seinen bodentiefen Fenstern ragte imposant in dem Park empor. Mit seinen vielen Erkern und zum Teil auch gotischen Türmchen kam es einem Castle sehr nah.

An den Treppenstufen, die zum Eingang hinaufführten, unter einem dunklen Schirm wartete bereits der Butler auf mich. Ich parkte und stieg aus. Kalt prasselte der Regen auf mich herab.

»Willkommen auf *Chester Hall*, Sir. Mein Name ist John und ich stehe Ihnen jederzeit zur Verfügung.«

»Danke, John. Ich will mir erst einmal einen Überblick verschaffen, was alles zu tun ist.«

»Selbstverständlich. Kommen Sie. Ich führe Sie herum.«

Wir liefen die Treppen hinauf. Ich strich mit den Händen über das alte Gemäuer. Das Anwesen sah gut erhalten aus.

»Wie alt ist das Anwesen?«

»Es wurde 1423 vom Earl of West Sussex erbaut, der den Duke of Sussex als Lehnsherrn hatte.«

Ein Earl. Nicht schlecht. Das klang definitiv interessant. Aiden hatte jedoch keinen Adelstitel, wenn ich mich recht erinnerte.

»Wie kam es dann in den Besitz der McKenzies?«

»Fünf Generationen später hinterließ der damalige Earl keinen männlichen Erben. Lord McKenzie, einer der Söhne des Viscount of Cromartyshire aus Schottland, erbte das Anwesen als Cousin des Earls.«

Ich würde nie verstehen, wie der Adel so verheiratet sein konnte, dass ein schottischer Vizegraf der Erbe eines südenglischen Grafen sein konnte.

»Muss ich meinen Freund in Zukunft mit einem Titel anreden?«, fragte ich leicht amüsiert, nur zur Sicherheit.

John lachte. »Nein, der Titel *Earl* wurde seit damals nicht mehr verliehen, was den ersten McKenzie sehr geärgert hatte, da er diesen gern getragen hätte.«

Der Titel ging zwar verloren, die Ländereien jedoch nicht und die zählen heute immer noch. Nur das war wichtig. Aiden war eh nicht der Typ, der sich gern in der adligen Gesellschaft aufhielt.

»Es ist aus Sandstein, richtig?« Ich strich mit den Fingern über die raue Natursteinfassade.

»Jawohl, Sir.«

»Ist es sehr pflegeaufwendig?«

»Nun, die McKenzies haben immer sehr gut auf ihr Anwesen Acht gegeben.«

Wir betraten die Eingangshalle, deren Boden mit schwarz-weißen Marmorkacheln verlegt war. Eine Treppe gegenüber der Eingangstür führte auf eine weitere Ebene. Doch John deutete links in den Salon.

»Die Köchin hat Ihnen bereits einen Tee serviert«, informierte mich John.

»Danke. Den trinke ich nachher.«

»Er ist aus dem örtlichen Teeladen. Mr McKenzie Senior hatte ihn sehr geliebt.«

»Ich probiere ihn, danke. Sagen Sie, wenn er so gut ist, dann finde ich dort bestimmt ein Geschenk für meine Grams?«

John lachte. »Das finden Sie dort ganz sicher.«

Prima, denn das fehlte mir noch.

»Wenn Sie möchten, führen Sie mich gern noch ein wenig herum. Wo könnten die Sachen aus Washington untergebracht werden?«

Wir verließen den Salon und betraten einen weiteren kleineren Salon.

»Eine Zwischenlagerung in diesem Zimmer wäre unproblematisch.«

Ich nickte und deutete auf eine Tür im hinteren Bereich des Salons.

»Wohin führt diese Tür? Kann die zugestellt werden oder muss die offenbleiben?«

Ich hatte keine Idee, wie viel Kram Aiden und Sheryl besaßen. Nur falls das ein Fluchtweg war, sollte das berücksichtigt werden.

In großen Schritten durchquerte John den kleineren Salon in den nächsten Raum. Ich folgte ihm und schnappte nach Luft. Eine Bibliothek mit deckenhohen Regalen. Zwei Schreibtische befanden sich an der Fensterfront und ein weicher Teppich erstreckte sich unter den Füßen. Einige Regale waren leer. Doch der Staub auf

den Regalbrettern zeigte mir, dass erst kürzlich Bücher darin gestanden hatten.

»Hier ist die Bibliothek.«

»Ist das auch das Arbeitszimmer gewesen?«

»Nein, das befindet sich in der zweiten Etage.«

»Wo sind die Bücher aus den Regalen hin?«

»Diese hat Miss Smith in das *Entrümpelungszimmer* geräumt.«

Bei dem Wort Entrümpelung rümpfte John leicht die Nase.

»Entrümpelungszimmer?« Ich zog überrascht die Brauen nach oben.

»Ja, Miss Smith meinte in dem Telefonat kurz vor ihrem Abflug, Sie würden sich um alles Weitere kümmern.«

Ich lachte kurz zynisch auf. »Ich soll *Chester Hall* entrümpeln? Davon hat Aiden nichts erzählt.«

Das behagte mir gar nicht. Als ich Aiden angeboten hatte, seinen Umzug zu managen, hatte ich damit nicht das Aussortieren von Familienerbstücken gemeint. Denn meines Erachtens könnten die alle an Ort und Stelle bleiben, wo sie sich gerade befanden. John und ich verließen die Bibliothek und betraten das Zimmer rechts von der Eingangshalle.

»Das ist ursprünglich der Ballsaal gewesen. Derzeit dient er als Entrümpelungszimmer«, erklärte mir John und abermals merkte man ihm an, dass ihm dieses Wort nicht behagte.

Ich sah mich erstaunt um, denn es türmten sich diverse Habseligkeiten des Familienbesitzes auf. Von englischem Geschirr über alte Gemälde, antiken Möbel-

stücken, Lampen, Vasen, Teppichen und Kleidung. Langsam ging ich durch den Saal. Schnell fand ich die Bücher, die in der Bibliothek fehlten. In Leder eingebunden befanden sich Familienstammbäume englischer Adelshäuser. Diese Gegenstände wurden von Generation zu Generation vererbt. Warum wollten Aiden und Sheryl diese nicht mehr haben? Ohne sie wäre *Chester Hall* nicht mehr das, was es auszeichnete.

»Sir, darf ich etwas anmerken?«, fragte John mich vorsichtig.

Als ich nickte, fuhr er fort. »Vieles davon ist zu schade und zu kostbar, um es zu entsorgen.«

Ich hob eines dieser Bücher hoch. »Wie diese Familienstammbäume?«

»Jedes Adelsgeschlecht führt sie. Auch wenn Mr McKenzie Junior dafür kein Interesse hat, so gehört es dennoch zu diesem Anwesen.«

»Das verstehe ich durchaus. Was schlagen Sie vor, John?«

»Nun, es gibt im Untergeschoss einen recht weitläufigen Raum, dort könnte ich bestimmte Dinge einlagern. Oder oben auf dem Dachboden.«

»Die Bücher wären auf dem Dachboden sicher besser aufgehoben. Im Keller könnten sie Feuchtigkeit ziehen.«

In seinen Augen blitzte es auf. »Dann würden Sie mir zustimmen, dass diese auf gar keinen Fall entsorgt werden dürfen?«

Ich nickte gedankenverloren. »Definitiv. Machen Sie eine Liste, was eingelagert wird. Zum Beispiel auch die Familienportraits. Vielleicht hat Aiden irgendwann wieder Interesse an solchen Dingen.«

Aiden mochte die englische Kultur. Zugegeben, sein Vater war etwas arg steif gewesen. Dennoch würde er alte Familiengegenstände nie leichtfertig weggeben.

»Und für den Rest lassen Sie eine Entsorgungsfirma kommen«, schlug ich vor.

»Sir, es gibt hier nichts, was entsorgt werden müsste. Dieses Geschirr ist zwar zweihundert Jahre alt, besitzt aber weder Kratzer noch Macken. Es mag den Geschmack von Miss Smith nicht treffen. Doch zum Wegschmeißen ist es zu kostbar. Ein Antiquitätenhändler würde sich viel mehr darüber freuen.«

Ich seufzte. Das würde zeitaufwendiger werden als erwartet.

»Gut, machen Sie Termine mit Antiquitätenhändlern aus. Möchten Sie, dass ich dabei zugegen bin?«

John strahlte über das ganze Gesicht. »Das wäre mir sehr recht. Ich bin nur ein Angestellter, während Sie der offizielle Beauftragte sind.«

Ich breitete mich in der Bibliothek aus und erstellte eine Liste mit Dingen, die zu erledigen waren. In der Zwischenzeit trank ich den Tee, den mir Aidens Angestellte zubereitet hatte. Sein weicher Geschmack entfaltete sich angenehm auf meiner Zunge, während eine gewisse Entspannung einsetzte, die all meine Sorgen in den Hintergrund rücken ließ. Vermutlich lag das am Anwesen oder an der Bibliothek. Der Ausblick auf diesen wunderschönen Park und die Ruhe, die *Chester Hall* ausstrahlte, empfand ich nahezu als Urlaub im Vergleich zu der Hektik des Londoner Businessviertels.

Innerlich machte sich Hoffnung in mir breit, dass *South Realty Inc* die Kurve kriegen würde.

Mein Handy leuchtete auf. Meine Schwester.

Denk an Grams Geburtstag. Wir erwarten dich zum Abendessen.

Stimmt! Ich musste noch ein Geschenk besorgen. Also packte ich zusammen und zog meinen Mantel über. John fand ich mit Mary, einer anderen Hausangestellten, im Ballsaal.

»Sie brechen bereits auf?«

»Ja, eine Familienangelegenheit. Sagen Sie, die andere Immobilie, die Mr McKenzie gehört, befindet die sich in der Nähe?«

»Die befindet sich in der Innenstadt von Chichester«, erklärte er mir.

»Es scheint so, als ob Mr McKenzie Senior diese kaum genutzt hat.«

John sah mich ernst an. »Das hat kein McKenzie jemals.«

»Das müssen Sie mir genauer erklären.«

»Nun, jeder in der Stadt weiß, dass es dort spukt. Aus dem Grund wollte niemand dort wohnen.«

»Bis auf …«, wandte Mary ein.

Mit einer Handbewegung brachte John sie jedoch umgehend zum Schweigen.

»Es spukt?« Ich zog ungläubig die Augenbrauen nach oben.

»So erzählt man es sich. Und es gab in der Vergangenheit merkwürdige Ereignisse, die sich keiner erklären konnte.«

»Was für Ereignisse?«

»Ein Todesfall«, platzte es aus Mary heraus.

»Sie können es drehen und wenden, wie Sie wollen, mit dem Haus stimmt etwas nicht«, versuchte John es zu relativieren.

»Und warum durfte Aiden es nicht verkaufen?«

»Es ist der Wille des ersten McKenzie gewesen, dass dieses Haus in der Innenstadt niemals veräußert werden durfte, da es ihm selbst sehr viel bedeutete. Der Legende nach würde sonst die Familie einen Fluch auf sich ziehen. Niemand weiß so genau, welchen Pakt er mit wem geschlossen hat. Aber jeder McKenzie seit Generationen hielt sich daran.«

KAPITEL 6

CAYLIN

Der Wind trieb mir die eisigen Regentropfen ins Gesicht, sodass ich mich tiefer in meinem dunkelblauen Wachsmantel vergrub. Meine Lederboots schmatzten bei jedem Schritt auf dem aufgeweichten Boden. Ich lief am Sonntagnachmittag über das weite Anwesen vom alten McKenzie. Hohe Ulmen und Rotbuchen, die bereits ihre Blätter verloren hatten, säumten den frei zugänglichen Park. Hecken und Sträucher zierten die Wege, während gusseiserne Bänke zumindest in den warmen Jahreszeiten zu einer Rast einluden. Ich passierte verwitterte Steinskulpturen und selbst der Teepavillon, der im Sommer mit blühenden Rosen erstrahlte, wirkte bei dem tristen und grauen Wetter einsam und verlassen.

An der Familiengruft im hinteren Parkbereich blieb ich stehen und fuhr mit dem Finger über die Steinplatte. Ich suchte nach Worten, fand jedoch keine. Also legte ich ein Gesteck mit Stechpalmen ab, was ich gestern vor Ladenschluss noch bei Tom gekauft hatte, und entzündete eine rote Grabkerze. Lange stand ich dort, beobachtete den Wind, der mit der Flamme spielte.

»Danke für die Chance damals. Ich weiß jetzt nur nicht, wie es weitergehen soll. Aber Sie hätten auch nicht aufgegeben, richtig? Und das werde ich ebenfalls nicht tun. Vielleicht überlegt es sich Ihr Sohn noch einmal.«

Schließlich schwang ich mich wieder auf mein Fahrrad und fuhr heim. Zu Hause angekommen, klappte ich meinen Laptop auf und durchforstete das Internet über ähnliche Fälle. Schließlich formulierte ich einen Widerspruch auf das Schreiben. Es schien mir das einzig Sinnvolle zu sein. Vielleicht bewirkte es ja etwas. In der Zwischenzeit würde ich weiter meinen Tee verkaufen und erst recht nicht ans Packen denken.

»Du siehst bedrückt aus, Liebes«, begrüßte mich Elenor am Montagnachmittag, die nach ihrem Feierabend kurz bei mir vorbeigekommen war.

Es regnete heute ebenfalls. Der Himmel wurde gar nicht richtig hell, so tief hingen die Wolken, als würden sie den Boden berühren wollen. Ich erzählte ihr von dem Schreiben der Immobilienfirma und sie schlug sich sofort die Hand vor den Mund.

»Das ist entsetzlich. Und jetzt?«

Ich zuckte mit den Schultern. »Ich habe Widerspruch eingelegt. Vielleicht hilft das.«

»Du brauchst einen Anwalt.«

Ich presste die Lippen fest aufeinander und nickte. Daran hatte ich auch schon gedacht. Doch der einzige Anwalt, den ich kannte, war Brads Bruder, der eine eigene Kanzlei in Edinburgh hatte. Wenn ich ihn konsultierte, wussten es bald auch meine Eltern. Schweigepflicht hin oder her. Sie stammten immerhin aus einem kleinen Dorf. Da hielt sich keiner an so etwas.

Das Glockenspiel der Ladentür signalisierte mir einen weiteren Kunden.

»Geh ruhig. Ich schau mich noch ein wenig bei dir um. Schließlich ist bald Weihnachten und ich brauch noch ein paar Geschenkideen.«

Ein Mann trat ein und schloss dabei seinen tropfenden Regenschirm, den er im Schirmständer direkt an der Eingangstür platzierte. Er trug einen schwarzen, tailliert geschnittenen Wollmantel, der ihm bis zum Oberschenkel reichte. Ein grün-golden karierter Schal lugte in seinem Ausschnitt hervor. Seine schwarzbraunen Haare waren stufig geschnitten und ein gepflegter Kurzbart säumte seine Wangen. Er sah attraktiv aus. Doch ich kannte ihn nicht, sodass ich vermutete, dass er nur auf der Durchreise war.

»Herzlich willkommen. Was kann ich für Sie tun?«, begrüßte ich ihn.

Er löste seinen Blick von den Teeregalen und sah zu mir. Schwarze Augen glänzten in dem warmen Licht meines Ladens, als ob Sterne in ihnen tanzten. Überraschung zog über sein Gesicht, während er kurz darauf

seinen Blick an mir herabwandern ließ. Drei Teetassen für seine Gedanken.

Ich trug einen dünnen, enganliegenden Strickpulli mit einem U-Ausschnitt. Seine intensive Musterung machte mich nervös. Betrachtete er erst jede Verkäuferin, bevor er seine Wünsche äußerte?

Ich spürte, wie Hitze in mir aufstieg, sodass ich am liebsten die Fenster in meinem Laden öffnen würde. Doch draußen ging ein ziemlich kalter Novemberwind, der die wohlige Wärme meines Teeladens schnell vertreiben würde.

Als er bei meinem knielangen, senfgelben Cordrock und der marineblauen Wollstrumpfhose angekommen war, verzogen sich seine Lippen zu einem amüsierten Lächeln. Machte er sich etwa über meinen Kleidungsstil lustig? Ich blies eine trotzige, rote Haarsträhne aus meinem Gesicht, die sich gelöst hatte und verschränkte demonstrativ die Arme vor meinem Oberkörper.

»Sir?«, fragte ich erneut etwas fordernder.

Ertappt huschten seine schwarzen Augen wieder zu meinem Gesicht. Sie strahlten mich warm an. Immer noch funkelten goldene Sterne in ihnen.

»Entschuldigen Sie.« Er räusperte sich kurz. »Dieser Teeladen wurde mir empfohlen und ich hoffe, Sie können mir aus einer äußerst unangenehmen Situation helfen.«

Jetzt war ich aber gespannt. Er drehte sein Handgelenk, um einen Blick auf seine Uhr zu werfen.

»Ich muss in einer Stunde bei meiner Grams auf der Couch sitzen und benötige noch ein Geburtstagsgeschenk für sie.«

Nun konnte ich nicht anders, als ihn breit anzustrahlen. Wie typisch. Die Anspannung zerbrach plötzlich zwischen uns und wir lachten beide kurz auf.

»Da sind Sie bei Caylin genau an der richtigen Adresse. Sie hat alles, was Grandmas gerne mögen«, schaltete sich Elenor dazwischen und erinnerte mich daran, dass ich nicht allein im Laden war.

»Welchen Tee trinkt sie gern?«, versuchte ich, ihn abzuholen.

Er machte eine beiläufige Handbewegung. »Ich nehme an, irgendeine Sorte von Twinings. Und vielleicht haben Sie auch eine Tasse? Ihre ist schon sehr alt und geht gar nicht mehr so richtig sauber.«

»Twinings führe ich nicht. Gar keine Teebeutel. Nur losen Tee.«

Ich zog beiläufig eine Teebox aus dem Regal und öffnete diese für ihn. Er atmete tief ein und ein wohliges Seufzen verließ seine Kehle.

»Sehr aromatisch. Wow. So ein Teegeschäft habe ich noch nie betreten.«

Ich lächelte. »In ganz Südengland bin ich die Einzige, die diese Art von Tee führt.«

»Caylins Tee ist der Beste. Sie müssen mal *Liebeszauber* oder *Kaminliebe* probieren«, sagte Elenor. »Da geht es heiß her.«

Leicht irritiert sah er zu Elenor und schließlich wieder zu mir. Ich schob mehr reflexartig die Ärmel meines Strickpullis nach oben und spürte, wie die Hitze durch den Körper schoss, was ihm nicht entging. Augenblicklich änderten sich seine Gesichtszüge. Von neugierig zu

jagend. Oh nein. Nicht mit mir! Und für seine Grams war das auch nicht der richtige Tee.

»Kommen Sie, ich zeige Ihnen die Tassen, die ich habe.« Besser ich erinnerte ihn schnell daran, warum er eigentlich hier war.

Ich führte ihn an den Regalen mit Tee vorbei zu den Tassen und Kannen.

»Sie hat so ein uraltes Ornament auf ihren Tassen.«

»Die Form ist entscheidend«, sagte ich. »Wie eine Tasse in der Hand liegt, ist sehr individuell. Sie kann noch so hübsch sein, wenn sie nicht der Form entspricht, die Ihre Grams gern in der Hand hält, wird sie diese nicht verwenden.«

Er fuhr sich fahrig durch sein kurzes Haar.

»Da bin ich tatsächlich ein wenig überfragt.«

»Die alte Tasse, von der sie erzählt haben. Welche Form hat sie? Eher rund und weit oder hoch und schmal. Oder doch pottähnlich.«

»Sie ist eher klein und verspielt. So wie diese hier.« Er zeigte auf eine weiße mit Herzmustern.

»Dann sollten Sie eine in dieser Form nehmen. Schauen Sie, hier gibt es noch andere Motive. Welche mit Blumen oder Ornamenten oder schlicht einfarbig.«

»Blumen mag sie«, schoss es gleich aus ihm hervor und ein charmantes Lächeln bildete sich auf seinen Lippen. Er deutete auf eine. »Ich nehme zwei von dieser hier. Und haben Sie noch eine passende Kanne?«

Ich nickte und zeigte auf eine. »Es gäbe sogar noch ein Stövchen dazu.«

»Perfekt. Ich nehm es alles zusammen. Können Sie es mir als Geschenk verpacken?«

Ich nahm das Geschirr aus dem Regal und lief damit zur Kasse. Währenddessen spürte ich erneut seinen intensiven Blick in meinem Nacken, der daraufhin zu prickeln begann. Warum empfand ich es in meinem Laden heute viel zu heiß? Was war nur los mit mir? Am Tresen angekommen, fingerte ich nach einer glänzenden, stabilen Pappe, um das Geschirr darauf zu drapieren.

»Jetzt müssen Sie aber noch einen Tee mitnehmen«, sagte Elenor. »Glauben Sie mir, Sie werden es nicht bereuen.«

Nachdenklich legte er einen Finger an sein Kinn.

»Ich bin mir nicht sicher, ob sie überhaupt ein Teesieb besitzt.«

»Das ist kein Problem«, sagte ich. »Schauen Sie, in dem Regal hinter Ihnen sehen Sie alle Siebeinsätze, die ich da habe. Von einem Tassensieb über Teeeier oder Einsätze für Kannen. Oder wenn Sie möchten, können Sie auch Einwegfilter verwenden. Wegen der Nachhaltigkeit empfehle ich die aber nicht so gern.«

Er nickte und sah sichtlich überfordert aus.

»Trinkt Ihre Grams ihren Tee gern allein?«

Langsam schüttelte er den Kopf. »Soweit ich weiß, hat sie zur Teezeit immer jemanden zu Besuch. Sie pflegt die alte Tradition sehr.«

»Dann nehmen Sie doch einen Einsatz für die Kanne. Damit machen Sie nichts verkehrt.«

Ich trat um den Tresen herum und ergriff zielgerichtet einen Siebeinsatz, den ich am meisten verkaufte und annähernd in jede Kanne passte. Er lächelte.

»Ich seh schon. Sie verstehen Ihr Handwerk. Würden Sie mir noch helfen, den richtigen Tee zu finden?«

Ich nickte. »Ich nehme an, ein Schwarztee wäre gut?«

»Schwarztee, ja. Vielleicht auch einen grünen?«

Ich stellte ihm von jeder Sorte zwei vor, die sich gut verkaufen ließen und ließ ihn daran riechen. Er deutete schließlich auf *Glücksmomente* und *Lotusblüte*. Letzterer schenkte dem Teetrinker eine Mentalreise an einen asiatischen See, auf dem Lotusblumen wuchsen. Die meisten fühlten sich danach sehr erfrischt.

Ich füllte von beiden 50 g ab und legte die Tüten zwischen die Tassen. Schließlich umwickelte ich alles mit einer Folie und klebte von außen noch ein Schleifchen mit einem Happy Birthday-Sticker drauf.

Er nickte sichtlich begeistert. »Was schulde ich Ihnen?«

Ich tippte alles in meine neue Kasse ein. Als ich auf *Bestätigen* klickte, ertönte eine feierliche Melodie und eine Konfettifontäne schoss aus der Kasse in die Höhe.

Elenor quietschte vergnügt, während der Mann überrascht einen Schritt zurücktrat. Fortwährend regnete es bunte Glitzerschnipsel auf ihn herab, die in seinem Haar und auf seinem Mantel hängen blieben. Ich gluckste amüsiert.

»Oh, das gibt es ja nicht«, sagte ich, während ich das Gefühl hatte, dass meine Wangen zu glühen begannen. »Sie sind der 1000. Einkauf, seitdem ich mein neues Kassensystem habe. Herzlichen Glückwunsch.«

»Aha!«, sagte er etwas zögerlich. »Was für ein Zufall.«

Ich griff unter die Ladentheke und fingerte einen Gutschein hervor.

»Das find ich auch. Gewonnen haben Sie eine Teezeremonie mit einem Tee Ihrer Wahl. Sie können bis zu drei Personen mitbringen. Einzulösen wäre der Gutschein nur bis zum 20.12. Bringen Sie etwas Zeit mit. Die Zeremonie dauert ungefähr eine Stunde, aber erfahrungsgemäß benötigt man etwas länger. Das kommt darauf an, welchen Tee Sie wählen.«

Elenor hielt sich die Hand vor den Mund und kicherte, als wäre sie ein Teenie.

»Das kann ich mir gut vorstellen. Die Teezeremonien sind immer für eine Überraschung gut. Sie sind ein echter Glückspilz.«

Der Mann sah mich immer noch überrascht an, doch die goldenen Sterne in seinen Augen funkelten neugierig.

»Hier unten finden Sie meine Telefonnummer und eine Mailadresse. Wenn Sie mir zwei Tage vorher Bescheid geben können, wann Sie Ihren Gutschein einlösen wollen, wäre ich Ihnen sehr dankbar. Denn in der Zeit würde ich meinen Laden für weitere Kundschaft schließen.«

»Das mache ich bestimmt«, versicherte er mir.

»Auf welchen Namen darf ich ihn ausstellen?«

Ein charmantes Lächeln umspielte seine Lippen. »Marc Baxter. Und Sie sind?«

KAPITEL 7

MARC

Die Teeladenbesitzerin kritzelte meinen Namen auf die Karte und schob sie in einen pastellfarbenen Umschlag, den sie mir feierlich mit einem Strahlen, als ob Weihnachten und Ostern auf einen Tag fallen würde, überreichte. Ich ließ ihn in die Innentasche des Mantels verschwinden. Eine Teezeremonie? Noch nie hatte ich von so etwas gehört. Es gab Tearooms, wo man seinen 5 Uhr Tee genießen konnte. Aber eine Teezeremonie? Ich strich in großen Zügen das Konfetti von meinen Armen.

»Caylin O'Neil. Sehr erfreut, Sie kennenzulernen. Es tut mir leid mit dem Konfetti«, stammelte sie und ihre Wangen färbten sich rot. »Ich hätte nicht gedacht, dass es so viel sein würde.«

Abermals hatte sich eine ihrer lockigen Strähnen gelöst, während ihr mit Sommersprossen besetztes Näschen nervös zuckte. Dieses Mal schob sie sie mit der

Hand zurück hinters Ohr. Wie sich ihre Haare wohl anfühlen würden? Warum stellte ich mir diese Frage?

»Schon gut. Kein Problem. Ich bin schließlich ein Gewinner und natürlich freue ich mich ebenfalls, Ihre Bekanntschaft machen zu dürfen.«

Ich zückte meine Kreditkarte, um Grams Geschenk zu bezahlen. Schließlich griff ich unter das Geschirr.

»Vielen Dank für die tolle Beratung. Sie haben mir wirklich sehr geholfen. Ich melde mich wegen der Zeremonie und wünsche den Damen noch einen angenehmen Abend.«

»Viele Glückwünsche an Ihre Grams«, sagte Miss O'Neil.

Ich wandte mich um und wollte die Tür öffnen, stellte aber schnell fest, dass das Geschenk so groß und schwer geraten war, dass ich mich nicht traute, es nur auf einer Hand zu halten. Obendrein wartete noch mein Schirm im Ständer an der Tür.

»Warten Sie, ich halte Ihnen die Tür auf«, rief sie gleich.

Kurz darauf tauchte sie neben mir auf. Ihr Duft verschlang mich. Sie roch nach Vanille und Zimt. Ihre Hand griff nach meinem Schirm und hakte ihn in meine Armbeuge.

»Sehr zuvorkommend. Danke schön.«

Ein letztes Mal glitt mein Blick über ihren Körper. Die Kleine war echt süß. Sie reichte mir trotz ihrer uneleganten Boots mit derber Sohle gerade einmal bis zur Schulter. Nicht nur ihre Kleidung, die definitiv einzigartig war, zog meine Aufmerksamkeit auf sich, sondern auch ihre Figur. Als könnte ich erahnen, wie es sich anfühlen

würde, meine Hände auf ihre nackte Taille zu legen und sie an mich zu ziehen.

Himmel, was war nur los mit mir?

Ich dachte doch sonst nicht so. Nur wenn ich mit Jeremy im *Dark* war. Zugegeben, dort war ich die letzten drei Wochen nicht mehr gewesen. Das sollten wir unbedingt ändern.

Allerdings musste ich mir eingestehen, dass mir die Kleine gefiel. Sehr gefiel. Schon lange hatte mich keine Frau mehr so angesprochen.

Sie streckte ihre Hand nach der Klinke aus, wodurch sie noch einen Schritt näher an mich herantreten musste. Ich spürte die Wärme, die ihr Körper ausstrahlte. Es machte mich unfähig, meinen Blick von ihr zu nehmen. Ihre Wangen glühten noch intensiver als zuvor und ihr Lächeln zuckte nervös. Sie öffnete die Tür. Doch bevor ich hindurchtreten konnte, stellte sie sich auf die Zehenspitzen und zupfte etwas Konfetti aus meinem Haar. Dabei strich ihr süßlicher Atem über mein Gesicht. Bildete ich es mir ein, oder beschleunigte sich dieser gerade? Mein Blick wanderte selbstständig zu ihren Lippen. Weich und elegant luden sie ein, geküsst zu werden.

»Da war noch etwas Konfetti«, räusperte sie sich verlegen.

Ich musste unbedingt gehen, sonst würde ich noch etwas tun, was ich hinterher bereuen würde. Für wie triebgesteuert musste sie mich halten? Ich reagierte doch sonst nicht so extrem auf attraktive Frauen. Schnell trat ich durch die Tür in die kalte Novemberluft. Es regnete immer noch, doch die kalten Tropfen fühlten sich

angenehm auf meinem ebenfalls erhitzten Gesicht an. Mein Blick fiel auf den Blumenladen nebenan, vor dem unzählige Adventskränze lagen.

Ich hatte mich vorhin beim Betreten des Teeladens gefragt, welches Haus Aidens war. Der Blumenladen befand sich links vom Teegeschäft und die Strickwaren rechts. Doch auch in den oberen Etagen brannte Licht, sodass sich mehrere Mietparteien darin befinden sollten. Nur über dem Teeladen war es dunkel. Doch von einem Teegeschäft hatte Aiden nichts erzählt.

»Sagen Sie, das Haus, in dem es angeblich spuken sollte. Welches ist es?«, fragte ich, bevor sie die Tür ins Schloss fallen lassen konnte.

Ihr Lächeln wich und kurz sah sie mich verwirrt an. Vermutlich versuchte sie den schnellen Themenwechsel zu verstehen. Sie schüttelte kaum merklich den Kopf und fand ihr strahlendes Lächeln, was sich bei diesem Regenwetter wie ein warmer Sonnenschein anfühlte, schnell wieder.

»Dieses Gerücht glauben Sie doch nicht wirklich, oder?«

Ich lachte leise auf. »Sie haben recht. Ich glaube es nicht wirklich, denn sicherlich lässt sich alles ganz rationell erklären.«

Ihre Augen verengten sich ein wenig, als würde sie durch mich hindurchschauen wollen. »So wird es wohl sein. Ich wünsche Ihnen einen schönen Abend.«

»Ebenso.«

Die Tür fiel hinter mir ins Schloss, und erst da realisierte ich, dass ich keine Antwort auf meine Frage bekommen hatte. Welches Haus war es denn jetzt? Ich lief die Straße entlang zum Parkplatz meines Autos. Keines dieser Häuser passte auf Aidens Beschreibung und keines wirkte als verlassenes Geisterhaus, in dem es spuken würde. Ich hatte mich vermutlich in der Straße getäuscht und nahm mir vor, bei Gelegenheit noch einmal im Mietvertrag nach der Adresse zu schauen, der sich auf Mels Schreibtisch befand. Bestimmt war es der Blumenladen. Die Fassade sah schon sehr verwittert aus. Auf der anderen Seite konnte es mir auch wirklich egal sein, denn ich hatte mit Aidens Umzug und mit den Ausschreibungen meiner Firma, die dringend einen Investor suchte, genug zu tun.

»Onkel Marc ist endlich da. Können wir jetzt essen, Mummy?«, rief Belle, meine Nichte, die ihre Nase an der Fensterscheibe plattgedrückt hatte, um als erste zu wissen, wann ich ankommen würde.

Kaum fiel die Tür ins Schloss, sprang sie an mir hoch und ich hatte Mühe, Grams Geschenk nicht fallen zu lassen. Somit trug ich auf dem einen Arm meine Nichte und in der anderen Hand balancierte ich Grams Geschenk.

»Du hast Konfetti im Haar.« Belle griff zielgerichtet an meinen Kopf.

»Na, ich dachte, ich gehe zu einer Geburtstagsparty«, antwortete ich ausweichend und brachte meine Nichte zum Kichern.

Meine Schwester kam in den kleinen Flur und stemmte ihre Hände in die Hüfte.

»Das wurde aber auch Zeit«, drängelte sie.

»Ich freu mich auch, dich zu sehen, Schwesterchen. Es war viel Verkehr auf den Straßen und bei dem Wetter lässt es sich nicht schnell fahren.«

Sie seufzte. »Gib es zu. Du liebst diese Auftritte, nicht wahr? Der vielbeschäftigte Marc. Wenigstens hast du ein Geschenk dabei.«

Mum lugte aus der Küche hervor. »Hallo mein Schatz. Warum bist du so spät? Hast du jemanden mitgebracht?«

Neugierig wanderte ihr Blick an mir entlang, doch als sie niemanden außer mir sah, schimmerte wie immer eine Enttäuschung darin.

»Wen sollte ich denn mitbringen, Mum? Jeremy hat Dienstbereitschaft. In der Woche ist das immer schlecht bei ihm. Sonst wäre er bestimmt zum Gratulieren vorbeigekommen.«

Und am Wochenende ebenfalls. Schließlich verbrachte er die Abende im *Dark*.

»Doch nicht Jeremy, du Depp«, stieß Ann aus, während Belle neben mir kicherte.

»Eine Frau«, piepste Belle und beugte sich flüsternd an mein Ohr. »Mummy hat gewettet, dass du nie eine Frau mitbringen wirst.«

Ich verdrehte übertrieben theatralisch die Augen. Natürlich hatte sich bei meiner Familie nichts geändert. Ich setzte Belle auf dem Boden ab.

»Wenn ich groß bin und du dann noch keine Frau gefunden hast, Onkel Marc, dann kannst du mich heiraten. Versprochen.«

Lachend zwinkerte ich meiner süßen Nichte zu und streckte ihr meine freie Hand entgegen, damit sie einschlagen konnte.

Meine Schwester schüttelte nur den Kopf, während Mum das Essen aus der Küche holte. Belle hüpfte den Flur entlang in die Stube, wohin ich ihr folgte. Ein warmes Feuer prasselte im Kamin und vertrieb die nasskalte Novemberluft aus meiner Kleidung. Grams saß in ihrem Ohrensessel und strahlte mich an. Ich beugte mich zu ihr herunter, um sie zu umarmen.

»Happy Birthday. Für die beste Grams auf der ganzen Welt.«

Grams umarmte mich. »Ach, du hättest mir doch nichts kaufen brauchen. Ich habe doch schon alles.«

»Ich dachte, eine neue Teetasse könnte nicht schaden. Hat deine nicht so eine ähnliche Form?«

Grams Augen begannen zu leuchten. »Es ist genau dieselbe. Und die Blumen sind so wunderschön. Vielen Dank, mein Schatz.«

Erleichtert, dass ich offensichtlich das richtige Geschenk besorgt hatte, servierte meine Schwester das Essen und wir verbrachten einen ungezwungenen Abend zusammen als Familie.

Unruhig wälzte ich mich später im Bett in Grams Cottage hin und her, weshalb ich nicht sehr gern hier schlief. Nicht nur, weil mir das Essen etwas arg im Magen lag. Gerade bei meiner Familie fiel es mir noch schwerer, schlafen zu können. Doch der Weg nach London wäre zu weit gewesen, obendrein hatte mich mein Schwager zu einem Whiskey überredet.

Doch kaum schloss ich die Augen, verfolgte mich der eine Traum. Und gerade zu Hause waren die Bilder noch intensiver als sonst. Doch dieses Mal vermischte sich Susans Gesicht mit dem entzückenden Lächeln der rothaarigen Teeladenbesitzerin. Ihre Pupillen waren nicht geweitet und ihr Atem roch nicht nach Alkohol. Stattdessen umgab sie ein süßlicher Geruch von Vanille und Zimt.

Nein! Nicht sie.

Unruhig wälzte ich mich hin und her.

Bitte nicht diesen Traum.

Meine Hände umklammerten so fest das Lenkrad, bis die Knöchel weißlich hervortraten.

Aufwachen! Ich will aufwachen!

Doch zu spät. Ein entgegenkommendes Auto blendete mich. Ich vernahm das laute Scheppern des Metalls und das Klirren von Fensterscheiben, während die rothaarige Teeladenbesitzerin leblos und blutüberströmt im Beifahrersitz hing. Keuchend riss ich die Augen auf. Mein Shirt nassgeschwitzt.

Ich ballte meine Hände zu Fäusten und trommelte wütend auf die Laken. Wann wird mich dieses Ereignis nicht mehr verfolgen?

Meine Finger tasteten nach meinem Handy und starteten eine Playlist, die ich oft zum Arbeiten hörte. Abermals schloss ich die Augen und ging im Geist die Agenda des morgigen Tages durch. Ja, das war bedeutend besser. In Gedanken lief ich durch den Straßenzug in London und erstellte weitere konzeptionelle Nutzungsmöglichkeiten, um potenzielle Käufer zu inspirieren. In einem Gebäude befand sich plötzlich der Tee-

laden. Ich betrat ihn und das Lächeln der rothaarigen Frau, der eine widerspenstige Locke ins Gesicht fiel, empfing mich. Ich bemerkte nicht, wie ich abermals in den Schlaf wegrutschte. Das war mir noch nie passiert.

KAPITEL 8

CAYLIN

Lange schlich ich an diesem Abend um meine blaue Couch in meiner kleinen Zweiraumwohnung. Neben der Couch befand sich noch ein Fernseher, ein vollgestopftes Bücherregal und eine Kommode in der Wohnküche. Immer wieder nahm ich mein Handy in die Hand, nur um es wieder wegzulegen.

»Tue es einfach, Cay! Es ist nur ein Anruf«, murmelte ich zu mir selbst.

Ich atmete tief durch. Was blieb mir schon anderes übrig? Elenor hatte recht. Ich brauchte einen Anwalt. Also griff ich nach dem Handy und wählte die Nummer, die ich nicht wählen wollte. Es tutete nur zweimal, bis Simon, Brads Bruder, abhob.

»Caylin? Was für eine Überraschung?«

»Hey Simon. Ja, ich weiß. Wie geht's euch so? Dir und Fiona?«

»Vor kurzem kam unser zweites Kind. Ein Mädchen. Hat sie dir das geschrieben?«

»Ja, natürlich. Herzlichen Glückwunsch.«

»Die Nächte sind kurz und ich habe viel um die Ohren in der Kanzlei, weshalb sie nach Durness gereist ist. Ich fahre hin und wieder hoch. Gerade nicht so einfach. Aber wir packen das.«

Das konnte ich mir gut vorstellen, dennoch schluckte ich, schließlich benötigte ich ebenfalls seinen fachlichen Rat.

»Was verschafft mir die Ehre deines Anrufs? Soll ich deinen Eltern ausrichten, dass du Weihnachten nicht kommen kannst?« Ich vernahm sein Lächeln durch das Telefon.

»Nein, alles gut. Ich bräuchte aber dennoch deine Hilfe. Als Anwalt.«

Stille breitete sich am anderen Ende der Leitung aus, die für mein Empfinden einen Moment zu lange dauerte.

»Steckst du in Schwierigkeiten?«

»Mein Teeladen.«

Ich erzählte ihm von dem Schreiben der Immobiliengesellschaft aus London und auch von meinem Widerspruch.

»Kannst du mir deinen Widerspruch per Mail schicken? Ich bin noch in der Kanzlei, dann schau ich es mir gleich an. Und das Schreiben am besten auch.«

Ich klappte meinen Laptop auf und Simon nannte mir seine E-Mail-Adresse.

»Die Mail ist raus.«

»Bleib in der Leitung. Ich lese es mir nur rasch durch. Dann hast du sofort eine Antwort.«

»Danke, Simon.«

»Kein Ding. Du gehörst für mich trotzdem zur Familie.«

Ein Stich zog durch mein Herz. Das war eine Bemerkung, die ich nicht so gern hören wollte. Ja, ich war erleichtert, dass er mir half, und ich mochte Simon. Doch es erinnerte mich auch schmerzlich an Brads Verrat.

»Hmm, also dein Widerspruch ist in Ordnung. Haben sie schon reagiert?«

»Nein, ich hab ihn auch erst vor zwei Tagen weggeschickt.«

»Dann warten wir einfach mal ab. Du hast ihnen ja eine Frist gesetzt, bis dahin werden sie sich zurückgemeldet haben. Doch so generell kann ich dir leider nur wenig Hoffnung machen. Wenn der alte Vermieter verstorben ist und der Sohn es übernommen hat, um die Immobilie selbst zu nutzen, ist es sein gutes Recht.«

Ich stieß hörbar den Atem aus und lief in meiner Wohnung auf und ab.

»Ich habe mir vier Jahre eine Kundschaft aufgebaut. Ich kann jetzt nicht einfach ausziehen.«

»Gibt es denn keine Immobilie ein paar Straßen weiter, die leer steht? Deine Kunden stört es bestimmt nicht, wenn sie eine Ecke weiterlaufen müssen.«

»Bestimmt. Aber ich habe …« Wie sollte ich erklären, dass ein Umzug für mich nicht infrage kommt, schließlich befand sich das Südtor nur in diesem Laden und in keinem anderen. »Es ist alles auf mich persönlich

zugeschnitten. Ich habe sie damals eigenhändig renoviert. Sie bedeuten mir etwas.«

Er lachte leise auf. »Cay, das ist doch kein Argument. Jedenfalls keines, was vor Gericht zählt.«

»Ich weiß. Ich kann es dir nicht anders erklären. Und Mr McKenzie Senior hatte mir zugesichert, dass ich in dem Laden bleiben darf. Auch nach seinem Ableben.«

»Hast du das schriftlich?«

Ich seufzte. »Nein. Das war bei einer Tasse Tee. Er stand immer zu seinem Wort.«

»Mag ja sein. Nur jetzt ist er eben verstorben. Du brauchst etwas Schriftliches, damit sein Wort wahr wird. War jemand dabei, der es bezeugen kann?«

Meine Schultern sackten nach unten. »Nein«, gab ich kleinlaut zurück. »Wir saßen allein auf seiner Terrasse.«

Abermals kehrte Stille am anderen Ende der Leitung ein. Es war ein Fehler, ihn anzurufen. Er würde es Brad erzählen. Und vermutlich auch Mum und Dad.

»Warum kommst du nicht wieder zurück nach Schottland? Ich könnte mich in Edinburgh mal umhören, wenn du magst.«

Ich schwieg und rieb mir stattdessen über die Stirn. Deshalb wollte ich Simon nicht anrufen. Er gehörte zur Heimat, die ich nicht grundlos verlassen hatte.

»Es tut ihm wirklich leid, Cay«, fügte Simon leise an. »Ich weiß, du willst es nicht hören und natürlich hat mein Bruder Mist gebaut. Du hast allen Grund, sauer auf ihn zu sein. Aber du bedeutest ihm viel. Immer noch.«

Ich schluckte. »Es würde nicht mehr funktionieren, Simon. Das mit Brad ist vorbei.«

Er seufzte. »Ich kann dich verstehen. Kommst du Weihnachten? Fiona würde sich freuen, dich wiederzusehen.«

»Ich weiß es noch nicht. Das ist abhängig davon, ob ich nun aus dem Laden muss.«

»Verstehe. Schick mir die Antwort auf deinen Widerspruch. Ich werde sehen, was ich für dich tun kann.«

»Danke, Simon. Kann ich noch irgendetwas anderes tun? Ich fühl mich so hilflos. Und die Warterei macht mich ganz irre.«

»Nein, kannst du nicht und ich verspreche dir nicht, dass dein Widerspruch Erfolg haben wird. Wenn der Sohn nicht einlenkt, dann sehen deine Chancen nicht gut aus. Also trink einen Tee, Cay und überleg dir lieber einen Plan B für deinen Laden.«

Mit diesen Worten sprach er meine schlimmsten Befürchtungen aus. Ich wollte keinen Plan B. Ich wollte meinen Teeladen behalten. Meine Teemischungen würden nur dann die Gefühle beim Trinken hinterlassen, wenn ich in diesem Laden blieb. Schließlich gab es nur dort das Portal und nirgendwo anders. Verkaufte ich meinen Tee in einem Geschäft drei Straßen weiter, wäre es nur noch Tee. Der immer noch gleich gut schmeckte, aber keine magischen Emotionen mehr hinterließ. Doch das konnte ich niemandem erklären.

Wir legten auf und ich ließ mich niedergeschlagen auf die Couch sinken. Der Teeladen bedeutete mir alles. Er war ein Neuanfang, als ich von Brad damals so sehr enttäuscht worden war. Er war mein Leben. Die Freundschaft zur Wächterin vom Portal war mir ebenfalls wichtig. Mich faszinierten ihre Magie und ihre Welt. Diese

nicht mehr länger um mich zu wissen, würde mein Leben leer und trist erscheinen lassen. So gewöhnlich.
Ohne Feenstaub. Farblos. Der Gedanke raubte mir buchstäblich den Atem, während mein Daumen über die
Verzierungen meines Rings strichen.

Nein, ich würde keinen Plan B schmieden. Ich würde
nicht kampflos aufgeben. Sollte Mr McKenzie Junior
doch über mir einziehen. Ich würde ihm schon zeigen,
was mir dieser Teeladen bedeutete.

KAPITEL 9

MARC

Mit festen Schritten steuerte ich mein Büro an. Ich war spät dran, denn auf der Strecke nach London steckte ich zweimal im Stau.

»Guten Morgen, Mel. Was gibt es Neues?«

Sie folgte mir in mein Büro, wo ich gerade dabei war, meinen Laptop aus der Tasche zu holen.

»Das ist deine Post.« Sie legte ein paar Briefe auf meinem Schreibtisch ab. In ihrer Hand hielt sie noch ein Blatt Papier. »Die Mieterin aus Chichester hat Widerspruch eingelegt.«

Erstaunt zog ich die Stirn in Falten. »Das war zu erwarten, auch wenn es ein wenig albern ist.«

Sie könnte zehn Widersprüche einlegen. Wenn sie weiter nichts in der Hand hatte, käme sie gegen Aidens Eigenbedarf nicht an.

Mel zuckte mit den Schultern. »Lies selbst.«

Sie streckte mir den Zettel entgegen, doch ich wehrte mit beiden Händen ab. »Gib es an Ajit weiter. Ich habe mit dem Anwesen und dem Umzug genug zu tun. Stell dir vor, es muss noch entrümpelt werden.«

Ajit war mein Jurist. Seine Familie kam aus Indien und war so herzlich, dass sie mich oft zum Essen einluden. Ajits Eltern hatten ein indisches Restaurant in London, was sehr beliebt war, sodass Ajit und ich dort oft unsere Mittagspause verbrachten oder Kooperationen mit internationalen Investoren zum Essen mitnahmen.

»Das ist nicht dein Ernst. Marc, die Ausschreibungen sind wichtiger als der Umzug.«

Ich hob beschwichtigend die Hände. »Ich weiß und habe sie auch fast fertig. Ich saß die halbe Nacht über weiteren Nutzungsideen, die ich noch ergänzen möchte. Damit könnten wir auch noch andere Kunden akquirieren. Ein paar Interessenten hatten sich bereits gemeldet. Wir bekommen das hin.«

Sie nickte. »Gut, dann leg ich den Widerspruch Ajit vor. Soll er auch die Zeit aufschreiben?«

»Er soll einen halben Arbeitstag abrechnen. Ich werde am Freitag wieder zum Anwesen müssen. Und Mel, könntest du bitte mal herumtelefonieren, welche Umzugsfirma in London noch vor Weihnachten eine Containerladung vom Hafen nach *Chester Hall* fahren könnte?«

Sie seufzte. »Natürlich.«

»Wir werden keine Verwalter. Wirklich nicht.«

Die Verwaltung von Aidens Herrenhaus und seiner Immobilie reichte mir bereits. Definitiv war das nicht der Traum meiner schlaflosen Nächte.

Melissa verließ mein Büro und ich öffnete meine Mails. Ich zog den Gutschein aus der Tasche und tippte die Adresse des Teeladens in die Empfängerzeile. Nachdem ich heute Morgen auf der Autofahrt schon mit den Antiquitätenhändlern telefoniert hatte und mir die ganze Nacht ein bestimmtes Lächeln durch den Kopf ging, freute ich mich tatsächlich auf die Zeremonie. Ein wenig Abwechslung zu den Ladys im *Dark* würde mir sicherlich guttun.

Liebe Miss O'Neil,
vielen Dank für diese wundervollen Teetassen. Tatsächlich hatten sie genau die richtige Form, sodass sie meiner Grams gefallen haben. Gern würde ich den Gutschein diesen Freitagnachmittag einlösen. Ich komme allein. Doch würde ich mich freuen, wenn Sie mir bei der Zeremonie Gesellschaft leisten würden.
Ihr Marc Baxter

Ich las die Mail noch einmal durch. War der letzte Satz zu aufdringlich? Vermutlich würde sie eh bei der Zeremonie anwesend sein, oder? Ich löschte ihn. Doch irgendeinen Satz musste ich da noch hinschreiben. Ich konnte die Mail doch nicht mit *allein* enden lassen, das hörte sich sehr mitleiderregend an.

Würden Sie eine Tasse Tee mit mir trinken?

Ich las die Mail mit der Frage am Ende erneut. Klang es zu hilfebedürftig? Ich fuhr mir mit der Hand über das Gesicht. Du liebe Güte, hatte ich wirklich verlernt, einer

Frau ein paar nette Zeilen zu schreiben? Es gab zwar die eine oder andere Bettgeschichte in meinem Leben. Aber nichts, was mir etwas bedeutete. Warum dachte ich ausgerechnet jetzt an Sex? Ich wollte zu einer Teezeremonie und nicht auf ein Date mit Aussicht auf mehr. Vermutlich war so eine Zeremonie etwas super Steifes. Ich sollte sachlich bleiben. Ich hatte einen Gutschein, den wollte ich einlösen. *Ganz einfach, Baxter!*

Ich formulierte die letzten zwei Sätze noch einmal um.

Da ich in Chichester keinerlei Kontakte habe, die ich mitbringen könnte, werde ich Ihre Teezeremonie egoistischerweise allein genießen dürfen. Ich freue mich auf eine unterhaltsame Stunde mit Ihnen.

Ja, besser. Ich klickte auf *Senden*, bevor ich es mir noch einmal anders überlegen konnte. Puuh, warum fühlte ich mich gerade so, als wäre ich einen Marathon gelaufen?

»Es ist kein Date, nur eine Teezeremonie«, murmelte ich zu mir selbst.

KAPITEL 10

CAYLIN

Fünf vor vier. Gefühlt starrte ich zehnmal in der Minute auf die Uhr. Warum nur war ich so aufgeregt? Es war doch nur eine Teezeremonie.

Ich freue mich auf eine unterhaltsame Stunde mit Ihnen.

Was, bitte schön, hatte Marc Baxter damit gemeint? Es war eine Teezeremonie, keine Teeparty mit der Queen. Vor allem, dass er die Zeit egoistischerweise allein mit mir genießen möchte, jagte einen Schauer über meinen Rücken. Einen heißen, prickelnden. Einen, wie er nicht sein sollte. Er war ein Kunde. Kein Date.

Vier vor vier. Die Zeit lief heute irgendwie langsam.

»Vielen Dank für den Tee«, sagte Mr Wilson, der Bürgermeister, und steckte die zwei Tüten Schwarztee in seinen Beutel.

Ich musste mich dringend ablenken, weshalb ich Mr Wilson ein Blatt Papier über den Tresen schob.

»Sehr gern. Haben Sie Lust, auf meiner Liste zu unterschreiben?«, fragte ich und deutete auf eine Tabelle, die ich an der Kasse ausgelegt hatte. »Mein Mietvertrag soll nicht verlängert werden und ich sammle Unterschriften von meinen zufriedenen Kunden. In der Hoffnung, Mr McKenzie Junior davon überzeugen zu können, doch in den Räumlichkeiten bleiben zu dürfen.«

»Oh, will Sie der Junge hier raushaben?«

Ich nickte und biss mir auf die Unterlippe. Seit drei Tagen sammelte ich Unterschriften. Tom von nebenan und Ina aus dem Wollgeschäft, meine andere Nachbarin, hatte ich auch gefragt. Beide hatten sogar neben ihrer Unterschrift vermerkt, dass sie glücklich waren, mich neben ihnen zu haben. Ich würde ihren Umsatz steigern und die unheimlichen Gesänge hätten aufgehört.

Von der Immobilienfirma hatte ich noch nichts weiter gehört. Es fiel mir nur sehr schwer, nicht noch einmal dort anzurufen, um nachzufragen, wie sie meinen Widerspruch aufgefasst haben. Dennoch wollte ich nicht nur abwarten und Tee trinken, wie mir Simon empfohlen hatte. Deshalb hatte ich eine Petition gestartet. Vielleicht konnte ich damit Mr McKenzie Junior überzeugen, bleiben zu dürfen. Wozu brauchte er auch das ganze Haus?

»Der Junge war viel zu lange in den USA, wenn Sie mich fragen. Kommt zurück und tut so, als gehöre ihm ganz West Sussex. Ich habe gehört, er lässt sogar teure Erbstücke an Antiquitätenhändler verkaufen.«

»Oh nein, das hätte sein Vater bestimmt nicht gewollt.«

»Darauf können Sie gewiss eine Tasse Tee trinken. Selbstverständlich bekommen Sie meine Unterschrift«, sagte er.

Er griff nach dem Kuli neben der Kasse und kritzelte großzügig seine Unterschrift drauf.

»Das nächste Mal schicke ich meine Frau, dann kann sie auch noch unterschreiben.«

»Das ist sehr lieb. Vielen Dank.«

»Wie viele Unterschriften brauchen Sie denn? Ich kann mal im Bridge-Club nachfragen, dass der bei Ihnen vorbeischaut.«

Mein Herz hüpfte vor Freude von der vielen Unterstützung, die ich bekam. Elenor hatte darauf bestanden, eine separate Unterschriftentabelle zu sammeln. Sie sprach annähernd jeden Kunden ihres Bäckerei-Cafés an. Es sorgte natürlich auch dafür, dass ich seit drei Tagen bedeutend mehr Umsatz fuhr als sonst zur Vorweihnachtszeit, weil jeder seinen Teevorrat noch einmal auffüllen wollte. Die Weihnachtszeit war schon immer mein verkaufsstärkster Monat. Aber nun sprengte das tatsächlich all meine Vorstellungskraft.

Als ich damals angefangen hatte, verirrte sich kaum jemand in meinen Laden. Jeder glaubte den Gerüchten, dass es in den Räumlichkeiten des alten Hauses spuken würde. Nur der alte McKenzie schickte seine Angestellten vorbei, die bei mir Tee für ihn einkauften. Erst das Frühlingsstraßenfest ein paar Monate später hatte damals die Bewohner von Chichester für mich geöffnet. Ich bot eine Teeverkostung vor meinem Laden auf der Straße an, woraufhin viele eine Tüte Tee mit nach Hause nahmen. Es war damals mein erster Durchbruch. Doch

die Unterschriftensammlung war der reinste Überflieger.

Mr Wilson verließ meinen Laden, während die nächste Dame bereits an der Kasse stand und eine Teebestellung aufgab. Es war drei nach vier. Wenn ich mich nicht gleich beruhigte, würde ich eine Tasse *Wohlige Ruhe* trinken müssen. Ich bezweifelte allerdings, dass ich danach noch eine Teezeremonie leiten konnte.

Die Dame bezahlte und auch sie setzte ihren Namen auf die Liste. Während sie meinen Laden verließ, wandte ich mich bereits dem nächsten Kunden zu: ein sechzehnjähriges Mädchen, das für ihren Grandpa ein Weihnachtsgeschenk suchte. Ich empfahl ihr ein paar Teesorten, aber auch Tassen oder eine Kanne. Sie entschied sich schließlich für ein Geschenkset, was ich schon vorbereitet hatte. Als ich mich mit dem Set umdrehte, um die Kasse anzusteuern, stand er plötzlich da.

Marc Baxter.

Mit einem charmanten Lächeln auf den Lippen und beide Arme vor seinem Oberkörper verschränkt, lehnte er mit der Schulter an der Eingangstür und beobachtete mich.

»Heute kein gelber Cordrock«, murmelte er und sein Blick blieb auf meinen Oberschenkeln hängen.

Umgehend wurde mir heiß. Viel zu heiß. Bei allen Teesorten im Regal, dieser Mann hatte eine viel zu intensive Wirkung auf mich. Ich sollte ihm Eistee für die Zeremonie empfehlen.

»Herzlich willkommen, Mr Baxter, und nein, ich trage heute keinen senfgelben Cordrock. Ich hoffe doch, Sie sind nicht allzu enttäuscht über mein Strickkleid«,

begrüßte ich ihn und machte gleich deutlich, dass ich seine Bemerkung gehört hatte.

Das Mädchen, was für ihren Grandpa das Geschenk kaufen wollte, hielt sich umgehend die Hand vor den Mund und begann zu kichern.

»Das tannengrüne Strickkleid ist eine durch und durch gelungene Alternative«, sagte er und seine Augen hatten wieder mein Gesicht gefunden.

»Das freut mich. Ich bin gleich für Sie da.« Ich zwinkerte ihm zu.

»Die Freude liegt ganz auf meiner Seite und nenn mich Marc.«

»Caylin«, antwortete ich.

Das Mädchen schaute überrascht zwischen ihm und mir hin und her, wurde rot und grinste über das ganze Gesicht. Ich tippte den Preis des Geschenksets in die Kasse ein, während sie mir einen Schein über den Tresen schob.

»Ich unterschreib auch, wenn ich darf. Ich habe vorhin mitgehört«, sagte sie schüchtern.

»Danke, das ist sehr lieb. Viel Spaß beim Verschenken.«

Ich überreichte ihr das Wechselgeld. Sie verließ meinen Laden und da ich gerade keine Kundschaft mehr hatte, lief ich zur Tür und drehte das Open-Schild auf *Closed*. Geschlossen. Als ich den Schlüssel im Schloss drehte, sah er mich überrascht an. Zugegeben, ich war noch nie mit einem Mann allein bei der Zeremonie. Gleich gar nicht mit so einem attraktiven. Es fühlte sich auch für mich merkwürdig an. Als ob es verboten wäre.

»Es stört dich doch nicht, allein mit mir im Laden zu sein?«, fragte ich und meine Wangen fühlten sich plötzlich ziemlich heiß an. »Die Teezeremonie findet in einem anderen Raum statt und wenn wir uns dort aufhalten, bekomm ich kaum mit, wenn jemand den Laden betritt. Deshalb habe ich zugeschlossen.«

Besser ich erklärte mich gleich, nicht dass er die falschen Rückschlüsse zog. Er antwortete nicht, stattdessen funkelten seine dunklen Augen nur belustigt und winzige Fältchen hatten sich um sie gebildet. Ich mahnte mich innerlich zur Sachlichkeit. Das hier war kein Date. Es war eine Teezeremonie, die ein Kunde gebucht hatte. Ein Kunde, der dir extrem gefällt, murmelte eine leise Stimme in mir, die ich schon lange nicht mehr vernommen hatte.

Ich deutete an, dass er mir folgen sollte und so lief ich festen Schrittes durch die Teeregale in den hinteren Bereich. Am Ende der Ladenfläche befand sich ein kleiner Flur, von dem zwei Türen abgingen. Eine zur Küche und eine zu dem winzigen Büro. Beide waren geschlossen. Zur rechten Hand jedoch befand sich der Durchgang zum Zeremonieraum, in dem das Südtor der Feen auf dem Boden abgebildet war. Ein steinerner Rundbogen trennte ihn von den restlichen Räumlichkeiten. Davor gab es im Flur eine kleine Garderobe.

»Du kannst deine Sachen dort ablegen«, sagte ich und zeigte auf die Haken. »Die Zeremonie findet in diesem Raum statt. Und während ich schon einmal das Wasser vorbereite, kannst du dir gern vorn im Laden einen Tee aussuchen.«

»Irgendeinen Tee?«

Ich verschränkte meine Finger ineinander und begann sie nervös zu kneten.

»Du solltest keinen Tee wählen, in dem das Wort *Liebe* vorkommt. So wie *Kaminliebe* oder *Liebeszauber*.«

Er zog die Stirn in Falten und lachte leise auf. »Alles klar. Irgendeinen Tee ohne Liebe. Na gut. Das bekomm ich hin.«

Mir war durchaus bewusst, wie zweideutig das klang. Doch tatsächlich war es noch nie vorgekommen, dass jemand so einen Tee bei einer Zeremonie gewählt hatte. Meistens waren es Entspannungstees oder Glückstees. Da ich noch nie eine Teezeremonie zu zweit hatte, stimmten sich die Teilnehmer untereinander über die Geschmacksrichtung ab. Ich war neugierig, welchen Tee er auswählen würde.

Ich ging in die Küche und stellte das Wasser im Kessel schon einmal auf 70 Grad ein. Je nach Teesorte würde ich es erhöhen oder es bei der Temperatur belassen.

Marc stand unschlüssig vor dem riesigen Teeregal und tippte sich mit dem Zeigefinger an sein Kinn.

»Ich schätze, es sind zu viele Tees, sodass ich mich unmöglich entscheiden kann«, sagte er, als ich mich neben ihn gesellte. Er roch nach Zypressenholz mit einer leicht blumigen Note. »Kann ich auch zwei Sorten wählen?«

»Das empfehle ich nicht, weil sich der Geschmack des Tees dann nicht frei entfalten kann.«

Das bezog sich eher auf das Gefühl, was der Tee im Körper hinterlassen würde. Meine Tees durcheinander zu trinken, hatte ich noch nie ausprobiert und tatsächlich hatte auch noch keiner meiner Kunden davon

erzählt. Doch ich konnte mir gut vorstellen, dass die Emotionen dann durcheinanderwirbeln würden. Das ultimative Gefühlschaos. Allerdings konnte ich ihm das in dieser Art und Weise nicht erklären.

»Was sind denn deine beiden Favoriten?«, versuchte ich ihn abzuholen.

Er deutete auf einen Schwarztee mit dem Namen *Momente der Freude*, dann auf einen Grüntee mit dem Namen *Freiheit*. Ich erklärte ihm, in welche Geschmacksrichtungen die Tees gingen, woraufhin er beide zurück ins Regal schob.

»Was trinkst du gern?«, bohrte ich weiter.

Er zählte ein paar Geschmacksrichtungen und Gewürze auf. Demnach empfahl ich ihm zwei andere Tees. Einen Grüntee, der *Kraft des Morgens* hieß und den Kräutertee *Entspannungszeit*. Er entschied sich für die Entspannungszeit.

»Kennst du alle deine Teesorten?«, fragte er, während wir nach hinten gingen.

»Da ich die Teemischungen selbst zusammenstelle, ja.«

Am Rundbogen angekommen, deutete ich auf seine Schuhe.

»Die lassen wir am besten draußen. Der Raum ist mit Teppich und Kissen ausgelegt.«

Während er sich die Schuhe auszog, holte ich das heiße Wasser aus der Küche. Auch ich schlüpfte aus meinen Schuhen und trat dann in mein Zeremoniezimmer. Warmes Licht von Salzkristallen empfing uns. Im oberen Wandbereich hing eine Lichterkette, die rundum ging. Der Boden, bis auf die Mitte, war mit einem Hoch-

florteppich ausgelegt, auf dem sich größere Sitzkissen mit kleineren abwechselten.

»Es ist gemütlich«, sagte Marc erstaunt. Er zeigte auf das Steinrelief in der Mitte. »Was ist das?«

Die Mitte des Raumes zeigte den kreisrunden Baum, der kein oben und kein unten hatte. Kein links und kein rechts. Wenn man ihn spiegelte, sah er zu allen Seiten gleich aus. Um den Baum hatte ich ein knöchelhohes, schwarzes Band gezogen, damit niemand auf das Relief trat. Es würde die Feen sonst verärgern, was ich nicht gebrauchen konnte. Obendrein wusste ich, dass auch Menschen darin verschwinden konnten, wenn sie auf das Relief treten würden.

»Das ist ein keltisches Symbol. Es ist im Steinboden eingelassen und sollte nicht betreten werden.«

»Hast du es eingravieren lassen?«

»Soweit ich weiß, existiert der Baum schon seit Ewigkeiten. Ein Relikt aus Englands mystischer Vergangenheit.«

Genauso wie die Wände aus Feldstein, die diesen Raum umgaben. Es waren die einzigen Wände, die nicht verputzt waren. Ein magischer Ort. Doch die meisten Menschen heute glaubten nicht mehr an Magie. Und an Feen gleich gar nicht. Sie existierte nur noch in Märchen. Obendrein gab es gerade in Südengland genügend andere mystische Orte, die sich als Attraktionen besser vermarkten ließen. Weil ich die Magie der Feen zwar nutzte, aber selbst nicht erklären konnte, ging ich sehr dezent damit um. Viele Kunden erfreuten sich an dem Baum, weil er unsere uralten, keltischen Wurzeln aufgriff. Mehr mussten sie nicht wissen.

Gegenüber dem Rundbogen befand sich eine Kommode. Dort hatte ich schon eine Teekanne, ein Stövchen und zwei Teeschalen bereitgestellt.

»Du kannst es dir gern gemütlich machen«, sagte ich.

Doch Marc gesellte sich zu mir. »Ich bin neugierig, wie du den Tee zubereitest.«

Ich konnte mir ein Grinsen nicht verkneifen. »Nicht anders, als du es auch machen würdest.«

Ich füllte etwas Tee in ein Sieb und übergoss ihn mit dem heißen Wasser. Das Aroma von Kamille und Lavendel stieg mir umgehend in die Nase. Dann ließen wir den Tee ziehen. Ich platzierte die Kanne auf dem Stövchen, unter dem sich ein Tablett befand. Beides stellte ich auf dem Boden ab, sodass wir uns setzen konnten.

Marc nahm neben mir Platz und rutschte tief in einen Sitzsack. Der Dampf des Tees stieg aus der Kanne auf und entfaltete sein Aroma in der Luft. Ich atmete tief durch und blies ihn über das Portal. Der Teedampf glitt über die Steingravuren, sammelte sich in der Mitte des Baumes und verteilte sich über das gesamte keltische Symbol. Die Rune, die die Wächterin beim Mischen des Tees gesprochen hatte, aktivierte das Baumrelief. Grüne und lila Lichter begannen zu leuchten und tanzend nach oben zu steigen.

»Wow. Wie geht das?«, fragte Marc neugierig.

Die Lichter durchzogen die Blätter und die Wurzeln des Baumes. Breiteten sie sich nicht mehr länger aus, setzte ein dezenter Gesang der Feen ein. Sie sangen eine Melodie, die an eine irische erinnerte. Ein Lächeln erschien auf Marcs Gesicht.

»Damit hatte ich nicht gerechnet«, sagte er leise. »Es ist wunderschön.«

Mit einem Plätschern füllte ich die zwei Teeschalen und reichte ihm seine zuerst.

»Lass ihn dir schmecken.«

»Danke.«

Er nahm die Schale in zwei Hände und setzte sie an seine Lippen. Vorsichtig blies er über den dampfenden Tee.

»Was hattest du erwartet?«, fragte ich.

»Hmm, dass wir zusammen Tee trinken und uns nett unterhalten. Aber eine Lichtshow und dazu passende Musik sind wirklich sehr ansprechend. Sind die Lichter und die Gesänge jedes Mal anders? Also kannst du sie wechseln?«

Marc nippte an dem Tee und stieß ein wohliges Seufzen aus.

»Sie richten sich nach dem Tee aus.«

Er lachte leise auf. »Es ist also jedes Mal anders.«

Ich nickte.

»Mit dieser Idee hast du dich wirklich selbst übertroffen. Er ist im Übrigen sehr lecker.« Marc deutete auf seinen Tee.

Ich trank ebenfalls aus meiner Schale. Nicht ich hatte mich übertroffen, sondern die Feen mit ihrer Magie.

»Wie kommt man auf die Idee, Tee ohne Beutel zu verkaufen? Das ist … innovativ.« Begeisterung schwang in seiner Stimme mit.

Ich erzählte ihm von meiner Reise durch Ostfriesland. Wie sehr mir die deutschen Teegeschäfte gefielen, die man in fast jeder Kleinstadt finden konnte.

»Allein das Aroma beim Betreten des Ladens ist ein Genuss.«

Unsere Blicke begegneten sich. In seinen Iriden spiegelten sich die Feenlichter des Baumes wider und zogen mich magisch an. Unzählige Schmetterlinge begannen in dem Moment in meinem Bauch zu tanzen.

»Und die Teezeremonie?«, fragte er weiter.

»Die kann man in Ostfriesland ebenfalls erleben. Genauso wie in Indien und in China. Sie sind anders als bei mir. Ich habe sie an unsere keltischen Wurzeln angepasst.«

»Ich muss gestehen, dass ich diesbezüglich eine Bildungslücke habe«, sagte er. »Aber es gefällt mir. Sehr.«

Ich wich kurz seinem intensiven Blick aus. Eine Hitze stieg in mir auf und ich wusste, dass diese nicht nur vom Tee kam. Ich schob die Ärmel des Strickkleides nach oben. Mein Mund fühlte sich viel zu trocken an, sodass ich instinktiv zu meiner Teeschale griff. Dabei strichen meine Fingerspitzen über seine Hand, da er zeitgleich ebenfalls zu seinem Tee greifen wollte. Ein elektrisierendes Prickeln zog durch meine Finger. Wir lachten beide kurz auf, nur um anschließend Tee zu trinken. Das liebliche Aroma des Lavendels umhüllte uns, als ich unsere Teeschalen erneut auffüllte. Ich erzählte ihm von den Teeplantagen in Indien und China. Wie anders der Tee schmeckte, wenn er vor Ort frisch getrocknet wurde, auch wie sehr mich die Gelassenheit, die die Asiaten ausstrahlten, beeindruckt hatte.

Eine Haarsträhne fiel mir ins Gesicht. Doch bevor ich sie zur Seite schieben konnte, streckte Marc bereits seine Hand aus und strich sie mir zärtlich hinters Ohr.

»Du beeindruckst mich. Allein durch Asien und Europa zu reisen«, wisperte er mit tiefer Stimme, die wohlig in mir räsonierte.

Nervös stellte ich meine Teeschale auf dem Boden ab.

»Wohin reist du gern?«

Die grünen Feenlichter tanzten weiterhin über das Steinrelief.

»Eher in die andere Richtung. Aber in Amerika gibt es nicht so einen wundervollen Teeladen und erst recht ist mir noch nie so eine interessante Frau, wie du es bist, begegnet.«

Das konnte ich kaum glauben, denn so interessant fand ich mein Leben gar nicht. Ich verkaufte Tee. Mehr war es nicht. Gut, ich verkaufte magischen Tee, doch diesen Aspekt hatte ich ihm nicht erzählt.

»Dann musst du in einem Dorf wohnen«, neckte ich ihn, um die Situation aufzulockern.

Er lachte. »London.«

Ich stieg in sein Lachen ein. »Knapp daneben, würde ich sagen.«

Doch bevor ich ihn fragen konnte, was er in Chichester tat, neigte er sich mir entgegen, wobei seine dunkel glänzenden Augen meine Lippen anvisierten. Ich schnappte unwillkürlich nach Luft. Er hielt in der Bewegung inne. Meine Hand tastete nach meiner Teeschale, damit ich mich ablenken konnte. Doch ich fand erneut seine Fingerspitzen. Seine bloße Anwesenheit und Nähe ließen die Wirkung meines Entspannungstees gänzlich in der Luft verpuffen.

KAPITEL 11

MARC

Ich wollte sie küssen, denn ihre eleganten Lippen reizten mich ungemein. Doch je mehr ich den Tee trank, desto ruhiger und entspannter wurde ich und desto mehr verlor ich dieses Vorhaben. All meine Sorgen seit dem geplatzten Vertrag lösten sich auf wie Rauch im Wind.

Ich hob eine Hand zu meinen Lippen und unterdrückte ein Gähnen.

»Entschuldige bitte.«

Es war mir äußerst unangenehm, denn eigentlich hatte ich sie doch küssen wollen. Warum war ich plötzlich so müde? Caylin kicherte.

»Das ist der Tee.«

Aha. Der Tee also. Meine Lippen verzogen sich zu einem zufriedenen Lächeln und ich rutschte tiefer in den Sitzsack. Caylin schimmerte in dem Licht des Baumes mystisch und strahlte einen Frieden aus, der mir Halt

gab. Sie war so magisch schön. Ich schloss meine Augen und lauschte auf die Klänge. So eine uralte Melodie hatte ich schon lange nicht gehört. Normalerweise hatte ich für diese Mystik nichts übrig. Aber hier in diesem Raum mit Caylin Tee zu trinken und diese Melodie zu hören, begeisterte mich. Dabei entspannte sich mein Körper wie schon lange nicht mehr. Ein Gefühl, wonach ich mich so sehr gesehnt hatte.

Ich spürte, wie etwas nach meinem Inneren greifen wollte. Doch es beunruhigte mich nicht. Ganz im Gegenteil, ich ließ es zu. Meine Gedanken über die Firma wirbelten nicht mehr durcheinander, sondern legten sich. Ich sah nicht mehr die grausige Szene aus meiner Vergangenheit vor meinen inneren Augen, sondern eine Lichtung, auf dem dieser Baum stand. Die Sonne tauchte die Lichtung in ein gleißendes Licht. Um den Baum hatten sich feengleiche Frauen in hauchzarten, weißen Gewändern versammelt. Sie tanzten darum und sangen diese Melodie.

Ich spürte, wie mir etwas Schweres aus der Hand genommen wurde.

»Danke«, murmelte ich beiläufig.

Ich ließ mich von den tanzenden Frauen anziehen und trat langsam auf sie zu. Sie strahlten so eine Leichtigkeit aus, wie ich sie seit Jahren nicht mehr empfunden hatte. Als ich sie erreicht hatte, hörten sie auf zu tanzen und drehten sich mir neugierig zu. Ihre Augen leuchteten heller und farbintensiver, als ich es je bei Menschen gesehen hatte. Ihre Haare wehten in der dezenten Brise im Wind. Ein süßlicher Geruch drang mir in die Nase, den ich nicht als aufdringlich oder erdrückend empfand.

Die Äste des Baumes berührten ihre Köpfe, als ob der Baum sie streichelte. Zwei Frauen von ihnen traten zur Seite und mit einer Armbewegung deuteten sie, dass ich zu dem Baum gehen sollte.

Ohne es zu hinterfragen, tat ich es. Ich streckte meine Hand nach der Borke des Baumes aus. So einen mächtigen Stamm mit tiefen Furchen hatte ich noch nie gesehen. Was war das für ein Baum? Eine Eiche? Eine Weide? Ich wusste es nicht. Der liebliche Duft umhüllte mich in Gänze. Als ich nach oben schaute, bemerkte ich unzählige Blüten. Meine Finger glitten über die raue Borke, doch kein Splitter zerriss meine Haut.

Ganz im Gegenteil. Ein warmer Strom flutete meinen Körper. Wie Wasser umspülte er meine Knöchel. Wurde immer höher, bis er meinen Oberkörper erreicht hatte. Doch ich geriet nicht in Panik. Es fühlte sich eher so an, als ob der Baum mich kennen würde. Denn als der warme Strom über meinem Kopf zusammenschlug, hielt ich unwillkürlich die Luft an und Bilder und Ereignisse aus meinem bisherigen Leben leuchteten auf. Auch der Unfall.

Nun geriet ich doch in Panik. Wollte auftauchen, konnte es allerdings nicht.

Atme!

Wer hatte das gesagt?

Atme!

»Ich kann nicht.«

Lass los!

Und dann? Was würde dann geschehen?

Mir ging die Luft aus. Ich ruderte mit Armen und Beinen. Die Borke des Baumes fühlte ich nicht mehr. Nur

noch den warmen Strom, der mich umgab. Ich schnappte nach Luft. Doch kein Wasser drang in meine Lunge, sondern Luft. Es wirkte befreiend. Mein Körper wurde ruhiger. Umgehend entspannte ich mich erneut. Ein helles Licht schoss durch mein Sichtfeld und ich konnte nicht anders. Ich ließ los und versank in dem Licht.

KAPITEL 12

CAYLIN

Was geschah mit ihm? Ich nahm ihm seine leere Teeschale aus der Hand, die bereits schräg in seiner Hand lag. Daraufhin gab er ein wohliges Seufzen von sich, was sich wie ein *Danke* anhörte. Marc rutschte immer tiefer in die Kissen.

»Caylin!«

Ich drehte mich zum Portal. Die Wächterin war in der Mitte des Baumes erschienen. Ihre kastanienbraunen Haare wehten ihr weit über die Schultern. Ein helles Licht umgab sie.

»Was ist mit ihm?«, fragte ich aufgebracht.

»Er ist anders.« Ihre Augen wirkten besorgt.

»Was meinst du damit?«

»Er ist auf uns zu gekommen und hat unseren Tanz unterbrochen.«

Irritiert sah ich sie an. Wie war das möglich? Die wenigsten wurden von dem Tee so beeinflusst, dass sie

überhaupt die Feen und ihren Baum sehen konnten. Und er unterbrach sogar ihren Feentanz? Oh je.

»Das hat noch nie jemand getan, Caylin.«

»Ich verstehe es selbst nicht. Ich habe nichts anderes gemacht als sonst.«

Verzweifelt stand ich auf und zeigte ihr die Teemischung.

»Die Rune der Entspannung«, murmelte sie nachdenklich. »Die wirkt bei ihm offensichtlich extrem stark.«

»Dann hatte er es dringend nötig gehabt?«

Die Wächterin zuckte ratlos mit den Schultern. »Scheinbar.«

»Schläft er dann nur und wacht irgendwann wieder auf?«

Die Wächterin verzog nervös ihr Gesicht. »Das ist genau das Problem. Ich weiß es nicht.«

Mein Herz setzte einen Schlag aus. Sie wusste es nicht? Was bei allen Teesorten sollte das denn bedeuten? Ich atmete tief durch und versuchte, nicht in Panik zu verfallen.

»Erzähl mir, was dann geschehen ist.«

»Es war, als ob der Baum ihn rief. Er hat ihn berührt und der Stamm hat ihn verschluckt.«

»Er hat was?« Meine Stimme klang ein wenig zu schrill.

Marc strampelte wild mit Armen und Füßen. Schnell zog ich das Tablett zur Seite, damit er die Kanne nicht umstieß und der heiße Tee ihn verbrühte. Ich schlang meine Arme um ihn, denn er wirkte wie ein Er-

trinkender. Sofort spürte ich einen kräftigen Sog, der mich mitreißen wollte.

»Caylin! Lass ihn sofort los!«, vernahm ich die panische Stimme der Wächterin.

Ich nahm meine Arme von ihm und geriet ins Taumeln. Verwirrt sah ich die Wächterin an.

»Was war das denn?«

»Die Magie des Baumes ist zu stark. Wenn du ihn berührst, reißt sie dich ebenfalls mit. Doch du musst das Tor offen halten, solange er im Baum feststeckt.«

Wenn sich das Südtor schloss, dann wusste ich nicht, wie ich ihn wieder herausbekommen konnte. Bei allen dampfenden Teekesseln, so etwas war mir seit vier Jahren nicht passiert. Und ausgerechnet der Mann, der mich reizte, betrat das Feenland? Puuh!

»Wird ihm etwas zustoßen?«, fragte ich besorgt.

»Der Baum wird ihm nichts tun.«

Ich glaubte ihr. Dennoch war ein Teil von Marc Baxter in ihm, während sein Körper sich hier befand.

»Er muss da wieder rauskommen und zurück in seinen Körper«, sagte ich mit Nachdruck, denn ich wollte nicht, dass ihm ein Unglück widerfuhr.

Das Feenland war nicht ungefährlich. Jeder, der die alten Legenden und Geschichten kannte, wusste das. Ob Marc sich mit Feen auskannte, bezweifelte ich jedoch stark.

Die Wächterin sah mich ratlos an. »Ich werde mein Bestes geben.«

»Ihm darf wirklich nichts geschehen. Hörst du! Wie soll ich so etwas erklären?«

Panik stieg in mir auf, wenn ich daran dachte, was geschehen würde, wenn Marc nicht wieder zurückfinden würde.

»Nicht nur du, Caylin, bekommst Ärger. Auch wir mit unserer Königin. Denn wir wissen nicht, was es für Auswirkungen auf unser Reich und das Südtor hat, wenn ein menschlicher Geist in den Baum des Lebens eingedrungen ist.«

»Was hat das nur zu bedeuten?«

Fassungslos starrte ich sie an.

»Das willst du nicht erfahren.«

Doch, das wollte ich. »Bitte.«

»Wenn er in dem Baum bleibt, kann es sein, dass es unser ganzes Magiesystem lahm legt.«

Die Wächterin sah mich verzweifelt an. Das klang alles andere als gut.

»Sag mir, was ich tun kann?«

»Nichts, außer, dass du das Tor offen halten musst. Überlass den Rest mir und den anderen Wächtern. Ich wollte dir nur Bescheid geben, dass er anders ist und was mit ihm geschehen ist.«

Ich kannte die Wächterin gut genug, dass ich ihr vertraute, auch wenn es viele Feen-Legenden gab, in denen Menschen für immer verloren gingen, die einer Fee ihr Vertrauen geschenkt hatten.

»Danke.«

Ich wusste nicht, was sie mit anders meinte. Jeder Mensch war doch anders. Aber zugegeben, die meisten unterhielten sich bei einer Teezeremonie. Sie bekamen dennoch die Lichtshow und die keltischen Feengesänge mit, aber sie tauschten sich mit ihren Freunden und ihrer Familie aus.

Ich nickte schließlich und die Wächterin verschwand. Was blieb mir auch anderes übrig? Tief durchatmend trank ich die Teeschale in meinen Händen leer. Die entspannende Wirkung spürte ich zwar, doch sie kratzte nur an der Oberfläche. Ich war innerlich zu aufgewühlt. Zuerst der Fast-Kuss und jetzt verschwand sein Geist einfach im Reich der Feen.

Nachdenklich sah ich zu ihm. Marc hatte aufgehört, mit den Armen und Beinen um sich zu schlagen. Er hatte sich auf die Seite gelegt und es wirkte so, als ob er friedlich schlief. Seine Lider zuckten nicht mehr. Er atmete gleichmäßig und da war es wieder. Dieses äußerst charmante Lächeln auf seinen Lippen. Der Pullover, den er über seinem Hemd trug, war etwas verrutscht. Ich wollte wirklich nicht, dass ihm etwas zustieß.

»Marc?«

Ich strich ihm vorsichtig über sein Haar. Berührte nur mit den Fingerspitzen, damit die Magie mich nicht mitreißen konnte, sanft seine Wangen. Sein Kurzbart kratzte leicht auf meiner Haut. Doch Marc rührte sich nicht. Es schien, als ob sein Körper in einen tiefen Schlaf versunken war. Ich gab der Wächterin in einem recht. Schlafende Geister sollte man nicht wecken. Ich wusste nichts aus seiner Vergangenheit oder was er in seinem Leben bereits durchgemacht haben musste.

Also nahm ich ein kleines Kissen und schob es unter seinen Kopf. Aus der Kommode griff ich nach einer Fleecedecke und legte diese über ihn. Das Tablett stellte ich zurück auf die Kommode. Dann begann das Warten.

Noch nie war jemand bei einer Teezeremonie eingeschlafen. Oft machten sie gedankliche Reisen. Doch wenn ich sie ansprach, öffneten sie alle ihre Augen. Niemand war so gänzlich weg. Außer Marc.

Die Zeit war längst um, doch das störte mich nicht. Als der Baum im Steinrelief aufhören wollte zu leuchten, sang ich das Lied der Feen, sodass das Tor weiter offenblieb.

Ich sah auf meine Uhr. Halb sechs. Ich vernahm ein Klopfen an der Ladentür. Kundschaft. Schon viel zu lange hatte ich den Laden geschlossen und in Anbetracht der Tatsache, dass ich nicht wusste, was mit Marc geschehen würde, wollte ich auch nicht wieder öffnen. Ich wollte bei ihm bleiben und den Moment nicht verpassen, wenn er zurückkehrte. Auf der anderen Seite konnte ich gerade eh nichts für ihn tun und vielleicht würde die Kundschaft mich ein wenig ablenken. Ich nahm meinen Gesang auf Handy auf und spielte diese Aufnahme als Dauerschleife ab. Dann lief ich in den Laden und öffnete noch einmal.

Um sieben schloss ich den Laden dann final. Eine Stunde später als sonst. Als ich nach Marc sah, schlief er immer noch. Der Baum im Stein leuchtete in seinem saftigen Grün. Von der Wächterin fehlte jede Spur. Hoffentlich ging das gut.

Um mich abzulenken, setzte ich mich an die heutige Tagesabrechnung und überprüfte die Kasse. Das Bargeld verschloss ich in dem Tresor in meinem Büro. Anschließend schob ich zwei Backkartoffeln in den Ofen der kleinen Küche, die zu dem Laden gehörte, und

machte mir eine Dose Baked Beans warm. Ich hatte meistens etwas zum Essen hier, damit ich unter Mittag den Laden nur kurz schließen musste.

Es war um neun, als ich gegessen hatte. Eine Backkartoffel, die für Marc, blieb übrig, da er immer noch schlief. Unschlüssig lief ich am Südtor auf und ab. Ich hatte noch nie in meinem Teeladen übernachtet. Doch ich konnte Marc unmöglich allein lassen. Also kochte ich mir noch einen Tee, schaltete alle Lichter aus und machte es mir ebenfalls mit einer Decke und einem Buch zwischen den Kissen gemütlich, während mein Handy immer noch den Gesang abspielte. Ich legte mich ihm gegenüber, sodass ich ihn direkt ansehen konnte. Sein Geruch nach Zypressenholz mit einer blumigen Note stieg mir angenehm in die Nase, während ich seine feinen Gesichtszüge betrachtete.

»Komm zurück. Bitte!«, murmelte ich.

Es war kurz nach sieben, als ich wie gerädert aus einem unruhigen Schlaf erwachte. Mein Rücken fühlte sich verspannt an und mir war kalt. Langsam setzte ich mich auf, nur um festzustellen, dass Marc weiterhin schlief. Ich war jede Stunde wach gewesen, um nach ihm zu schauen. Ob er es auch warm genug hatte, oder ob er zu sich zurückfand. Doch er hatte sich nicht geregt. Er lag immer noch so da wie am Abend zuvor.

Warum war die Wächterin nicht erschienen? Die Sorge um ihn wurde nahezu unerträglich. Warum hatte dieser Tee nur so eine starke Wirkung auf ihn gehabt? Ich hatte ihn definitiv nicht zu hoch dosiert gehabt. Auf mich hatte er annähernd gar keine Wirkung gezeigt.

Wegen dem Fast-Kuss.

Ich seufzte. An dem durfte ich nicht denken. Da ließ seit einer Ewigkeit mal wieder jemand die Schmetterlinge in mir tanzen und dann wurde er von meinem Tee überwältigt.

»Große Klasse, Caylin. Wirklich ganz große Klasse.«

Mein Handy-Akku war fast leer. Ich klemmte es an eine PowerBank, damit der Gesang nicht verebbte. Rätselnd ging ich schließlich in das winzige Bad. Am liebsten würde ich duschen, doch diese besaß ich in meinem Laden nicht. Ich spritzte mir etwas Wasser ins Gesicht, richtete meine Haare und schlüpfte in meinen Wollmantel, um Frühstück zu holen.

»Du siehst etwas mitgenommen aus«, begrüßte mich Elenor, als ich bei ihr zwei Coffee-to-go und Scones bestellte.

»Ja, es war eine unruhige Nacht.«

»Es ist ja Samstag. Also bald Wochenende.« Sie zwinkerte mir zu.

Ich lächelte sie an und hoffte, dass sie nicht weiter nachfragte. Wenn ich doch nur wüsste, wie ich Marc wecken konnte. Ob ich einen Arzt rufen sollte? Es schien, als wäre er in eine Art komaartigen Zustand versetzt. Wie lange konnte er so liegen, ohne Flüssigkeitsverlust? Auf der anderen Seite: Wie hoch waren die Chancen, dass sein Geist wieder zurück in seinen Körper fand,

wenn ein Krankentransport ihn jetzt mitnahm? Nein, ich musste noch warten, bis die Wächterin sich wieder zeigen würde und hoffen, dass sein Körper das ohne Schaden überstand. Noch waren keine 24 Stunden um. Die Zeit der Feen tickte obendrein anders als unsere. Vermutlich waren in ihrem Land nur ein paar wenige Augenblicke vergangen.

Um meine Unruhe unter Kontrolle zu bekommen, sollte ich den Adventsverkauf vorbereiten, der ab nächster Woche starten würde, und meinen Laden dekorieren. Ich verkaufte heißen Tee vor meinem Laden. Dazu hatte ich für die nächsten drei Wochen eine Aushilfe eingestellt, die den Verkauf übernehmen würde.

Die ganze Fußgängerzone war schon weihnachtlich dekoriert. Selbst ein großer Tannenbaum stand schon auf dem Chichester Cross. Ich beeilte mich, um zurück in den Laden zu kommen.

Als ich kurz vor acht über den Hintereingang in die Küche trat, hörte ich ein leises Fluchen. Ich stellte die Scones und den Kaffee auf dem Küchentisch ab und stürzte in den kleinen Flur, nur um im nächsten Moment gegen einen festen Oberkörper zu prallen. Ich taumelte zurück, als sich zwei große Hände um meine Arme schlossen. Erst als ich wieder festen Halt unter meinen Füßen spürte, ließen sie mich los. Ich wusste nicht, ob ich in dem Moment lachen oder vor Freude weinen sollte.

KAPITEL 13

CAYLIN

Du bist wach. Dem Himmel sei Dank. Ich habe mir Sor...«

»Was war in dem Tee?«, fuhr er mich dunkel an.

Marc sah alles andere als glücklich aus, was ich verstehen konnte, da ich mir ebenfalls Sorgen gemacht hatte. Zwei tiefe Furchen durchzogen seine Stirn und seine Augen fixierten mich finster. War er sauer?

»Ich verstehe nicht. Erzähl mir, was geschehen ist«, stammelte ich verwirrt. »Hast du Hunger? Ich habe Frühstück ...«

»Du verstehst sehr wohl. Was war in dem Tee?«, unterbrach er mich erneut und baute sich vor mir auf.

Instinktiv trat ich einen Schritt zurück, doch er folgte mir. Als ich mit dem Rücken gegen die Wand des Flures stieß, konnte ich nicht mehr ausweichen. Nervös schluckte ich.

»Lavendel, Kamille, Salbei und Melisse. Wieso?«
Meine Stimme zitterte leicht.

»Willst du mich für dumm verkaufen?«

Ich schüttelte den Kopf. Mir fiel ein Stein vom Herzen, dass er wieder wach war und es ihm offensichtlich gut ging, sodass ich ihn am liebsten umarmen wollte. Doch seine Wut hielt mich davon ab. Ich konnte durchaus verstehen, dass es ihn ärgerte, weil er hier übernachtet hatte. Vielleicht hatte er den Abend anders geplant gehabt. Doch auch meine Pläne hatte er mit seiner Reise in den Baum durchkreuzt.

»Ich frage dich ein letztes Mal. Was hast du mir in den Tee gemixt?«

Ich schnappte nach Luft, denn endlich dämmerte es mir, was ihn so wütend machte.

»Du denkst, ich hätte dir irgendwelche Drogen untergejubelt?«

Jetzt war ich es, die sich groß machte. Doch leider ging ich ihm trotzdem nur bis zum Kinn. Ich stemmte einen Arm in die Taille, während ich mit der anderen Hand vor ihm wild hin und her fuchtelte.

»Wie kannst du mir nur so etwas unterstellen? Ich betreibe ein Teegeschäft und keinen Drogenumschlagplatz. Du warst dabei, wie ich die Teeblätter übergossen habe. Du hast gesehen, wie ich den Tee in unsere Schalen gegossen habe. Obendrein habe ich dasselbe getrunken wie du und habe die ganze Nacht versucht, dich zu wecken.«

»Zeig mir dein Zertifikat!«, forderte er.

Ich schüttelte den Kopf und lachte ungläubig auf. Er glaubte mir nicht? Zugegeben, ich wusste nicht, wie sich

die Reise in den Baum für ihn angefühlt haben musste. Aber mir zu unterstellen, dass ich ihm illegale Substanzen in den Tee gemixt hätte, brachte mich auf hundertachtzig.

»Das bin ich dir nicht schuldig. Du bist eingeschlafen, was bei einer Teezeremonie noch nie vorgekommen ist. Dennoch gibt es keinen Grund für dich, anzunehmen, dass etwas in meinem Tee gegen das Lebensmittelgesetz verstößt.«

»Ich habe jeden Grund zu dieser Annahme. Und wenn du mir nicht augenblicklich das Zertifikat zu diesem Tee von gestern Abend zeigst, wirst du von meinem Anwalt hören.«

Mein Herz setzte für einen Moment einen Schlag aus. Das durfte doch nicht wahr sein. Gestern noch hätten wir uns fast geküsst und heute drohte er mir mit der Lebensmittelaufsichtsbehörde?

Irritiert und verletzt presste ich meine Lippen aufeinander und wirbelte herum, um in mein Büro zu gehen. Marc folgte mir. Ich ergriff einen Ordner, der im Regal hinter dem winzigen Schreibtisch stand und blätterte ihn durch, bis ich das Zertifikat des Tees fand, den wir gestern getrunken hatten. Ich ließ jede Teemischung von der Lebensmittelbehörde freigeben. Und wenn sich der Zulieferer der Zutaten änderte, gab es eine aktualisierte Prüfung.

»Hier ist das Zertifikat mit der genauen Zusammensetzung des Tees. Meine Tees sind legal. Ich verkaufe keine Drogen«, schnappte ich bissig zurück.

Marc zückte sein Handy aus der Tasche und fotografierte das Zertifikat ab.

»Ich werde es überprüfen lassen.«

Jetzt wurde doch der Tee in der Kanne verrückt. Warum nur hatte ich mir Sorgen um ihn gemacht? Wegen ihm hatte ich mir die ganze Nacht um die Ohren geschlagen, derweil hätte ich es in meinem Bett zuhause bedeutend bequemer haben können. Marc Baxter aus London hatte all das nicht verdient. Genau genommen wollte ich ihn nie wiedersehen. Von dem charmanten, attraktiven Mann, für den ich ihn gehalten hatte, war nichts mehr übrig. Nur eisige Wut schlug mir entgegen. Ich ärgerte mich über mich selbst. Warum hatte ich gestern nur so viel in seine kleinen Gesten hineininterpretiert?

London. Innerlich schnaubte ich. Das hätte nie und nimmer funktioniert. Im Gegensatz zu gestern war mir das heute auch klar. Im Nachgang fühlte ich mich wie die letzte Idiotin.

»Pack mir etwas von dem gestrigen Tee ein. Auch von dem Teerest aus der Kanne«, forderte er weiterhin.

Puuh! Wie gut, dass ich die Kanne noch nicht abgespült hatte. Aber bitte! Wenn er es so haben wollte, konnte er alle Reste des Tees bekommen. Mein Ärger über seine Unterstellung kippte in Verzweiflung und Verletztheit. Wie hatte ich mich nur so täuschen können? Ich schob mich an ihm vorbei, drückte ihm eine Teetüte in die Hand mit den restlichen Blättern und einen to go Becher mit Deckel.

»Füll dir selbst ab, was immer du brauchst. Die Kanne steht noch auf der Kommode.«

Damit ließ ich ihn stehen und ging in die Küche. Ich zitterte am ganzen Körper und versuchte vergeblich,

mich zu beruhigen. Ich verschränkte meine Arme vor dem Oberkörper und starrte aus dem Küchenfenster.

Es hätte eh nicht funktioniert, sagte ich mir immer wieder, auch wenn sich ein Teil von mir etwas anderes erhofft hatte.

Du hast außerdem genug am Hals, murmelte eine andere Stimme.

Richtig. Die Mietkündigung saß mir schon genug im Nacken, da brauchte ich gleich gar keine Klage wegen Drogenhandel. Die würde es auch nicht geben, da sich keine in meinem Tee befanden. Dieser Gedanke war einfach lächerlich. Ich ballte die Fäuste. Was für eine Frechheit, mir so etwas zu unterstellen.

Nach einer Weile hörte ich feste Schritte hinter mir. Doch ich drehte mich nicht um, denn ich wollte ihm nicht zeigen, wie sehr mich seine Anschuldigung verletzt hatte.

Marc blieb auf meiner Höhe vor der Hintertür stehen. Im Augenwinkel bemerkte ich, wie er sich zu mir drehte. Ich presste die Zähne fest aufeinander und warf ihm nur einen flüchtigen Blick zu. Er schwieg. In seinen Händen hielt er die Teetüte und den Becher. Mehrere Atemzüge verstrichen. Schließlich legte er eine Hand auf die Klinke und ging. Wortlos.

KAPITEL 14

MARC

Ich wusste nicht, was ich von alldem halten sollte. Seit fünfzehn Jahren gab es keine Nacht mehr, in der ich länger als drei Stunden geschlafen hatte. Zumal es sich nicht nur um eine Nacht handelte. Es mussten mehr als vierzehn Stunden gewesen sein. Vierzehn Stunden, ohne dass ich von dem Autounfall geträumt hatte. Vierzehn Stunden, in denen ich Susans Gesicht nicht blutverschmiert vor mir gesehen hatte. Vierzehn Stunden, in denen ich so friedlich geschlafen hatte wie ein Kind nach einem aufregenden Tag. Und tatsächlich fühlte ich mich erholt und entspannt wie schon lange nicht mehr, obgleich ich auf einem Teppich geschlafen hatte.

In meinem Auto angekommen, legte ich die Teeproben auf den Beifahrersitz und tippte Jeremys Nummer ins Handy. Es brauchte drei Anläufe, eh er abhob.

»Ich hoffe, du hast eine gute Begründung, warum du an einem Samstag so früh anrufst?«, brummte er.

»Es ist bereits neun.«

»Die Betonung liegt auf Samstag. Nicht jeder leidet unter Schlaflosigkeit so wie du, mein Freund. Es gibt Menschen, du magst es kaum glauben, die nutzen den Freitagabend, um bei einem guten Drink ihr Dasein zu genießen.«

Jeremy hatte den damaligen Unfall viel besser verarbeitet als ich. Er hatte auch nicht am Steuer gesessen und musste sich dementsprechend keine Schuld geben. Ich hörte eine Frauenstimme im Hintergrund.

»Ich bin gleich wieder bei dir Sweetie und dann gehen wir zusammen heiß duschen«, sagte Jeremy etwas leiser mit süffisanter Stimme.

Ich verdrehte die Augen. Natürlich hatte er gestern Abend eine abgeschleppt. Dieses Problem teilten Jeremy und ich gemeinsam. Wir hatten beide seit dem Unfall damals nie wieder eine feste Beziehung geführt. Unverbindliche Bettgeschichten. Aber keine Gefühle, in denen sich das Herz einmischen konnte.

»Ich brauche deine Hilfe, Jer.«

»Das sag ich dir schon seit wie viel Jahren? Heute Abend um zehn im *Dark*. Ich lad dich ein.«

»So meinte ich das nicht. Kannst du bei mir einen Drogentest machen? Ich bin in zwei Stunden in London.«

Stille am anderen Ende des Hörers.

»Jeremy?«

»Ja, ja. Ich bin noch da. Warum sollte ich dein Blut auf … Du lebst abstinenter als ein Mönch im Kloster, wenn man mal deinen Whiskeykonsum außen vor lässt.«

»Ist eine lange Geschichte. Also in zwei Stunden bei dir in der Gerichtsmedizin?«

Ein langes Seufzen erklang. »Prima, jetzt hast du mir endgültig den Morgen verdorben. Ich werde da sein.«

»Danke, ich schulde dir etwas.«

»Tust du. Definitiv!«

Jeremy trug einen weißen Kittel, den er offen ließ und desinfizierte mit einem Tupfer meine Armbeuge, während ich auf einer Liege in seinem Labor saß und der Geruch von Ethanol in meine Nase drang. Auf der sterilen Arbeitsplatte hinter ihm befanden sich Pipetten und Glasgefäße, deren Inhalte ich nicht aussprechen konnte. Mit Chemie hatte ich es nicht sonderlich, weshalb ich Jeremy bewunderte.

»Ich versteh immer noch nicht, wie du zu einer Teezeremonie gehen kannst«, feixte er. »Da könnte meine Grams hingehen. Oder Anna, die Frau aus dem Eso-Laden mit ihren Räucherstäbchen. Aber doch nicht mein bester Kumpel. Und gleich gar nicht an einem Freitagabend.«

Ich seufzte. »Das waren zufällige Umstände. Können wir jetzt über etwas anderes reden?«

»Nein! Natürlich nicht.«

Er setzte die Kanüle an und zog sich ein Röhrchen Blut von mir.

»Ich habe dir das doch schon erklärt. Durch Aidens Umzug bin ich derzeit öfter in Chichester und Umgebung. Und weil ich diesen Gutschein gewonnen hatte …«

»Ja, schon gut. Bis dahin habe ich das auch gecheckt. Aber wie kommst du darauf, dass sie dir etwas in den Tee gemixt hat? Ich meine, ihr Zertifikat sieht echt aus. Das Labor kenne ich sogar. Es bräuchte mich nur einen Anruf am Montag, um herauszukriegen, ob es gefälscht ist oder nicht. Und du hattest keine Halluzinationen oder so? Du bist nur eingeschlafen?«

War das Ereignis am Baum jetzt ein Traum oder eine durch Drogen ausgelöste Illusion? Ich hatte ihm die Sache mit dem Baum nicht erzählt. Nach außen musste es so gewirkt haben, als hätte ich nur geschlafen. Wenn dem so wäre, dann war der Traum mit dem Baum extrem realistisch. Was, wenn ich wirklich nur geschlafen hätte und mein Körper sich endlich nach all den Jahren die Ruhe genommen hatte, die er brauchte? Dann hätte ich Caylin ziemlich vor den Kopf gestoßen. Es machte mich ganz wild, dass ich die Situation selbst nicht einschätzen konnte. Verunsichert starrte ich ziellos in Jeremys Labor umher.

»Die Frau aus dem Teeladen ist nicht zufälligerweise attraktiv und fällt in ein gewisses Beuteschema?«, fragte er eher beiläufig.

Sofort schoß mein Puls in die Höhe und das Blut spritzte nur so in das kleine Röhrchen. Jeremy lachte auf.

»Also doch.«

»Was? Nein, natürlich nicht.«

»Sie ist also nicht hübsch? Schon zu alt?«

Jeremy drückte einen weiteren Tupfer auf meine Armbeuge.

»Doch, natürlich ist sie attraktiv. Aber diese Analyse hat nichts mit ihr zu tun.«

»Na, wenn du meinst.«

»Überprüfst du es jetzt, oder nicht?«, fuhr ich ihn etwas säuerlich an.

»Bin doch schon dabei. Du bist echt unausgeglichen, dafür, dass du 14 Stunden geschlafen hast.«

»Wie lange dauert das?«

»Das Ergebnis der Blutprobe habe ich heute Abend. Das Teeextrakt lass ich über Nacht laufen. Also morgen früh. Dafür gibst du mir heute Abend im *Dark* zwei Runden aus.«

»Deal.«

Ich folgte Jeremy ins Nachbarlabor, wo er eine metallene Säule in die LC-MS-MS einbaute und ein Programm auf dem PC startete, von dem ich nicht einmal die Hälfte verstand. Er hatte mir schon so oft die Theorie von diesem Gerät erklärt und doch hatte ich keine Ahnung. Ich wusste nur, dass er hinterher nanogrammgenau bestimmen konnte, welche Substanzen in meinem Blut herumschwirrten.

Jeremy zückte am Abend im *Dark* sein Handy, während der Barkeeper zwei Whiskey vor uns auf dem schwarzen Tresen abstellte. Die flatternden Lichter des Clubs erzeugten zusammen mit dem Nebel der Tanzfläche sowie den rhythmischen Vibes der Musik eine sogartige Atmosphäre, die viele anlockte. Tanzen, Trinken und den Alltag vergessen war das Motto des *Dark*, weshalb Jeremy und ich öfter herkamen.

Jeremy hatte ein Foto auf dem Handy geöffnet, auf dem eine rote Kurve mit mehreren Peaks zu sehen war.

»Das ist die positive Kontrollprobe. Dieser Peak hier vorn ist Gras. Der hier Koks und der da hinten LSD.«

Er fuhr fort und erklärte mir alle Peaks, wann welche Substanz bei welcher Masse kam. Auch wenn ich mir das alles nicht merken konnte, klang es plausibel und ich vertraute ihm. Dann schloss er das Foto und öffnete ein weiteres, auf dem lediglich eine fast gerade Linie zu sehen war.

»Und das, mein Freund, ist deine Blutprobe.«

Verwirrt sah ich ihn an und er lachte leise auf. Er teilte seinen Bildschirm und legte beide Fotos übereinander, damit ich es besser erkennen konnte. Ich rieb mir nachdenklich über mein Kinn.

»Bist du dir sicher?«

»So sicher, wie das hier Whiskey ist.« Er hob sein Glas und stieß gegen meines.

»Was ist mit der Teeanalyse?«

»Die schick ich dir morgen. Aber erst, nachdem ich ausgeschlafen habe. Denn jetzt, mein Freund, suchen wir uns zwei nette Mädels für die Nacht. Dein Blut ist clean. Also freu dich und genieß das Leben, denn du kannst endlich wieder schlafen.«

Ich starrte weiterhin ungläubig auf die zwei Linien. Eigentlich sollte ich mich freuen. Ich hatte geschlafen und Caylin hatte die Wahrheit gesagt. In dem Moment fuhr es mir heiß und kalt zugleich über den Rücken, sodass ich mit der flachen Hand gegen meine Stirn schlug.

»Was ist los, mein Freund? Du solltest erleichtert sein. Ein Tänzchen auf das Parkett legen, stattdessen siehst du aus, als hätte dich ein Pferd getreten.«

»Ich glaube, ich habe etwas arg überreagiert«, antwortete ich zögerlich.

Er lachte auf. »Natürlich hast du das.«

»Das wird sie mir bestimmt nicht verzeihen.«

»Wer? Die Frau aus dem Teeladen?«

Ich nickte. Jeremy klopfte aufmunternd gegen meine Schulter.

»Dabei kann ich dir nun nicht helfen. Aber ich schätze, du solltest es ihr erklären.«

Er trank sein Glas leer, ließ den Blick über die Tanzfläche schweifen und visierte dann die potenzielle junge Frau an, die er sich für diese Nacht auserkoren hatte. Nachdenklich blieb ich an der Bar zurück. Die roten Lichter der Bar spiegelten sich im Whiskeyglas wider. Ich schloss die Augen und fuhr mir durch mein Haar. Doch alles, was ich sah, war dieses hinreißende Lächeln und diese strahlenden Augen, die mich von Anfang an in den Bann gezogen hatten und diese widerspenstigen roten Locken. Das hatte ich so richtig schön in den Sand gesetzt. Da fand ich nach so langer Zeit endlich mal wieder eine Frau interessant, musste ich es mir gleich mit ihr verderben. Wie sollte ich das wieder gerade rücken?

KAPITEL 15

CAYLIN

Das Wochenende war das Schrecklichste seit langem. Es war der 1. Advent und ich blies Trübsal auf der Couch wie damals, als ich erfahren hatte, dass Brad mich betrogen hatte. Die erste Kerze am Adventskranz flackerte unruhig hin und her. Ich kratzte die letzten Reste Eiscreme aus der Verpackung. Schon wieder alle! Mit hängenden Schultern stapfte ich zum Frosterfach und griff nach einer weiteren. Mit Cookies! Die war doch die beste. Mit einem Plumpsen ließ ich mich auf die Couch fallen, wobei ich die nächste Schnulze einschaltete.

Doch selbst die viele Eiscreme half nicht, um Marcs fürchterliche Anschuldigungen zu vergessen. Das erste Mal kam mir der Gedanke, vielleicht doch Chichester zu verlassen. Dann schenkte ich mir den ganzen Stress mit der Immobilienfirma und dem jungen McKenzie. Mein Tee schmeckte auch ohne Feenmagie. Die ganze Welt trank Tee nur aus purem Genuss heraus und nicht, weil der Tee magisch war. Mit einem ganz normalen Teeladen würde ich sicherlich auch gut verdienen. Nur lebte ich nicht in Deutschland, wo gern loser Tee getrunken wurde, sondern musste gegen die englischen Vorbehalte ankämpfen, dass mein Tee mindestens genauso gut war wie der von den Tee-Konzernen.

Obendrein, wo sollte ich hin?

Der Gedanke, zurück nach Schottland zu gehen, gab mir das Gefühl, auf ganzer Linie versagt zu haben. Meine Eltern würden sich freuen. Genauso wie Brad. Und unser ganzes schottisches Dorf würde endlich die Hochzeit feiern, die es seit Jahren feiern wollte. Alle wären glücklich.

Nur ich nicht!

Ich konnte definitiv nicht zurück. Nur, wohin dann? Nach London? In die anonyme Großstadt? Ich war kein Großstadtmensch. Nein, ich konnte jetzt unmöglich aufgeben. Marc würde nichts finden, denn natürlich hatte ich nichts in den Tee gemischt.

Ich stocherte mit dem Löffel in der Eispackung herum, während ich dem Liebesfilm meine Aufmerksamkeit schenkte. Wenigstens im Film gab es ein Happy End. Und auf das sollte ich mich jetzt konzentrieren.

Am Montag um zwei kam Jane pünktlich als Aushilfe in den Laden, worüber ich sehr erleichtert war.

Chichesters Fußgängerzone war weihnachtlich mit Tannenzweigen und Lichterketten dekoriert und viele Buden säumten die Straße, in denen man Weihnachtskarten, Gestecke und Kerzen kaufen konnte. Es roch nach gebrannten Mandeln, Punsch und Zimt, während Weihnachtslieder aus den Lautsprechern vom Chichester Cross zu uns herüberklangen. Viele Menschen tummelten sich bereits an dem ersten Tag in der Fußgängerzone.

Auch vor meinem Teeladen stand ein überdachter Holztresen, wo Jane heißen Weihnachtstee verkaufte, den wir hinten in der Küche frisch zubereiteten.

Sie trug eine Elfenmütze und hatte sich in einen dicken Wollmantel eingekuschelt.

»Ich bin froh, dass du da bist«, begrüßte ich sie mit einer Umarmung.

»Ich freu mich auf die Zeit, Cay. Und danke, dass ich aushelfen kann. Vor Weihnachten kann man immer jeden Cent gebrauchen.«

Jane studierte am Chichester College. Da die Studiengebühren recht hoch waren, jobbte sie nebenbei immer in einer Bar. Doch die zahlten nicht sonderlich gut, sodass sie bei Sonderverkäufen wie im Frühling, dem Straßenfest oder dem Adventsverkauf bei mir aushalf.

Obgleich ich die Weihnachtsatmosphäre in der Stadt sehr mochte, kämpfte ich den ganzen Tag gegen tierische Kopfschmerzen an, was vermutlich vom zu vielen Fernsehen kam. Das war ein Grund mehr, weshalb ich mich über Janes Anwesenheit freute. Obendrein fühlte ich mich kugelrund von der Überdosis Eis am Wochenende.

»Ich habe schon Tee in die Thermoskannen gefüllt. Gib rechtzeitig Bescheid, wenn ich nachkochen soll«, sagte ich und nahm sie mit nach draußen vor den Laden zu dem hölzernen Unterstand.

»Hast du nur die to go Becher oder nehmen wir auch Tassen auf Pfand?«

»Nur die to go Becher. Ich habe es verpasst, Tassen in den Druck zu geben. Vielleicht nächstes Jahr.«

Tassen waren definitiv nachhaltiger. Aber ich hatte zu spät daran gedacht.

»Und wie viel soll ich für einen Becher nehmen?«

»Drei Pfund. Egal welche Teesorte. Trinkgeld kannst du gern behalten.«

Jane lächelte dankbar und klappte die Metallkasse auf. »Ah, Wechselgeld hast du schon reingelegt. Super. Ich komm klar, Cay. Geh ruhig rein und bedien deine Kunden.«

Ich umarmte sie. »Danke. Du bist die Beste. Und wenn dir kalt wird, dann komm rein und wärm dich auf oder trink einen heißen Tee.«

Erleichtert atmete ich durch und winkte Tom zu, der nebenan Gestecke verkaufte. Er hatte seine grüne Floristenschürze gegen eine weihnachtliche getauscht, auf der ein Rentier mit roter, blinkender Nase abgebildet war.

»Wie war es mit William?«, fragte ich, um mich von der Pleite mit Marc abzulenken.

Er rollte genüsslich die Augen nach oben. »Traumhaft, Liebste. Einfach traumhaft.«

Mein Blick wanderte über die festlich geschmückte Fußgängerzone. Elenor verkaufte vor ihrer Bäckerei

Lebkuchen und Plätzchen. Ina aus dem Wollgeschäft nebenan bot ihre handgefertigten Strickwaren an.

Es tat gut, in den nächsten Wochen nicht allein im Laden zu sein. Von Marc hatte ich nichts gehört. Selbstverständlich hatte keine Behörde angerufen, noch hatte ich keine böse E-Mail von ihm, was mich erleichterte.

»Ich sollte auch nicht mehr an ihn denken. Hak ihn ab«, murmelte ich zu mir selbst und schob eine gelöste Locke hinter mein Ohr.

In meinem Laden warteten bereits drei Kundinnen, um Weihnachtstee zu kaufen. Ich bediente sie und kochte, wenn ich etwas Luft hatte, für Jane neuen. Bei all dem versuchte ich nicht an letzten Freitag und die misslungene Teezeremonie zu denken. Und was Marc Baxter anging … Nein, besser ich verdrängte ihn.

Als halb sieben der letzte Kunde meinen Laden verließ, schaute ich raus zu Jane.

»Die zwei Kannen sind schon leer. In den beiden sind vielleicht noch zwei Becher. Ich würde sagen, es lief super für den ersten Tag.« Jane strahlte mich an.

»Prima. Dann gieß dir doch einen Tee ein und wärm dich etwas auf. Ich fang schon mal an, in der Küche aufzuräumen.«

Ich schnappte mir die Kannen und ging in den Laden.

»Jane, ich lass die Tür offen, aber ich dreh das Schild schon auf *Closed*.«

»Alles klar. Ich lasse niemanden mehr rein.« Sie zwinkerte mir zu.

Es dauerte eine ganze Weile, eh die Küche sauber war. Die Teesiebe waren geleert und der Müll heraus-

gebracht. Es war bereits halb acht. Warum kam Jane nicht mit den restlichen Kannen? Ich wollte gerade nach ihr sehen, als ich sie diskutieren hörte.

»Wir haben schon geschlossen, Sir. Sie müssen morgen wieder kommen.«

»Sie verstehen nicht. Ich möchte nichts kaufen, sondern nur zu Caylin.«

Als ich die Stimme hörte, rutschte mir der kleine Eimer mit dem warmen Wasser aus der Hand. Jane drehte sich zu mir um, während Marc in der Tür stand und sein Blick dem meinen begegnete. Schwarze Augen, in denen goldene Sterne leuchteten. Er war der letzte Mensch, den ich nach diesem Wochenende sehen wollte. Doch würde er sich vermutlich nicht so leicht abwimmeln lassen.

»Cay, der Herr möchte …«

Ich winkte ab. »Schon gut, Jane. Danke für deine Hilfe. Mach Feierabend.«

Sie sah mich zuerst verwirrt an, nickte dann sichtlich irritiert. »Hier ist die Kasse.« Sie stellte diese auf dem Verkaufstresen neben dem Eingang ab und hob dann demonstrativ die Kannen in die Höhe. »Ich bringe die zwei in die Küche und verschwinde dann durch die Hintertür. Wir sehen uns morgen?«

»Unbedingt. Ohne dich wäre ich aufgeschmissen.«

Sie lächelte und wir umarmten uns kurz zum Abschied. Marc stand immer noch etwas ratlos in der Tür. Ich wich seinem Blick aus, hockte mich hin, um den Eimer aufzuheben. Wortlos drehte ich mich um, um ein Bodentuch zum Wischen zu holen. In dem Moment schlossen sich warme Finger um mein Handgelenk und seine andere Hand nahm mir den Eimer aus der Hand.

»Lass mich dir helfen.«

Ich zog überrascht die Brauen nach oben. »Warum solltest du das tun? Wo ich doch meinem Tee illegale Substanzen zusetze.«

»Ich muss mich bei dir entschuldigen.«

Ich schwieg und starrte ihn nur an. Mein Herz schmerzte. Eine Entschuldigung würde seine Unterstellung nicht wiedergutmachen. Worte waren leicht ausgesprochen. Doch die Drohung, dass er meinen Laden dichtmachen würde, hatte das ganze Wochenende über mir geschwebt und war mit einer *Entschuldigung* nicht so einfach vergessen. Obendrein hatte er meine Gefühle mit seiner barschen Art verletzt.

»Gut, das hast du jetzt. Schließ bitte die Tür hinter dir, wenn du gehst. Ich muss noch weiter aufräumen«, antwortete ich distanziert.

Ich wand mich aus seinem Griff und lief in die Küche, um das Bodentuch zu holen. Jane war bereits gegangen. Als ich den Hauswirtschaftsschrank wieder schloss, vernahm ich das Rauschen von Wasser aus dem Hahn. Marc stand an der Spüle und ließ neues Wasser in den Eimer.

»Das musst du nicht tun.«

»Ich möchte dich zum Essen einladen. Denn ich würde dir gern erklären, warum ich so reagiert habe. Es ist das Mindeste, was ich tun kann. Auch wenn es vermutlich nicht wieder gutmacht, was ich dir unterstellt habe.«

Irritiert starrte ich ihn an. Er wollte mich zum Essen einladen?

»Ich weiß nicht, ob ich deine Erklärung wirklich hören möchte.«

»Cay ...«

Ich hatte von Brad damals auch nicht hören wollen, warum er es vermeintlich versäumt hatte, einer anderen Frau zu erzählen, dass er mit mir in einer festen Beziehung steckte. Es gab für so etwas keine Erklärung. Manches war einfach unentschuldbar.

Also schüttelte ich den Kopf. »Ich nehme an, deine Drogenanalyse ist negativ ausgefallen. Denn sonst hättest du mir schon längst die Behörden auf den Hals gehetzt, richtig?«

Nun war er es, der meinem Blick auswich.

»Ich kann es erklären.«

Ich wusste nicht, wie er es an einem Wochenende so schnell geschafft hatte, eine Drogenanalyse durchzuführen. Das war der Moment, an dem ich mir eingestehen musste, dass ich nichts von ihm wusste, außer seinem Namen und dass er in London lebte. Sein charmantes Lächeln reichte nicht aus, um ihm eine zweite Chance zu geben.

»Du hast keine Vorstellung, was deine Worte in mir angerichtet haben«, fuhr ich ihn an.

»Du hast allen Grund, sauer auf mich zu sein. Und ich gebe zu, überreagiert zu haben.« Er hob beschwichtigend die Hände. »Bitte, gib mir diesen einen Abend, Caylin. Lass es mich erklären. Wenn du mich danach nicht mehr sehen willst, verschwinde ich. Für immer. Versprochen.«

Ich ließ ihn einfach in der Küche stehen und ging in den Laden, um das Wasser auf dem Boden aufzu-

wischen. Eigentlich müsste ich noch saugen und wischen. Doch das würde ich auf morgen früh verschieben. Heute war ich dazu nicht mehr in der Lage. Viel zu sehr wühlte mich Marcs Besuch innerlich auf.

Er ging an mir vorbei und wischte draußen den Tresen des Adventsverkaufsstands. Als er wieder eintrat, drehte er den Schlüssel der Ladentür. Ich stand immer noch im Verkaufsraum. Unfähig, einen Schritt vor oder zurück zu machen. Marc kam langsam auf mich zu.

»Cay, bitte. Ich habe Mist gebaut. Das weiß ich. Ich will es wieder gerade rücken.«

Musste er nicht, schließlich wohnte er in London und ich hier. Auch wenn ich ihn anfänglich sehr sympathisch fand und mir eingebildet hatte, dass sich daraus mehr entwickeln könnte, konnte er einfach so verschwinden und wir würden uns nie wiedersehen. Dennoch musste ich mir in dem Moment eingestehen, dass ich neugierig war, warum er so reagiert hatte. Ich zog die Ärmel meines Strickpullis etwas länger über die Handgelenke, schloss für einen Moment die Augen und nickte dann.

»Also gut. Lass uns etwas essen gehen.«

KAPITEL 16

MARC

Ich hielt Caylin die Tür zum Italiener in der Fußgängerzone auf, der sich nicht weit entfernt von ihrem Teeladen befand. Draußen war es bereits dunkel und die nasskalte Winterluft haftete noch an unseren Mänteln. Natürlich kannte der Besitzer sie. So wie es sich in einer Kleinstadt gehörte. Es erinnerte mich an Icklesham, wo meine Familie wohnte. Die Anonymität Londons hatte seine guten, aber auch seine negativen Seiten. Nachdem ich Chichester nun ein paar Mal besucht hatte, konnte ich jedenfalls nachvollziehen, was Aiden an der Kleinstadt fand. Vielleicht sollte ich für mich herausfinden, ob ich wirklich in London alt werden wollte.

»Caylin, welch eine große Freude, dass du zu mir essen kommst.«

Ein älterer Herr mit italienischer Herkunft kam auf uns zu und zog Caylin in eine Umarmung, während er ihr links und rechts einen Kuss auf die Wange hauchte.

Sein schwarzes Haar zierten bereits weiße Strähnen und eine schwarze Schürze hatte er um seine Hüfte gebunden.

»Danke, Giovanni.«

»Wie läuft dein Geschäft?«, fragte er.

»Bestens.« Sie strahlte über ihr ganzes Gesicht. »Hast du einen Tisch für uns.«

Giovanni streckte mir seine Hand entgegen. »Willkommen im Trattoria Italiano. Hier gibt es die beste Pizza und Pasta in ganz England.«

»Ich bin gespannt«, entgegnete ich.

Er führte uns zu einem kleinen Tisch am Fenster, zündete die Kerze an und brachte uns die Karte. Zu meinem Erstaunen schaute Caylin nicht rein.

»Ich esse immer das gleiche, wenn ich bei Giovanni bin«, gestand sie.

Ich klappte die Karte zu und legte sie ebenfalls weg. »Dann muss es ja gut sein.«

Sie lächelte vorsichtig, vermied es allerdings, mir in die Augen zu schauen. Stattdessen spielte sie mit ihrer Strähne und ihr Ring am Finger mit dem durchgehenden Ornament glänzte im Kerzenlicht. Ich realisierte, wie sehr ich sie verletzt hatte, was ich zutiefst bedauerte, aber nicht mehr ungeschehen machen konnte. Wir bestellten einen Rotwein und ich nahm dasselbe wie Caylin.

»Du weißt doch gar nicht, ob es dir schmeckt?«, fragte sie fast vorwurfsvoll, als Giovanni uns wieder verlassen hatte.

»Ich vertraue deinem Geschmack.«

Was Tee anging, hatte sie den. Warum sollte es beim Essen anders sein?

»Und was, wenn ich etwas bestellt hätte, was du nicht magst?«

»Dann hätte ich dich dadurch ein bisschen besser kennengelernt.«

»Marc, versuch es gar nicht erst«, antwortete sie distanziert, was ich verstehen konnte.

Ich lachte leise auf. »Ich weiß, du bist verletzt …«

»Verletzt ist gar kein Ausdruck. Du hast mir gedroht, mein komplettes Leben zu zerstören.« Sie schob die Ärmel ihres hellblauen Strickpullis nach oben. »Denk ja nicht, nur weil wir etwas essen gehen, ist alles wieder in Ordnung.«

»Das tue ich nicht. Jeremy, mein bester Freund, ist Gerichtsmediziner. Er hat nichts gefunden.«

Sie seufzte auf und starrte aus dem Fenster in die Dunkelheit.

»Gerichtsmediziner. Auch das noch«, murmelte sie.

»Bitte, lass mich erzählen.«

Ich schob meine Hand zu ihrer und strich darüber. Für einen erstaunten Augenblick hielt sie inne, nur um dann die ihre unter meiner wegzuziehen.

Giovanni brachte uns den Wein und für jeden ein Glas Wasser.

»Ich bin ganz Ohr.«

»Wir sind zusammen zur Schule gegangen, Jeremy und ich. In Icklesham. Meine Eltern wohnen dort immer noch. Auch Grams. Du erinnerst dich an die Teetassen?«

Sie nickte ungeduldig.

»Jer und ich hatten unseren Schulabschluss in der Tasche und genossen den Sommer, bevor wir nach Oxford zum Studieren gehen wollten. Wir hatten beide eine Freundin. Er hatte sich in Jill verliebt und ich in Susan.

Beide wollten mitkommen nach Oxford. Susan hatte sich für eine Ausbildung beworben und Jill sich am College eingeschrieben. Ich würde mit Jeremy zusammenziehen und die Mädels hatten auch bereits ihre WG gefunden. Wir waren startklar. Hatten uns auf das neue Leben gefreut. Nach der Schule.«

Ich brach ab, starrte in die kleine Flamme der Kerze auf dem Tisch, die sich tänzelnd hin und her bewegte. Über die damaligen Ereignisse sprach ich nicht sehr oft. Manchmal mit Jeremy. Aber er war auch der Einzige. Nicht einmal mit meinen Eltern und gleich gar nicht mit jemandem, den ich nicht kannte.

»Susan und Jill erfuhren von dieser Beachparty, die etwas außerhalb am Strand stattfinden sollte. Es war eine laue Sommernacht. Ohne Regen. Wir fuhren dorthin und ich erklärte mich bereitwillig als Fahrer. Dann konnten die anderen etwas trinken.

Ich blieb den ganzen Abend bei Cola. Wir tanzten und hatten eine Menge Spaß. Die Mädels wollten irgendwann gehen. Susan und Jill waren völlig überdreht und Jeremy benahm sich, als hätte er einen Drink zu viel. Ich lief zur Bar, wo ich meine Cola abgestellt hatte und trank sie aus. Dann machten wir uns auf den Heimweg.«

»Was ist passiert?«

Caylins Stimme riss mich aus den Erinnerungen. Ihre Augen schimmerten nicht mehr wütend, sondern fragend.

»Wir hatten einen Unfall. Meine Wahrnehmung veränderte sich ganz plötzlich beim Fahren. Die Stimmen im Auto rückten in weite Ferne. Die Lichter der Straße verzerrten sich. Was oben war, war plötzlich unten und umgedreht. Ich riss instinktiv das Lenkrad herum und hörte noch die Schreie der anderen im Auto, als wir gegen einen Baum prallten.«

Eine warme Hand schob sich nun auf meine und ließ mich aufblicken.

»Jemand hatte dir etwas in die Cola gemixt«, sagte sie schockiert.

Ich nickte. »Im Nachgang weiß ich nicht mehr, wie wir alle ins Krankenhaus gekommen sind. Jeremy und ich waren nur leicht verletzt. Aber die Mädels …«

Ich konnte den Schmerz nicht mehr länger zurückhalten. »Das Auto prallte mit der Beifahrerseite mit ganzer Wucht gegen einen Baum. Susan starb noch am Unfallort, Jill während der Not-OP. Jeremy und ich hatten das erst später erfahren, als wir beide wieder ansprechbar waren. Es stellte sich heraus, dass uns allen etwas ins Glas getan wurde. Ich erinnerte mich noch zu gut an Susans geweitete Pupillen. Ich hatte es auf den Alkohol geschoben, aber der war es nicht.«

Caylin sah mich entsetzt an. Unruhig zuckten ihre Augen hin und her.

»Es tut mir unendlich leid«, wisperte sie.

»Ich will dein Mitleid nicht, Caylin.«

Deswegen hatte ich es ihr nicht erzählt. Und weil mir jeder sein Mitleid entgegenbrachte, redete ich generell nicht sehr gern darüber.

»Hat man die Täter gefunden?«

Giovanni kam und stellte mit einem breiten Grinsen die Vorspeise ab. Ich war gerade viel zu aufgewühlt, um zu essen. Dennoch griff ich mehr reflexartig nach der Bruschetta. Meine Hände hatten somit etwas zu tun, was mich beruhigte.

»Es hat ein wenig gedauert. Es stellte sich heraus, dass sich in dieser Nacht so einige Unfälle im Umkreis ereignet hatten und bei diversen Partygängern Drogen im Blut auffindbar waren. Den Veranstalter hat man inhaftiert und die Barkeeper ebenfalls. Doch das machte Susan und Jill nicht mehr lebendig. Ich kam mit ein paar Sozialstunden als Verwarnung davon und Jeremy hatte sich seit dem Ereignis entschieden, in die Gerichtsmedizin zu gehen.«

»Ihr seid also trotzdem nach Oxford.«

Ich nickte und biss in die Bruschetta. Der fruchtige Geschmack der Kirschtomaten entfaltete sich zusammen mit dem Knoblauch auf meiner Zunge.

»Mir tut es wirklich leid, Marc. Es muss schrecklich gewesen sein. Gibst du dir noch die Schuld?«

Meine Lippen wollten sich zu einem Lächeln verziehen, doch es misslang.

»Also ja«, sagte sie. »Es war nicht deine Schuld.«

»Ich saß am Steuer.«

»Jedem anderen wäre es ebenfalls passiert.«

»Das spielt im Nachgang keine Rolle mehr«, blockte ich ab.

Caylin bemerkte es und richtete sich in ihrem Stuhl auf. Sie griff ebenfalls nach etwas Bruschetta und biss nachdenklich hinein.

»Darf ich dich etwas fragen?« Ihre Stimme war leise und zurückhaltend.

»Hmm? Natürlich.«

Auch wenn ich nicht gern über den Unfall redete, war ich nun hier mit ihr, damit sie verstehen konnte, warum ich so übertrieben reagiert hatte.

»Wie kommst du darauf, dass ich dir etwas in den Tee gemixt haben sollte? Du warst dabei gewesen, als ich den Tee aufgegossen und unsere Schalen gefüllt habe.«

Ich lachte leise auf. »Meine Geschichte ist auch noch nicht zu Ende.«

»Oh! Entschuldige. Ich wollte dich nicht unterbrechen.« Caylin sah mich erstaunt an.

Ich lächelte sie zuversichtlich an. »Hast du nicht. Ich brauchte danach einen Psychologen, wie du dir sicher vorstellen kannst. Um das Erlebte zu verarbeiten. Ihm hatte ich viel zu verdanken. Doch eines ist mir seit diesem Ereignis verlorengegangen.«

»Was?« Ihre grünen Augen funkelten mich neugierig an.

»Mein Schlaf. In jeder Nacht seit diesem Ereignis träume ich von dem Unfall.«

Es dauerte ein paar Atemzüge, ehe Erkenntnis durch ihr Gesicht huschte.

»Und bei der Teezeremonie hast du …«

»… geschlafen. Und das nicht nur für zwei oder drei Stunden, sondern für wenigstens vierzehn. Caylin, ich habe seit fünfzehn Jahren nicht mehr geschlafen. Wann immer ich meine Augen schließe, sehe ich die Bilder von damals. Höre ich die Stimmen im Auto und schrecke

hoch, wenn ich all das Blut sehe. Und dann kommst du. Mit deiner Teezeremonie. Wir trinken deinen Entspannungstee und ich … falle in einen so tiefen Schlaf, dass ich beim Aufwachen nicht mehr weiß, wo ich mich befinde.«

Caylins Gesicht klarte auf und sie begann zu kichern. »Das tut mir jetzt nicht leid. Ich habe mir ehrlich gesagt ziemliche Sorgen um dich gemacht. Noch nie ist jemand bei meiner Teezeremonie eingeschlafen. Vielleicht mal eingenickt. Aber wenn man die Leute angesprochen hat, sind sie schnell wieder zu sich gekommen. Ich habe mir ernsthaft Gedanken gemacht, ob ich nicht den Notarzt verständige.«

Ich trank etwas Wein, während Giovanni unser Essen brachte. Spinatlasagne. Es duftete herrlich.

»Guten Appetit«, wünschte er und ging.

»Kannst du jetzt verstehen, warum ich so reagiert habe? Mir ging es nie darum, dein Leben zu zerstören oder dir zu drohen. Ich habe nur Panik bekommen, als ich aufgewacht bin.«

»Und ich nehme an, Jeremy, dein Freund, hat den Tee untersucht?«, fragte sie.

Ich nickte. »Es ist genau das im Tee gewesen, was auf deinem Zertifikat steht. Ich wollte nicht an dir oder deinem Geschäft zweifeln.«

»Schon gut. Im Nachgang kann ich es wirklich nachvollziehen, dass du so gedacht hast. Deine Reaktion hat mich nur schockiert.« Sie schob sich nervös ihre Haarsträhne zurück hinter ihr Ohr.

»Ich muss dir noch etwas sagen«, begann ich zögerlich.

Ich wusste nicht, wie ich es ihr sagen sollte, denn ich wollte nicht, dass sie mich für völlig bescheuert hielt. Sie ließ die Gabel sinken und sah mich angespannt an.

»Ich habe die letzten zwei Nächte ebenfalls geschlafen. Auch ohne deinen Tee. Diese Bilder von dem Unfall sind weg. Aus meinem Kopf.«

Vorsichtig sah sie mich an. Als ob sie warten würde, ob ich noch etwas hinzufügte. Aber das tat ich nicht. Denn ich wusste selbst nicht, wie ich es einzuordnen hatte. Ich konnte es nicht erklären und zweifelte selbst an mir.

»Was ist passiert? Bei der Teezeremonie?«, fragte sie schließlich und ließ mich hellhörig werden.

»Wie meinst du das?«

»Du hast eine Zeit lang um dich geschlagen. Mit Händen und Füßen. Ich habe versucht, dich zu wecken, aber du hast nicht reagiert. Was … hast du gesehen?«

»Gesehen?« Jetzt zog ich die Augenbrauen nach oben.

»Hast du etwas geträumt?«

Langsam nickte ich, bevor ich leise auflachte. »Den so ziemlich verrücktesten Traum, den ich jemals gehabt hatte. Den kann ich dir unmöglich erzählen.«

Die Anspannung wich aus ihrem Gesicht. »Natürlich kannst du ihn mir erzählen. Glaubst du, ich lache dich aus wegen einem Traum? Haben wir nicht schon alle einmal verrückt geträumt?«

Ich schob eine Gabel in meinen Mund und kaute. Die Spinatlasagne schmeckte köstlich, genauso wie der herbe italienische Rotwein.

Sie zwinkerte vielsagend mit den Brauen, wobei sich ein hinreißendes Lächeln auf ihre eleganten Lippen legte.

»Komm schon. Gib dir einen Ruck. Wie schlimm kann schon so ein Traum sein?«

Und wie verführerisch konnte sie bitte schön noch sein? Ob sie wusste, was für eine Wirkung sie auf mich hatte?

»Also gut. Ich stand auf einer Lichtung mit einem riesigen Baum. Vermutlich inspiriert von dem Baum, der in deinen Stein graviert war. Da waren Frauen, die um den Baum tanzten. In weißen Gewändern. Eine sah so aus wie du.« Ich winkte ab. »Vergiss es bitte. Ja. Ich sag ja, es ist verrückt.«

»Nein, ich möchte es aber nicht vergessen. Du träumst also von mir. Ich fühle mich wirklich geehrt.«

»Du möchtest, dass ich von dir träume?«, neckte ich sie und lehnte mich ein wenig nach vorn.

Ihre Wangen begannen daraufhin, sich zu verfärben.

»Das habe ich so nicht gesagt.«

»Oh, aber gedacht.«

Sie lachte leise auf und wich meinem Blick aus. »Du kannst träumen, von wem oder was immer du willst.«

»Danke für deine Genehmigung.«

Ihre Wangen glühten nun förmlich. »Ich sollte beruhigt sein, denn scheinbar hatte ich ja wenigstens etwas an.« Ihr Lächeln wurde frech und das Eis zwischen uns war gebrochen.

Ich lachte auf und strich mir mit der Hand über die Stirn. »Diese Art von Traum möchte ich mit dir nicht in einem Restaurant erörtern.« Ich beugte mich etwas über

den Tisch. »Sondern viel lieber in meinem Schlafzimmer«, fügte ich mit rauer Stimme an.

Sie schnappte nach Luft und ihr peinlich berührter Gesichtsausdruck ließ mich leise auflachen.

»Was ist an dem Baum passiert?« Sie räusperte sich, wonach ihre Stimme seltsam belegt klang.

»Du weichst meiner Frage aus.«

»Ich dachte, wo dein Traum gerade so interessant ist, wäre es doch unsinnig, das Thema zu wechseln.«

»Ist es das?«

Wir sahen uns an und lachten zusammen auf. Abermals fielen ihr die roten Locken ins Gesicht. Ich streckte meinen Arm danach aus.

»Deine Locken sind ziemlich widerspenstig«, sagte ich leise.

»Du meinst, so wie ich?«

»Das Urteil kann ich mir nicht erlauben.«

Noch nicht. Ihre Lippen verzogen sich zu einem strahlenden Lächeln. Und in dem Moment kribbelte es in meinem ganzen Körper. Dieses Lächeln war der Grund, warum ich die letzten zwei Tage geschlafen hatte und weshalb ich dieses Gespräch mit ihr unbedingt hatte führen müssen. Denn ich sah es vor meinem inneren Auge, sobald ich diese schloss. Es war schön und ich versank darin. Ihre eleganten Lippen. Ihre strahlenden grünen Augen, in denen sich die Flamme der Kerze spiegelte.

»Also, du hast mir immer noch nicht erzählt, was dann geschehen ist«, forderte sie ungeduldig.

»Ehrlich gesagt, wurde es danach bizarr. Ich legte meine Hand auf diesen Baum und dann hörte ich die Worte *Atme* und *Lass los*. Danach weiß ich nichts mehr.«

Sie schüttelte unwirsch mit dem Kopf. »Es ist schon eine Frechheit, Marc Baxter, dass du meine Teezeremonie so ruiniert hast, indem du einfach eingeschlafen bist.«

»Ich bekenne mich schuldig und hoffe auf mildernde Umstände.«

Ihr Lächeln wich und abermals legte sich eine verführerische Röte über ihr Gesicht, die mein Herz schneller schlagen ließ.

»Wenn du mich nun, da ich dir die Erklärung für mein uncharmantes und frevelhaftes Benehmen geliefert habe, nicht mehr sehen willst, dann werde ich dich fortan in Ruhe lassen.«

Ihre Schultern sackten nach unten. »Nein, natürlich nicht. Wirklich, ich kann deine Reaktion nun besser verstehen. Du hast mir nur eine Heidenangst eingejagt. Aber ...«

Sie wich meinem Blick aus. Stocherte stattdessen mit der Gabel in der Lasagne herum.

»Aber ...?«

»Ich würde mich wirklich freuen, wenn wir uns wiedersehen«, sagte sie schüchtern.

KAPITEL 17

CAYLIN

Zusammen schlenderten wir nach dem Essen durch die verlassene Fußgängerzone.

»Wo wohnst du? Mein Auto steht dort vorn. Ich fahr dich gern nach Hause«, bot Marc mir an.

»Das brauchst du nicht. Ich laufe.«

»Cay …«

»Ich wohne nur zwei Straßen weiter. Ich laufe immer«, fiel ich ihm rasch ins Wort, damit er es nicht falsch verstehen konnte.

Tatsächlich besaß ich kein Auto. Nur ein Fahrrad.

»Dann bring ich dich eben zu Fuß zwei Straßen weiter.«

Ich lächelte. Zugegeben, ich mochte ihn. Sehr sogar. Und im Nachgang konnte ich seine Reaktion nach der Zeremonie verstehen. Trotzdem war ich vorsichtig. Außer dieser Geschichte von damals wusste ich nichts von ihm. Und so einen Gefühlsfrust, den ich über das

Wochenende geschoben hatte, brauchte ich so schnell nicht noch einmal. Dafür hatte ich im Dezember zu viel um die Ohren. Zumal die Angelegenheit mit dem Mietvertrag auch noch nicht geklärt war.

»Was machst du in Chichester, wenn du eigentlich in London wohnst?«

»Ich helfe einem Freund beim Umziehen.«

»Du scheinst ein toller Freund zu sein.«

Er lachte und hob beschwichtigend die Hände. »Das wirkt nur so. Es kostet ihn aber einiges.«

Schockiert blieb ich stehen und sah ihn an. »Er bezahlt dich dafür, dass du seinen Umzug machst? Wie definierst du denn Freundschaft?«

»Ich habe in London eine Firma. Und wenn ich hier bin, kann ich nur bedingt für mich selbst arbeiten. Mach ich natürlich. Sofern es online und am Telefon geht. Aber dennoch kostet es mich auch einige Zeit.«

Wir liefen weiter und ich deutete auf eine kleine Gasse.

»Und hier läufst du nachts allein lang?«, fragte er ungläubig und stieß hörbar seinen Atem aus.

»Es ist alles beleuchtet. Am anderen Ende der Gasse geht's links und dann bin ich auch schon da. Es ist Chichester und kein zwielichtiges Viertel in London. Hier geschieht nichts.«

»Was ist mit dem Spukhaus?«

Ich seufzte. »Fängst du schon wieder damit an? Es gibt kein Spukhaus in Chichester.«

»Aber die Leute reden …«

»… immer viel. Und schon lange nicht mehr. Also, was macht deine Firma?«, lenkte ich von dem Thema ab.

Schließlich hatten sich die mysteriösen Vorfälle gelegt, seitdem ich meinen Teeladen im vermeintlichen Spukhaus eröffnet hatte. Mal von Marcs geistigem Aufenthalt in der Feenwelt abgesehen. Aber das wusste er nicht, sondern hielt es für einen Traum und ich würde ihn nicht über die Wahrheit aufklären.

»Meine Firma ist in der Immobilienbranche tätig.«

»Oh!«

Nun blieb er stehen. Seine Mundwinkel zuckten nach oben und seine Augen funkelten mich amüsiert an.

»Oh? Das ist normalerweise nicht die Reaktion, die ich sonst bekomme.«

Ich winkte ab und lief weiter. »Nimm es nicht persönlich. Ich habe nur gerade Ärger mit meinem Vermieter.«

»Was für Ärger? Kann ich dir helfen?«

»Das wäre jetzt eine zu lange Geschichte, denn dort vorn ist schon meine Wohnung.«

Wir bogen links ab und ich deutete auf die zweite Tür auf der rechten Seite, die in einem pastellbraun gestrichen war.

»Ich bin ein guter Zuhörer. Vielleicht kann ich dir wirklich helfen.«

»Nein, ich will den schönen Abend jetzt nicht mit meinen Problemen verderben. Außerdem habe ich schon einen Anwalt hinzugezogen. Ich bekomme das geregelt.«

»Einen Anwalt von hier? Wenn er nichts taugt, kann ich dir meinen Freund empfehlen, der ist nur gerade im Urlaub.«

Natürlich hatte Marc auch einen Anwalt als Freund. Und einen Gerichtsmediziner. Wen hatte er denn nicht

zur Hand, den er einspannen konnte? Wir überquerten die Straße.

»Nicht von hier. Ein alter Freund aus der Schule. Er hat seine Kanzlei in Edinburgh.«

»Ich habe mir schon fast gedacht, dass du aus Schottland kommst.«

Wir blieben vor meiner Haustür stehen.

»Wirklich? Ist mein Akzent so deutlich?«

Er hob seine Hand und hielt Daumen und Zeigefinger so übereinander, dass ein kleiner Spalt entstand. »Nur ein bisschen. So wenig, dass ich mir nicht sicher war. Wo aus Schottland?«

»Aus einem kleinen Dorf. Durness.«

»Und was hat dich nach Südengland verschlagen?«, hakte Marc weiter nach.

»Mein Teeladen würde ich spontan sagen. Ich hatte die Möglichkeit, die Ladenfläche recht günstig zu mieten. Also habe ich die Chance ergriffen.«

Er nickte. Etwas verunsichert sahen wir uns an.

»Vielen Dank für das Essen und deine Erklärung«, sagte ich.

»Das ist das Mindeste, was ich tun konnte, um es wiedergutzumachen. Danke, dass du mir die Chance dazu gegeben hast.«

Da ein Handschlag zum Abschied zu unpersönlich war, mir aber eine Umarmung zu intim, stellte ich mich auf die Zehenspitzen und hauchte ihm einen flüchtigen Kuss auf die Wange. Sein Geruch nach Zypressenholz gepaart mit etwas Blumigem stieg mir berauschend in die Nase. Ich sollte das hier nicht in die Länge ziehen,

denn ich musste mir eingestehen, dass er mir viel zu sehr gefiel.

»Dann gute Nacht. Bis irgendwann«, sagte ich leise.

Ich drehte mich um und ging, ohne noch einmal zurückzublicken. Mir war bewusst, dass ich ihn nicht, nach seiner Nummer gefragt hatte. Ich war mir in dem Moment nicht sicher, ob ich sie wirklich haben wollte. Er hatte meine. Zumindest, wenn er den Gutschein noch besaß. Wenn er wollte, konnte er sich melden. Doch ich würde es nicht wagen. Dafür war mir mein Seelenfrieden zu wichtig.

Ich machte mir nichts vor. Eine Fernbeziehung konnte ich mir nicht vorstellen. Er lebte in London und hatte dort seine Firma. Ich hier. Mit meinem Teeladen. Zugegeben, ich wusste noch nicht, wie es ab Januar weitergehen sollte. Doch eines wusste ich bestimmt: Eine Beziehung würde alles komplizierter machen.

Der nächste Tag startete hektisch. Ich füllte die Teeboxen auf, ging zur Bank, um das Bargeld einzuzahlen und hatte es auch noch vor Ladenöffnung geschafft, den Boden im Teeladen zu säubern. Kundschaft hatte ich nur vereinzelt, was ich jedoch genoss, weil ich dann den Adventsverkauf am Nachmittag vorbereiten konnte. Jane kam gegen eins und ging mir zur Hand. Wir schafften gerade die Thermoskannen raus, als ganz plötzlich Marc im Laden auftauchte.

Er war noch in der Gegend? Es erstaunte mich, denn innerlich hatte ich angenommen, dass er gestern noch nach London gefahren wäre. Nichtsdestotrotz konnte ich nicht anders, als ihm ein Lächeln zu schenken. Denn ich freute mich wirklich, ihn zu sehen.

Er hielt eine braune Tüte in der Hand. Mit der anderen fuhr er sich fahrig durch sein Haar. Sein grün-goldener Schal lugte aus seinem Wollmantel hervor. Er sah unverschämt gut aus. Viel zu gut.

»Ich habe Sandwiches. Ich dachte, wir könnten zusammen Lunch essen.«

Jane zwinkerte mir vielsagend zu. »Mach ruhig, Cay. Ich habe ein Auge auf den Laden.«

Ich hatte tatsächlich noch nichts gegessen. »Danke. Ich weiß gar nicht, was ich sagen soll.«

Nervös spielte ich mit einer Locke und deutete dann auf die Küche im hinteren Bereich.

»Möchtest du vielleicht einen Tee?«, fragte ich.

Marc lachte. »Besser nicht. Nicht, dass ich wieder einschlafe. Ich habe noch ein wenig am Nachmittag zu tun.«

»Wie wäre es mit *Awakening Sun*? Das ist ein Grüntee und macht einen wachen Geist. Die Chance, dass du einschläfst, ist also sehr gering.«

»Überredet.«

Ich goss den Tee in zwei to-go Becher, zog meinen Wintermantel über und wir liefen die weihnachtliche Fußgängerzone entlang. Vom Chichester Cross sang ein Kinderchor Weihnachtslieder.

»Hmm, die Sandwiches sind lecker«, sagte ich anerkennend und spürte, wie gut es tat, etwas zu essen.

»Ich muss gestehen, dass ich sie nicht selbst gemacht habe. Aber ich gebe es gern weiter.«

»Wie lange bleibst du denn in der Gegend?«

»Ich habe die Woche nur Termine, die ich auch online erledigen kann. Also so lange, wie du möchtest.«

Wie ich möchte? Was hatte das denn mit mir zu tun? Ich verschluckte mich und begann zu prusten. Marc klopfte mir sanft auf den Rücken.

»Geht's?« Marc sah mich besorgt an.

»Ja, danke. Ich weiß gar nicht, was ich sagen soll.«

»Was machst du heute Abend nach Ladenschluss?«

Nichts, wollte ich schon sagen, denn meistens war ich nach Feierabend zu fertig, um noch etwas zu unternehmen. Da mir das jedoch unangenehm war, zuckte ich stattdessen möglichst lässig mit den Schultern.

»Hast du Lust, heute Abend mit mir Schlittschuhlaufen zu gehen? Es ist ziemlich kalt geworden in den letzten Tagen und es soll mal nicht regnen.« Marc deutete auf die Eisbahn, an der wir gerade vorbeischlenderten.

Ich sah ihn erstaunt an.

»Ich war schon ewig nicht mehr Schlittschuhlaufen«, gestand ich.

»Warum nicht? Du hast die Bahn gleich um die Ecke.«

»Es … hat sich nie ergeben.«

»Ist das also ein Ja?«

Ich konnte nicht anders, als ihn anzustrahlen. »Ja. Sehr gern.«

Ich legte am Abend meinen Mantel an den Rand und band mir die Schlittschuhe zu. Die Stulpen hatte ich noch im Büro gefunden. Ich zog sie über meine Unterschenkel, da ich nur eine Wollstrumpfhose trug. Marc wartete am Aufgang zur Bahn.

»Bereit?«

»Ja.«

Mit der Hand in seiner glitten wir zusammen auf die Eisfläche. Buntes Diskolicht flackerte auf und *Rudolph the Rednose Reindeer* drang laut aus den Lautsprechern. Die Bahn war nicht zu voll, sodass wir genügend Platz hatten.

»Wo hast du Schlittschuhlaufen gelernt?«, fragte ich ihn.

Schließlich lag in Südengland eher selten Schnee und die Seen waren auch nicht oft zugefroren.

»Ehrlich gesagt in Hastings. Das ist nicht weit weg. Wir sind im Winter oft zum Eislaufen dorthin gefahren. In London geh ich aber auch nie. Wie ist es bei dir?«

»Wir haben in Schottland einen kleinen See, der jedes Jahr zufriert. Dort bin ich jedes Jahr gefahren. Tatsächlich fehlt es mir ein wenig.«

»Schottland oder das Schlittschuhlaufen?«

Ich lachte. »Ist das eine Fangfrage?«

Er richtete sich auf und hob beschwichtigend die Hände. »Sollte es denn eine sein?«

Ich wich seiner Gegenfrage aus. »Das ganze Dorf bei uns geht Schlittschuhlaufen. Irgendwie gehört es zum Winter dazu.«

Marc lächelte mich an, überholte mich, nur um sich dann umzudrehen und rückwärts direkt vor mir zu fahren. Er streckte seine Hand nach mir aus und ich legte meine hinein. Und während aus den Lautsprechern *Jingle Bells Rock* ertönte, fing es an zu schneien. Ich schnappte nach Luft und sah nach oben. Feine Schneeflocken kitzelten auf meiner Haut. Küssten meine Nasenspitze. Ich schloss für einen Moment die Augen, um ihn zu genießen. In dem Moment war ich so glücklich wie schon lange nicht mehr. Selbst mein Mietproblem rückte in den Hintergrund.

Meine Kufen rutschten unter mir weg. Ich drückte Marcs Hand fester, nur um im nächsten gegen seine Brust zu fahren. Sein Geruch von Zypressenholz drang mir angenehm in die Nase und ich spürte seine Wärme durch seinen Wollmantel strahlen. Große Hände umschlangen meine Taille.

»Ich habe dich«, flüsterte er an meinem Ohr.

Sein Atem kitzelte auf meiner Haut. Langsam hob ich mein Gesicht und traf auf seine dunklen Augen, in denen goldene Sterne funkelten.

»Entschuldige, ich habe nicht aufgepasst.«

»Find ich nicht schlimm.«

Er kam meinem Gesicht langsam entgegen. Doch als ich realisierte, was er vorhatte, stieß ich mich von ihm ab und rutschte rückwärts davon. So einfach würde ich es ihm nicht machen. Ich drehte mich im Kreis und lächelte ihn herausfordernd über die Schulter an.

»Ich wette, ich bin schneller als du.«

Ich stieß die Spitzen ins Eis und schob mich ab. In großen Zügen lief ich kichernd übers Eis, gefolgt von Marc. Nach einer Dreiviertelrunde holte er mich ein und legte seine Hände auf meine Schultern. Ich ließ lachend den Kopf in den Nacken fallen.

»Ich habe dich. Schon wieder«, rief er.

Er dirigierte mich zur Bande und ich fuhr dagegen. In seinem Arm drehte ich mich und dieses Mal schmolz ich förmlich unter seinen warmen Augen und seinem charmanten Lächeln. Er hob seine Hand und strich mir zärtlich über die Wange.

»Glaubst du wirklich, du kannst mir entkommen?«, fragte er leise, als er sich zu mir herunterbeugte.

»Ich kann es zumindest versuchen.«

Ich reckte ihm mein Kinn entgegen. Warm tänzelte sein Atem über meine Lippen. Ich schloss meine Augen und wartete auf den Moment, als ich ein Summen aus Marcs Manteltasche hörte.

»Ich will da jetzt nicht rangehen«, murmelte er.

»Vielleicht ist es wichtig«, neckte ich ihn.

»Wichtiger als dieser Kuss?«

»Hmm, vermutlich nicht. Aber du kannst ihn sicherlich nicht genießen, weil deine Gedanken nicht ganz bei mir sind. Und deshalb ist das nicht der richtige Moment für unseren ersten Kuss.«

»So siehst du das also.«

Er seufzte und richtete sich auf. Seine Hand glitt in die Manteltasche und er zog es hervor.

»Du entschuldigst mich für einen Moment?« Keinen Atemzug später lag es an seinem Ohr. »Jer, ich hoffe, es

ist wichtig. Denn du hast mich bei einer äußerst wichtigen Angelegenheit gestört.«

Ich grinste, duckte mich unter Marcs Arm hindurch und lief weiter. Ich spürte das Kribbeln von Marcs Blicken auf meinem Rücken, während er telefonierte. Nach zwei Runden hatte er aufgelegt und wir liefen wieder zusammen.

»Ärger?«, fragte ich.

»Nur Jeremy, der mich nicht in meiner Firma gefunden hat.«

»Es ist 8 Uhr abends. Du arbeitest um diese Zeit noch?«

»Immer.«

Es war ein wunderschöner Abend. Nach dem Eislaufen holten wir uns noch bei Giovanni eine Pizza zum Mitnehmen, die wir zu Hause auf meiner Couch aßen. Bei einem Bratapfeltee und einem Weihnachtsfilm machte sich schließlich die Müdigkeit in mir breit, sodass ich neben ihm einschlief.

KAPITEL 18

MARC

Caylins Kopf ruhte auf meiner Schulter und ihr Atem ging gleichmäßig. Ich zog eine Decke über sie. Zarte Sommersprossen zierten ihre Nase und ihr Geruch von Vanille und Zimt umgab mich. Ihr Gesicht sah friedlich aus. Ich schaltete den Fernseher aus, rutschte tiefer in die Couch und schloss ebenfalls meine Augen.

Sollte ich gehen? Doch je länger ich sie betrachtete, wie sie seelenruhig in meinen Armen schlief, desto weniger wollte ich das. Denn mein ganzer Körper kribbelte. Ich genoss das Gefühl, denn schon lange hatte ich es nicht mehr empfunden. Seit dem Sommer, an dem sich alles schlagartig verändert hatte. All die Frauen aus dem *Dark* bedeuteten mir nichts, im Vergleich zu derjenigen, die ich gerade in den Armen halten durfte.

Mir war heiß und mein Rücken fühlte sich völlig verspannt an. Auf mir rekelte sich etwas. Ich blinzelte und starrte direkt in grüne Augen, die sich nach ein paar Atemzügen erschrocken weiteten.

»Guten Morgen«, murmelte ich.

Caylin richtete sich abrupt auf, strich ihre widerspenstigen Locken zurück und sah auf die Uhr.

»Schon halb neun. Mist. Ich muss den Laden öffnen.«

Verlegen stand sie auf und knetete nervös ihre Hände. Sie schnappte nach Luft, doch schien sie keine Worte zu finden. Ihr war es offensichtlich unangenehm, mit mir auf der Couch eingeschlafen zu sein. Doch mir war es das nicht. Es war eine schöne Nacht. Vielleicht nicht gerade die bequemste. Aber definitiv eine, die ich nicht mehr missen möchte.

»Haben wir so die Nacht verbracht? Das ist mir jetzt ein wenig unangenehm«, stammelte sie.

Ich erhob mich ebenfalls, stellte mich direkt neben sie und legte zärtlich meine Hand auf ihre Wange.

»Warum?« Meine Stimme klang seltsam rau.

Die Röte schoss in ihre Wangen, wie so oft, wenn sie verlegen war.

»Ich … na ja … also …«

Wow. Da war ja jemand mächtig durcheinander. Ich musste mir eingestehen, dass ich es zuckersüß fand.

»An einer Nacht, die wir ganz keusch auf deiner Couch verbracht haben, gibt es nichts zu bereuen.«

»Ich … muss in die Dusche«, murmelte sie.

»Dann koche ich uns einen Tee, während du duschst«, schlug ich vor.

Hin- und hergerissen trippelte sie von einem Fuß auf den anderen. Schließlich nickte sie und verschwand im Bad. Auch wenn ich nicht wusste, auf welcher

Temperatur Caylin ihre Tees zubereitete, fand ich alles, was ich brauchte. Und während ich das Rauschen des Wassers aus dem Bad vernahm, kochte ich nicht nur unseren Tee, sondern fand auch Weißbrot zum Toasten und etwas Orangenmarmelade.

Das Wasser in der Dusche verstummte irgendwann, woraufhin ein leises Fluchen zu hören war.

Ich klopfte an die Badtür. »Ist alles in Ordnung?«

»Ja«, kam nach kurzem Zögern. »Klar.«

Mit einem Schmunzeln ging ich zwei Schritte in Richtung Küche, nur um mich dann wieder der Badtür zuzuwenden. Ich sollte ihr sagen, dass das Frühstück fertig war.

»Der Tee ist im …«, weiter kam ich nicht, denn die Badtür öffnete sich in dem Moment.

In der Tür stand sie nur mit einem Handtuch umwickelt, während Wassertropfen über ihre dicken Locken perlten, die nass kastanienbraun anstatt rot schimmerten. Ihr Anblick raubte mir den Atem und ich vergaß, was ich sagen wollte. Irgendwo von weit weg vibrierte etwas in regelmäßigen Abständen, doch ich hatte nur noch Augen für sie und ihre leicht geöffneten Lippen.

Ich überwand den letzten Schritt, der uns noch trennte, beugte mich zu ihr hinab und nahm unbewusst wahr, dass Caylin nach Luft schnappte, bevor ich meine Lippen auf die ihren legte.

Feucht und samtig fühlten sie sich an und schmeckten nach Vanille mit Honig.

Meine Hände verselbstständigten sich und suchten Caylins Taille, um sie näher an mich zu ziehen. Ich spürte die feuchte Wärme ihres Körpers durch das

Handtuch drängen und ihre zarte Hand, die sich auf meinen Oberkörper legte. So weich wie unser Kuss auch war, so raubte er mir buchstäblich den Verstand.

Mehr!

Alles in mir schrie nach mehr. Doch als ich unseren Kuss intensivieren wollte, drückte eine Hand gegen meinen Oberkörper und holte mich ins Hier und Jetzt zurück.

Caylins Atem kam hektisch, während ihre Augen sich dunkel verfärbt hatten.

»Ich ... muss ... in den Laden.« Sie rang nach Worten.

Ich nickte und starrte sie weiter vor Verlangen an. Dann deutete ich auf die Küche.

»Der Tee ist fertig.« Meine Stimme klang seltsam dunkel und belegt.

Ich gab ihr den Weg aus dem Bad frei und sie verschwand in ihrer Schlafstube. Abermals registrierte ich, dass etwas rhythmisch vibrierte. Ich blickte mich um und bemerkte das Aufleuchten meines Handydisplays. Nein, ich konnte jetzt unmöglich telefonieren. Nicht nach diesem Kuss.

Also ging ich in die Küche, nahm das Teesieb aus der Kanne und füllte zwei Tassen, während Caylin in einem hellblauen Strickpulli mit Schneeflocken und einem schwarzen Rock in der Küche erschien. Ihre Wangen waren rot gefärbt und ein verlegenes Lächeln schimmerte auf ihren Lippen, die ich so gern noch einmal küssen wollte.

Triste, graue Wolken zogen über den Himmel und ein kalter Dezemberwind wehte mir ins Gesicht, sodass

mein erhitzter Körper sich schnell abkühlte, als ich nach dem Frühstück zu meinem Auto ging. Ich drückte auf die Rückruftaste. Ein Anruf war von Melissa, die mich daran erinnerte, dass ich heute Nachmittag einen Videocall mit einem Investor aus China hatte. Dieser Termin war entscheidend für die Zukunft von *South Realty Inc.* Der andere Anruf stammte von John, nur um mir zu sagen, dass der Antiquitätenhändler für heute Morgen abgesagt hatte, was mir nur gelegen kam, da ich mich für den Videocall noch vorbereiten musste. Und der dritte kam von Aiden.

»Wo treibst du dich rum? Solltest du nicht schon längst an deinem Schreibtisch sitzen?«, zog er mich auf.

»Ich bin auf dem Weg nach *Chester Hall*. Was gibt's? Ärger im Paradies?«

Er lachte. »Was denkst du denn? Sheryl und ich genießen die Sonne und das Leben.«

»Wie schön für euch.«

»Ich habe nach Wohnungen in London geschaut. Vielleicht wäre es klüger, noch eine Wohnung zur Zwischenmiete zu haben. Oder würdest du eher zu einer Eigentumswohnung raten?«

Ich seufzte. »In den Immobilien, die gerade bei mir zum Verkauf stehen, befinden sich keine Eigentumswohnungen, auch keine Lofts. Ich bekomme zwar gelegentlich welche rein, aber die gehen sehr schnell wieder raus. Ich kann mich allerdings mal umhören. Schick mir deine favorisierte Größe und die Gegend, wo du hinwillst.«

»Ich maile dir ein paar Links mit unseren Vorstellungen. Ist der Container aus Washington schon eingetroffen?«

Ich schnaubte. »Machst du Witze? Deine Assistentin hat mich letzten Freitag informiert, dass er am Wochenende verschifft wird. Das dauert noch ein wenig.«

»Prima. Ist es zu viel verlangt, wenn du unsere Sachen in London splittest? Ein Teil kann nach *Chester Hall* und ein Teil müsste in London bleiben.«

»Das ist doch ein Witz, Aiden, oder? Und zwar ein schlechter.«

Er lachte. »Ach, komm schon. Es wäre blödsinnig, wenn die Sachen hin- und hertransportiert werden würden.«

»Wann kommst du zurück?«

»In zwei Wochen.«

»Vielleicht kann ich den Container für eine Woche im Hafen einlagern lassen. Dann kannst du selbst drüberschauen, wenn du zurück bist.«

Ich konnte wirklich schlecht über die Besitztümer meines Freundes bestimmen. Den Schuh wollte ich mir nicht anziehen.

»Danke, mein Freund.«

Wir legten auf und ich seufzte. Aiden trieb mich im Moment wirklich zur Weißglut.

KAPITEL 10

CAYLIN

Die Woche verlief wie im Flug. Marc tauchte jeden Abend nach Geschäftsschluss auf. Wir kochten zusammen und gingen auch noch einmal Schlittschuhlaufen. Zum Lunch schaffte er es nicht immer. Doch das erwartete ich gar nicht. Wenn er nicht kam, schrieb er vorher zuckersüße Nachrichten.

M: *Ich bin leider heute verhindert. Aber wenn du zu Lunch isst, denk an mich und an meine Lippen.*

Zugegeben, ich war es nicht mehr gewohnt, jemanden um mich zu haben, der an mich denkt oder ich an ihn. Denn ständig wanderten meine Gedanken zu einem äußerst attraktiven Mann. Auch wenn ich noch nicht so ganz verstand, worauf das mit ihm hinauslaufen würde, genoss ich die Zeit. Und manchmal wünschte ich mir schneller den Feierabend herbei, als ich sollte.

Über Nacht war er nicht noch einmal geblieben und in mir stieg täglich die Spannung. Denn ich sehnte mich nach mehr. Sollte ich ihm eindeutigere Signale senden? Wenn ich ihn an dem Morgen, als ich aus der Dusche kam, nicht gestoppt hätte, wären wir definitiv im Bett gelandet. Nur dann wäre ich nicht rechtzeitig in den Laden gekommen. Und an dem Morgen war es mir auch noch zu früh gewesen. Doch jetzt im Verlauf der Woche stieg mein Verlangen exponentiell. Ob es ihm ähnlich erging?

Trotz alledem wartete ich jeden Tag auf den Brief aus London. Doch er blieb aus. Auch sammelte ich weiter Unterschriften. Ich hatte bereits vier gefüllte Blätter und Elenor sogar schon fünf. Doch dieses Warten machte mich ganz wild. Ich brauchte eine Sicherheit für meinen Laden und konnte nicht so einfach hier raus.

Also rief ich Simon Samstagmittag nach Ladenschluss an.

»Es ist schon die erste Dezemberwoche. Ich habe noch drei Wochen, bevor ich hier offiziell raus muss. Die können sich doch nicht so viel Zeit lassen.«

Ich hatte meine Unterlagen auf der Küchenzeile ausgebreitet und starrte auf den Hintereingang.

»Es ist aber alles noch im zeitlichen Rahmen. Sie müssen noch nicht geantwortet haben. Ja, es ist knapp. Aber ein wenig musst du dich noch gedulden.«

»Was mache ich, wenn es schiefgeht?« Ich spielte mit einer Strähne, während meine Füße auf und ab wippten.

»Sieh dir doch schon einmal andere Objekte an. Es schadet nicht, einen Plan B zu schmieden.«

»Ich will aber kein Plan B.«

Simon seufzte. »Das weiß ich doch. Nur wenn du dort ständig anrufst, verhärten sich die Fronten.«

»Ich rufe nicht ständig an«, korrigierte ich ihn.

»Gut, also eine Woche kannst du noch warten und dann ruf an und frag vorsichtig nach. Oder soll ich das machen?«

»Nein, brauchst du nicht. Ich geb dir Bescheid, sobald ich etwas gehört habe.«

»Mach das. Was auch immer geschieht, wir finden einen Weg, einverstanden?«

»Hm, ich hoffe es sehr.«

»Hast du dir schon überlegt, ob du Weihnachten herkommst?«

Nun konnte ich mir ein Seufzen nicht verkneifen. »Das ist die falsche Frage zum verkehrten Zeitpunkt, Simon.«

»Verstehe. Brad steht gerade nur neben mir und würde dich gern …«

»Sorry, für deinen Bruder habe ich wirklich keine Zeit.«

Ich unterdrückte einen genervten Tonfall. Warum in aller Welt wollte mich ständig jeder mit Brad verkuppeln? Der hatte seine Chance gehabt und sie in den Sand gesetzt. Das konnte ich akzeptieren, aber ein zweites Mal brauchte ich es nicht.

Ich drehte mich um, nur um im nächsten Moment erschrocken zusammenzuzucken, weil Marc in der Tür zur Küche stand. Mit einem amüsierten Lächeln auf den Lippen und verschränkten Armen beobachtete er mich, sodass mir umgehend heiß wurde.

»Ich muss jetzt auflegen. Wir hören uns.«

Ich nahm das Handy herunter und sah Marc fragend an.

»Machst du immer so etwas mit deinen Füßen und Beinen, während du telefonierst?«, fragte er mich belustigt.

»Was meinst du?«

»Sie standen nicht einen Moment still. Stattdessen hast du dich fortwährend auf deine Außenkanten gestellt. Ich glaube, ich könnte das gar nicht.«

Demonstrativ versuchte er es, geriet spielerisch aus dem Gleichgewicht und ruderte mit den Armen hin und her. Ich lachte.

»Du bist süß, Cay. Ich wollte mich nicht anschleichen. Jane verkauft noch den letzten Tee und hat mich reingelassen«, sagte er und stand immer noch in der Tür.

»Das muss ich mit ihr noch einmal klären«, zog ich ihn auf. »Zumindest wenn ich beim Telefonieren beobachtet werde.«

»Tut mir leid. Ich wollte nicht lauschen. Hast du Ärger?«

Ich drehte mich um und schob die Unterlagen der Immobilienfirma in die Mappe zurück, nur um sie in mein Büro zu bringen. Marc folgte mir.

»Nein. Ja. Ich weiß es noch nicht.«

»Die Angelegenheit mit dem Vermieter? Ich meinte es ernst, als ich dir meine Hilfe angeboten habe.«

Ich nickte. »Ich weiß. Danke. Simon, mein Anwalt, kümmert sich um alles und meint, ich soll mich noch ein wenig gedulden.«

»Was du nicht möchtest?«

Ich kicherte. »Nicht gerade meine Stärke.«

Er machte zwei langsame Schritte auf mich zu. »Dann sollte ich dich ein wenig ablenken, damit du auf andere Gedanken kommst.«

»Klingt nach einem guten Plan. Wie war es bei dir?«

»Oh, es ging. Meine Assistentin, hat mir eine Mail geschrieben, bevor sie ins Wochenende ging, dass ich dreimal länger brauche, um ihr zu antworten, wenn ich hier bin als üblicherweise.«

»Und jetzt hast du dir überlegt, ab Montag wieder von London aus zu arbeiten?«

Seine Mundwinkel zuckten nach oben und seine Hände schoben sich um meine Taille, nur um mich an sich zu ziehen.

»Das werde ich auf gar keinen Fall tun. Schließlich bin ich der Boss.«

Er schob mich rückwärts gegen die nächste Wand.

»Du hast natürlich ihr gegenüber auch den Boss raushängen lassen«, neckte ich ihn.

Marc lachte dunkel auf. Doch anders als so oft stieg ich nicht mit ein. Sein Lachen sorgte für ein prickelndes Gefühl in der Magengegend, sodass sich mein Unterleib lustvoll zusammenzog.

»Und du glaubst, dass ich so etwas nötig habe?«, fragte er mich leise.

Das hier wurde mir eine Spur zu heiß, denn Jane konnte jeden Augenblick um die Ecke biegen. Alles in mir verzehrte sich danach und doch war es nicht der richtige Ort. Also fand ich mein spielerisches Lächeln wieder und versuchte mich aus seinem Griff zu winden.

»Ich muss noch die Kasse abrechnen«, sagte ich und ignorierte seine Frage.

Doch Marcs Hände hielten mich an Ort und Stelle, während ich die strahlende Wärme von seinem Körper durch meinen weißen Strickpulli spürte. Mein Herz begann zu hämmern und ich spürte, wie sich ein feiner Schweißfilm auf meine Haut legte.

Ganz langsam schüttelte Marc den Kopf, als hätte ich etwas Dummes gesagt.

»Dein Kassensturz läuft nicht weg. Im Gegensatz zu dir. Irgendetwas muss ich mir wohl mit deinen Beinen einfallen lassen, damit sie sich nicht ständig von mir wegbewegen.«

Da er mir so nah war, legte ich den Kopf leicht in den Nacken und öffnete meine Lippen. Das schien er als Einladung zu verstehen, denn keinen Moment später lagen seine auf meinen, während seine Zunge sich auf Wanderschaft begab. Ein elektrisierender Impuls schoss durch meinen Körper und ich seufzte wohlig auf. Meine Hände schoben sich unter seinen Mantel, fanden den Saum seines dunklen Pullis, stießen jedoch dann auf sein Hemd, was er immer darunter trug. Keine Haut. Frustriert krallte ich meine Finger in den Stoff seines Hemdes. Er war viel zu gut verpackt. Abermals erinnerte ich mich daran, dass wir in meinem Büro standen und nicht in meinem Wohnzimmer.

Als wir den Kuss beendeten, wirkten seine Augen wie ein dunkler Wirbelsturm. Die goldenen Sterne, die sonst in seinen schwarzen Augen glitzerten, hatten sich zu einer ganzen Galaxie verwirbelt. Ich las dasselbe Verlangen darin, wie ich es gerade empfand. Marc fand als Erstes sein Lächeln wieder.

»Das sollten wir fortführen. In deiner Wohnung«, schlug er vor.

»Dagegen habe ich nichts einzuwenden. Würdest du mich jetzt meine Kasse abrechnen lassen? Je schneller ich hier fertig bin, umso eher habe ich Zeit für gewisse andere Dinge.« Ich zwinkerte ihm zu, woraufhin er leise lachte.

Er ließ mich los und ich ging durch den Verkaufsraum zu meinem Tresen. Im Augenwinkel sah ich, wie Jane bereits draußen alles zusammenräumte.

»Was ist eine falsche Frage zum verkehrten Zeitpunkt?«, fragte Marc, der mir gefolgt war.

»Wie bitte?«

»Das Telefonat mit deinem Anwalt.«

Erkenntnis traf mich.

»Du bist überhaupt nicht neugierig«, sagte ich zynisch.

»Oh, ich hoffe doch.«

Ich seufzte, während Jane mir ihre Kasse brachte und die ersten Kannen in die Küche trug.

»Simon wollte wissen, ob ich Weihnachten nach Hause fahre.«

Marc setzte sich in einen Korbsessel, legte sein Bein quer auf das andere und beobachtete mich.

»Und, fährst du Weihnachten nach Schottland?«

War ja klar, dass er dieselbe Frage stellte.

»Ich weiß es noch nicht«, sagte ich, während ich die Kasse leerte und das Geld in einen abschließbaren Behälter legte.

Jane kam mit einem kleinen Eimer in der Hand aus der Küche zurück und wischte den Verkaufstresen

sauber. Auf Marcs Gesicht hingegen tanzten die Fragezeichen eifrig auf und ab.

»Heiligabend habe ich noch bis 2 Uhr geöffnet. Und danach lohnt es sich nicht mehr, nach Schottland zu fahren. Am 26. würde ich offiziell schon wieder öffnen.«

»Du kannst doch auch erst am 27. öffnen. Nicht alle Läden haben am Boxing Day wieder auf.«

»So mache ich es meistens. Dennoch wäre ich im Endeffekt mehr unterwegs als bei meiner Familie. Vorletztes Jahr war es besser. Da fiel der 24. zusätzlich auf einen Sonntag. Aber dieses Jahr …«

Ich zuckte mit den Schultern. Meine Eltern kannten diese Antwort schon. Obgleich ich wusste, dass sie dringend mit mir wegen der Schaffarm reden wollten. Doch ich hatte mit meinem Laden und dem Mietvertrag genug um die Ohren, sodass ich dieses Thema erfolgreich verdrängte. Besser ich machte meine Pläne zu Weihnachten erst kurzfristig.

»Verstehe.«

Ich ging zurück ins Büro, um den Geldbehälter in den Tresor zu legen.

»Was machst du zu Weihnachten?«

»Ich fahre zu meiner Familie.«

Ich nickte. Natürlich. Annähernd jeder verbrachte die Feiertage bei seiner Familie.

»Ich sehe nochmal nach Jane. Ansonsten wäre ich fertig.«

Marc trat mir mit einem besorgten Blick in den Weg. »Du kannst nicht Weihnachten allein verbringen.«

»Mach dir darüber keine Gedanken. Es wäre nicht das erste Mal, Marc. Und ich habe kein Problem damit, allein zu sein.«

»Kannst du den Laden nicht schließen? Zumindest für ein paar Tage. Urlaub steht jedem zu.«

»Die Wintermonate sind mein Hauptgeschäft. Im Sommer, wenn nicht so viel zu tun ist, mache ich den Laden mal für die eine oder andere Woche zu, um mir frei zu nehmen. Aber nie im Winter.«

»Aber es ist Weihnachten, Cay.«

Ich drückte ihm einen flüchtigen Kuss auf die Lippen. »Es geht mir gut mit der Entscheidung, Weihnachten nicht mit meiner Familie zu verbringen.«

Ich musste es meiner Familie nur noch mitteilen. Wenn ich hier räumen musste, dann sah ich sie eh schneller wieder, als mir vielleicht lieb war.

KAPITEL 20

GAYLIN

B ist du dir sicher, dass das funktioniert?«, fragte ich und beäugte skeptisch, wie Marc mit dem Messer durch den ausgerollten Teig fuhr.

»Natürlich. Die zwei Seiten müssen gleich sein und diese beiden auch und dann kleben wir es zusammen.«

Wir standen in meiner Küche und Marc war auf die irrsinnige Idee gekommen, mir einen Teeladen als Lebkuchenhaus zu bauen. Oder besser gesagt zu backen. Wir hatten nach Ladenschluss im Supermarkt die Zutaten besorgt und den Teig geknetet. Mittlerweile lag er ausgerollt auf meinem Küchentisch und Marc versuchte die Hausseiten herauszuschneiden. Mehl hing in seinen Haaren. Seinen Pulli hatte er ausgezogen und die Manschetten des Hemdes umgeschlagen. So wie er an meinem Küchentisch den Teig knetete und rollte, sah er super sexy aus.

»Hey, hör auf, mich anzustarren. Hilf mir lieber«, beschwerte er sich und tippte mit seinem Mehlfinger auf meine Nasenspitze.

»Ich starre gar nicht. Ich beobachte nur, ob du das alles richtig machst.«

Er lachte leise auf und schüttelte dabei den Kopf. Ich griff nach dem Backblech, um die ausgeschnittenen Hauswände draufzulegen. Dabei stibitzte er etwas Teig.

»Nicht naschen!«

»Aber das Naschen ist doch das Beste.«

Als alles fertig gebacken war, setzten wir die Wände zusammen. Marc hielt die Lebkuchenteile, während ich den Zuckerguss dazwischen spritzte.

»Können wir es drehen? Ich komm da nicht ran«, sagte ich, als ich die Giebelseite befestigen wollte.

Marcs Arm umschlang meine Taille und zog mich auf seinen Schoß, sodass ich mit dem Rücken zu ihm saß. Er schob seine Arme an mir vorbei und hielt die zwei Hauswände, die ich bekleben wollte.

»Jetzt müsstest du besser rankommen, oder?«

Sein warmer Atem strich über meinen Nacken und seine Nase schob mein Haar zur Seite, während seine Lippen etwas zum Küssen suchten. Unruhig rutschte ich auf seinem Schoß hin und her, während ein prickelndes Gefühl durch meinen Körper schoss.

»Du hältst die Hauswände schief«, beschwerte ich mich kichernd.

Er lugte über meine Schultern. »Und was ist mit dieser Zuckergusslinie hier? Die geht quer über die Giebelseite. So war das nicht gedacht.«

»Weil du mich abgelenkt hast.«

»Ach, immer diese Ausreden.«

Sein Handy, das am Rand des Küchentisches auf einem Ständer lehnte, damit wir das Rezept lesen konnten, klingelte. *Jeremy* stand auf dem Display. Per Sprachsteuerung nahm er den Anruf entgegen.

»Jer, was gibt's?«

Auf dem Display erschien das Gesicht eines Mannes in Marcs Alter.

»Wo zum Kuckuck steckst du? Und wer ist diese süße Frau auf deinem Schoß? Und wieso hast du Mehl in deinem Haar? Mein Freund, ich mach mir ernsthafte Sorgen um dich. Die halbe Woche hast du nichts von dir hören lassen.«

Marcs Brustkorb hinter mir vibrierte vor Lachen.

»Ist das so ungewöhnlich?«, platzte ich heraus.

Marc lachte noch lauter.

»Ja, ist es«, fuhr der Typ auf dem Display fort. »Laut Mel war er die ganze Woche nicht in seinem Büro und wann immer ich die Woche bei ihm zu Hause vorbeigefahren bin, war es dunkel.«

»Du hast mir gar nicht erzählt, dass du einen Stalker hast«, sagte ich mit einem fragenden Blick über die Schulter, was Marc nur noch breiter grinsen ließ.

»Lady, hören Sie, ich weiß nicht, wer Sie sind. Aber ich bin sein bester Freund. Mit mir sollten Sie es sich nicht verscherzen.«

Das hatte ich auch nicht vor. Marc schien endlich seine Stimme wiedergefunden zu haben. Ich tauchte unter Marcs Arm hindurch und legte die Spritztüte zur Seite.

»Jer, darf ich dir Caylin vorstellen? Cay, das ist Jeremy. Wie du gehört hast, mein bester Freund. Und nein, ich bin nicht in London.«

»Caylin? Die Teetante, wegen der du mein letztes Wochenende ruiniert hast? Du hast mir verschwiegen, dass sie so süß aussieht.«

Ich stemmte die Hände in die Taille. »Teetante? Geht's noch?«

Jeremy lachte, während Marc beschwichtigend die Hände hob.

»Das habe ich nie gesagt. Das sind seine Worte.«

Die Seite des Lebkuchenhauses, wo ich noch nicht mit dem Zuckerguss war, fiel um und eine kleine Mehlwolke stob in der Luft davon.

»Du darfst doch das Haus noch nicht loslassen!«, beschwerte ich mich.

»Oh! Ich dachte, du seist schon fertig.«

In Sachen Hausbau brauchten wir definitiv noch etwas Übung. Marc fuhr sich mit seinen mehligen Händen durchs Haar, sodass es noch weißer aussah. Was für ein Chaos?

»Nein, ich muss neuen Zuckerguss anrühren. Und danke Jeremy, dass ich noch weiterhin meinen Tee verkaufen kann. Nenn mich trotzdem nie wieder Teetante.«

»Zugegeben, dieses Wort ist bei Marc nicht gefallen. Ja, es war knapp, nachdem Marc bei dir eingeschlafen ist. Das ist schon sehr bedenklich. Also, wann kommst du wieder nach London?« Jeremys Stimme tropfte nur so vor Zynismus.

Marc zuckte mit den Schultern. »Das weiß ich noch nicht.«

»Na toll, dann bin ich heute Abend allein im *Dark*.«

Marc grinste breit. »So wie ich dich kenne, wirst du das nicht lange bleiben.«

»Was macht ihr da eigentlich?«, fragte Jeremy.

»Wir backen einen Teeladen aus Lebkuchenteig«, erklärte Marc.

Ungläubig schüttelte Jeremy den Kopf. »Warum? Lebkuchen kann man doch kaufen, genauso wie Plätzchen.«

»Manche Dinge muss man nicht kaufen. Die kann man selbst machen«, sagte Marc.

Nachdenklich rieb sich Jeremy über die Stirn. »Also meine Schwester bäckt mit ihren Kindern Lebkuchenmännchen. Von dir hätte ich das nicht erwartet. Das gibt mir ehrlich ein wenig zu denken.«

»Chill mal, Jeremy.«

»Wie du meinst. Wann kommt Aiden wieder? Vielleicht geht er mit mir ins *Dark*.«

»Soweit ich weiß nächstes Wochenende.«

»Wer ist Aiden?«, fragte ich neugierig und bespritzte die letzte Seite des Hauses mit Zuckerguss.

»Der Dritte im Bunde«, sagte Marc. »Wir haben ihn in Oxford kennengelernt.«

Aiden? Mr McKenzies Sohn hieß auch Aiden, wenn ich mich nicht irrte. Doch ich schüttelte den Kopf. Das müsste schon ein ziemlich mieser Zufall sein. Es gab sicherlich jede Menge Aidens, die in London wohnten. Zumal Mr McKenzies Sohn nicht in London wohnte, sondern in den USA, weshalb ich diesen Gedanken zur Seite schob.

»Alles in Ordnung?«, fragte mich Marc, dem mein kurzer Stimmungsumschwung offensichtlich nicht entgangen war.

»Ja, alles super. Sieh nur. Das Haus hält.« Ich lächelte, wich aber seinem Blick aus, denn ich brauchte noch einen Moment, um die Gedanken gänzlich abzuschütteln. »Ich hole mal die Zuckerstreusel.«

»Jeremy, ich leg jetzt auf. Viel Spaß im *Dark*. Wir hören uns«, sagte Marc und beendete den Anruf.

Ich holte die Zuckerstreusel und drehte mich um, als Marc direkt hinter mir stand.

»Wir haben noch etwas von dem zuckrigen Klebstoff übrig.« Seine Stimme war plötzlich ganz rau und eh ich mich versah, tupfte er mit dem Finger weiße Punkte auf meine Lippen.

»Mir gefällt das aber noch nicht so ganz. Da fehlt noch was«, sagte er nachdenklich, mehr zu sich selbst als zu mir.

Als er ansetzte, auch meine Ohrläppchen und meinen Hals damit zu dekorieren, quietschte ich lachend auf und zog reflexartig die Schultern nach oben.

»Marc, nicht. Das klebt fürchterlich.«

Er beugte sich zu mir, drückte mich mit seinem Körper gegen den Küchenschrank, während eine Hand seitlich in meinen Nacken wanderte. Als seine Lippen über mein Ohr strichen, versagte mein Atem.

»Ich wüsste schon, wie ich dich wieder sauber bekomme«, raunte er.

Und kurz darauf küssten seine Lippen in akribischer Genauigkeit über diese Stelle. Seine Zunge spielte mit meinem Ohrläppchen und als seine Zähne zu knabbern

begannen, lehnte ich mich bereitwillig gegen die Küchenplatte. Meine Augen schlossen sich, und ich ließ die Zuckerstreusel auf die Arbeitsplatte fallen.

Marcs Geruch von Zypressenholz umgab mich. Ich spürte die Hitze seines Körpers durch unsere Sachen und ich ertappte mich bei dem Wunsch, seine nackte Haut zu berühren. Meine Hände suchten nach seinem Hemd, zupften so lange daran, bis es sich endlich aus dem Gürtel seiner Hose löste. Dann schob ich die Finger darunter und spürte seinen definierten Bauch. Seine heiße Haut und einen weichen Flaum. Marc keuchte in mein Ohr.

»Wir sollten das beenden, was wir in deinem Büro begonnen haben.«

Ich nickte. Ja, ich wollte. Ich reckte mein Kinn und drehte den Kopf, bis meine Lippen seine fanden. Ich spürte sein Lächeln, als er den Zuckerguss von meinen Lippen schleckte und sich ein schrecklich süßer Geschmack in unsere Küsse mischte. Ich schlang meine Arme um seinen Nacken und spielte mit seinem Haaransatz.

Marcs Hände wanderten meinen Rücken hinab, bis sie meinen Po umfassten. Als sie sich anspannten, stieß ich mich ab und umschlang mit den Beinen seine Taille. Unsere Zungen umtanzten sich und unser Kuss wurde leidenschaftlicher. Marc trug mich ins Schlafzimmer, in dem sich ein Queensize-Bett mittig an der einen Wand befand.

Vor dem Bett stellte er mich ab und seine Hände lösten zuerst die Küchenschürze. Als er sie mir über den

Kopf zog, unterbrachen unsere Lippen ihren Tanz. Dunkel war sein Blick. Hungrig. Voller Verlangen.

Fast andächtig zog er mir mein dunkelgrünes Strickkleid über den Kopf. Sein Blick wanderte von meinem Hals über mein Dekolleté, verweilte für einen Moment auf meinem BH, um tiefer zum Bauch zu wandern. Ich trat einen Schritt zurück, doch Marcs Arme umschlangen sofort meine Taille, um mich zu halten. Er ging vor mir auf die Knie und mit einem süffisanten Lächeln küsste er meinen Nabel. Seine Zunge umkreiste ihn und mit den Zähnen knabberte er an meiner Haut, während sich seine Hände in den Saum meiner Wollstrumpfhose schoben, um sie meine Beine hinabzurollen.

Meine Hände vergruben sich in sein seidiges Haar und zerwühlten es. Elektrisierend fuhr er mit den Fingern auf der Innenseite meiner Schenkel entlang, sodass mir ein wohliges Seufzen über die Lippen trat und meine Augen sich schlossen. Meine Knie wurden weich. Ich trat aus der Strumpfhose und in unendlicher Langsamkeit glitten seine Finger auf der Innenseite meiner Schenkel nach oben. Je höher sie kamen, desto mehr Druck übten sie aus und drängten meine Beine auseinander.

Als seine Hände fast den Saum meines Höschens erreicht hatten, begann seine Zunge von meinem Nabel hinabzuwandern und hinterließ eine prickelnde Spur auf der Haut. Seine Finger fanden ihren Weg unter den Saum. Keuchend fiel mein Kopf in den Nacken, während meine Mitte sich ihm entgegen wölbte.

Langsam ertasteten seine Hände meine feuchte Spalte, die sehnsüchtig pochte. Mit einem Ruck zog er

das Höschen herunter und seine Lippen küssten meine Scham. Wanderten tiefer, bis seine Zunge auf meine empfindliche Perle traf.

»Marc.«

»Hmm. Bin beschäftigt.«

Meine Beine begannen zu zittern. Drohten nachzugeben, doch Marcs Hände umfassten meinen Po. Hielten mich. Sein Bart kitzelte über meine Scham. Sorgte dafür, dass ich ihn noch dringlicher wollte. Jetzt! Meine Hände umfassten Marcs Kinn und drängten ihn dazu, mich anzusehen. Ich ließ mich ebenfalls auf die Knie fallen, rutschte auf seinen Schoß und begann endlich die Knöpfe von seinem Hemd zu öffnen.

So viele!

Warum hatten Männerhemden immer so viele Knöpfe? Konnten sie sich nicht etwas anderes anziehen? Unsere Lippen trafen erneut aufeinander.

»Du schmeckst immer noch nach Zuckerkleber«, murmelte Marc amüsiert. »Derweil bist du auch ohne zuckersüß.«

Ich konnte nicht anders, als zu lächeln. Ich schob das Hemd über seine Schultern und verschaffte mir endlich Zugang zu seinem Oberkörper. Seine Haut fühlte sich heiß an. Seine Brust fest. Marc löste in der Zwischenzeit meinen BH. Womit auch das letzte Kleidungsstück fiel. Meine Hände wanderten tiefer und fanden seinen Gürtel.

Marc hob mich hoch und setzte mich auf dem Bett ab. Mit einer Hand griff er in seine Hosentasche und zog ein Kondom heraus. Danach streifte er seine Hose ab, während seine Unterhose unmittelbar darauf folgte. Er kam

zu mir aufs Bett, drängte mich weiter nach hinten. Meine Hände griffen nach dem Kondom. Bevor ich es ihm überstreifte, beugte ich mich vor. Ich musste ihn küssen. Schließlich wollte ich wissen, wie er schmeckte. Meine Lippen berührten seine heiße Spitze. Fast seidig fühlte sich seine Haut an. Ich neckte ihn mit meiner Zunge, bis ich seinen Lusttropfen ableckte. Marc stöhnte auf. Ich umschloss seine Härte mit meinen Lippen. Saugte an ihr. Neckte sie mit meiner Zunge.

Als Marcs Hände auf meinem Körper drängender wurden, zog ich das Kondom aus der Packung und rollte es über seine Erregung. Marc drängte mich in die Kissen und schob sich zwischen meine Beine. Unsere Blicke verankerten sich lustverhangen, als er mit mir verschmolz.

Ich ließ mich fallen und schloss meine Augen. Intensiv spürte ich Marcs Erregung in mir, wie sie mich weitete und ausfüllte. Seine elektrisierenden Stöße. Seine Lippen auf meiner Haut, die meinen Verstand benebelten. Ich spürte Zähne, die an mir knabberten. Seine Finger, die sich in meine Haut vergruben. Seine Hitze, die mich dahinschmelzen ließ.

Ich hob mein Becken und drängte ihm entgegen. In Gänze verlor ich mich in unserem ganz ureigenen Rhythmus, während mein herannahender Höhepunkt mich mitriss und ich über die Klippe stürzte. Explosionsartig löste sich mein Gefühlschaos auf. Als könnte ich fliegen, schwebte meine Seele in der Luft. Von stürmisch zu schwerelos. Von drängend und fordernd, zu sanft und weich.

Marc kam kurz nach mir. Seine Arme gaben nach und er ließ sich auf mich sinken. Ich tauchte ein in seine Wärme, während seine Lippen immer noch sanft mein Gesicht mit unzähligen Küssen bedeckten. Er rollte zur Seite und zog mich in seine Arme. Ich hörte seinen Herzschlag, als ich meinen Kopf auf seine Brust legte und den Arm um ihn schob. Seine Hände drängten mein Becken näher an seines. Strichen zärtlich über meinen unteren Rücken. Ich schloss die Augen und schlief ein.

KAPITEL 21

MARC

Als ich erwachte, schlief Caylin noch. Seit der Teezeremonie plagten mich keine Albträume mehr, was mir ein ganz neues Schlafgefühl gab, dass ich sehr genoss. Ausgeschlafen in den Tag zu gehen war ein gänzlich anderer Start in den Morgen. Während ich sonst gerädert den Tag begann und erst durch eine Joggingrunde und einen Kaffee so richtig die Schrecken der vergangenen Nacht abschütteln musste, stieg ich nun voller Energie in den Tag ein.

Zugegeben, ich hatte fantastisch neben Cay geschlafen. Neben ihr aufzuwachen, bewegte mein Herz. Es fühlte sich intim und verbunden an. Sonst hatte ich die Damen aus dem *Dark* immer mitten in der Nacht verlassen. Nichts hatte mich im Bett halten können. Bei Cay war es gänzlich anders. Ich wollte nicht hinaus.

Ihr gleichmäßiger Atem drang an mein Ohr sowie ihr leises wohliges Seufzen. Ihre roten, dichten Locken bildeten einen Fächer auf ihrer hellblauen Schneeflockenbettwäsche. Ich liebte ihren Stil, der so süß und verspielt war. Mir wurde dadurch bewusst, dass mein Leben nicht nur aus meinem Job bestand, in den ich mich jahrelang geflüchtet und versteckt hatte.

Ein sanftes Lächeln legte sich auf Cays Lippen, während ihre Nasenflügel sich leicht aufblähten. Vermutlich träumte sie von einem ihrer Tees, an dem sie gerade roch. Je länger ich sie beobachtete und je mehr Zeit ich mit ihr verbrachte, desto mehr entstand der Wunsch in mir, mein Leben mit ihr zu teilen. Sie an meiner Seite zu wissen und mit ihr lachend durchs Leben gehen.

Zu viele Jahre hatte mich der Autounfall gekostet, die an mir leblos und betäubt vorbeigezogen waren. In denen ich mir zwar erfolgreich genommen hatte, was ich zu brauchen glaubte, aber nie glücklich gewesen war. Nun schien sich etwas zu ändern. Wie ein Schalter, der umgelegt worden war. Sie hatte ihn umgelegt.

Ich stand leise auf, ohne sie zu wecken, griff nach meinem Hemd und der Unterhose und entschied mich, zu duschen. Ein Handtuch fand ich im Badezimmerregal, das ich mir herausnahm. Cays Shampoo roch nach Vanille, so wie sie selbst. Ich schnupperte an der Handseife vom Waschbecken. Sie roch recht neutral nach Honig und Milch, sodass ich diese zum Duschen verwendete. Die Nacht war zu spontan gewesen. Doch ich hatte ihr einfach nicht mehr länger widerstehen wollen.

Etwas war gestern während des Telefonats mit Jeremy geschehen. Sie hatte für einen kurzen Moment so verstört gewirkt. Obgleich sie es abgetan hatte, wusste ich doch, dass es etwas gab, was sie beschäftigte. Ich wollte für sie da sein, wenn sie jemanden brauchte und musste mir eingestehen, dass sie wie ich eine Einzelkämpferin war. Vielleicht hatte mich das an ihr angezogen.

Nach der Dusche schaltete ich auf meinem Handy eine Weihnachtsplaylist ein, was normalerweise nicht so meinen Musikgeschmack traf. Doch an diesem Morgen war mir danach. Und während *It's beginning to look a lot like Christmas* durch Cays Küche ertönte, dekorierte ich bei einer Tasse Kaffee das Lebkuchenhaus zu Ende. Über der Tür schrieb ich mit roter Zuckerschrift *Caylins Teehaus*. Auf die Tür malte ich einen Teekessel und die Hausnummer in eine Teetasse.

Zufrieden mit meinem Werk setzte ich eine Kanne Tee auf und fand ihren *Awakening Sun*. Auch fand ich in ihrer Brotbox Weißbrot, von dem ich ein paar Scheiben röstete und im Kühlschrank noch ein paar Eier, die ich in der Pfanne verrührte, sowie etwas Bacon.

Und während ich *Rudolf the Rednose Reindeer* mitpfiff, schoben sich zwei zarte Hände um meine Taille und ein bettwarmer Körper schmiegte sich an meinen Rücken.

»Es stand noch nie ein singender Mann in meiner Küche, der Frühstück zubereitete. Ich schätze, daran könnte ich mich gewöhnen.«

Ich lachte leise auf, drehte mich in ihren Armen und küsste sie zärtlich auf die Stirn. Cay trug ein kariertes Flanellhemd, was ihr geradeso über den Hintern reichte. Ihre Locken hatte sie zu einem unordentlichen Knoten zusammengebunden.

»Guten Morgen, Langschläfer. Ich hoffe, du hast Hunger.«

»Und wie. Es riecht fantastisch.« Sie lächelte sanft. »Ich muss nur kurz ins Bad. Bin gleich da.«

Ich suchte in der Zwischenzeit in ihren Schränken nach zwei Tellern und zwei Tassen und fand auch Honig, Butter und Marmelade.

»Caylins Teehaus« las sie, als sie zurückkam.

Ich schaufelte Eier und Bacon auf die Teller und teilte das Weißbrot diagonal in Dreiecke.

»Seit wann bist du denn schon auf?«, fragte sie überrascht. »Oder konntest du nicht schlafen?«

Ich küsste ihre Nasenspitze. »Ich habe fantastisch geschlafen. Doch danach musste ich etwas tun.«

»Es sieht toll aus«, flüsterte sie bewegt.

»Komm, lass uns essen.«

Sie kicherte. »Mir hat noch nie jemand so ein tolles Frühstück gezaubert.«

Ihre Lippen fanden kurz meine und danach setzten wir uns.

»Schläfst du immer so lange?«, fragte ich.

»Ich genieße den Sonntagmorgen. Denn es ist der einzige Tag, an dem ich nicht früh raus muss.«

»Heute ist der 2. Advent. Worauf hast du Lust? Oder hast du bereits etwas geplant?«

»Hmm. Ich muss heute irgendwann noch in den Laden, um die Weihnachtsmischungen anzufertigen, die mir die Woche ausgegangen sind. Aber ansonsten habe ich nichts vor. Was ist mit dir?«

Ich kannte noch jemand, der es gewohnt war, an einem Sonntag zu arbeiten.

»Wie lange brauchst du dafür?«

Sie zuckte mit den Schultern, während sie ihre Teetasse an die Lippen führte und sanft über die dampfende Flüssigkeit blies.

»Vielleicht eine Stunde oder so.«

»Ich würde kurz in die Wohnung von meinem Freund fahren, um mich umzuziehen. Sollen wir den Nachmittag am Strand verbringen? Wir könnten auch ein Stückchen westlich in Richtung Cornwall fahren, wenn du Lust hast.«

Ihre Augen strahlten. »Ich war schon ewig nicht mehr am Meer.« Ihre Hand schob sich auf meine. »Danke, Marc. Für alles. Es ist wunderschön mit dir.«

»Ich genieß die Zeit auch sehr mit dir. Deshalb wollte ich dich noch etwas anderes fragen.«

Ich wich ihrem Blick aus, denn ich wusste nicht, ob diese Frage für sie zu viel war. Doch sie beschäftigte mich bereits den ganzen Morgen. Ich wusste nur nicht, ob ich ein Nein ertragen könnte. Aus dem Grund zögerte ich.

»Marc?«

Sie stand auf, schob ihre Arme in meinen Nacken und ihr süßer Hintern rutschte auf meinen Schoß.

»Frag mich, was immer du willst«, sagte sie leise.

»Du musst mir jetzt noch keine Antwort geben«, begann ich langsam. »Und ich weiß, es ist vielleicht noch ein wenig früh. Es soll dich nicht bedrängen.«

Sie lächelte vorsichtig. »Du machst es aber spannend.«

Ich gab mir einen Ruck. »Ich würde mich freuen, wenn du mit mir zusammen Weihnachten verbringen würdest.«

Ihr Lächeln verblasste kurz, nur um wieder breiter zu werden. Aber nicht weniger unsicher. Sie blinzelte.

»Mit deinen Eltern?«

Ich nickte. »Ja, bei meiner Familie. Genau genommen bei meiner Grams. Sie hat ein Cottage bei Icklesham, vielleicht zwei Stunden von hier, in dem ich ein Gästezimmer habe. Und ich würde dich gern meinen Eltern vorstellen.«

»Zu Weihnachten? Ich lerne sehr gern deine Familie kennen, Marc. Aber meinst du nicht, dass ein anderer Zeitpunkt geschickter wäre?«

»Sehr diplomatisch ausgedrückt. Aber ja, wir können auch so mal hinfahren.«

Nein, konnten wir nicht. Das war nicht das, was ich wollte.

»Das war nicht die Antwort, die du dir erhofft hast«, sagte sie sofort, weil sie offensichtlich mein Gesicht las wie ich das ihre.

»Ich würde gern Weihnachten mit dir zusammen verbringen. Und ich weiß, wir lernen uns erst kennen. Aber es fühlt sich richtig an mit dir. Mit uns. Es sind auch noch zwei Wochen Zeit. Bitte, denk einfach darüber nach. Mehr möchte ich gar nicht.«

Sie nickte und küsste mich. Doch ihren Blick konnte ich nicht deuten. Freute sie sich? Oder machte sie meine Frage nachdenklich? Cay war keine Frau für eine Nacht. Und doch wirkte sie an dem Punkt, mit mir eine feste Beziehung einzugehen, extrem vorsichtig. Fast zerbrechlich. Ich spürte, dass ich diesbezüglich mehr Fingerspitzengefühl brauchte. Und vermutlich mehr Geduld.

Wenn wir Weihnachten gemeinsam verbringen würden, würde es sehr verbindlich wirken. Für uns beide.
Für unsere Familien. Es war nichts, was mich ängstigte.
Eher, wie ich heute Morgen beim Aufwachen feststellte,
was ich vermisste.

»Das werde ich.«

KAPITEL 22

CAYLIN

Marcs Frage wühlte mich so sehr auf, dass ich mit den Runen bei der Teemischung durcheinanderkam. Die Wächterin sah mich fragend an.

»Welche möchtest du denn jetzt? Die Rune für Entspannung und Ruhe oder für Energie und Kraft.«

»Ich … äh …«

Der Baum im Steinboden leuchtete diffus auf und konnte sich vom Licht her nicht entscheiden. Ich starrte in das Behältnis vor mir, doch die Zutaten darin verschwammen zu Marcs hinreißendem Lächeln und unserer leidenschaftlichen Nacht.

»Feenwelt an Caylin! Konzentrier dich!«

»Entschuldige. Sag, wie läuft das in deiner Welt mit den Männern? Also, verliebt ihr euch?«

Irritiert sah mich die Wächterin an. »Geht es um den jungen Mann, der im Baum festgesteckt hat?«

Ertappt nickte ich, was mir ein nachsichtiges Lächeln der Wächterfee einbrachte.

»Mir als Wächterin ist es verboten, sich zu verlieben. Passiert es dennoch, muss ich meine Aufgabe aufgeben.«

»Oh.« Ich spürte, wie mir die Gesichtszüge entglitten.

»Das klingt jetzt schlimmer, als es ist. Ich bin glücklich und lebe mit den anderen Wächterfeen am Baum des Lebens. Bisher hat mir nichts gefehlt.«

»Und die anderen?«

»Den anderen Feen am Hof steht es frei, einen Partner zu wählen.«

»Auch der Königin?«

»Hmm, grundsätzlich schon. Aber sie hat keinen Fürsten erwählt. Sie sagt, sie kann es sich aus politischen Gründen nicht leisten, einen Fürsten zu favorisieren. Als ihr der Wind allerdings verkündet hat, dass das Schicksal für sie eine Tochter und einen Sohn bereithält, hat sie vorübergehend zwei Fürsten erwählt. Einer schenkte ihr eine Tochter und einer einen Sohn. Nach der Geburt sind sie jedoch wieder an ihre Höfe zurückgekehrt.«

Puuh! Ich dachte, wir Menschen tun uns bereits schwer, was die Wahl des Partners anging. Aber die Feen empfand ich noch bedeutend komplizierter.

Das Vibrieren meines Handys am Boden verriet mir den Eingang einer Textnachricht.

M: *Ich wäre in einer Viertelstunde bei dir.*

Ich sollte fertig werden mit meinen Mischungen.

»Die Liebe ist wie eine Feder im Wind, Caylin. Lass dich von ihm tragen und genieß es. Was kann es für dich Schöneres geben?«

Ich nickte zustimmend. »Du hast recht. Ich sollte es nicht zerdenken. Also welche Zutaten hatte ich zusammengemischt?«

Ich schüttelte beide Boxen durch und nannte der Wächterin die Gefühle, sodass sie über jede Teemischung eine Rune sprach und Feenmagie hineinblies.

»Habt ihr nun Feentee hergestellt?«, fragte ich.

Die Wächterin schüttelte den Kopf. »Wir haben es versucht, aber bisher ist noch keine Mischung zustande gekommen, die uns geschmeckt hat.«

Ich zog überrascht die Brauen nach oben. »Wirklich nicht?«

»Vermutlich haben wir einfach nur von allem zu viel genommen. Wir probieren es einfach weiter.«

Dann verabschiedeten wir uns und ich räumte fix zusammen.

Meine Gedanken kreisten erneut um Marcs Frage, ob ich mit seiner Familie Weihnachten verbringen möchte. Seit Brad hatte ich keinen Partner mehr gehabt. Und mein Teeladen beschäftigte mich rund um die Uhr, sodass ich mir kaum Gedanken über die Partnerfrage gemacht hatte. Zumindest fiel es mir leicht, auszublenden, ob ich jemals den richtigen Mann für mein Leben finden würde.

Dass Marc mit mir Weihnachten zusammen verbringen wollte, ehrte mich. Doch es machte unsere gerade entstandene Beziehung auch zu etwas Verbindlichem. Ich wusste nicht, ob ich schon dazu bereit war.

Zugegeben, ich fürchtete mich sogar ein wenig davor. Was, wenn es nicht klappen würde? An den Schmerz eines zerbrochenen Herzens erinnerte ich mich nur zu gut.

Vor Schreck fiel mir beim Aufräumen eine leere Teebox aus den Händen und schepperte beim Aufprall auf dem Boden. Ich musste mich unbedingt beruhigen und aus dem Gedankenstrudel aussteigen. Ich sollte jetzt nicht daran denken, was geschehen würde, wenn das mit Marc nicht funktionieren würde. Stattdessen würde ich den Moment genießen. Und ich stimmte ihm zu. Das mit uns fühlte sich ausgesprochen gut an.

Ich musste seine Frage gedanklich einfach verschieben. Der Mietvertrag war jetzt wichtiger. Heute war der 2. Advent. Bis Weihnachten verblieben noch etwas mehr als zwei Wochen.

Es klopfte an der Hintertür. Ich schlüpfte in meinen Mantel und schlug mir den Schal eng um den Hals, dann fuhren wir an Southampton vorbei hinunter nach Milford, wo wir das Auto stehen ließen und am Meer zum Leuchtturm spazierten. Ein Wintersturm peitschte unbändige Wellen vom Atlantik an die Küste. Ich genoss die salzige Luft und Marcs heiße Küsse, die wir großzügig austauschten. Zum Aufwärmen kehrten wir in ein Café ein, um heiße Schokolade zu trinken. Dabei berührten sich ständig unsere Fingerspitzen über dem Tisch und ich konnte mich kaum an seinen dunklen Augen, in denen die Sterne tanzten, sattsehen.

Die dritte Adventswoche verlief genauso arbeitsintensiv wie die ersten beiden. Marc und ich sahen uns jeden Abend. Manchmal auch zum Lunch. Er blieb unausgesprochen über Nacht und tatsächlich funktionierte es auch am Morgen unkompliziert. Während einer duschte, kochte der andere schon Tee und röstete Toast. Nach dem kurzen Frühstück ging der zweite in die Dusche und einer räumte die Küche auf. Ich stellte schnell fest, dass ich gern als zweites duschte, weil das Bad dann noch nach Marcs Shampoo und Aftershave roch. Es war ungewohnt, einen männlichen Duft in meiner Wohnung zu haben, musste mir jedoch eingestehen, dass ich es mochte. Marcs Geruch jedenfalls.

Vor dem Teeladen verabschiedeten wir uns. Marc ging zu seinem Auto, um in der Wohnung seines Freundes zu arbeiten und ich ging meinen täglichen To-Dos nach. Natürlich blieb Marc weder Tom noch Elenor verborgen.

»Hast du schon deine *Kaminliebe* mit ihm getrunken?«, fragte Elenor eines Tages kichernd, als sie zur Ladenöffnung in meine Tür trat.

»Elenor, nein!«, gab ich entrüstet zurück.

Ich achtete tunlichst darauf, dass Marc und ich keinen Tee zusammen tranken, der das Wort *Liebe* im Namen enthielt. Leidenschaftlich wurde es genug zwischen uns. Auch ohne Feenrune.

Mit Tom verstand Marc sich ebenfalls großartig. Meistens unterhielten sie sich auf ein paar Sätze, wenn er abends kam. All das ließ mein Herz höher schlagen und die Schmetterlinge in meinem Bauch wilder tanzen. Schon wenn es um fünf am Nachmittag war, schaute ich die letzte Stunde vor Feierabend zehnmal mehr auf die Uhr als sonst.

Wir sprachen nie darüber, wie wir unsere örtliche Differenz in Zukunft lösen wollten. Dafür war es einfach noch zu früh. Auch hatte Marc das Thema Weihnachten nicht noch einmal erwähnt, worüber ich dankbar war. Doch wenn es die nächsten zwei Wochen so weiterging, würde ich nicht *Nein* sagen. Ich spürte, wie mein *Ja* jeden Tag wuchs.

»Kommt Marc zum Lunch?«, fragte mich Jane in der Küche, wo wir die Tees für den Adventsverkauf vorbereiteten.

»Nein, ich seh ihn erst heute Abend. Wir wollten zum Weihnachtskonzert in der Kathedrale heute Abend gehen.«

»Klingt großartig. Habt ihr schon Karten?«

»Nein, die holen wir uns an der Abendkasse. Es ist noch nicht ausverkauft.«

»Es soll heute noch Schnee geben.«

Schnee in England war selten und blieb meist nicht lange liegen. Somit hatte er definitiv etwas Magisches. Ich füllte gerade den Kocher mit neuem Wasser, als mein Handy klingelte.

Jane lachte. »Das scheint was Ernstes zwischen euch zu sein.«

Sie brachte die Teekannen raus, während ich freude-strahlend den Anruf entgegennahm.

»Wie geht es dir? Hast du viel zu tun?«, fragte Marc. Ich vernahm Autogeräusche im Hintergrund.

»Es geht. Du bist unterwegs?« Ich äußerte es zwar als Frage, aber vielmehr war es eine Feststellung.

Ich hörte, wie er Luft holte. »Cay, ich bin auf dem Weg nach London und muss schweren Herzens das Konzert absagen.«

»Ist etwas passiert?«

Meine Stimme hörte sich recht zuversichtlich an, den-noch spürte ich, wie eine sanfte Enttäuschung in mein Herz sickerte. Zugegeben, er hatte die letzten drei Wo-chen in Chichester verbracht. Natürlich hatte ich Ver-ständnis dafür, dass er auch mal wieder in seiner Firma vorbeischauen musste.

»Ich habe am Nachmittag eine Immobilienbesichti-gung mit anschließendem Firmenessen reinbekommen. Ein Großinvestor ist spontan aus China angereist und meine Assistenz hat mich soeben informiert, dass er sich die Gewerbeeinhciten anschauen möchte.«

»Das klingt doch großartig.«

Ich freute mich wirklich für ihn, weil er mir erzählt hatte, dass sein letzter Investor abgesprungen war und damit ein Loch in seine Finanzen gerissen hatte.

»Ja, das ist es und ich hoffe sehr, dass ihm die Gewer-beeinheiten gefallen. Dennoch wäre ich heute Abend gern mit dir zu dem Konzert gegangen. Ich genieße un-sere gemeinsame Zeit. Sehr.«

Das tat ich auch. »Weißt du, wie lange du in London gebraucht wirst?«

»Leider nein. Aiden kommt aus seinem Urlaub zurück. Ich schätze, ich schulde ihm und Jeremy etwas Zeit. Aber am Sonntag oder spätestens am Montag komme ich bestimmt zurück. Sei nicht traurig.«

»Bin ich nicht«, log ich, denn bis Montag waren es fünf Tage.

»Ich denk an dich, Cay. Wir hören uns.«

»Ja, bis später. Viel Erfolg.«

Nach den letzten Wochen, in denen wir uns jeden Abend gesehen hatten, schien das eine unendliche Zeit zu sein. Auf der anderen Seite wusste ich, dass dieser Tag irgendwann kommen würde. Und auch diese fünf Tage gingen vorüber.

KAPITEL 23

MARC

D as Telefon klackte. Es tat immer gut, ihre Stimme zu hören. Doch heute Abend abzusagen, fühlte sich beschissen an. Aber der Investor ging vor. Schließlich hatte ich eine Firma zu retten. Meine Firma. Sollte er unterschreiben, würde mir eine riesige Last von den Schultern fallen.

Kaum hatte ich aufgelegt, klingelte es erneut.

»Ich habe das Schreiben für den Widerspruch fertig«, meldete sich Ajit, mein Anwalt.

»Hilf mir bitte kurz auf die Sprünge, Ajit. Welches Schreiben?«

»Es wurde Widerspruch eingelegt von der Mieterin in dem Laden in Chichester.«

»Aaah. Ich erinnere mich.«

Mist! Diese Angelegenheit hatte ich fast vollständig vergessen. Ich hatte doch schauen wollen, um welche Immobilie es sich in der Fußgängerzone handelte. Cay

hatte mich so sehr abgelenkt, dass ich daran nicht mehr gedacht hatte. Gut, dass Mel sich darum gekümmert hatte. Morgen kam Aiden wieder und sicherlich würde er den Stand der Dinge wissen wollen.

Ajit sagte Mieterin. Also musste es der Strickwarenladen neben Caylin sein. Im Wollgeschäft war die letzten Tage ein Schild in der Tür, dass das Geschäft wegen Krankheit vorübergehend nicht öffnen konnte. Tom, Caylin und Ina waren alles Einzelkämpfer und sie machten es gut. Mir tat es für Ina leid. Aber sie würde bestimmt eine andere Gewerbeeinheit in der Nähe finden. Ich musste dringend mit Caylin darüber reden. Sie war mit Ina gut befreundet und ich wollte nicht, dass diese Sache unsere Beziehung, die ich sehr genoss, belastete.

»Was ist mit dem Schreiben, Ajit?«, fragte ich.

»Willst du es noch einmal lesen? Oder soll ich es Melissa geben?«

»Nein, ich vertraue da deinem Urteil. Gib es gern Mel, dass sie es rausschickt. Bist du heute Abend bei dem Treffen dabei?«

»Selbstverständlich, Melissa hat mich bereits informiert. Und meine Eltern haben ihren besten Tisch für dich reserviert.«

Ich war dankbar, dass ich mich auf Mel und Ajit verlassen konnte. Wir legten auf und ich versuchte noch einmal Caylin zu erreichen. Besser ich klärte das gleich mit ihr. Auch wenn es keine Angelegenheit für ein Telefonat war. Zu schnell könnte sie mich missverstehen. Es klingelte mehrfach. Doch niemand hob ab.

»Hi, Mel. Ich bin wieder da. Hast du mich vermisst?«, begrüßte ich meine Assistentin, sobald ich in mein Büro marschierte.

Sie schenkte mir einen verwirrten Blick.

»Was hast du?«, hakte ich nach.

»Du siehst aus, als hättest du einen Wellness-Urlaub hinter dir.«

Ich streckte beide Arme zur Seite. »Und? Hast du etwas dagegen, dass ich entspannt bin?«

»Du bist nie entspannt vor solchen Terminen. Also, wer bist du und was hast du mit meinem Chef gemacht?«

Ich zwinkerte ihr zu. »Dann sollten wir das schleunigst ändern.«

Ihr klappte der Mund auf und sie starrte mich fassungslos an.

»Kannst du mir bitte einen Tee bringen? Ich nehme an, die Akte von dem Großinvestor liegt auf meinem Tisch?«

Sie nickte. »Ich habe wie immer alles zusammengestellt. Tee kommt sofort.«

Ich verschwand in meinem Büro, baute meinen Laptop auf und schnappte mir die Akte. Zwischendurch schaute ich noch einmal aufs Handy. Kurz vor drei. Caylin hatte nicht zurückgerufen. Vermutlich hatte sie zu viel im Laden zu tun.

Mel stellte das Tablett mit dem Tee auf meinen Schreibtisch, während ich anfing, mir die Akte anzuschauen. Die Präsentation der Räume hatte ich bereits fertig. Mehrheitlich kannte ich die Projektskizzen bereits, schließlich hatte ich sie entworfen. Als ich nach dem Tee griff, um ihn zu trinken, musste ich mich fast zusammenreißen, ihn nicht direkt zurück in die Tasse zu spucken. War das Wasser in London so schlecht geworden?

»Mel? Was ist mit dem Tee los?«, rief ich durch die offene Tür, in der sie kurz darauf erschien.

»Was meinst du damit? Was soll mit dem Tee sein?«

»Er schmeckt nicht.«

Sie schaute mich an wie eine Mutter ihren kleinen Sohn, der sein Gemüse nicht essen wollte.

»Dafür kann ich nichts, Marc. Es ist ein stinknormaler Teebeutel, Twinings Afternoontee, so wie du ihn immer trinkst. Soll ich dir noch Honig oder Zucker bringen?« Sie klang genervt.

Nein, ich verzichtete ganz auf diesen Tee. Der würde auch mit Honig oder Zucker nicht besser werden. Besser ich holte mir einen Kaffee aus dem Vollautomaten.

»Bist du sauer auf mich? Oder habe ich etwas in meiner Abwesenheit verpasst, was du mir nicht am Telefon sagen wolltest?«, fragte ich Mel auf dem Weg in die Küche.

Ich hasste es, wenn meine Mitarbeiter ein Problem mit mir oder untereinander hatten. Also sprach ich es direkt an.

»Ich? Nein. Du wirkst nur so verändert und ich muss erstmal herausfinden, was mit dir nicht stimmt. Deinen

Tee habe ich wie immer zubereitet. Und natürlich bin ich etwas angespannt wegen dem Termin. Einer von uns beiden sollte es zumindest sein.«

Ich seufzte. Nein, ich hatte mein Büro tatsächlich nicht vermisst. Und es fühlte sich an, als hätte ich wirklich Urlaub gemacht, obgleich ich jeden Tag gearbeitet hatte. Obendrein hatte ich mich scheinbar an Caylins Tees gewöhnt, die absolute Genussmomente boten.

»Vergiss den Tee. Ich mache mir einen Kaffee. Und jetzt entspann dich, Mel. Das wird schon.«

»Entspann dich, Mel? Geht's noch? Muss ich dich daran erinnern, wie es um die Finanzen deiner Firma steht? Wo ist nur mein Chef hin? Der, der jeden Morgen beim Briefing eine wahre Motivationsrede hält, damit wir noch mehr verkaufen und noch bessere Angebote einholen.«

»Bin ich so grauenvoll?«

Mel entglitten die Gesichtszüge. »Marc, nein! Du verstehst mich gerade völlig falsch.«

Ich wedelte mit der Hand, damit sie sich erklärte.

»Du bist mir zu entspannt. Es steht so viel für uns alle auf dem Spiel, oder hast du bereits beschlossen, die Firma dicht zu machen?«

»Natürlich nicht. Ich weiß, wie es finanziell um uns steht. Dennoch hilft es nicht, wenn wir jetzt alle mega verkrampft sind.«

Ich hatte bei dem Großinvestor aus China ein gutes Gefühl, immerhin hatten wir schon die eine oder andere Videokonferenz zusammen. Ich kramte in meiner Tasche herum und zog eine Teetüte von Caylin heraus.

»Ach, und könntest du diesen Tee bitte zur Präsentation kochen? Zwei kleine Löffel auf einem halben Liter Wasser. Das müsste noch reichen, was darin ist. Den anderen Tee kann man wirklich kaum noch trinken, wenn man den hier kennt.«

Sie holte sich die Teetüte ab, öffnete sie und lachte entgeistert auf.

»Das ist loser Tee.«

Ich zuckte mit den Schultern, denn ich wusste nicht, wo das Problem lag. Sie winkte ab und ich setzte meinen Weg in die Küche fort, um mir einen Kaffee zu machen. Ich bildete mir ein, *nicht mehr alle Tassen im Schrank* zu hören. Der Kontrast zwischen London und Chichester könnte nicht größer sein.

Die Präsentation und das anschließende Abendessen verliefen vielversprechend und in meinen Augen erfolgreich. Genauso wie die Besichtigung des Straßenzuges am nächsten Tag. Zwei weitere Tage saßen der Investor, Ajit und ich mit meinem Banker zusammen und erarbeiteten ein mögliches Finanzkonzept. Es ging bis spätabends, bis alle Parteien zufrieden waren. Ajit versprach, bis Anfang der Woche die Verträge aufzusetzen.

Die 3. Adventswoche verlief wie im Flug. Auch London zeigte sich von seiner weihnachtlichen Stimmung. Jedoch hetzten viele durch die überfüllten Geschäfte,

um Geschenke zu kaufen. In Chichester war es tatsächlich bedeutend gemütlicher.

Als ich Freitagnacht in meine Wohnung lief, kam sie mir seltsam fremd und leer vor. Ich hatte zwei süße Nachrichten von Caylin, auf die ich antwortete. Ein Telefonat hatten wir nicht hinbekommen. Ständig hatten wir uns verfehlt.

Am Samstagmorgen klingelte mich Aiden, der aus seinem Urlaub zurück war, gegen sieben aus dem Bett.

»Sag nicht, du hast noch geschlafen«, klang seine Stimme metallisch am Telefon.

»Hmm. War lang gestern Abend.«

Ich rieb mir über das Gesicht.

»Sheryl und ich haben um acht einen Wohnungsbesichtigungstermin. Kannst du mitkommen?«

Ich seufzte. »Klar.«

So verlief auch der Samstag im Schnellflug. Aiden und ich verabredeten uns für das *Dark* am Abend, zusammen mit Jeremy. Ich schrieb Caylin noch, dass ich vor Mitte nächster Woche nicht nach Chichester kommen konnte. Ich musste die Verträge mit Ajit durchgehen, bevor ich sie rausschicken konnte. Tatsächlich rechnete ich vor Weihnachten nicht mehr mit unterschriebenen Verträgen. Aber vielleicht zum Jahresbeginn.

»Ich war schon so lange nicht mehr im *Dark*«, sagte Aiden, als wir am Abend die Bar ansteuerten.

Sheryl, seine Verlobte, sah sich neugierig um. Sie trug ein kurzes, enganliegendes Paillettenkleid, was in dem Licht des Clubs in allen Farben reflektierte. Ihre Tasche drückte sie Aiden in die Hand und verschwand auf die Tanzfläche.

»Ich freu mich, dass ich diese Woche meine Zeit mal nicht allein hier verbringe.« Jeremy klopfte mir auf die Schulter. »Wolltest du die süße Kleine, die letztes Wochenende auf deinem Schoß saß, nicht mitbringen?«

»Welche süße Kleine?« Aiden riss mit einem süffisanten Lächeln die Augenbrauen nach oben und sah mich erwartungsvoll an.

»Ich denke nicht, dass das *Dark* etwas für sie wäre. Und nein, sie ist nicht in London.«

»Oh! Warum nicht? Ich dachte, du hättest sie mitgebracht?« Jeremy sah mich erstaunt an und ich wusste, welche Frage in seinem Kopf herumschwirrte.

»Sie lebt in Chichester. Was sollte sie wohl hier in London machen?«

»Du hast in Chichester jemanden kennengelernt? Ich fass es nicht. In dem kleinen Örtchen.« Aiden prustete los.

»Yep. Wer hätte das gedacht?«

Ich hob mein Glas in die Höhe, um mit Jeremy und Aiden anzustoßen.

»Das nächste Mal musst du sie mitbringen. Sie schien auf jeden Fall nicht auf den Mund gefallen zu sein. Es ist doch was Ernstes, oder?«

Ja! Doch ich hatte die letzten Tage nicht viel von ihr gehört. Meine Nachricht heute hatte sie gelesen, aber nicht geantwortet. Ich hatte in einer Pause mal probiert,

sie anzurufen, doch sie hatte nicht abgehoben. Es fühlte sich an, als ob etwas nicht stimmte. Doch konnte ich es schlecht auf die Entfernung und ohne weitere Informationen einschätzen. Ich schob die Gedanken weg. Vermutlich hatte sie nur zu viel um die Ohren. Ich würde sie morgen anrufen. Morgen war Sonntag. Und selbst, wenn sie im Laden ihren Tee mischte, könnten wir telefonieren, weil sie keine Kundschaft bedienen musste.

»Marc und was Ernstes?« Abermals zog Aiden die Stirn in Falten. Er deutete auf Jeremy und mich. »Ich habe immer gedacht, dass es eher in der Wüste schneit, eh ihr beide euch verliebt.«

Jeremy zuckte mit den Schultern. »Sprich nur von ihm. Nicht von mir. Ich verliebe mich nicht.«

Wir lachten zu dritt und stießen unsere Gläser aneinander, sodass der braune Whiskey darin schwappte. Ich würde den Abend mit meinen Freunden genießen. Zu dritt waren wir schon lange nicht mehr aus. Spätestens am Mittwoch nach Vertragsprüfung würde ich zu Caylin fahren. Allein der Gedanke, sie wiederzusehen, ließ ein prickelndes Gefühl in mir aufsteigen.

KAPITEL 24

CAYLIN

Marcs süße Nachrichten, die er mir über den Tag verteilt, schickte, brachten mich immer wieder zum Lächeln. Obgleich wir uns nur ein paar Wochen lang kannten, fehlte er mir unbeschreiblich. Und als ich Samstag las, dass er es versuchen würde, Anfang der Woche wieder nach Chichester zu kommen, hüpfte mein Herz vor Freude. Das wären ein paar Tage eher, als angenommen.

Tatsächlich konnte ich mir vorstellen, Weihnachten mit ihm zu verbringen. Weshalb ich kurz nach seiner Abreise zu Ina gegangen bin und mir schottische Wolle von der Spinnerei ausgesucht hatte, die meine Eltern belieferten. Ich wollte ihm zu Weihnachten einen Schal stricken. Da mich das nach Ladenschluss sehr in Beschlag nahm, hatte ich die vergangenen Tage abends nichts weiter gemacht, als zu stricken. Die Wolle fühlte sich unbeschreiblich weich an und insgeheim war ich stolz auf die Schaffarm meiner Eltern. Ich tippte bereits ein *Ja* in mein Handy, als ich James am Hinterhof einen Brief aus seiner Tasche ziehen sah.

Umgehend stürzte ich durch die Hintertür.

»Oh, hi Caylin. Ich schätze, ich brauche ihn nicht einwerfen.«

Er überreichte mir den Brief.

»Danke. Und dir einen schönen 3. Advent.«

»Dir auch, Caylin.«

Er schwang sich auf sein Fahrrad und fuhr zum nächsten Briefkasten. Mit einem Ratschen öffnete ich den erwarteten Brief, der tatsächlich von der Immobiliengesellschaft in London war.

Sehr geehrte Miss O'Neil,

leider müssen wir Ihnen mitteilen, dass Ihr Widerspruch auf keiner rechtsgültigen Grundlage basiert. Ihr Anspruch auf die Nutzung der Räumlichkeiten entfällt zum 31.12.2024 …

Ich taumelte mehr in meine Küche zurück, als das ich laufen konnte. Die restlichen Worte des Briefes überflog ich nur. Ich musste also wirklich raus. Und das bereits in zweieinhalb Wochen. Das war das Schlimmste, was mir je passieren konnte.

»O mein Gott, Cay! Geht es dir nicht gut? Du bist kreidebleich!«, stieß Jane aus, als sie dazu stieß.

Ich hielt ihr das Schreiben entgegen. Mit einem unterdrückten Aufschrei schlug sie sich die Hand vor den Mund.

»Aber … das können die doch nicht machen. Dein Teeladen passt so gut in diese Fußgängerzone. Er … er ist wie für diese Fläche geschaffen. Du sammelst seit Wochen diese Unterschriften«, stammelte sie.

Das wusste ich alles. Doch wie machte ich das dieser dämlichen Immobilienfirma klar?

»Du brauchst einen Anwalt.«

Ich nickte. »Ich habe einen.«

Mein Handy auf der Küchenzeile vibrierte.

»Es ist Marc«, sagte Jane.

Doch ich schüttelte den Kopf. »Ich kann jetzt nicht mit ihm telefonieren.«

Ich wusste nicht, was ich sagen sollte. Erst einmal musste ich Simon anrufen. Außerdem würde ich in Tränen ausbrechen, wenn ich Marcs Stimme hören würde, und das wollte ich nicht. Er hatte selbst mit seinen Kunden zu tun und wollte dieses wichtige Geschäft abwickeln. Da brauchte er einen klaren Kopf und konnte sich nicht noch mit meinen Problemen beschäftigen.

Jane reichte mir dennoch das Handy und Marc legte in dem Moment auf.

»Wenn du noch eine Idee hast, wie ich meinen Laden retten könnte, wäre ich dir sehr dankbar.«

»Du müsstest direkt mit Mr McKenzie sprechen. Ohne diesen ganzen Immobilienkram dazwischen.«

»Ich habe seine Nummer nicht. Und die Immobiliengesellschaft rückt sie nicht raus. Datenschutz.«

Ich rieb mit der Hand über meine Stirn, als mir eine Idee kam.

»Aber vielleicht hat John sie. Ich werde nachher mal nach *Chester Hall* fahren.«

Seitdem ich Blumen an Mr McKenzie Seniors Grab gelegt hatte, hatte ich John nicht mehr gesehen.

»Gute Idee. Wir schaffen das. Gib noch nicht auf«, sagte Jane ermutigend.

»Was wollt ihr schaffen? Kann ich da mitmachen?« Elenor stand in der Küchentür und hielt die Kasse vom Adventsverkauf in der Hand. »Schätzchen, dein ganzer Laden steht offen. Und du siehst aus, als ob alle Geister Englands mit einem Mal hindurchgezogen sind.«

»Oh, ich wollte eigentlich gerade aufräumen«, sagte Jane.

»Danke, Elenor.« Ich drückte ihr das Schreiben in die Hand. »Lies selbst.«

Augenblicklich blähten sich ihre Nasenflügel und ihr Gesicht lief rot an.

»Dieser verflixte Hund von einem Sohn! Er sollte sich schämen, diesen Namen tragen zu dürfen. Ich bin heute Abend zum Tee bei Mrs Wilson eingeladen. Caylin, du gibst noch nicht auf! Hörst du!«

Ich nickte tapfer und versuchte zu lächeln. Mrs Wilson war die Frau des Bürgermeisters von Chichester. Ich wusste zwar nicht, was Elenor plante, aber mir war jede Hilfe recht.

»Danke, Elenor.« Ich umarmte sie.

Ich wählte Simons Nummer. Vorher hatte ich ihm ein Foto von dem Schreiben per Mail geschickt.

»Ich habe es gerade gelesen«, sagte er direkt, als er abhob. »Um ehrlich zu sein, Caylin, sieht es nicht gut für dich aus. Will ein Eigentümer die Immobilie selbst verwenden, ist es sein gutes Recht. Wenn du es also nicht schriftlich hast, dass Mr McKenzie Senior dir die

Nutzung der Ladenfläche nach seinem Ableben zugesichert hat, kannst du nichts anderes tun, als zu packen.«

»Es war bei einer Tasse Tee im Sommer«, erklärte ich ihm zum wiederholten Mal.

»Dann hätte er das irgendwo vermerken sollen. Am besten in seinem Nachlass.«

»Ich habe den Nachlass nie gesehen.«

»Natürlich nicht. Du gehörst ja auch nicht zu seiner Erbfolge.«

»Gibt es denn nichts, was ich tun könnte? Ich habe Unterschriften gesammelt. Es sind bestimmt schon fünfzehn Seiten mit drei Spalten auf einer. Ganz Chichester will diesen Laden behalten.«

»Ganz Chichester würde sicherlich auch deinen Tee zwei Straßen weiter kaufen. Das ist kein entscheidendes Kriterium, um seinen Anspruch auf diese Räumlichkeiten geltend zu machen. Du kannst nur auf Kulanz von Mr McKenzie Junior plädieren. Nichts anderes. Es tut mir leid, dass ich keine erfreulicheren Nachrichten für dich habe.«

Mit diesen Worten fiel das seit Wochen über mir schwebende Damoklesschwert und hinterließ ein wahres Schlachtfeld an zerplatzten Träumen als Trümmerhaufen. Der Boden unter meinen Füßen wankte und ich musste mich an der Wand festhalten, um nicht umzufallen. Elenors Hand auf meiner Schulter ließ mich aufblicken.

»Nicht aufgeben. Noch nicht.«

Ich radelte am Spätnachmittag desselben Tages zu dem Anwesen der McKenzies. Der kalte Regen peitschte mir ins Gesicht und der Wind blies so stark, als wollte er meine Ankunft verhindern. Elenors letzte Worte ließen mich durchhalten, obgleich sich kein Hoffnungsschimmer am Horizont abzeichnete.

Völlig durchnässt klopfte ich etwas später an die riesige Eingangstür. Feste Schritte näherten sich von der anderen Seite und John öffnete in seinem schwarzen Frack mit einem erstaunten Lächeln.

»Miss O'Neil, warum fahren Sie denn bei diesem Wetter zu uns raus? Kommen Sie schnell rein und wärmen sich auf.«

Er öffnete die Tür weiter und ich trat in die Eingangshalle. Es sah verändert aus. Die Gemälde der McKenzies hingen nicht mehr über der Treppe. Und der Ballsaal, dessen Tür offen stand, wirkte wie eine Abstellkammer.

»Danke. Ich hatte gehofft, Sie könnten mir weiterhelfen.«

»Ich? Nun machen Sie mich aber neugierig«, sagte John mit einem Schmunzeln.

»Haben Sie die Telefonnummer von Aiden McKenzie? Er will meinen Mietvertrag nicht verlängern.«

John schloss für einen Moment die Augen und schüttelte den Kopf.

»Dieser Junge bringt alles durcheinander.«

»Was soll das heißen? Und wo sind die ganzen Gemälde, die über der Treppe hingen?«

John ging ein paar Schritte zum Ballsaal.

»Schauen Sie selbst. Seine zukünftige Frau hat alles
ausrangiert, was in ihren Augen nutzlos ist. Wie hatte
sie sich ausgedrückt? *Diesen alten englischen Plunder
braucht doch kein Mensch mehr.*«

Ich schüttelte fassungslos mit dem Kopf.

»Sein Verwalter war hier und hat mitgeholfen, es
sinnvoll zu veräußern. Er war eine große Hilfe. Aber ich
fürchte sehr um die Traditionen von *Chester Hall*.«

»Das ist sehr schade. Sein Vater hat es geliebt.«

»Das hat er. Aber nun zu Ihnen. Ich habe die Telefonnummer leider nicht. Die einzige Nummer, die er mir
gegeben hat, ist die Nummer seines Immobilienverwal-
ters. Versuchen Sie es doch dort einmal. Er ist aus London und wirklich sehr nett.«

John wollte schon losgehen, um einen Zettel zu holen.
Doch ich wehrte ab, denn ich nahm an, dass es sich um
denselben Immobilienverwalter handelte.

»Die Nummer der Immobiliengesellschaft habe ich
selbst. Danke. Ich hatte gehofft, persönlich mit Mr
McKenzie sprechen zu können. Wissen Sie, wann er vor-
hat, zu kommen?«

»Die Umzugsfirma sollte diese Woche noch seine Sachen aus den USA bringen. Doch soweit ich weiß, bleibt
er erst einmal in London und regelt vorerst alles von
dort. Er hat dort ein Apartment im Visier.«

Ich kramte einen Zettel und einen Stift heraus und
kritzelte darauf meinen Namen mit meiner Nummer.

»Würden Sie mich anrufen, sollte er spontan vorhaben, in den nächsten Tagen hier zu erscheinen?«

»Natürlich, das mache ich sehr gern.«

Mit einer Tasse Entspannungstee ließ ich mich nach einer heißen Dusche auf die Couch fallen. Der Burger, den ich mir auf dem Rückweg von *Chester Hall* im Pub zum Mitnehmen geholt hatte, dampfte noch. Marc hatte mehrmals versucht, mich zu erreichen. Auch leuchteten so einige Textnachrichten von ihm auf.

M: *Deine Stimme fehlt mir. Würde dich so gern hören.*

M: *Ist alles in Ordnung bei dir? Ich mache mir Sorgen. Ruf mich an. Bitte.*

M: *Ich geh mit Jeremy und Aiden heute Abend ins Dark. Ich denk an dich.*

Ich schaute auf die Uhr. Es war neun. Vermutlich machte er sich gerade fertig. Kurz überlegte ich, ob ich es versuchen sollte, doch ich entschied mich dagegen. Ich wollte ihm den Abend nicht verderben. Er schien eine gute Freundschaft zu den beiden zu haben. Zumindest zu Jeremy. Sollte er seinen Spaß haben. Und das würde er nicht, wenn ich ihn mit meinen Problemen belastete.

C: *Viel Spaß mit Jeremy im Dark. Ich war den ganzen Tag unterwegs. Lass uns morgen telefonieren.*

Als ich den Namen Aiden in Marcs Nachricht las, googelte ich Aiden McKenzie USA und fand tatsächlich seine Kanzlei in Washington. Nicht New York, wie ich ursprünglich gedacht hatte. Ein Foto zeigte mir sein Gesicht. Er sah seinem Vater ähnlich und doch legte er ein gänzlich anderes Verhalten an den Tag. Irgendwo auf der Website fand ich eine Telefonnummer, die ich prompt wählte.

Ich rechnete in der Zeit zurück. Es müsste früher Nachmittag sein. Nach mehrmaligem Klingeln hob eine Frau ab. Ich hörte Kinderlachen im Hintergrund. Scheinbar hatte sie eine Rufweiterleitung geschaltet. Es war auch in den USA Wochenende und mir war es super unangenehm, sie zu stören. Doch es war ein Notfall, immerhin musste ich mein Geschäft retten. Ich stellte mich dennoch kurz vor und entschuldigte mich für den Anruf am Wochenende.

»Ich würde gern Mr McKenzie sprechen.«

»Haben Sie einen Termin?«

»Nein, nicht direkt. Es geht um seine Immobilie in Chichester in England.«

»Dafür bin ich nicht zuständig. Am besten richten Sie sich direkt an die *South Realty Inc*. Sie sind sehr koordiniert und beantworten Ihnen alle Ihre Fragen.«

Ich seufzte und verabschiedete mich. Immer wieder lief alles zu dieser Immobilienfirma. Ich tippte die Adresse der Firma in Google Maps ein. 2,5 Stunden mit dem Zug sagte der Routenplaner.

KAPITEL 25

MARC

Am Sonntagmorgen joggte ich durch den Regent's Park, der mit Lichterketten weihnachtlich beleuchtet war. Ich zog mein Handy aus der Tasche und scrollte durch die Anrufliste, um den einen Namen zu suchen, nach dem ich mich seit Tagen sehnte und verzehrte. Ihr Lächeln sah ich die ganze Nacht vor meinem inneren Auge. Fast war es, als könnte ich ihre störrischen, roten Locken zwischen meinen Fingern fühlen, die ihr ständig ins Gesicht fielen. Mir fehlte ihr Geruch nach Vanille und Zimt. Ihre Stimme und ihr Lachen. Einfach alles.

Mein Daumen klickte auf ihren Namen, doch bevor ich auf *Wählen* drücken konnte, ging ein anderer Anruf ein.

»Baxter.«

»Mr Baxter, hier ist Lee Singh. Können wir uns jetzt sehen? Mein Flug geht um sechs ab Heathrow. Ich hätte

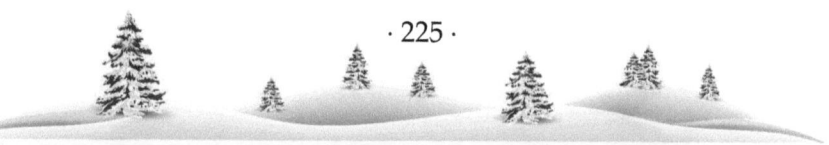

noch ein paar Fragen«, ertönte es in gebrochenem Englisch von Mr Singh.

»Ja, natürlich.« Ich drehte mein Handgelenk, um einen Blick auf die Uhr zu werfen. »Ich könnte in einer Stunde in meinem Büro sein.«

Prompt setzte ich den Rückweg an. Ich durfte Mr Singh als Investor nicht verlieren. Anstatt Caylin anzurufen, wie ich es eigentlich vorgehabt hatte, rief ich nun Ajit und meine Projektplanerin an. Beide würde ich aus ihrem Sonntagmorgen reißen. Aber dieses Treffen würde über die Zukunft von *South Realty Inc* entscheiden.

Als ich aus der Dusche trat, wählte ich dennoch Caylins Nummer. Ich musste wenigstens wissen, ob es ihr gut ging. Ihre Nachricht gestern traf erst nach neun ein. Erwartungsvoll klemmte ich das Handy zwischen Schulter und Ohr, während ich in meine Schuhe schlüpfte. Als anstelle ihrer Stimme ein Besetztzeichen erklang, konnte ich die Enttäuschung nicht mehr niederringen. Ich hinterließ eine Nachricht auf der Mailbox.

»Hey, schöne Frau. Ich bin gleich in einem spontanen, aber äußerst wichtigen Meeting und weiß nicht, wie lange es dauern wird. Ich denk an dich und kann es kaum erwarten, dich wiederzusehen. Bitte sag mir, dass es dir gut geht. Ich mache mir Sorgen.«

Das Meeting zog sich in die Länge. Es schien, als ob Mr Singh kalte Füße bekommen hatte. Er fragte nach allen baulichen Substanzen und gesetzlichen Nutzungsbedingungen. Ajit und ich beantworteten diverse Fra-

gen, doch es ermüdete mich. Nie war es mir an einem Sonntag so schwergefallen, zu arbeiten wie an diesem. Irgendwann gegen Mittag stieß Aiden zu uns, dem ich früh noch kurz Bescheid gegeben hatte, in mein Büro zu kommen. Wir wollten zusammen den Kaufvertrag für sein Apartment durchgehen.

Gegen vier am Nachmittag verabschiedete sich Mr Singh, da er zum Flughafen musste. Carol, meine Projektplanerin, brachte ihn zu den Fahrstühlen, während ich seufzend meine Augen schloss.

»Hoffentlich war diese verkrampfte Zeit nicht umsonst. Ich wäre eigentlich verabredet gewesen«, sagte Ajit. Ich musste Ajit zustimmen. Es fühlte sich wie bei einer Schwerstgeburt an.

»Danke, dass du so kurzfristig kommen konntest. Ohne dich hätte ich es nicht geschafft.«

»Kein Problem, Marc. Ich habe auch etwas davon, wenn du den Vertrag bekommst. Ich setze mich gleich noch an die Vervollständigung. Lass ihn uns morgen Nachmittag zusammen durchgehen. Dann hat Mr Singh ihn auf dem Tisch, sobald er in China an seinem Schreibtisch sitzt.«

»Das ist ein interessanter Straßenzug«, mischte sich Aiden ein, der sich durch die Präsentation geklickt hatte und nun auf das 3D-Profil von London in meinem Büro die Straße suchte. »Wem gehört er?«

»Der Stadt, die ihn loswerden möchte.«

»Verstehe. Und was soll er kosten?«

Ich schnaubte. »Aiden, du weißt, dass ich dir keine Zahl nennen kann.«

Er lachte. »Warum nicht? Mach mir doch einen Freundschaftspreis.«

»Netter Versuch. Die Rechnung für meine Freundschaftsdienste flattert bald auf deinen Tisch.«

Ajit verabschiedete sich, genauso wie Carol. Aiden zog den Kaufvertrag aus seiner Tasche, als wir in meinem Büro waren.

»Sheryl gefällt das Apartment sehr gut. Ich denke, wir nehmen es. Wenn du keine gravierenden Einwände hast.«

»Hmm, dir gefällt es nicht?«, hakte ich nach.

Aiden zuckte mit den Schultern. »Ich bin unschlüssig.« Er deutete auf den Straßenzug. »Das würde mir gefallen.«

Verwirrt sah ich ihn an. »Ich denke, du willst nach Chichester?«

»Will ich auch. Dennoch habe ich von meinem Partner die amerikanischen Anteile der Kanzlei ausgezahlt bekommen. Die sollten nicht auf meinem Bankkonto vergammeln. Gut investiert, sind sie mehr Wert.«

Das verstand ich sogar sehr gut. »Wenn Mr Singh abspringt, setzen wir uns zusammen.«

Er grinste über das ganze Gesicht. »Ich nehm dich beim Wort, mein Freund.«

Ich nahm den Vertrag seines Apartments und las die Vertragspartner. »Du kaufst die Wohnung. Nicht ihr beide?«

»Nein, noch sind wir nicht verheiratet. Es wäre mein Apartment.«

»Verstehe. Wart ihr mal unten am Hafen und habt in den Container geschaut?«

»Sheryl kann sich nicht entscheiden, was hierbleiben soll und was nach *Chester Hall* geht. Ihrer Meinung nach brauchen wir alles an beiden Orten. Das ist aber Irrsinn. Wir bekommen niemals alles aus dem Container in das Apartment.«

»Jetzt willst du ein größeres?«

Er seufzte und fuhr sich durch sein Haar. »Ich … Eigentlich denke ich nicht an eine Wohnung. Ich will eine Kanzlei. Ich brauche wieder ein festes Büro, wo ich arbeiten kann. Und das ziemlich schnell. Zu Hause am Küchentisch, während Sheryl nach Inneneinrichtungen und Hochzeitskleidern schaut, kann ich mich nicht konzentrieren.«

Aiden ging zu dem Modell von London, was ich in meinem Büro hatte.

»Welche von den Häusern stehen zum Verkauf?«

Ich klappte seinen Vertrag zu und legte ihn auf den kleinen Couchtisch, um neben ihn zu treten. Mit dem Finger zeigte ich auf die Immobilien, die farbig markiert waren.

»Es ist dieser Straßenzug, den Mr Singh kaufen möchte. Und verteilt in den beiden Stadtteilen noch ein paar einzelne Gewerbeeinheiten.«

»Vorhin in deiner Präsentation hattest du eine Räumlichkeit, die ich mir gut als Kanzlei vorstellen könnte. So etwas schwebt mir vor. Stattdessen muss ich entscheiden, was von dem Container hierbleiben soll und was nicht.«

Ich lachte und klopfte ihm auf die Schulter. »Die Räumlichkeit aus der Präsentation ist rein fiktiv gewesen. Es ist ein Beispiel. So sieht es dort noch nicht aus.

Der Umbau fehlt noch. Was ist mit der Kanzlei in Chichester?«

»Mir gefällt London.«

»Dann bleib in London.«

»Sheryl will aufs Land. Ihr gefällt das Anwesen und der Kleinstadtflair. Also bleibt auch die Kanzlei in Chichester. Doch ich könnte beides haben. Hier in London eine und eine in der Kleinstadt.«

Typisch Aiden. Mit beiden Füßen in zwei Welten.

»Ihr solltet darüber reden. Wenn du nur wegen ihr nach *Chester Hall* ziehst, macht dich das dauerhaft unglücklich.«

»Wenn sie wegen mir in London bleibt, geht es auch nicht. Nein, *Chester Hall* ist schon in Ordnung. Es dauert eben nur noch, bis ich dort in meine Kanzlei kann.«

»Vielleicht ein halbes Jahr, bis alles umgebaut ist. Und solange kannst du London genießen. Unterschreib den Vertrag für das Apartment. Du kannst dabei nichts verkehrt machen. Und wenn ihr es nicht mehr braucht, vermietest du es oder verkaufst eben wieder.«

»Du hast recht. Danke, mein Freund. Damals war es einfacher, nach New York zu gehen. Ich hatte nur einen Koffer und habe mir drüben alles aufgebaut. Der Rückzug ist bedeutend aufwendiger. Sag, hast du hier ein Zimmer frei, wo ich vorübergehend meinen Schreibtisch reinstellen kann? Ich kann von zuhause aus nicht arbeiten, müsste aber dringend meine Mandanten betreuen.«

Ich deutete an, mitzukommen. Das Büro neben Carols war noch frei. Ursprünglich war es Ajits gewesen. Doch Ajit hatte seine eigene Kanzlei gegründet und ich beanspruchte nur seine Dienste.

»Das könntest du vorübergehend haben.«

Aiden boxte mir erleichtert gegen den Oberarm. »Danke, Mann. Ich weiß das sehr zu schätzen. Setz die Miete dafür mit auf die Rechnung.«

Ich fuhr mir durch mein Haar, während Aiden durch das kleine Büro ging. Es war nur halb so groß wie meines. Aber vorübergehend würde es sicher reichen. Ein großer Schreibtisch stand vor dem Fenster und zwei Regale an der Wand.

»Ich weiß, es geht mich nichts an und ich will mich nicht einmischen, aber es wirkt nicht so, als ob Sheryl und du wirklich glücklich miteinander seid«, sagte ich vorsichtig.

Gestern Nacht tanzte sich Sheryl mehr durch das *Dark*, als dass sie sich zu uns an die Bar gesellte. Zugegeben, so konnten wir drei ungestört erzählen, was wir schon lange nicht mehr getan hatten. Wenn ich jedoch an Caylin dachte, so wollte ich sie ständig berühren, wenn sie um mich war. Oder ich hätte mit ihr zusammen getanzt, doch vielleicht täuschte auch der Eindruck. Aus dem Grund wollte ich vorsichtig sein.

»Was? Doch, doch, das sind wir, Marc. Wir beide sind nicht so die Kuscheltypen oder Romantiker. Wir brauchen einfach nur jeder seinen Bereich, dann passt alles. Mach dir keine Gedanken.«

Aiden unterzeichnete den Vertrag und ging. Es war bereits acht, als ich in meinem Büro das Licht ausschaltete. Beim Chinesen um die Ecke holte ich mir noch etwas zu essen und fuhr dann mit der Bahn nach Hause. Mein Loft fühlte sich leer an. Zu leer. Ich zog mein Handy aus der Tasche und wählte Caylins Nummer, als ich mich auf meine Couch sinken ließ. Doch es war abermals besetzt. Ich öffnete eine Flasche Rotwein, während ich durch Netflix zappte, als eine Nachricht eintraf.

C: *Ich habe deinen Anruf verpasst, was mich ärgert. Hoffe, dein Meeting war gut. Bin ziemlich geschafft. Wochenenden mit dir zusammen machen mehr Spaß. Ich fahre morgen nach London. Wollen wir uns zum Lunch treffen?*

Schnell tippte ich eine Antwort. Was machte Caylin in London? Und wer stand dann für sie im Laden?

KAPITEL 26

CAYLIN

Die Türen des Zuges öffneten sich und die Menschen strömten hinaus, während Unmengen am Bahnsteig warteten und hereindrängten. Ich folgte dem Strom hinaus, ließ mich bis zu den Rolltreppen mitreißen, um auf die übergeordnete Plattform zu kommen. Irgendwo las ich das Schild *Subway*. Ganz selbstständig folgten meine Füße. Bei allen magischen Teetassen war das voll überall. Die Menschen drängten und hetzten an mir vorbei, als wäre der Teufel höchstpersönlich hinter ihnen her.

Ich suchte im Plan die U-Bahn, um nach West End zu gelangen. Fünf Minuten später traf sie ein. Meine Finger fuhren über die ausgedruckte Google-Map-Karte, als ich wieder ausstieg. Zweimal rechts. Einmal die Straße überqueren und dann links.

Als ich vor dem großen verglasten Gebäude stand, fühlte ich mich seltsam fremd. Männer und Frauen in

Businesskleidung gingen hinein und heraus. Es schien, als sei ich in meinem Wollmantel, einer Strumpfhose und dem senfgelben Cordrock eine Außerirdische. Der Security-Mann beäugte mich sofort misstrauisch. Der Drehtür folgend lief ich anschließend durch das Foyer. An einem Empfangstresen standen zwei Frauen und ein Mann in maßgeschneiderten Anzügen und perfekt aufgelegtem Make-up, die Fragenden Auskunft erteilten.

Ich zog meine blaue Mappe aus meiner Wolltasche, die in den schottischen Farben geknüpft war.

»Können wir Ihnen helfen, Miss?«, fragte mich der Mann.

»Ja, ich suche die *South Realty Inc.*«

Er nickte zuversichtlich. »Diese finden Sie in der 10. Etage. Dort drüben sind die Aufzüge. Wenn sie den Aufzug verlassen, gleich geradeaus durch die Glastür. Es ist auch ausgeschildert.«

»Danke.«

Mit mir fuhren noch fünf weitere Männer und Frauen im Aufzug. Die Frauen stöckelten auf hohen Heels und ihre Bleistiftröcke sahen nicht sonderlich bequem aus. Ich war dankbar, dass ich in meinem Teeladen die Kleidung anziehen konnte, in der ich mich wohlfühlte. Mit einer Hand öffnete ich die großen bunten Knöpfe meines Wollmantels, da es mir zu warm war.

»Sicher, dass Sie sich in dem richtigen Gebäude befinden, Miss?«, fragte mich einer der jungen Männer spottend im Lift.

»Ja, danke.«

Die Aufzugtüren in der 10. Etage öffneten sich und ich trat hinaus. Eine große doppelflügelige Glastür mit

der Aufschrift *South Realty Inc* fand ich keine zehn Schritt weit entfernt.

Ich atmete noch einmal tief durch, bevor ich die Tür öffnete. Links befand sich ein großer gebogener Tresen, hinter dem eine Frau Anfang dreißig saß und mich mit hochgezogenen Augenbrauen ansah. Ihr gegenüber befand sich eine Glastür und genauso wie an der Wand gegenüber des Eingangs.

»Kann ich Ihnen helfen?«, fragte mich die Frau.

Sie erhob sich und wandte sich mir zu. Auf ihrem Tresen stand ein kleines Schild, Melissa Turner. Mit ihr hatte ich also telefoniert und von ihr kamen auch die Briefe. Zumindest der erste. Den zweiten hatte ein Ajit Rani unterzeichnet.

»Ja, ich hoffe sehr. Mein Name ist Caylin O'Neil. Ich bin …«

»Oh, ich weiß schon. Sie haben unser Antwortschreiben erhalten, nehme ich an.«

Ich nickte.

Sie lächelte mich amüsiert an. »Sie hätten nicht extra den weiten Weg herkommen müssen, um einen Termin für die Schlüsselübergabe auszumachen. Ein Anruf hätte genügt.«

»Nein, Sie verstehen nicht. Ich bin hier, um Mr McKenzie zu treffen. Seine Assistentin in den USA sagte mir, dass er in London wäre und ich ihn über diese Firma am ehesten erreichen könnte.«

Verwirrt sah sie mich an. »Haben Sie denn einen Termin bei ihm? Er hat mir vorhin nichts davon mitgeteilt.«

»Er ist sogar hier?«

Hoffnung machte sich in mir breit. Hinter mir öffnete sich die Glastür und feste Schritte näherten sich.

Bevor ich mich umdrehten konnte, sagte eine mir sehr vertraute Stimme, die auf meiner Haut einen wohligen Schauer hinterließ: »Mel, könntest du bitte Aiden einen Kaffee bringen?«

Ein Geruch von Zypressenholz mit einer dezenten blumigen Note erreichte mich, den ich so oft eingeatmet hatte. Ich wandte mich um, nur um in diese schwarzen Augen mit den goldenen Sternen zu blicken, in die ich mich verliebt hatte. Erstaunen blitzte in ihnen auf.

»Marc, das ist …«

»Caylin!« Er drehte fast panisch seine Uhr. »Bin ich zu spät für unser Lunch?«

Nein, war er nicht. Es ist erst zehn. Ich hatte um sieben den Zug nach London genommen. Doch was machte Marc hier? Ich riss meinem Blick weg zu der Glastür, aus der er gekommen war.

Marc Baxter — CEO

Langsam dämmerte es in mein Bewusstsein.

»Ich … *South Realty Inc* ist deine Firma?«, fragte ich und versuchte meine Gedanken zu ordnen.

Vergeblich! Ein reiner Wirbelsturm der Gefühle brach in dem Moment über mich herein. Es war seine Firma, die meinen Mietvertrag gekündigt hatte. Marc wusste, dass ich raus musste! Aber hatte er nicht gesagt, dass er keine Verwaltung machte? Nur Verkäufe. Ich verstand es nicht.

»Ja, wieso?« Er wandte sich zum Tresen. »Mel, wir brauchen ein Glas Wasser für Miss O'Neil.« Dann sah er

mich wieder an und trat noch einen Schritt näher. »Du siehst gerade kreidebleich aus.«

Er streckte seine Hände nach mir aus, doch ich wich instinktiv einen Schritt zurück. Meine Hände begannen zu zittern und ein dicker Kloß bildete sich in meinem Hals. Ich spürte, wie sich alles zu drehen begann. Wie ferngesteuert reichte ich ihm das Schreiben von seinem Anwalt.

»Hier ist Ihr Wasser«, sagte seine Assistenz, als Marc das Schreiben überflog.

»Wo ist der Mietvertrag von Aidens Gewerbeeinheit?«, fragte er seine Assistentin.

»Moment.«

Ich hatte den Mietvertrag schneller als sie und reichte ihm auch diesen. Er brauchte nur einen Blick, um festzustellen, zwischen wem der Vertrag geschlossen wurde. Seine Schultern sackten nach unten und seine Augen sahen mich verzweifelt an.

»Aiden sagte, es sei ein Wollgeschäft oder Blumenladen. Von deinem Teeladen hatte er nichts erwähnt. Ich war fest der Ansicht, dass es Ina war, nachdem ich mich mit Tom ein wenig unterhalten hatte und festgestellt hatte, dass er es nicht sein konnte.«

In dem Moment trat ein Mann in einem weißen Hemd und einer Anzughose aus Marcs Büro, dessen Foto ich vor zwei Tagen auf der Website gesehen hatte. Am liebsten hätte ich mir sein Bild ausgedruckt, um es auf eine Dartscheibe zu heften. Doch ich besaß keine. Leider.

»Marc, willst du diese Klausel wirklich im Vertrag lassen?« Er deutete auf ein Blatt Papier in seiner Hand und sah ihn fragend an.

Er strahlte nichts von der Milde seines Vaters aus. Wie ich ihn verabscheute. Ich hätte ihm einen Tee kochen sollen, der ihn innerhalb von zwei Minuten über der Toilette hängen ließ. Nur um ihm zu zeigen, wie sehr mich sein Verhalten anwiderte. Aber nein, ich hatte keinen Aiden-McKenzie-Spezialtee dabei. Nur meine Unterschriftensammlung in der Hoffnung, sie könnte meinen Laden retten.

Ich verdrängte vorerst jeden Gedanken an Marc und entzog ihm umgehend meine Unterlagen, um festen Schrittes auf Mr McKenzie Junior zuzutreten. Ihn direkt anzutreffen, war meine einzige Chance, das Blatt noch zu meinen Gunsten wenden zu können.

»Mr McKenzie, mein Name ist Caylin O'Neil, ich habe die Räumlichkeiten Ihres Vaters in Chichester gemietet.«

Marc erschien neben mir und deutete auf sein Büro. Ich folgte Mr McKenzie hinein, während Marc hinter sich die Tür schloss.

»Und was ist mit den Räumlichkeiten?«, fragte Mr McKenzie irritiert.

»Sie wollen den Mietvertrag nicht verlängern.«

»Natürlich nicht, da ich andere Pläne habe.« Ungeduldig sah er zu Marc. »Ich dachte, es sei alles geklärt.«

Marc rieb sich mit Daumen und Zeigefinger die Nasenwurzel. »Mir ist ein schrecklicher Fehler unterlaufen. Caylin, wir kriegen das wieder hin.«

»Was für ein Fehler?«, fragte ihn Mr McKenzie. »Hast du die falsche Mieterin angeschrieben?«

»Ich war davon ausgegangen, dass es der Strickwarenladen in der Fußgängerzone war. Stattdessen ist es Cays Teegeschäft.«

Mr McKenzie deutete mit dem Finger zwischen Marc und mir. »Ihr kennt euch?«

»Hören Sie, Mr McKenzie! Wäre es möglich, den Vertrag zu verlängern?«, begann ich, bevor Marc diese Frage beantworten konnte. »Mein Teegeschäft ist sehr beliebt in der Stadt. Ich habe mir über die letzten vier Jahre eine treue Kundschaft aufgebaut. Ein Umzug wäre durchaus geschäftsschädigend für mich. Um Ihnen das zu zeigen, habe ich eine Unterschriftensammlung gestartet.« Ich zog die zusammengehefteten Blätter hervor, um sie ihm zu überreichen. »So viele Menschen haben gegen die Schließung meines Teeladens unterschrieben.«

»Ich möchte Ihren Teeladen gar nicht schließen und kann mich dunkel daran erinnern, dass mein Vater von Ihrem Tee immer sehr angetan war.«

»Dann wären Sie bereit, den Vertrag zu verlängern?«

Er schüttelte langsam den Kopf. »Ich fürchte, Sie haben mich missverstanden. Ich möchte die Ladenfläche selbst nutzen.«

»Das zweite Geschoss ist noch frei.«

Er holte tief Luft und wirkte verärgert. »Das benötige ich ebenfalls. Ich kann nicht glauben, dass Sie die halbe Stadt unterschreiben lassen haben. Wissen Sie, was das bedeutet?«

Ich schüttelte den Kopf, denn ich wusste nicht, worauf er hinaus wollte.

»Sie haben die halbe Stadt gegen mich in Aufruhr gebracht. Kleinstädter sind nachtragend. Es wird Ewigkeiten brauchen, um diese Vorurteile gegen mich wieder abzubauen.« Er deutete mit dem Finger auf mich und zwei tiefe Furchen zogen prompt über seine Stirn.

Ich hielt die Unterschriftensammlung nach oben. »Diese Menschen haben unterschrieben, weil sie meinen Teeladen bevorzugen. Nicht, weil sie Sie nicht in der Stadt haben wollen.«

»Das läuft im Endeffekt auf dasselbe hinaus. Was hindert Sie daran, Ihren Teeladen in einer Einheit eine Straße weiter zu eröffnen? Und wenn Sie es richtig anstellen, ist das nicht so gewerbeschädigend, wie Sie denken. Sie könnten einen Ausverkauf machen und geben Prozente bei der Wiedereröffnung. Es wird doch in Chichesters Innenstadt eine Ladenfläche freistehen?« Er sah zu Marc.

»Wenn dem so ist, können Sie diese gern mieten«, schnappte ich zurück.

Er lachte lieblos auf. »Hören Sie, Miss O'Neil! Sie sollten mir niemals erzählen, was ich zu tun und zu lassen habe.«

In seiner Stimme schwang etwas Drohendes mit. Doch mich schüchterte er nicht ein. Ich hatte immerhin nichts mehr zu verlieren.

»Ihr Vater hat mir zugesichert, dass ich auch nach seinem Ableben in dem Laden bleiben könnte.«

Kurz überlegte ich, ob es angebracht sei, ihm mein Beileid auszusprechen, verwarf diesen Gedanken jedoch

wieder. Er hatte die letzten Wochen im Urlaub verbracht und vermutlich nicht einmal an seinen alten Herrn gedacht.

Stille kehrte ein. Marcs Blick war unergründlich, während Mr McKenzie verwirrt aussah.

»Davon weiß ich nichts«, sagte er langsam.

Er drehte sich um und ging zu einem kleinen Couchtisch, auf dem diverse Unterlagen verteilt lagen und nahm sein Tablet, um darauf etwas zu lesen.

»Hat er Ihnen das schriftlich gegeben?«, fragte er, ohne aufzublicken.

Ich musste mich arg zusammenreißen, um nicht auszurasten. Warum bei allen Teesorten auf der Welt stellte mir jeder dieselbe Frage?

»Es war im Sommer.«

»Das ist keine Antwort auf meine Frage. Denn in Ihrem Mietvertrag kann ich davon nichts finden. Es sei denn, Sie haben noch eine gültige Anlage, die mir nicht übermittelt worden ist.«

»Er sagte, er wolle es in seinem Nachlass hinterlegen«, stieß ich selbstbewusster aus, als ich mich fühlte.

Das war sehr hoch gepokert, denn sein Vater hatte mir nur das mündliche Versprechen gegeben.

»Hast du die Nachlassdokumente hier, Aiden?«, fragte Marc, dessen Stimme seltsam belegt klang. »Kannst du dort nachschauen?«

Wir starrten beide Mr McKenzie an, der auf dem Tablet herumwischte. Irgendwann ließ er es sinken und sah mich mit hochgezogenen Augenbrauen an. Langsam schüttelte er den Kopf.

»Im Nachlass ist nur festgehalten, dass ich diese Einheit nicht verkaufen darf. Von Ihnen hat er nichts erwähnt. Wenn Sie also kein Schreiben von ihm in Ihren Unterlagen haben?«

Ich schluckte und wusste auch nicht mehr weiter.

»Es war bei einer Tasse Tee im Sommer. Ich habe nur seine mündliche Zusage«, sagte ich leise.

»Tja, dann tut es mir leid für die Umstände, aber …«

»Ich zahle auch gern das Doppelte als jetzt«, unterbrach ich ihn.

Er lachte auf. »Sie zahlen lächerliche 150 Pfund für 200 Quadratmeter. Für diese Ladengröße könnte ich bei dem derzeitigen Mietspiegel gut das Zehnfache verlangen.«

»Auch das würde ich zahlen«, sagte ich zögerlich, obgleich ich spürte, wie heiß mir wurde.

»Cay!«, stieß Marc alarmiert aus.

Er wusste nicht, wie viel ich im Monat verdiente. Und tatsächlich müsste ich mir das auch erst einmal durchrechnen. Das Zehnfache wäre definitiv grenzwertig. Aber der Laden war mein Ein und Alles. Ich konnte nicht raus.

Mr McKenzie schüttelte amüsiert mit dem Kopf. »Sie haben vielleicht Courage, Lady. Gehen Sie und suchen sich eine andere Ladenfläche. Ich komme auch regelmäßig bei Ihnen Tee kaufen.«

»Sie verlängern nicht?«

»Nein! Und das ist mein letztes Wort. Seien Sie froh, dass ich Sie nicht wegen Rufmord verklage, weil sie eine ganze Kleinstadt gegen mich aufgewiegelt haben.«

»Aiden!« Marcs Stimme klang warnend.

Ich ballte meine Fäuste. Das durfte doch nicht wahr sein.

»Sie haben mir vorhin offensichtlich nicht richtig zugehört. Ich habe die Stadt nicht gegen Sie aufgewiegelt, lediglich Unterschriften gesammelt, die meinen Teeladen unterstützen. Wenn Sie das gleich persönlich nehmen, ist das Ihr Problem«, fuhr ich ihn an.

Er machte eine abwertende Handbewegung. »Verschwinden Sie jetzt und verschwenden Sie nicht länger meine Zeit.«

»Aiden!«, sagte Marc scharf, dann sah er mich verzweifelt an. »Wir suchen dir eine …«

Nur mit Mühe rang ich die aufsteigenden Tränen in mir nieder. Die Blöße konnte ich mir jetzt nicht geben. Nicht, wenn mich beide ernst nehmen sollten.

»Ich kann auf gar keinen Fall umziehen«, unterbrach ich Marc und hoffte, dass meine Stimme halbwegs selbstbewusst klang.

»Und warum können Sie das nicht?«, fragte Mr McKenzie mittlerweile genervt.

»Weil …«

Ich brach ab. Suchte nach Worten und fand keine. Ich dachte an das Versprechen, was ich gegeben hatte und an all das Gute, das mir die Feen hatten zukommen lassen. Ich würde sie und ihre Welt nicht verraten. Nie!

»Kommen Sie mir bloß nicht mit den Spukgeschichten«, sagte Mr McKenzie spottend, während seine kalten Augen mich regelrecht durchbohrten. »Wenn Sie sagen, dass Sie es in den verbleibenden zwei Wochen nicht schaffen werden, dann meinetwegen, hängen wir noch

einen Monat ran. Aber spätestens zum 31.01. hätte ich gern die Schlüssel.«

Wie konnte er nur Marcs Freund sein? War Marc auch so, wenn es um sein Business ging? Doch ich verstand in dem Moment so vieles nicht. Nur, dass ich nicht den Sieg davontragen würde. Erhaben reckte ich mein Kinn etwas höher.

»Ich verzichte. Ein Monat hilft mir nicht weiter. Sie können sich am 31.12. um 9 Uhr die Schlüssel abholen. Seien Sie pünktlich! Ich habe an dem Tag noch einen weiten Weg vor mir!«

Natürlich würde es mir weiterhelfen, die Frist noch einen Monat zu verlängern, doch ich war in dem Moment zu stolz, dieses Angebot, was wie eine jämmerliche Gnadenfrist erschien, anzunehmen. Ohne ein weiteres Wort zu verlieren, wirbelte ich herum und verließ Marcs Büro, ohne ihn noch eines Blickes zu würdigen. Das konnte ich nicht. Denn mein Herz zersprang in unzählige Splitter. Ihm gehörte die Firma, die mir den Mietvertrag gekündigt hatte. Er hatte mich hintergangen. Wie hatte ich nur so dumm sein können? Warum hatte ich nicht früher nachgefragt, wie seine Firma hieß?

Ich eilte an der Assistentin vorbei zum Ausgang.

»Caylin, warte!«, vernahm ich Marc hinter mir.

Doch ich hatte ihm nichts mehr zu sagen. Als ich die Glastür, die zu den Aufzügen führte, erreicht hatte, umfasste eine große Hand die meine.

»Bitte, warte. Cay, es tut …«

»Du verstehst sicherlich, dass ich nicht zum Lunch bleiben kann. Leb wohl, Marc.«

Ich entzog ihm meine Hand und eilte durch die Tür. Der Aufzug öffnete sich in dem Moment und ein anderer Mann in einem Mantel steuerte Marc an.

»Cay!«

Ich sprang noch in den Lift, bevor sich die Türen schlossen.

KAPITEL 27

MARC

Die Türen schlossen sich viel zu schnell, sodass ich ihn nicht mehr aufhalten konnte. Ich ballte meine Fäuste und schlug einmal gegen das kalte Metall, was mich zu verspotten schien. Es war die schlimmste Katastrophe, die hätte geschehen können. Meine Firma hatte der Frau, in die ich mich verliebt hatte, ihren Laden, der ihr alles bedeutete, gekündigt.

»War das nicht die süße Kleine, die neulich auf deinem Schoß saß?«

Richtig! Die war es gewesen und würde vermutlich nie wieder auf meinem Schoß sitzen, wenn ich das nicht wieder gerade gebogen bekam. Jeremy war aus dem Fahrstuhl getreten.

»Yep. Was machst du hier, Jer? Hast du heute nichts zu tun?«

Ich drehte mich zu ihm um und er sah mich besorgt an.

»Sie sah nicht sehr glücklich aus. Genauso wenig wie du. Kriselt es schon im Paradies?«

Ich ballte meine Fäuste. »Wenn du nicht sofort die Klappe hältst …«

Er hob beschwichtigend die Hände. »Hey, ich habe nichts angestellt.«

»Kannst du den Aufzug für mich rufen? Ich muss ihr hinterher«, rief ich, während ich zurück in mein Büro eilte, um den Mantel und das Handy zu holen.

»Marc? Ist alles in Ordnung?«, fragte mich Aiden.

»Wir reden später.«

Als ich bei den Aufzügen ankam, deutete Jeremy auf das Treppenhaus.

»Du solltest die Treppe nehmen. Geht schneller. Der Lift scheint gerade nicht in die Zehn kommen zu wollen.«

Ich sprintete die Treppen hinunter und stürzte unten durch die Drehtür des Gebäudes. Menschen kamen mir entgegen und Autos fuhren hupend an mir vorbei. Doch von Caylin war weit und breit nichts zu sehen. Welches Auto fuhr sie? Ich hatte sie nie mit einem gesehen. Vermutlich gar keins. Weil sie alles zu Fuß erledigte.

Ich eilte zur U-Bahn. Doch auf dem Gleis fand ich sie ebenfalls nicht. Ich wartete auf die nächste Bahn, die mich nach Kings Cross brachte. Es war der nächste Bahnhof für Fernverkehrszüge. Dort angekommen herrschte reges Treiben, sodass ich nicht sehr schnell durchkam. Ich drängelte mich zum Info-Schalter durch.

»Wann geht der nächste Zug in Richtung Cornwall mit Halt in Chichester?«

Die Dame tippte etwas ein. »Wenn Sie sich beeilen, dann jetzt. Auf Gleis drei.«

Ich rannte los, rempelte mehrere Leute an, was mir alles egal war. Mit zwei Stufen auf einmal sprang ich die Treppen hinauf zum Gleis. Oben angekommen sah ich nur noch die Rücklichter des gerade abgefahrenen Zuges, in dem Caylin vermutlich saß. Der Bahnsteig war verlassen, nur einige Tauben stiegen hektisch flatternd auf. Der Fahrtwind des Zuges riss ein loses Zeitungsblatt mit sich, das raschelnd durch die Luft flog. Vom vielen Rennen war mir heiß geworden, sodass ich meinen Mantel öffnete und den Schal lockerte. Ich sah dem Zug nach, bis er verschwand. Danach brach die Einsamkeit über mich herein.

Auf dem Weg zurück ins Büro probierte ich es mehrmals auf Caylins Handy. Doch sie hob nicht ab. Ich schickte ihr eine Textnachricht, dass es mir leid tat und ich gern mit ihr reden wollte. Doch eine Reaktion blieb aus. Hilflosigkeit machte sich in mir breit. Was sollte ich tun? Zu ihr nach Chichester fahren? Allerdings erwartete ich die Rückmeldung von Mr Singh, die für den Fortbestand von *South Realty Inc* wichtig war. Sollte ich noch einmal mit Aiden reden? Es war doch irrsinnig, zwei Kanzleien zu haben.

Mel fing mich, als ich durch die Glastür kam, als Erstes ab.

»Marc? Habe ich etwas falsch gemacht?«, fragte sie mich direkt.

Sie hatte sich offensichtlich Gedanken gemacht, denn sie wirkte betroffen.

»Nein, hast du nicht. Es war mein Fehler. Ich habe gedacht, es sei das Geschäft nebenan, was die Kündigung erhalten hat.«

Ich hätte mich gar nicht erst in Caylin verlieben dürfen. Doch sie hatte mich verzaubert, seit ich das erste Mal ihren Laden betreten hatte, um für Grams ein Geschenk zu besorgen. Da hätte ich es schon wissen können. Doch ich hatte mich mit all dem Verwaltungskram nicht belasten wollen, schließlich hatte ich eine eigene Firma, die kurz vor dem Aus stand.

Ich ging in mein Büro. Von Jeremy war keine Spur mehr zu sehen, während Aiden telefonierte. Ich hing meinen Mantel an den Haken und goss mir einen doppelten Whiskey ein.

»Nein, natürlich werde ich das nicht. Sie müssen sich keine Sorgen um Ihr Stadtbild machen«, vernahm ich Aiden genervt am Telefon, der sich immer noch in meinem Büro befand.

Ich ließ mich auf einen Sessel sinken, stützte meinen Kopf auf den Ellbogen und ließ meinen Kopf vom Geruch des Whiskeys benebeln.

»Sie sollten nicht so voreingenommen sein, Mr Wilson, und gleich gar nicht wollen sie mich zu Ihrem Feind haben. Denken Sie daran, wem die größten Ländereien in Ihrem County gehören. Ich habe nichts getan, was gesetzwidrig ist. Meine Pläne habe ich Ihnen erläutert, obgleich ich Ihnen keinerlei Rechenschaft schuldig bin. Es ist meine Immobilie. Miss O'Neil wird sicherlich andere Räumlichkeiten finden.«

Als Cays Name fiel, blickte ich zu Aiden auf, der am Fenster stand. Er drehte sich um und rollte die Augen.

»Alles klar. Bis dann, Mr Wilson. Und schöne Feiertage.«

Er legte auf und warf sein Handy auf die Couch.

»Ich brauch auch einen«, sagte er knapp. »Das war der Bürgermeister von Chichester, der genauestens Bescheid wissen wollte, was ich vorhabe. Als ob es ihn etwas angehen würde. Muss ich mich jetzt auch noch rechtfertigen, dass ich meine Immobilie selbst nutzen möchte?«

Er trat zur Bar und ich vernahm hinter mir das Klirren von zwei Eiswürfeln und das Plätschern des Whiskeys.

»Dass sie deshalb aber auch so einen Wirbel in der Kleinstadt veranstaltet hat«, schimpfte Aiden.

Ein Knurren entwich mir. »Sie versucht ihren Laden zu retten.«

Aiden schlug mit der Hand auf die Bar. »Verdammt nochmal, Marc. Ich habe nichts gegen ihren Teeladen. Sie muss einfach nur umziehen. Das kann doch wohl nicht so schwer sein. Ihren Tee kann sie weiterhin in der Stadt verkaufen.«

Ich seufzte. »Und wenn du Sheryls Reisebüro in die zweite Etage steckst und du nur eine Kanzlei in London hast? Du willst doch gar nicht nach Chichester und tust es nur Sheryl zuliebe.«

Aidens Blick sagte alles. »Sheryl und ich werden heiraten. Glaubst du, ich habe dauerhaft Lust, eine Fernbeziehung zu führen oder alle paar Tage zu pendeln?«

»*Chester Hall* hat ein wunderschönes Arbeitszimmer«, bohrte ich weiter. »Wenn Sheryl in ihrem

Reisebüro steckt, kannst du in aller Ruhe auch von dort arbeiten.«

Aiden stöhnte auf. »Aber ich habe keine Präsenz in der Stadt. Obendrein möchte ich wenigstens zwei Leute anstellen. Wo sollen die bitte schön arbeiten? Im Salon? Nein, eine Kanzlei zu haben, ist etwas anderes als ein privates Arbeitszimmer.«

»Brauchst du die Präsenz in der Stadt? Du bist Wirtschaftsanwalt. Deine Kunden sind hier in London oder eben in den Großstädten Europas. Und deine Angestellten könnten sich in der Kanzlei in London ausbreiten.«

»Wie das Telefonat eben mit Mr Wilson zeigt, ist eine Stadtpräsenz wichtig, Marc, wenn man mitreden möchte. Und das will ich. Und wer sagt, dass ich dauerhaft im wirtschaftlichen Sektor bleibe? Eine Kanzlei lässt sich leicht fachlich erweitern.«

Das war tatsächlich ein Argument.

Aiden holte tief Luft und fuhr dann fort: »Ich bin ein Teamplayer. Und gerade, wenn es am Anfang nur eine kleine Kanzlei sein würde, möchte ich meine Mitarbeiter um mich haben und nicht drei Stunden entfernt wissen. Das schafft keine Mitarbeiterbindung.«

Vermutlich nicht und mir lagen selbst Melissas Vorwürfe in den Ohren, als ich die letzten Wochen nicht vor Ort war. Es schafft Unzufriedenheit und Misstrauen zwischen den Angestellten. Aiden ließ sich auf die Couch mir gegenüber sinken.

»Ich kann verstehen, warum du dich für sie einsetzt. Jeremy hat mir gesagt, wer sie für dich ist«, sagte er und sah mich vorsichtig an. »Es tut mir leid. Jetzt hast du endlich mal ein Mädchen und dann ist es ausgerechnet auch noch sie.«

Ich nickte nur. Das tat es mir auch. Und ich hatte keine Ahnung, wie ich die Wogen bei Caylin wieder glätten konnte.

»Hast du sie noch erwischt? Konntet ihr reden?«

Ich schüttelte den Kopf und versuchte gedanklich noch einen anderen Weg.

»Was ist, wenn du mit deiner Kanzlei in eine andere Gewerbeeinheit ziehst?«, versuchte ich es noch einmal.

»Caylin hat alles für sich passend umgebaut. Wenn sie die zweite Etage auch noch umbaut, hätte sie sogar Platz für einen Tea Room oder eine Art Café. Ehrlich gesagt wüsste ich spontan gar nicht, wie ich die Räumlichkeiten umgestalten würde, damit sie entweder für dich oder für Sheryl geeignet wären.«

»Dann schalten wir eben einen Architekten ein«, war alles, was Aiden sagte. »Ich habe keine Lust, nach etwas anderem zu suchen, Marc. Der Umzug fordert mich genug heraus.«

Stille legte sich zwischen uns. Nur die Eiswürfel klirrten im Whiskeyglas.

»Wird es zwischen uns stehen?«, fragte Aiden nach einer Weile.

Ich verzog das Gesicht. »Nein, Aiden. Es wird unsere Freundschaft nicht belasten.«

Ich konnte ihm wirklich keinen Vorwurf machen. Es war mein Fehler gewesen, dass ich mir den Mietvertrag nicht angesehen hatte. Auch Ajit hatte mir angeboten, die Rückweisung von Caylins Widerspruch zuzusenden. Und wie dieser Vorfall bewies, so war Immobilien-

verwaltung einfach nicht mein Ding. Ich war gut im Kaufen und Verkaufen, im Projektentwürfe erstellen. Aber zwischen Mieter und Vermieter zu vermitteln, war nicht meine Berufung.

»Wenn ich nur allein zurückziehen würde, könnte sie bleiben. Aber Sheryl …«

»Ich weiß, mein Freund. Ich kann euch verstehen. Ich weiß nur nicht, ob ich meine Beziehung noch retten kann.«

»Sie ist süß und wirkt auf ihre Art völlig unschuldig. Der Inbegriff einer britischen Schönheit. Ich kann meinen Vater verstehen, der ihr bei einer Tasse Tee vermutlich nichts abschlagen konnte. Und ich kann verstehen, warum du dich in sie verliebt hast.«

Aidens Einschätzung überraschte mich, schließlich war Sheryl die typische amerikanische Frau. Aber ja, seine Beschreibung passte auf Caylin. Süß mit ihren Stricksachen, etwas schüchtern, und doch wusste sie sehr genau, was sie wollte.

Ich brauchte eine Lösung für ihren Teeladen, denn ich wollte nicht schuld daran sein, dass ihr Lebenstraum zerplatzte wie eine Seifenblase. Und zwar schnell. Umgehend schnappte ich mir Aidens Tablet, das auf dem Tisch lag und tippte darauf herum. Keine drei Minuten später fand ich eine Gewerbefläche in Richtung Chichester Cross mit erschwinglichem Preis und hellen Räumen. Ich war mir sicher, dass sie etwas daraus machen könnte.

KAPITEL 28

GAYLIN

Nach dem Gespräch, das sich als absolutes Desaster entpuppt hatte, brauchte ich etwas, um zu mir zu kommen. Zitternd irrte ich ziellos durch London. Irgendwann stand ich in einem Park und setzte mich auf eine Bank. Starrte nur vor mir hin und wischte mit meinen Schuhen auf dem matschigen Kiesboden des Parkweges.

Es war das zweite Mal in meinem Leben, dass ich mich schrecklich verraten und hintergangen fühlte. Damals von Brad. Und jetzt von Marc.

Warum nur verliebte ich mich in die falschen Kerle? Mein Herz fühlte sich zersplittert an und tat entsetzlich weh. Genauso wie der Traum meines Teeladens in unzählige Scherben zersprungen war. Alles, was ich mir in den letzten vier Jahren aufgebaut hatte, wurde mit einem dämlichen Schreiben zerstört.

Und dann noch Marc … Ich verstand es nicht. Seit Jahren hatte ich endlich wieder gewagt, mich in jemanden zu verlieben und dann das … Tiefer hatte ich nicht fallen können.

Mein Leben war mal wieder in einer Sackgasse gelandet und ich würde mich irgendwie neu erfinden müssen. Gerade jetzt, wo ich es genossen hatte. Die Bewohner von Chichester ihre Vorbehalte gegenüber dem vermeintlichen Geisterhaus in der Innenstadt abgebaut hatten und gern zu mir kamen, anstatt wie zu Beginn einen weiten Bogen zu gehen und sich jeden Tag hinter vorgehaltener Hand die Spukgeschichten erzählten.

Doch am meistens wurmte es mich, dass ich mir abermals eingestehen musste, versagt zu haben. Ein weiteres Mal. Damals mit Brad hatte ich mir die Schuld gegeben, die Liebe meines Lebens verloren zu haben. Ich vernahm immer noch Mums Worte im Ohr, die mir Vorwürfe machte, ich hätte Brad zu wenig Aufmerksamkeit geschenkt. Dass er mich betrogen hatte, schien völlig nebensächlich zu sein. Jeder in meinem Heimatdorf hatte mir das Gefühl gegeben, ich hätte Brad zum Fremdgehen getrieben. Aus welchen beschissenen Gründen auch immer.

Genauso nagten nun die Selbstvorwürfe an mir. Warum hatte ich nicht tiefer nachgebohrt, als Marc mir erzählte, er wohne in dem Haus seines Freundes? Warum hatte ich ihn nicht gefragt, wie *sein* Aiden mit Nachnamen hieß? Oder kombiniert, dass *seine* Mel Melissa Turner war, mit der ich telefoniert hatte. Meine Gutgläubigkeit war mir abermals auf die Füße gefallen. Sie hatte mich glauben lassen, was ich nicht sehen wollte. Damals hatte es mich *nur* meine Beziehung gekostet. Meine Gutgläubigkeit Marc gegenüber hatte meinen Lebenstraum zerstört. Ich fühlte mich so dumm und gleichzeitig erfasste mich eine Hoffnungslosigkeit wie nie zuvor.

Und jetzt? Jetzt rollte ein weiteres unangenehmes Ereignis auf mich zu. Ich würde meine Eltern um Asyl bitten, da ich auf die Schnelle nicht wusste, wo ich mit meinem ganzen Mobiliar aus dem Teegeschäft hin sollte. In meiner kleinen Wohnung konnte ich es unmöglich unterstellen. Obendrein wollte ich nicht in Chichester bleiben, wo mich alles an Marc und den Teeladen erinnerte. Während ich dieses Asyl bei meinen Eltern absaß, konnte ich bei stundenlangen Spaziergängen durch die wunderschöne Landschaft Schottlands darüber nachdenken, was ich als nächstes in meinem Leben machen würde.

Eine Schaffarm übernehmen flüsterte eine leise Stimme in mir, die mir ein Schnauben entlockte.

Irgendwo einen neuen Teeladen gründen. Startkapital hätte ich genug. Nur dann würde ich Tee ohne Feenmagie verkaufen und an den Gedanken musste ich mich erst einmal gewöhnen. Denn innerlich gehörte mittlerweile beides für mich zusammen. Obendrein wusste ich nicht, wohin ich wollte. Ich fühlte mich so orientierungslos.

Die feuchte Kälte des trüben Dezemberwetters kroch an meinem Körper empor. Ich zog meine gelben Stulpen an den Beinen etwas höher. Mit zitternden Händen tastete ich nach meinem Handy in der Tasche. Ich hatte drei verpasste Anrufe von Marc auf dem Display und eine Textnachricht. Es war bereits zwölf. Mein Zug zurück fuhr erst um vier. Vielleicht gab es noch einen davor. Den sollte ich dann nehmen. Schließlich hatte ich einen Umzug zu planen. Obendrein übernahm Jane heute den Laden ganz allein. Für den Adventsverkauf hatten wir eine Kasse des Vertrauens aufgestellt, während sie im Laden die Kunden bediente.

Langsam erhob ich mich und wählte mit tauben Fingern zuerst Simons Nummer, um ihn auf den Stand der Dinge zu bringen.

»Was hast du jetzt vor?«, fragte Simon.

»Ich werde zurückkommen. Nach Hause. Vorerst.«

Die Worte klangen seltsam fremd in meinem Mund. Denn Chichester war mein Zuhause. Nicht Durness in Schottland.

»Wissen das deine Eltern schon?«

»Nein, ich ruf sie gleich an.«

»In Ordnung. Ich freue mich, Cay. Das weißt du.«

»Ja, danke.«

»Wenn du willst, trommle ich ein paar Leute zusammen und komme mit Dads altem Transporter am 29.12., um dich zu holen.«

Tränen, die ich die ganze Zeit unterdrückt hatte, stiegen mir nun in die Augen. Es klang so endgültig. Obendrein verstärkte es das Gefühl, auf ganzer Ebene versagt zu haben. Nicht nur mein Geschäft, sondern auch mein emotionales Leben war in tausend Scherben zersprungen.

»Danke, Simon. Das wäre klasse«, schluchzte ich, denn sein Angebot und seine Hilfe bewegten mich sehr.

»Hey, Kopf hoch. Wir waren früher eine so coole Truppe, Cay. Es gibt Schlimmeres, als hier oben zu wohnen. Und Fiona wird sich freuen.«

»Ich weiß«, schniefte ich.

»Ich hör mich mal um, ob jemand eine Ladenfläche frei hat.«

»Danke, Simon. Für alles. Es bedeutet mir sehr viel.«

Brads Bruder war immer wie ein großer Bruder für mich gewesen. Und es fühlte sich gut an, dass sich zwischen uns nichts geändert hatte, obgleich Brad so einen Mist gebaut hatte.

Wir legten auf und ich lief hinunter zur nächsten U-Bahn. Auf dem Netzplan fand ich schnell heraus, wo ich mich befand. Ich stieg in die nächste U-Bahn und fuhr nach Kings Cross. Dort angekommen, checkte ich meine nächsten Fahroptionen ab. Mit einer Tasse heißer Schokolade, die meine steifgefrorenen Finger wieder auftauen ließ, und einem Bagel lief ich schließlich zum Bahnsteig. Der Zug fuhr erst in einer halben Stunde. Als ich mich auf die Bank am Gleis setzte, wählte ich die Nummer meiner Eltern. Besser ich brachte den unangenehmen Anruf endlich hinter mich.

KAPITEL 29

CAYLIN

Eine halbe Stunde vor Ladenschluss trat ich am selben Tag durch die Hintertür. Jane hatte gerade alle Hände voll zu tun, sodass ich ihr half. Bei all dem versuchte ich, die Gedanken beiseitezuschieben, dass ich das hier bald nicht mehr haben würde.

»Hey, wie war es?«, fragte sie neugierig, als die Kunden den Laden verlassen hatten.

Niedergeschlagen schüttelte ich den Kopf. Das kleine Glöckchen über der Tür klingelte und Elenor trat ein.

»Es hat nicht geklappt?«, fragten Jane und Elenor zeitgleich.

»Mr Wilson wollte heute noch mit Mr McKenzie telefonieren«, sagte Elenor.

»Hast du denn mit ihm persönlich gesprochen?«, fragte Jane.

Ich nickte und erzählte die Kurzfassung von dem Gespräch. Auch dass Marc sein Freund war und die Briefe von seiner Immobilienfirma kamen.

»Das ist aber auch verflixt«, stieß Elenor aus und schlug die Faust in ihre Hand. »Hat er dir denn nicht erzählt, was er arbeitet?«

»Doch, schon. Aber er sagte, dass er Immobilienhändler sei und kein Immobilienverwalter.«

Jane ließ sich auf den Stuhl hinter der Kasse nieder.

Elenor hingegen machte eine vage Handbewegung. »Ich mochte ihn, Caylin.«

Ja, ich auch.

»Ich ruf jetzt noch einmal bei Mrs Wilson an«, sagte Elenor und zückte ihr Handy.

Das Telefonat verlief kurz. Mehr als nur ein Aha oder ein Hmm gab Elenor nicht von sich. Als sie auflegte, machte sie ein betretenes Gesicht.

»Mr Wilson hat mit ihm telefoniert. Doch kann auch der Bürgermeister nichts tun, wenn Mr McKenzie das Gebäude selbst nutzen möchte. Und die Ideen, die er für die Räumlichkeiten hat, stehen nicht im Widerspruch zu dem Stadtbild.«

»Was hat er denn vor?«, fragte Jane.

»Er ist Anwalt. Sicherlich will er eine Kanzlei eröffnen.«

»Kann er das nicht über dir?«, fragte Jane weiter. »Wie groß muss so eine Kanzlei denn sein?«

»Wann hat Mr Wilson denn mit ihm telefoniert?«, fragte ich und zog mein Handy hervor.

Ich hatte abermals verpasste Anrufe von Marc. Ob sich noch einmal etwas geändert hatte? Ich wagte es

kaum zu hoffen und verbot mir in diese Richtung zu denken.

»Gegen Mittag.« Elenor kam auf mich zu und strich mir über die Oberarme. »Ach, Kindchen. Dann müssen wir dir eben neue Räume suchen. Ein paar Häuser weiter steht noch was leer. Das war mal ein Café, was sich nicht gehalten hat.«

Ich schüttelte den Kopf. »Ich habe den Umzug nach Schottland schon organisiert.«

»Nach Schottland?«, fragten Elenor und Jane gleichzeitig.

»Ich kann nicht bleiben.«

»Aber wieso nicht?« Jane sah mich erschüttert an.

»Es … ich …« Ich holte tief Luft. »Ich habe mich einfach an diese Fläche gewöhnt. Und noch einmal ein paar Häuser weiter neu anzufangen, wäre nicht dasselbe. Nicht für mich. Also breche ich ganz ab. Ich gehe zurück. Nach Hause. Meine Eltern brauchen mich auch. Auf der Schaffarm, bevor sie die ganz verkaufen müssen.«

Ein unangenehmes Schweigen machte sich zwischen uns breit. Ich zupfte an meinem Pulli einen Fussel ab. Jane stand auf und umarmte mich.

»Du wirst mir fehlen, Cay.«

Ich nickte und spürte abermals, wie die Tränen in meinen Augen brannten. Als Elenor mich umarmte, rollten sie ungehemmt über mein Gesicht.

»Ihr werdet mir auch fehlen.«

Mit einer fertigen Tiefkühlpizza saß ich eine Stunde später auf der Couch und fühlte mich einsam. Ich hatte eine Liste angelegt mit den Dingen, die ich unbedingt

noch zu erledigen hatte. Wie Gewerbeabmeldung. Kontoschließung. Ich musste den Mietvertrag für die Wohnung kündigen. Auf einer zweiten Liste befanden sich die Prozente für den Ausverkauf im Laden. All die vielen To-Do's lenkten mich von meinem emotionalen Scherbenhaufen ab, worüber ich dankbar war.

Als mein Handy aufleuchtete, ging ich ran, ohne auf das Display zu schauen, da ich noch die letzten Bemerkungen zu Ende schreiben wollte.

»Caylin?«

Marcs Stimme ließ mich erstarren. Er hörte sich überrascht an, dass ich abgehoben hatte. Ehrlich gesagt, war ich das auch. Verdammt, dass nächste Mal musste ich genauer hinschauen.

»Bitte ruf mich nicht mehr an, Marc«, sagte ich leise und hoffte, dass meine Stimme nicht zitterte, denn innerlich war ich zu aufgewühlt.

»Erst möchte ich reden.«

»Es gibt nichts zu bereden.«

Ich hörte ihn in den Hörer schnauben. »Caylin.«

»Wie konntest du mir das nur antun?«, platzte es umgehend aus mir heraus.

»Als ob ich das gewollt hätte. Ich liebe deinen Laden. Ich war die ganze Zeit davon ausgegangen, dass Ina diejenige wäre, die raus muss.«

»Hast du nicht auf die Adresse geschaut?«

Er seufzte. »Ich habe leider alles an meine Assistenz delegiert, ohne dass ich mich eingehender damit beschäftigt habe.«

Leider? Bereute er es, dass wir uns kennengelernt und diese schönen Wochen miteinander verbracht hatten?

»Ich war zu sehr mit der Organisation von Aidens Umzug beschäftigt. Obendrein hatte ich mit der Ausschreibung zu tun. Ich weiß, das ist keine Entschuldigung. Aber vielleicht eine Erklärung.« Er klang verzweifelt. »Ich habe dich nicht bewusst getäuscht.«

Das traute ich ihm auch nicht zu. Dafür hatte sich das zwischen uns viel zu echt und richtig angefühlt. Aber es änderte nichts am Endergebnis.

»Es ist egal«, sagte ich leise.

Denn es war wirklich egal, dass er von Inas Laden ausgegangen war. Die Kündigung des Vertrages wäre so oder so gekommen.

»Das ist es nicht«, widersprach er umgehend.

»Wenn du dich nicht in dem Geschäft geirrt hättest, hättest du meinen Mietvertrag dennoch nicht verlängert, richtig?«

Er schwieg und das allein war Antwort genug. Der einzige Unterschied war nur, dass er sich nicht die Mühe gemacht hätte, mich kennenzulernen und somit wären wir uns in den letzten Wochen niemals so nah gekommen. Dann hätte ich mich jetzt *nur* mit dem Umzug auseinandersetzen müssen und nicht noch mit all dem Herzschmerz.

»Leb wohl, Marc.«

»Leg nicht auf! Bitte!«, schrie er panisch in das Handy.

Ich schloss kurz die Augen und spürte, wie Tränen in mir aufstiegen. Zu viele hatte ich heute schon vergossen.

Mein Kopf fühlte sich so unsagbar schwer an, sodass ich ihn auf meiner Hand abstützte.

»Ich habe ein wenig recherchiert. Es gibt eine leere Ladenfläche gegenüber von der Eisbahn …«

»… in die ich nicht einziehen werde.«

»Warum nicht?«

Ich schwieg.

»Caylin, es ist nicht unüblich, dass etablierte Geschäfte sich räumlich verändern oder auch mal umziehen müssen. Das wird deine Kunden nicht davon abhalten, zu dir zu kommen.«

»Ich werde nach Schottland zurückgehen. Meine Eltern brauchen mich auf der Schaffarm.«

»Wow. Und das hast du wann entschieden? Heute Nachmittag? Einfach so? Wo du nicht einmal Weihnachten mit ihnen verbringen möchtest?« Zynismus gepaart mit einem scharfen Tonfall schlugen mir entgegen.

Ich schluckte und wischte mit der Hand die Tränen aus dem Gesicht. Eine Antwort konnte ich ihm in dem Moment nicht geben. Zu sehr war ich mit dem unterdrückten Schluchzer beschäftigt.

»Okay. Ich höre zu. Erklär es mir«, sagte er.

»Ich kann nicht«, schluchzte ich nun doch. »Leb wohl, Marc. Das mit uns geht nicht.«

Und das mit der Ladenfläche in dem alten Café ebenfalls nicht. Ich legte auf, woraufhin es umgehend erneut klingelte. Natürlich gab er sich damit nicht zufrieden. Doch ich konnte ihm nicht mehr erzählen. Also schaltete ich mein Handy gänzlich aus und schmiss es in die Couchkissen auf den angefangenen Schal, den ich Marc zu Weihnachten schenken wollte. Ich umklammerte

diesen und kippte zur Seite. Obgleich er nicht nach Marc riechen konnte, umhüllte mich sein Geruch nach Zypressenholz mit einer blumigen Note, den ich so sehr mochte. Weinend wartete ich darauf, dass der Schmerz verebbte, doch er tat es nicht.

Die nächsten Tage gingen leblos und taub an mir vorüber. Ich klebte ein großes Schild mit der Aufschrift *Ausverkauf* in die Ladentür. Mir blieben noch eineinhalb Wochen bis zum 24. Danach musste ich packen. Auf Geschirr und Stövchen gab ich 50 Prozent. Auf Geschenksets und Kandiszucker 25 und auf Teetüten 10 Prozent. Selbst wenn ich in Schottland irgendwo neu anfangen würde, konnte ich unmöglich alles mitnehmen.

Mit Tom fuhr ich zum nächsten Baumarkt, damit ich Umzugskartons besorgen konnte. Jeder fand es schade, dass ich nicht blieb. Ich versuchte es so gut es ging zu erklären. Auch wenn ich den wahren Grund nicht anführen konnte. Immerhin hatte ich ein Versprechen gegeben und unter keinen Umständen würde ich mir den Zorn der Feenwelt zuziehen, weil ich es brach.

Von Marc erhielt ich keine Anrufe mehr. Auch keine Nachrichten. Obgleich ich erleichtert sein sollte, zerriss es dennoch mein Herz.

KAPITEL 30

MARC

Sie hob nicht mehr ab. Aber ihre Worte hallten noch lange in mir nach. *Das mit uns geht nicht.* Ohne es wirklich zu versuchen, hatte sie entschieden. Einfach so. Zurückzugehen nach Schottland auf die Schaffarm ihrer Eltern. Hatte sie die jemals erwähnt?

Ohne uns eine Chance zu geben. Sie gab sich nicht einmal Mühe, neue Räumlichkeiten zu finden und hatte es überhaupt nicht in Betracht gezogen. Stattdessen lief sie einfach weg. Und es fühlte sich so an, als ob sie vor mir davonlief.

Wieso?

Ja, ich hatte einen Fehler begangen. Aber doch nicht wissentlich. Und doch war ich im Nachgang froh, ihn begangen zu haben. Die letzten zwei Wochen mit Caylin waren die schönsten seit dem verdammten Unfall. Nie wieder hatte ich mich neben einer Frau so frei gefühlt.

Caylin war die erste nach Susan gewesen, die mein Herz erreicht hatte. Und sie schmiss einfach alles hin?

Wegen irgendwelchen Schafen.

Machten die sie glücklich? Sie hatte doch immer nur über Tee geredet. Nie über Schafe. Ich versuchte, es auf die Reihe zu bekommen. Doch es gelang mir nicht.

Schock, Wut und Trauer zogen gleichzeitig durch meinen Körper. Fassungslos füllte ich mir, nachdem ich zwei Stunden im Park joggen war, ein Glas Whiskey ein. Doch der Schmerz in mir nahm nicht ab. *Das mit uns geht nicht.* Diese fünf Worte waren die Klinge eines Dolches, den sie mir ins Herz gerammt hatte. Mit jedem Atemzug spürte ich den Schmerz in mir.

Als es an der Tür klingelte, hatte ich bereits fünf Gläser getrunken. Aber leichter fühlte ich mich nicht.

»Grundgütiger, was ist mit dir?«, fragte Jeremy.

»Auch 'n Drink?«

»Nein, besser nicht. Dein Anblick reicht mir. Du hast offensichtlich für uns beide getrunken.«

»Dann trink ich das nächste Glas auf dich«, lallte ich.

Jeremy drückte mich auf die Couch, griff sich mein Glas und verschwand in der Küche. Als er es wieder vor mir abstellte, schwappte eine durchsichtige Flüssigkeit darin.

»Jer, ich trinke keinen Wodka.«

»Es ist Wasser, Marc. Und das solltest du trinken.«

Ich schüttelte mich. »Ich nehme lieber noch 'nen Whiskey.«

»Ich bestehe auf das Glas Wasser. Zwing mich nicht, es dir intravenös zu verpassen.« Seit wann war Jeremy so beharrlich?

»Du nervst.«

»Und du bist betrunken.«

Ich kippte das Glas Wasser in einem Zug herunter. »Zufrieden?«

»Fast. Hast du schon was gegessen?«

Ich zuckte mit den Schultern. »Hab ich vergessen. War joggen.«

Ich hatte keinen Hunger. Zu sehr lähmte mich der Schmerz.

»Das auch noch. Dann geht der Alkohol direkt ins Blut. Großartig gemacht.«

Jeremy zog sein Handy aus der Tasche und rief bei einem Lieferdienst an.

»Fettige, asiatische Nudeln. Wenn du die gegessen hast, bin ich zufrieden«, sagte er.

Er streckte seine Füße aus und legte sie auf meinem Couchtisch ab.

»Hast du sie erreicht?«

»Ich will nicht drüber reden«, brummte ich.

»Ich aber. Also?«

»Hab ich.«

»Und? Konntest du es ihr erklären?«

»Es war ihr egal.«

»Es war ihr egal?«, fragte Jeremy ungläubig.

»Sagte ich doch gerade«, schnaubte ich.

Warum wiederholte er die Worte, die ich eben gesagt hatte? Himmel, diese Unterhaltung stresste mich.

»Wie kann ihr deine Erklärung egal sein?«

Ich zuckte mit den Schultern. »Es ist vorbei, Jer.«

Er lachte laut auf. Viel zu laut für mein Dafürhalten. Und warum lachte er? So witzig fand ich es nicht.

»Marc, es hat noch nicht einmal richtig zwischen euch angefangen. Wie kann es da schon vorbei sein?«

»Sie geht nach Schottland. Dieser Whiskey kommt doch auch aus Schottland, oder?«

Jeremy setzte sich überrascht auf. »Nach Schottland? Was will sie denn dort? Ihren Tee selbst anbauen, oder was?«

»Ihre Familie lebt dort.«

»Hmm. Du fährst doch morgen zu ihr, oder nicht?«, bohrte Jeremy weiter.

»Nope.«

»Warum nicht?«

»Ich habe morgen eine Telefonkonferenz mit dem Investor«, gab ich genervt von mir.

»Dann eben danach. Oder am Mittwoch. Dann habt ihr beide einen Tag, darüber nachzudenken, ob ihr die Sache wirklich beenden wollt.«

Von mir aus wollte ich das nicht. Es klingelte erneut an der Tür. Die waren heute aber schnell. Jeremy sprang auf und nahm die asiatischen Nudeln in Empfang, die er kurz darauf vor mir abstellte. Der Geruch von gebratenem Sojaöl stieg mir in die Nase. Ja, ich hatte tatsächlich Hunger.

Mit den Stäbchen stopfte ich die Nudeln in mich rein und merkte, wie gut es tat, etwas zu essen. Mein Herz schmerzte dennoch.

»Ich werde nicht zu ihr fahren. Sie hat gesagt, es ist vorbei«, sagte ich mit vollgestopftem Mund.

»Marc, benimm dich nicht kindisch. Sie ist seit Susan die erste Frau, in die du dich verliebt hast. Natürlich fährst du zu ihr.«

»Und was soll das bringen? Sie geht.«

Ich dachte, ich hätte es ihm gerade erzählt. Doch irgendwie hatte ich den Faden des Gesprächs verloren, was ich wohl dem Whiskey zu verdanken hatte. Eine Hand auf meiner Schulter ließ mich aufschauen.

»Überleg es dir gut, ob du sie ziehen lässt. Du machst einen Fehler. Einen großen, mein Freund.«

KAPITEL 31

CAYLIN

Die letzten eineinhalb Wochen vergingen für mein Empfinden viel zu schnell, als dass ich mich von allen Dingen innerlich verabschieden konnte. Genau um zwei am Nachmittag des 24. trug ich ein letztes Mal mit Tränen in den Augen meine Teetafel vom Gehsteig in den Laden und drehte mit zitternden Händen das Schild in der Tür auf *Closed*. Ebenfalls ein letztes Mal. Niedergeschlagen ließ ich den Kopf gegen das Schild an der Tür sinken. Ich hatte es geliebt. Nicht nur das Schild. Alles in dem Laden. Der Schmerz in mir wollte nicht verebben, egal in welche Richtung ich meine Gedanken und Gefühle zu lenken versuchte.

Da ich draußen noch über den Adventsstand wischen würde, schloss ich nicht ab. Ich lief in die Küche, um einen Eimer mit Wasser zu holen. Jane war schon vor zwei Stunden gegangen, da sie heute Abend in Wales bei ihrer Familie sein wollte. Der Abschied von Jane fiel mir äußerst schwer. Ich hatte sie gern als Aushilfe im Laden gehabt und es hatte gutgetan, nicht immer allein das Geschäft zu schmeißen.

Als ich das Wasser abdrehte, hörte ich das kleine Glöckchen über der Ladentür klingeln, was ich ebenfalls vermissen würde. Ein Seufzen entwich mir. Wer bei allen Teeblättern konnte das Schild denn nicht lesen?

»Wir haben schon geschlossen«, rief ich nach vorn, schnappte mir den Lappen und verließ die Küche.

Als ich den Verkaufsraum betrat, stoppte ich abrupt, denn er war der letzte, den ich heute sehen wollte. Marc stand im Laden und betrachtete mit offenem Mund die halb leeren Regale. Seine Hände steckten in seinen Manteltaschen und sein langer Wollmantel war geöffnet. Der gold-grüne Schal lag nur dekorativ um seinen Hals. Ich hatte es nicht fertiggebracht, den anderen zu Ende zu stricken. Dennoch musste ich genau in dem Moment daran denken und meine Tränen unterdrücken.

Dunkle Ränder säumten Marcs Augen und seinen Bart trug er etwas länger. Offensichtlich hatte er wieder einmal nicht schlafen können, was mir leidtat. Sein Geruch von Zypressenholz mit einem dezenten blumigen Hauch überlagerte das intensive Aroma meines Teeladens und erinnerte mich sofort an die leidenschaftlichen Momente, die wir zusammen erlebt hatten. Innerlich schalt ich mich. Doch ich hatte in den letzten Tagen so viel Tränen vergossen, dass mein Körper sich nach ein wenig Zuneigung sehnte. *Aber nicht von ihm!*

»Hi«, sagte er vorsichtig.

»Hi.«

»Es sieht ziemlich leer aus.«

Ich nickte und spielte mit dem Eimer in meiner Hand, weil ich nicht wusste, was ich sonst tun oder sagen sollte. Marc kam zwei Schritte auf mich zu. Seine schwarzen Augen, in denen immer goldene Sterne geleuchtet hatten, versuchten mich zu lesen. Die Sterne fehlten heute, was ich bedauerte.

»Mir tut das alles sehr leid«, sagte er gequält und ich glaubte ihm.

Eine unangenehme Stille legte sich zwischen uns.

»Bist du dir wirklich sicher, dass du diesen Schritt gehen willst?«, fragte er.

Ich nickte und schüttelte gleichzeitig den Kopf.

»Ich weiß, du verstehst es nicht. Aber ja, es geht nicht anders. Diese Räumlichkeiten. Keine anderen in der Stadt.«

Damals, bevor ich meinen Tee mit Feenmagie versetzt hatte, hätte ich auch andere genommen. Aber nun ging es nicht mehr. Meine Kundschaft würde sofort merken, dass mein Tee nicht mehr mein Tee war. Deshalb konnte ich nur in einer anderen Stadt einen *normalen* Teeladen eröffnen. Und die Stadt, in der ich mich genauso wohlfühlen würde wie in Chichester, musste ich erst einmal finden.

Ein wehmütiges Lächeln legte sich auf seine Lippen. Er überbrückte die Distanz zwischen uns und trat ganz nah an mich heran, sodass ich unwillkürlich nach Luft schnappte. Warum nur musste er mir so nah kommen? Doch ich war unfähig, zurückzutreten. Denn sein Geruch umhüllte mich in Gänze und weckte die Sehnsucht in mir, mich ein weiteres Mal in seinen Küssen zu verlieren.

Marc griff nach dem Eimer in meiner Hand und stellte ihn in das Regal direkt neben uns. Dann hob er seine Hand und wickelte die rote Strähne, die mir im Gesicht hing, um seinen Finger.

»Erinnerst du dich an die störrische Haarsträhne?«, fragte er leise.

Verwirrt sah ich ihn an und wusste nicht so recht, auf was er hinaus wollte.

»Ich sagte damals, ich könne mir kein Urteil erlauben, ob sie wie du sei.«

Ich schluckte, denn ich erinnerte mich an die Situation. »Und jetzt kannst du es?«

Amüsiert zuckten seine Mundwinkel nach oben und ein Leuchten trat in seine dunklen Augen, als würden die goldenen Sterne noch einmal zurückkehren. »Ich denke schon. Deine Haarsträhne und du, ihr seid ein eingespieltes Team.«

»Da habe ich aber Glück gehabt.«

Er lachte leise auf, ließ meine Locke los und strich mir zärtlich unter mein Kinn, sodass ich es ihm automatisch entgegenstreckte. Ich sollte einen Schritt zurücktreten, doch meine Füße verweigerten immer noch meinen Befehl. Stattdessen starrte ich die ganze Zeit auf seine leicht geöffneten Lippen, die sich mir entgegen neigten. Mein Verstand arbeitete alarmiert auf Hochtouren, um etwas dagegen zu unternehmen, während mein zerbrochenes Herz sich genau danach sehnte.

Bevor er seine Lippen auf meine legen konnte, wisperte ich: »Was machst du hier, Marc?«

Augenblicklich hielt er inne, richtete sich wieder auf und das Leuchten der goldenen Sterne in seinen Augen

erlosch. Stattdessen zog wieder die Unsicherheit ein. Er nahm seine Hand herunter und mein Herz schimpfte innerlich über meinen Verstand, denn es hätte den Kuss gewollt.

Er führte ins Nichts.

Wie mein Herz es hasste, wenn mein Verstand recht hatte. Es war ohnehin schon schwer genug für mich, nicht den ganzen Tag mit Eiscreme heulend in meiner Couch zu versinken, sondern freundlich lächelnd im Laden zu stehen und Tee zu verkaufen.

»Es ist Weihnachten und du hast mir noch keine Antwort auf meine Frage gegeben.«

Erstaunt sah ich ihn an. Damit rechnete er noch? Wegen dieser Antwort war er extra hergekommen? Ich spürte, wie mir die Gesichtszüge entglitten.

»Zumindest hast du mir kein ausdrückliches *Nein* gegeben. Und somit habe ich immer noch vor, dich nach Icklesham zu entführen, um dich meiner Familie vorzustellen und mit dir Weihnachten zu verbringen.«

Er musste nicht mehr alle Teetassen im Schrank haben, oder? Unmöglich konnte er es ernst meinen. Aber er stand hier. Hier in meinem fast leeren Laden und fragte mich erneut, ohne auch nur einen Hauch von Ironie in der Stimme. Trotz all der Ereignisse der letzten Woche.

Mein Mund trocknete schlagartig aus und mein Herz begann im wilden Takt zu schlagen.

»Marc, das ist …«

»… verrückt. Ich weiß. Aber ich werde dich nicht kampflos aufgeben, Caylin. Ich habe mich in dich verliebt. Du gehst mir nicht mehr aus dem Kopf und

seitdem du letzte Woche aus meinem Leben gegangen bist, kann ich nicht mehr schlafen. Bitte feiere mit mir Weihnachten. Gib mir eine Chance, dir zu zeigen, was du mir bedeutest.«

Dicke, heiße Tränen rollten nun über meine Wange. So etwas hatte noch nie jemand zu mir gesagt. Doch bevor ich sie wegwischen konnte, lagen Marcs Lippen auf meiner Haut und küssten sie zärtlich weg.

»Ich muss packen«, flüsterte ich.

Doch Marc schüttelte den Kopf. »Es ist Weihnachten, Cay. Ich rede nochmal mit Aiden, dass du nicht sofort nach den Feiertagen raus musst.«

Das konnte ich nicht, aber das wusste Marc nicht. Simon würde mit dem Transporter am 29. vor der Tür stehen. Und ich musste noch zur Bank, mein Firmenkonto schließen. Doch all das sagte ich in dem Moment nicht.

»Es wird uns hinterher nur noch schwerer fallen, Abschied zu nehmen.« Tonlos traten die Worte über meine Lippen.

»Lass mich dir einen Grund geben zu bleiben. Denn einen Abschied, Cay, muss es nicht zwingend geben.«

Bewegt und aufgelöst sah ich ihn an, nur um mich einen Moment später in seine Arme zu werfen. Hemmungslos schluchzte ich auf. Ich wollte nicht gehen. Wollte ich wirklich nicht. Ich wollte Marc, denn auch ich hatte mich verliebt. Doch sah ich keinen anderen Weg. Ich konnte keinen Laden fünf Häuser weiter eröffnen, denn ich würde nicht denselben Tee verkaufen und die Leute würden es bemerken. Obendrein hätte ich keinen Raum mehr für meine Teezeremonien. Marc hielt mich. Hauchte Küsse auf meinen Scheitel.

Als meine Tränen versiegten, wisperte ich die in diesem Moment undenkbarsten Worte: »Ich habe kein Geschenk für deine Eltern.«

»Ist das ein *Ja*?«

Ich nickte an seiner Schulter, sagte aber: »Eine Ausrede für ein *Nein*.«

Er lachte leise auf. »Du brauchst kein Geschenk für meine Eltern, Cay. Und auch nicht für mich. Dass du mit mir Weihnachten feierst, ist Geschenk genug.«

»Ist es ihnen denn recht?«

Ich wusste nicht, wie Marc Weihnachten feierte. Ich wusste nur, dass meine Familie immer leicht grummelig war. Eigen und störrisch eben. Wie meine roten Locken.

Ein liebevolles Lächeln umspielte seine Lippen. »Darüber mach dir keine Gedanken.«

Ich schluckte und nickte. »Ich muss vorher noch einmal in meine Wohn…«

Marc umschloss mit beiden Händen mein Gesicht, nur um mich daraufhin leidenschaftlich zu küssen. Seine Zunge liebkoste meine und zeigte mir, wie sehr er sich freute. Meine Hände vergruben sich in das Revers seines Mantels. Das Packen konnte warten. Marc hatte recht. Meine Sorgen wären auch nach Weihnachten noch da.

KAPITEL 32

CAYLIN

Marc hielt seinen schwarzen Sportwagen direkt auf der Straße vor einem weihnachtlich geschmückten Landhaus im englischen Stil. Dunkle Hecken säumten das weite Grundstück und ein leuchtender Rentierschlitten befand sich auf dem Rasen neben der Eingangstür. In der Einfahrt standen bereits zwei weitere Autos. Nervös knetete ich meine Umhängetasche und wusste plötzlich nicht mehr, ob das hier wirklich richtig war. Marc stellte den Motor aus. Seine warme Hand schob sich über meine kalten Finger.

»Hey, sie sind ganz nett und werden dich mögen.«

Das war genau das Problem. Ich würde gehen und wenn ich jetzt auch noch seine sympathische Familie kennenlernen würde, fiel mir nicht nur der Abschied schwer, sondern ich machte mich im Nachgang auch nicht sehr beliebt. Ich schluckte und nickte nur.

»Das große, rote Auto gehört meiner Schwester und ihrer Familie«, sagte er kurz. »Das kleine, graue meiner Grams und Gramps.«

»Hier bist du also aufgewachsen. Mit Jeremy?« Meine Stimme klang seltsam belegt.

Marc nickte. »Seine Eltern wohnen um die Ecke, zwei Häuser weiter.«

Ich lachte leise auf. »Ist er auch hier?«

Meine Frage entlockte Marc ein leises Lachen. »Ja. Es ist das erste Mal, dass wir nicht zusammen an Weihnachten nach Hause gefahren sind.«

»Ich wollte eure Tradition nicht unterbrechen.«

»Oh, ich bitte doch darum. Er ist zwar mein bester Freund, doch ich bin mit ihm nicht verheiratet. Ein wenig Abwechslung darf es nach fünfzehn Jahren schon geben.«

»Wenn du meinst.«

Er nickte vielversprechend. »Bist du bereit?«

Nein!

»Ja.«

Wir stiegen zeitgleich aus dem Auto und liefen den mit dicken Feldsteinen gepflasterten Weg über den Rasen zur Tür, die von einer Lichterkette beleuchtet wurde.

»Muss ich etwas wissen?«, fragte ich nervös.

»Unser Abendessen findet hier bei meinen Eltern statt. Schlafen werden wir nachher bei Grams und Gramps. Seitdem meine Schwester geheiratet und Kinder hat, werde ich an Familienfeiertagen ausquartiert, da sie mein altes Zimmer brauchen.«

»Dann haben deine Eltern es schon umgeräumt?«, fragte ich und war ein wenig enttäuscht, denn Marcs altes Jugendzimmer hätte ich natürlich gern gesehen.

Er lachte, legte seinen Arm um meine Schultern und zog mich an sich, nur um mir einen Kuss auf die Schläfe zu hauchen.

»Du bist neugierig.«

»Selbstverständlich. Wärst du bestimmt auch, wenn es umgedreht wäre.«

»Zugegeben, ich bin neugierig. Dennoch möchte ich so schnell nicht in den Genuss kommen. Lieber behalte ich dich hier.«

Hitze stieg in mir auf, obgleich ein nasskalter Wind über das Land zog. Marc stieg die zwei Stufen hoch, klopfte an den metallenen Riegel und öffnete sie dann selbst. Er ließ mir den Vortritt. Als er die Tür hinter mir geschlossen hatte, half er mir aus meinem Wollmantel und hängte ihn an die Garderobe im schmalen Flur, von dem mehrere Türen abgingen. Aus dem hinteren Zimmer drang aufgeregtes Lachen zu uns.

Ein kleines Mädchen mit dunklen, langen Haaren in einem Prinzessinnenkleid aus Tüll kam aus dem Zimmer gelaufen.

»Onkel Marc!«, rief es und rannte direkt in seine Arme.

Er hob sie hoch und warf sie einmal in die Luft, nur um sie wieder aufzufangen.

»Na, hast du mich schon vermisst.«

»Jaaaa! Ich habe Hunger. Und Mummy sagt, dass wir ohne dich nicht anfangen. Sie ist echt sauer, weil du selbst an Weihnachten so spät kommst.«

»Da bin ich aber erleichtert, dass Mummy trotzdem mit dem Essen gewartet hat. Du hättest mir bestimmt alles weggefuttert.«

»Nur den Nachtisch«, kicherte sie.

Ihre neugierigen Augen wanderten zu mir und sie grinste nur noch breiter.

»Du hast jemanden mitgebracht«, flüsterte sie so laut in sein Ohr, dass ich es trotzdem hören konnte. »Heiratest du mich jetzt nicht mehr, wenn ich groß bin?«

Marc antwortete etwas, was ich nicht verstehen konnte, die Kleine aber zum Kichern brachte. Ich schlüpfte aus meinen Schuhen, während Marc das Mädchen wieder absetzte. Es lief freudestrahlend in das Zimmer zurück, aus dem es gekommen war.

»Onkel Marc hat jemand mitgebracht«, vernahm ich ihre helle Stimme.

Eine Frau mit schulterlangen Haaren trat gegenüber aus dem Zimmer. Auf dem einen Arm lag ein Baby, während sie in der anderen Hand eine Schüssel mit dampfendem Essen hielt.

»Marc, also wirklich. Wenn ich die Hände nicht voll hätte, würde ich applaudieren, dass du endlich hinter deinem Schreibt…« Weiter kam sie nicht, denn auch ihre Augen hatten mich sofort erblickt.

»Es ging nicht schneller, aber ich freu mich auch, dich zu sehen, Schwesterchen. Lass mich dir etwas abnehmen!«, sagte Marc sofort.

Doch er griff sich nicht die Schüssel mit Essen, sondern schnappte sich das Baby.

»Komm zu deinem Onkel. Bei mir macht es mehr Spaß, denn ich bring dir all die Dinge bei, die du zu

Hause nicht machen darfst«, sagte er und in seinen Augen blitzte es belustigt auf.

Marc drehte sich zu mir um und streckte seinen freien Arm nach mir aus.

»Du blockierst die Tür, Liebes«, ertönte eine ältere Frauenstimme hinter Marcs Schwester.

»Ja, sorry Mum. Wir brauchen noch ein Gedeck mehr.«

»Warum?«

Eine ältere Frau mit grauen Haaren steckte den Kopf um die Ecke und stieß umgehend einen freudigen Schrei aus, während von dem Zimmer auf der anderen Seite der Rest der Familie in den Flur trat. Angeführt von dem kleinen Mädchen, was uns schon begrüßt hatte.

»Alle auf einmal«, stieß Marc lachend hervor. »Caylin, darf ich dir meine neugierige Familie vorstellen? Das ist Mum, meine Schwester Ann, ihr Sohn Finn.« Marc deutete auf das Baby. »Ihre Tochter Belle, mein Schwager George, mein Dad und meine Grams.«

»Gramps sitzt noch im Sessel«, krächzte Grams mit einem breiten Lächeln und sah dabei über ihre Brille.

Marcs Arm zog mich enger an sich. »Und das ist Caylin.«

Ich wurde von allen herzlich begrüßt. Unendlich viele Fragen strömten auf mich ein. Mir wurde es in meinem tannengrünen Strickkleid superheiß, sodass ich meine Ärmel schnell nach oben schob. Marc blieb an meiner Seite, worüber ich dankbar war. Das Baby auf seinem Arm sabberte seinen Pullover voll, was ihn jedoch nicht weiter störte. Ein Stein fiel mir vom Herzen,

als ich feststellen musste, dass Marc sich genauso ausgelassen und entspannt gab, wie ich ihn kennengelernt hatte. Es war kein bisschen verkrampft oder steif, sondern herzlich.

Das Esszimmer mit der langen Tafel ging nahtlos in das Wohnzimmer über. In der Mitte befand sich der Kamin, an dem die Socken bereits aufgehängt waren. Ein Weihnachtsbaum leuchtete in einer Ecke zwischen der Terrassentür und dem Couchbereich. Zum Essen gab es Fleischpastete und Belle bestand darauf, zuerst ein Stück für den Weihnachtsmann an den Kamin zu stellen. Daneben legte sie noch ein paar Kekse und Möhren für die Rentiere sowie ein Glas Milch.

»Wer von euch beiden ist älter?«, fragte ich und sah Marc und Ann an.

»Ich natürlich«, platzte Marc sofort heraus.

»Dafür bin ich die Vernünftigere. Aber jetzt behelligt uns mit eurer Geschichte«, forderte Ann, was von dem Rest der Familie einstimmig unterstützt wurde. »Schließlich hätte ich meine Hand dafür ins Feuer gelegt, dass Marc nie eine Freundin mitbringen würde.«

Marc und ich sahen uns an. Das hätten wir wohl im Auto noch einmal durchsprechen sollen. Denn es gab keine Geschichte. Jedenfalls keine, die ein Happy End versprechen würde. Marc begann zu erzählen, wie er in meinen Laden gestolpert war, um für seine Grams das Geschenk zu besorgen. Und ich ergänzte, dass er mit seinem Einkauf eine Teezeremonie gewonnen hatte.

»Was der ausschlaggebende Punkt war, noch einmal nach Chichester zu fahren«, sagte Marc. »Der Rest ist nicht so spannend für euch.«

Ich grinste ihn breit an. Der Rest war spannender denn je. Aber wir behielten beide für uns, dass mein Laden nicht mehr lange existieren würde. Stattdessen musste ich groß und breit erzählen, was es mit der Teezeremonie auf sich hatte, woraufhin wir schnell zu meiner kleinen Weltreise kamen und mir unzählige Fragen gestellt wurden.

Nach dem Essen gingen wir in einen Gottesdienst, wo wir auch Jeremy mit seiner Familie trafen. Natürlich teilten sich beide Familien zwei Bankreihen. Jeremy umarmte mich.

»Schön, dass er dich geholt hat. Ich erkenne meinen besten Freund kaum wieder.«

Seine Worte hinterließen einen bitteren Geschmack auf meiner Zunge, obgleich sie lieb gemeint waren. Nach dem Gottesdienst gingen wir wieder zu Marcs Eltern nach Hause. Seine Großeltern fuhren dann zu sich, Marc und ich blieben jedoch noch. Ann brachte die Kinder ins Bett, während seine Mum einen Tee aufsetzen wollte. Da ich welchen mitgebracht hatte, gesellte ich mich zu ihr in die Küche und bot an, ihn zu kochen. Ich wusste, dass Marc kaum mehr anderen Tee als meinen trank.

Ich füllte etwas in einen Einwegteefilter von einem Abendtee und goss ihn mit heißem Wasser auf.

»Es ist schön, dich bei uns zu haben«, sagte seine Mum. »Seit damals hat Marc nie wieder eine Frau mit nach Hause gebracht. Und ich freu mich sehr, dass ihr euch gefunden habt. Fühl dich wie zu Hause.«

»Danke.«

Als Ann wieder unten war, sangen wir bei einer Tasse Tee Weihnachtslieder. George setzte sich an das Klavier im Wohnzimmer und fing an, eines nach dem anderen zu spielen. Marc singen zu hören, ließ die Schmetterlinge in meinem Bauch höher tanzen. Es war ein rundum schöner Weihnachtsabend. Während Weihnachten bei mir zu Hause eher rustikal ablief und unweigerlich den ganzen Abend über Brad oder die Schafe geredet wurde, bis Dad im Pub verschwand, war das das beste Weihnachten, was ich seit langem erlebt hatte.

Das Cottage von Marcs Großeltern befand sich am Rand von Icklesham. Kein Licht drang mehr durch die Fenster, als wir dort nach zwölf ankamen. Marc schloss die Tür auf. Es roch nach Kamin und Weihnachtsplätzchen. Marc deutete auf die Treppe und es fühlte sich so an, als ob wir Teenies waren, die sich spät in der Nacht ins Haus schlichen. Die Treppe knarzte unter meinen Füßen. Meine Hand lag in seiner und ich musste feststellen, dass es mir gefiel. Sehr sogar. Oben angekommen öffnete Marc die erste Tür links und schaltete das Licht an.

In dem Zimmer stand ein großes Bett, über dem eine geblümte Tagesdecke lag. Bodentiefe Vorhänge, ebenfalls mit Blumenornamenten, säumten die Fenster. Ein schwerer antiker Kleiderschrank befand sich an der Wand.

»Das ist mein Zimmer.«

»Sehr blumig.«

Marc lachte, durchquerte es einmal, um die Tür an der hinteren Ecke zu öffnen.

»Hier ist ein Bad. Ich lass dir gern den Vortritt.«

Es fühlte sich etwas merkwürdig an, mit ihm das Zimmer zu teilen. Damals hatte er bei mir geschlafen und es war das Normalste auf der Welt gewesen. Doch jetzt kehrte die Nervosität zurück, die ich im Laufe des Abends abgelegt hatte, da seine Familie absolut hinreißend war. So wie er auch.

Ich legte meine Tasche auf den schmalen Tisch unter dem Fenster, kramte nach meiner Zahnbürste und meinen Schlafsachen und verschwand im Bad. Es war mit grauen Kacheln versehen. Und ein beigefarbenes Waschbecken mit einem alten Wasserhahn hing an der Wand. Ich liebte es sofort.

Marc hatte sein Hemd geöffnet und schlug gerade die Tagesdecke zurück, als ich aus dem Bad kam. Seine Hose hing bereits über einem Bügel am Schrank. Meine Augen blieben an seinem Oberkörper hängen. In wenigen Schritten schlenderte er auf mich zu. Instinktiv streckte ich meine Hand nach ihm aus. Ich musste ihn berühren. Wollte seine Haut spüren. Meine Fingerspitzen fuhren durch den Haarflaum auf seinem Oberkörper, während ich die Muskeln darunter fühlte.

Marcs Hand legte sich auf meine Wange, sodass mein Blick von seinem Oberkörper hinauf wanderte. Leicht geöffnete Lippen schrien sehnsüchtig nach Aufmerksamkeit, während goldene Sterne in dunklen Augen tanzten. Langsam beugte er sich zu mir herunter.

Bevor seine Lippen die meinen erreichten, sagte ich: »Das ist keine gute Idee.«

»Es ist die beste Idee, glaub mir. Du musst wissen, was du verpasst, wenn du gehst«, antwortete er mit rauer Stimme.

Als er mich endlich küsste, entwich meiner Kehle ein wohliges Seufzen. Ich wusste nur zu gut, was ich verpassen würde, und bedauerte diesen Schritt zutiefst. Und nach den letzten eineinhalb Wochen, in denen ich nur geweint hatte, fühlten sich Marcs Küsse an wie der Sonnenschein nach einer langen Regenzeit. Mein Herz brauchte sie und saugte sie auf wie ein ausgetrockneter Schwamm.

»Marc?«

»Hmm?«

»Danke für diesen wundervollen Heiligen Abend.«

Ein liebevolles Lächeln umspielte seine Lippen. »Er ist noch nicht vorbei.«

Seine Worte brachten meinen Verstand, der bereits Einwände erheben wollte, zum Schweigen. Wie zwei Ertrinkende auf hoher See donnerten unsere Lippen schließlich aufeinander. Meine Hände schoben sein Hemd über die Schultern, sodass es auf den Boden fiel. Ja, das gefiel mir bedeutend besser. Marc drängte mich in Richtung Bett. Seine Hände zerrten an meinem Schlafshirt und zogen es mir über den Kopf. Unsere Unterhosen folgten. Eng umschlungen sanken wir auf das Bett, das ein leichtes Knarzen von sich gab. Ich kicherte auf.

»Ich hoffe, deine Großeltern schlafen nicht direkt unter uns.«

»Ihr Zimmer ist auf der anderen Seite der Küche.« Marc schmunzelte.

Ich knabberte an seinem Ohr, während meine Hände an seinem Körper auf und ab strichen. Meine Zunge schmeckte die leicht salzige Haut an seinem Hals.

Lust sammelte sich zwischen den Beinen, als Marcs Finger über meine Brust strichen. Sein Daumen blieb auf der rosigen Knospe liegen, umschloss diese, bis sie sich verhärtete und schwer nach unten zog.

Marcs Lippen hinterließen eine elektrisierende Spur von meinem Kinn über die kleine Kuhle am Hals bis hinab zur Brust. Mein Kopf fiel in den Nacken. Als seine Lippen meine Brust fanden, stöhnte ich leise auf. Meine Finger krallten sich in seinem Haar fest.

Marc umschlang mich und drängte mich näher an sein Becken heran. Ich spürte seine Erregung gegen meinen Unterleib drängen, während sich die Feuchtigkeit zwischen meinen Beinen verteilte. Ungeduldig rieb ich mein Becken an ihm.

Ich gab einen unwilligen Laut von mir, als seine Lippen weiter wanderten, was Marc dunkel lachen ließ. Er ließ sich auf den Rücken fallen und seine Finger ertasteten ein kleines Päckchen auf dem Nachttisch, was ich ihm direkt abnahm.

Es wurde Zeit, dass wir das ganze beschleunigten. Ich wollte ihn. Jetzt! Also setzte ich mich auf ihn und zerriss die Packung. Langsam rollte ich das Kondom über seine Härte. Ich spürte seine Hitze und seine Stärke. Sehnte mich so sehr nach ihm, dass ich mein Becken hob und ihn in mir aufnahm.

Marc seufzte. Die Augen genussvoll geschlossen. Auf seinen Lippen lag ein glückliches Lächeln. Seine Hände wanderten zu meinem Becken, drängten es dazu, sich

auf und ab zu bewegen, während er rhythmisch in mich stieß. Ich schloss ebenfalls meine Augen und ließ meinen Kopf in den Nacken fallen, während sich meine Finger in seine Muskeln vergruben.

Als wir unseren Rhythmus gefunden hatten, wanderte Marcs Hand an meiner Seite nach oben. Kreisend strich sein Daumen über meine Brust. Ich stöhnte laut auf. Bewegte mein Becken schneller auf und ab. Spürte Marc tiefer in mir. Immer enger zog sich die Spirale der Gefühle in mir zusammen. Bis sie explosionsartig in unzählige Sterne zerbarst. Berauscht von den Sinnen geriet ich aus dem Rhythmus und sank auf Marcs Oberkörper zusammen.

Er umschlang mich und rollte mich zur Seite. Ich blinzelte und amüsierte Augen blickten mir entgegen. Seine Arme stützten sich links und rechts neben mir ab. Seine Lippen suchten meine. Ich stöhnte in seinen Mund, als Marc intensiv in mich stieß. Benebelt von meinen Gefühlen spürte ich, wie er kurze Zeit später losließ.

KAPITEL 33

CAYLIN

Heiligabend hatte sich schon gut in Marcs Familie angefühlt, doch der gestrige Weihnachtsfeiertag sprengte meine Vorstellung. Wir fuhren schon sehr zeitig zu seinen Eltern, um Belle beim Auspacken der Geschenke zuzusehen. Nach einem ausgiebigen Weihnachtsfrühstück, was mehr ein Brunch war, sangen wir Lieder und schauten die Ansprache des Königs im Fernsehen. Danach servierte Marcs Mum das traditionelle Weihnachtsessen. Völlig übersättigt kamen Marc und ich spät in das Cottage seiner Großeltern. Wie wir uns danach noch lieben konnten, wo ich mich so kugelrund gefühlt hatte, wusste ich im Nachgang nicht mehr.

Schwerer Morgennebel lag auf den Wiesen, die das Cottage umgab. Es dämmerte und doch würde es an diesem Tag nicht wirklich hell werden. Es war der zweite Weihnachtsfeiertag. Alles war still. Friedlich. Doch nur äußerlich. In mir tobte ein Wirbelsturm der Gefühle.

Marc schlief mit einem Lächeln auf den Lippen. Die Decke war verrutscht und entblößte seinen nackten Oberkörper, den ich so sehr liebte. Ich sollte in seinen Armen liegen, mich an ihn kuscheln und seinem Herzschlag lauschen. Stattdessen bändigte ich meine störrischen Locken mit einem Band, griff nach der Tasche und schlich mich auf Zehenspitzen aus dem Zimmer. Leise schloss ich die Tür hinter mir und hoffte, dass sie keinen Laut von sich gab.

Ich fühlte mich mies. Mit einem Kloß im Hals und einem Brennen in den Augen stieg ich die Treppen hinunter. Natürlich knarzte sie. Holztreppen in Cottages taten das immer. Ich hoffte, dass seine Großeltern noch schliefen. Unten angekommen, griff ich nach meinem Mantel an der Garderobe, setzte die Wollmütze auf und schlüpfte in die Schuhe.

»Du bist früh auf«, vernahm ich die Stimme seines Gramps aus der Küche nebenan.

Schritte näherten sich. Als er im Türbogen erschien, bedachte er mich mit einem nachdenklichen Blick. Ich wusste nicht, ob er mit mir oder mit Marc gerechnet hatte.

»Guten Morgen. Ich hoffe, ich habe niemanden geweckt«, sagte ich mit gebrochener Stimme.

Ich versuchte ein Lächeln, obgleich mir nach Weinen zumute war.

»Ich bin ein Frühaufsteher. Mich weckt keiner.«

Ich nickte. »Ich muss leider los.«

»Wo denn hin?« Überrascht zog er die Brauen nach oben.

»Zum Zug. Marc schläft noch.«

»Der Bahnhof liegt in der Stadt.«

Ich deutete auf mein Handy, wo ich die Route bereits geöffnet hatte.

»Ich weiß. Ich bin gut zu Fuß.«

Marcs Gramps griff neben mir zur Garderobe nach einer Lederjacke.

»Blödsinn. Ich fahre dich«, sagte er bestimmt.

»Nein, das ist wirklich nicht nötig.«

»Entweder ich oder ich wecke Marc, dass er dich fährt. Hier läuft keiner.«

Meine Schultern sackten nach unten. Ich war mir sicher, dass er es bemerkte. Ich gab nur noch ein tonloses Okay von mir, öffnete die Tür und ging nach draußen, während er mir folgte. Kalter Dezemberwind wehte mir entgegen und entriss mir die wohlige Wärme, die ich eben noch in Marcs Armen gespürt hatte.

Wir stiegen in das kleine graue Auto. Wortlos fuhr er mich zum Bahnhof. Er parkte. Meine Hand wanderte zur Beifahrertür, um sie zu öffnen. Ich sollte mich bedanken, doch ein dicker Kloß im Hals verhinderte, dass ich auch nur ein halbwegs akzeptables Wort herausbekam.

»Mädchen, ich weiß nicht, warum du so plötzlich abreist. Du wirst sicherlich deine Gründe haben. Aber lass mich dir sagen, dass ich meinen Enkel selten so glücklich gesehen habe. Deshalb bist du bei uns jederzeit willkommen. Unser Haus steht immer offen für dich.«

Etwas Heißes lief meine Wangen herab, während er das sagte. Bei aller Teemagie, wieso musste Marcs Familie auch noch so hinreißend sein? Ich drehte mich zu ihm um, wischte mit meinem Wollärmel über die Wangen und umarmte Marcs Gramps.

»Danke. Für alles«, wisperte ich mit belegter Stimme, griff nach dem Umschlag in meiner Tasche und zog ihn heraus. »Das ist für Marc.«

Ich hatte den Brief in der Nacht geschrieben. Heute Morgen war ich unschlüssig und hatte mich entschieden, ihn mitzunehmen. Nun konnte ich es nicht mehr. Marc hatte eine Erklärung verdient.

Ich stieg aus dem Wagen und ohne mich noch einmal umzudrehen, lief ich in das Bahnhofshäuschen zum Bahnsteig. Niemand wartete so früh am Morgen am zweiten Weihnachtsfeiertag am Gleis. Nur der eisige Wind heulte über die Schienen. Als der Zug einrollte, stieg ich wie ferngesteuert ein. Der Zug war leer. Mein Kopf an die Scheibe gelehnt, liefen die Tränen hemmungslos über meine Wangen.

KAPITEL 34

MARC

Grams, ist Caylin schon auf?«, fragte ich, als ich die Küche betrat.

Ich hatte nur aufwachen wollen, um das fortzusetzen, was wir in der Nacht leidenschaftlich begonnen hatten. Ich fühlte noch ihre Hände auf meinem Körper und ihre Lippen an meinem Hals.

»Ist sie denn nicht bei dir?«

Grams füllte gerade Wasser in den Kocher, um Tee aufzusetzen. Sie las die Antwort offensichtlich in meinem Gesicht.

»Ich bin auch gerade erst in die Küche gekommen. Interessanterweise fehlt von deinem Gramps auch jede Spur. Vielleicht machen sie einen Spaziergang. Möchtest du einen Tee?«

»Ja, danke.«

Unruhe packte mich. Ich sprang die Stufen nach oben und holte mein Handy. Dabei fiel mir auf, dass Caylins Tasche fehlte. Ich ließ meinen Arm wieder nach unten sinken.

Sie war weg!

Ohnmächtig ließ ich mich auf die Bettkante sinken. Das Zimmer roch noch nach ihr. Nach Vanille und Zimt, vermischt mit Sex. Ich wollte es nicht wahrhaben. Nicht nach den letzten zwei Tagen, die wir zusammen verbracht hatten. Hatte das denn gar nichts bedeutet? War es nicht genug gewesen?

Wie aus weiter Ferne vernahm ich das Klappern der Haustür und das Rascheln von Sachen. Sie war bestimmt bei ihm. Sie musste es sein, denn Caylin konnte nicht einfach so gegangen sein.

»Ah, wo kommst du denn her?«, hörte ich Grams fragen. »Hast du Caylin gesehen?«

Sie war nicht bei ihm!

»Ist Marc wach?«

»Ja, er ist oben.«

Schwere Schritte stiegen die Treppe rauf. Das Holz ächzte unter Gramps Gewicht. Ich sah nicht auf, als er in der Tür erschien, sondern vergrub meinen Kopf in den Händen.

»Sie wollte zum Bahnhof. Ich wollte sie nicht laufen lassen. Also habe ich sie gefahren«, sagte er.

Seine Stimme brach. Nun schaute ich doch auf. Er hatte Tränen in den Augen und hielt einen Brief in der Hand. Nur einmal hatte ich ihn so mitgenommen gesehen. Der Tag, an dem Susan gestorben war.

»Ich weiß nicht, was zwischen euch vorgefallen ist. Warum sie gegangen ist. Aber sie hat mir das hier für dich gegeben.«

Ich erhob mich und nahm den Brief, der sich kalt anfühlte. Wann hatte sie den denn geschrieben? Ich wusste nicht, ob ich die Kraft hatte, ihn zu lesen. Caylin ein zweites Mal zu verlieren, fühlte sich noch schmerzhafter an.

»Danke, Gramps, dass du sie gefahren hast.«

»Sie war nett. Ich hoffe, ihr bekommt es hin.«

Das glaubte ich nicht. Ich hatte versucht, ihr ein Weihnachten zu geben, was sie zum Bleiben bewegen würde. Und doch war das Unweigerliche eingetreten.

»Es ist kompliziert.«

»Das ist es immer.«

Der Kies unter meinen Sohlen knirschte. Schon lange war ich nicht mehr hergekommen. Doch heute hatte ich das Bedürfnis. Meine Finger fuhren über die verwitterte Schrift in dem rauen Stein, der von Efeu umrankt war. Moos hatte sich bereits in die Buchstaben gesetzt. Braunes Laub lag auf dem Gras, über das sich ein feiner Reifrand gelegt hatte.

»Manchmal frage ich mich, wie unser Leben ausgesehen hätte, wenn du überlebt hättest. Wären wir glücklich miteinander geworden? Hätten wir geheiratet oder hättest du dir in Oxford einen neuen Typen gesucht?«

Das Krächzen einer Krähe durchzog die Stille des Friedhofs.

Ich atmete tief durch. »Ich weiß, ich werde die Antwort nie erfahren. Es scheint, als ob ich nur mit dir

glücklich werden durfte. Doch du wurdest mir genommen. Das Leben ist unfair. Für dich. Aber auch für mich. Wenn ich könnte, würde ich die Zeit zurückdrehen. Ich hätte mein eigenes Getränk mitgebracht, dann wäre dieser verdammte Unfall nie geschehen.« Ein Seufzen entwich mir. »Aber ich kann es nicht.« Meine Stimme brach.

Ich richtete mich auf, steckte die Hände in die Manteltaschen. Das Familienessen hatte ich heute ausfallen lassen. Selbst zum Frühstück bei Grams hatte ich nichts runterbekommen. Caylin war gegangen und nichts würde sie zu mir zurückbringen. Susans Grab wirkte in dem Moment wie eine Zuflucht. Doch in Wirklichkeit fühlte sich mein Herz tot und leblos an.

Der knirschende Kies riss mich aus meinen Gedanken. Ich musste nicht aufsehen, um zu wissen, wer sich gerade neben mich stellte.

»Es ist fünfzehn Jahre her. Es wird Zeit, loszulassen.«

»Sagt derjenige, der jedes Wochenende eine andere Frau im Bett hat«, antwortete ich. »Woher wusstest du, dass ich hier bin?«

»Der Buschfunk zwischen unseren Familien ist immer noch intakt. Ob wir nun dreizehn oder dreiunddreißig sind.«

Stille legte sich über den Friedhof. Nur der Wind rauschte in den hohen Pappeln und uralten Buchen.

»Ich war schon ewig nicht mehr hier«, sagte Jeremy.

»Es ist auch kein Ort, den man gern aufsucht.«

Gleich gar nicht an Weihnachten. Und doch war er unwiderruflich ein Teil von uns geworden.

»Ich wünschte mir immer noch, dass ich damals nicht am Steuer gesessen hätte.«

»Dann wäre ich es gewesen. Was bist du nur für ein unausstehlicher Freund, dass du mir so etwas wünschst«, beschwerte sich Jeremy.

Ich wusste, er wollte mich nur aufmuntern, trotzdem konnte ich nicht lachen. »Du weißt, wie ich das gemeint habe.«

»Sie ist also weg«, wechselte Jeremy das Thema und stieß mich mit dem Ellbogen an.

Ich nickte wortlos. Was sollte ich dazu auch sagen?

»Und jetzt?«

»Setze ich mich in mein Auto und fahre nach London ins Büro in der Hoffnung, endlich einen unterschriebenen Vertrag von Mr Singh in meinem Postfach zu finden. Aiden landet am 30.«

Er war zusammen mit Sheryl über die Weihnachtsfeiertage nach Texas zu ihrer Familie geflogen.

»Aiden interessiert mich gerade einen Dreck. Ich mache mir Sorgen um dich. Eigentlich will ich dich nicht fahren lassen.«

»Mir geht es gut, Jer«, log ich.

»Natürlich und ich bin ein singendes Rentier«, gab er zynisch von sich. »Dir geht es alles andere als gut.«

Nein, ging es nicht. Doch es gab nichts, was ich dagegen tun konnte.

»Hast du mit ihr noch einmal telefoniert?«

»Es gibt nichts mehr zu bereden.«

»Marc, das kann nicht dein Ernst sein.«

Ich zog das Kostbarste aus der Tasche, was mir von Cay geblieben war, und überreichte es Jeremy. Er faltete den Brief auf und las. Ich hatte ihn den ganzen Morgen unzählige Male gelesen und kannte ihn mittlerweile auswendig.

Marc,

ich muss gehen und du weißt, warum. Damit der Abschied für uns beide einigermaßen erträglich wird, schleiche ich mich heimlich aus deinem Leben. Ich weiß, du verstehst meine Beweggründe nicht. Das kannst du auch nicht. Und ich … muss ich selbst bleiben. Ich bin dir nicht sauer. Du hast auf der Basis einer Freundschaft gehandelt und du bist ein großartiger Freund.

Deshalb bereue ich nicht einen Augenblick, den wir beide zusammen verbracht haben. Seit langem habe ich den Glauben an die Liebe verloren. Du hast ihn mir zurückgegeben. Mit deinem Lächeln und deiner charmanten Art.

Danke für das wundervolle Weihnachten. Deine Familie ist toll. Genauso wie du.

Bitte, Marc, akzeptier meine Entscheidung. Komm mich nicht besuchen und ruf mich nicht mehr an. Es macht es nur noch schwerer für uns, denn glaub mir, es gibt keinen anderen Weg.

Für immer die deine
Caylin
P.S: Sollte Mr McKenzie aus welchen Gründen auch immer die Räumlichkeiten doch nicht benötigen, komme ich jederzeit zurück.

Das Rascheln des Briefes in Jeremys Händen verriet mir, dass er fertig war. Erneut krächzte ein Rabe in der Nähe und flog davon.

»Das ist doch totaler Bullshit«, schimpfte Jeremy. »Für den Laden würde sie zurückkommen, aber für dich nicht? Bedeutest du ihr denn nichts, oder was? Eigentlich hatte ich mehr von ihr erwartet. Und als dein bester Freund müsste ich dir raten, sie zu vergessen. Doch gerade, weil du mein bester Freund bist, weiß ich, dass du das nicht tun wirst.«

Jeremy sprach genau das aus, was ich empfand. Der Teeladen bedeutete Caylin mehr als unsere Beziehung. Konnte ich ihr das verübeln? Hätte ich meine Firma aufgegeben, um mit ihr dauerhaft in Chichester zu wohnen? Nein, ganz bestimmt nicht. Auch die *South Realty Inc* war mein Ein und Alles. Ich hätte nach Wegen gesucht, um beides zu haben. Caylin und meine Firma.

Doch über all das musste ich mir nun keine Gedanken mehr machen. Es war endgültig vorbei.

KAPITEL 35

GAYLIN

D u wirst mir fehlen«, sagte die Wächterin des Südtors, während der Baum unter ihr in einem grünen Licht flackerte.

»Du mir auch. Dafür kann ich die Wächterin des Nordtores wieder besuchen gehen.«

»Sie freut sich schon.«

»Auch wenn ich bei ihr oben auf dem Berg unter freiem Himmel keinen Tee mischen kann.«

Meine Schultern sackten nach unten.

»Es hat Spaß gemacht und war mir eine Ehre«, entgegnete die Wächterin.

Am liebsten hätte ich die Fee umarmt, doch das Betreten des Reliefs war strengstens untersagt.

»Ich werde ein Schild für Mr McKenzie hinterlassen mit dem Hinweis, dass niemand das Relief betreten soll.«

»Das wäre gut. Ein McKenzie ist in unserer Welt nicht willkommen. Die Königin hat das Vergehen seines Vorgängers nicht verziehen.«

Ich wusste nicht, was Aidens Vorgänger angestellt hatte, um die Königin der Feen zu verärgern. Die Wächterin des Südtores war jedenfalls nicht sehr erfreut gewesen, als ich ihr mitteilte, dass ein McKenzie in diese Räume ziehen würde.

Mir könnte Aiden McKenzie und sein Schicksal egal sein. Doch aus irgendeinem Grund hatte ich das Bedürfnis, die Welt der Feen zu schützen. Und wenn ich mir auch nur vorstellte, dass irgendjemand mit seinen Schuhen über dieses wunderschöne Steinrelief trampelte, stieg Zorn in mir auf.

Die Wächterin seufzte und zwinkerte mir zu. »Ich schätze, ich werde wieder auf meine alten Methoden zurückgreifen müssen.«

Ich kicherte. Sollten doch alle wieder glauben, dass es in diesem Haus spukte. Ich musste daran denken, wie Marc am Anfang wissen wollte, wo sich das Haus befand, in dem es spuken sollte. Ein Stich zog durch mein Herz, was mir ein Seufzen entlockte. Es verging kaum eine Minute, an dem meine Gedanken nicht zu ihm wanderten. Es war ein Wunder, dass ich es irgendwie geschafft hatte, die Umzugskartons zu packen, wobei mir unentwegt die Tränen liefen. Nicht nur wegen dem Teeladen. Vor allem wegen Marc. Oft hatte ich gehofft, dass er sich doch noch melden würde. Aber er tat es nicht. Natürlich nicht. Ich hatte ihn extra in dem Brief darum gebeten. Dennoch konnte mein Herz das Ende der Beziehung nicht so einfach akzeptieren.

Mit einem lauten Scheppern fuhr der alte, weiße Transporter am Abend des 29. am Hintereingang vor. Er hatte ein paar rostbesetzte Dellen mehr, als ich es in Erinnerung hatte. Simon schlug die Tür schwungvoll zu, nachdem er herausgesprungen war. Sein Bart war voll und dicht geworden und seine rötlich-blonden Haare hingen leicht bis zu den Ohren. Auch hatte er ein paar Kilo zugelegt.

»Caylin! Lass dich umarmen.« Er streckte beide Arme aus, um mich zu begrüßen. »Gut schaust du aus.«

Ich lächelte, auch wenn mein Herz immer noch schmerzte.

Simon stieß seinen Bruder Brad an, dessen Haar ganz blond war. Natürlich hatte Simon ihn mitgebracht, auch wenn er es mir nicht verraten hatte.

»Du bist so ein Idiot. Schau sie dir mal an. Das schönste Mädchen im Dorf und du hättest sie haben können.«

Brad verdrehte die Augen. »Halt die Klappe. Jeder macht mal Fehler.«

»Nein, so einen nicht. Nur Idioten tun das.«

»Hi, Caylin«, begrüßte mich Brad zögerlich und wedelte mit seinen Armen herum, unschlüssig, ob er mich umarmen sollte oder besser nicht.

Mir war *eher nicht* tatsächlich lieber. Brad war genauso hoch wie breit. Aber obwohl er stämmig wie ein Bär war, konnte er einfühlsam wie ein Lamm sein, weshalb Dads Schafe ihn mochten. Er trug eine karierte Holzfällerjacke und eine abgewetzte Jeans.

»Hi. Danke für eure Hilfe.«

Mehr fiel mir nicht ein. Brad wollte ich nicht zurückhaben. Dennoch war er nun hier, um mir zu helfen. Also würde ich ihm gegenüber ein Mindestmaß an Höflichkeit aufbringen.

»Also laden wir ein?«, fragte Simon.

Wir gingen rein und ich führte sie durch den Laden.

»Er ist groß«, staunte Brad.

»Im Verkaufsraum sind es nur die Regale. Im Büro der Schreibtisch und die zwei Schränke und in der Küche der Tisch. Und die Kisten mit den restlichen Teesachen hier im Flur.«

»Was ist mit deiner Wohnung?«, fragte Simon. »Wie viel ist da noch? Damit wir wissen, wie wir packen müssen.«

Das war etwas, was ich nicht geschafft hatte. Ich hatte nur einen Teil meiner Sachen packen können. Vor allem in der Küche und in der Wohnstube war mehrheitlich nicht verpackt. Zumal ich auch streichen müsste.

»Die Wohnung hat noch Zeit. Ich muss da erst in drei Monaten raus sein. Wir können den Transporter so auffüllen, wie es passt, und den Rest holen wir später nach.«

»Gut, dann fahren wir im Frühling nochmal. Wenn weniger Schnee im Gebirge liegt.«

Brad lief durch die Räumlichkeiten und blieb wie erstarrt am Steinbogen stehen.

»Du hast ein Portal hier?«

Simon stürzte auf ihn zu. »Wahnsinn. Ich wusste nicht, dass es noch eins gibt. Jetzt verstehe, warum du nicht raus willst. Du hast ein Stück Schottland in Südengland.« Simon drehte sich zu mir um. »Das ist doch

so, oder? Seitdem du damals im Nebel verschwunden bist, bist du oft zum Feenhügel gelaufen.«

»Ich weiß noch, wie Dad ausgerastet ist, weil wir ohne dich zurückgekommen sind«, sagte Brad.

»Ja, ich auch.« Verlegen fuhr sich Simon durch sein Haar. »Aber das Portal in einem Gebäude, das hat schon was.«

Ich wusste vor Schreck nicht, was ich sagen sollte. Denn sie hatten mit keiner Silbe jemals erwähnt, dass sie von dem Nordtor wussten. Insgesamt gab es auf der britischen Insel vier Portale. Ich hatte sie alle gesucht und gefunden. Drei waren frei zugänglich. Nur dieses hier befand sich innerhalb eines Gebäudes, was irgendwie mit dem ersten McKenzie zu tun hatte. Die Wächterin hatte mir nie erzählt, was genau damals vorgefallen war. Das Südtor hatte mich gefunden. Als ich die Räume das erste Mal betreten hatte, wusste ich, dass ich hierher gehörte.

Brad schnaubte. »Erzähl bloß keinem, dass du Anwalt bist, Simon.«

Simon beobachtete mich aufmerksam, doch ich schwieg. Zu allem. Ich hatte ihnen nie erzählt, was damals im Nebel auf dem Feenhügel geschehen war. Schließlich hatte ich ein Versprechen gegeben, was ich bis heute wahrte. Woher Simon von den Toren zur Feenwelt wusste, fragte ich besser nicht. Obgleich es in unserem Dorf keine Geheimnisse gab, wurden manche Themen doch nie angesprochen. Das Nordtor war eines davon. Offensichtlich wussten mehr Bewohner im Dorf, was es damit auf sich hatte. Allerdings mied jeder strengstens diese Region.

»Was ist mit der Kommode in dem Raum?«, fragte Brad.

»Die war schon hier. Den Teppich habe ich schon gerollt und in den Flur geschoben.«

Ich war froh, dass wir die Kommode nicht mitnehmen mussten. Denn sie sah sehr schwer aus. Diese durch den Raum zu tragen, ohne auf das Portal zu treten wäre schwierig geworden.

Brad und Simon nahmen noch an dem Abend die Regale auseinander und luden sie in den Transporter. Auch die neue Kasse passte noch rein. Schmerzhafte Erinnerungen stiegen in mir auf, wie das Konfetti in Marcs Haaren und auf seinem Mantel klebte.

Gegen zehn am Abend machten wir Schluss. Ich holte bei Giovanni für alle eine Pizza zum Mitnehmen und wir gingen zu mir nach Hause. Es war merkwürdig, Brad in meiner Wohnung zu haben, wo sie mich doch an Marc erinnerte.

Als ich in der Küche die letzten drei Gläser aus dem Schrank holte, um uns Limo einzugießen, stellte er sich direkt neben mich.

»Kathy und ich haben uns getrennt. Es hat einfach nicht funktioniert. Eigentlich von Anfang an nicht. Nur eben wegen dem Kleinen war ich geblieben.«

Ich wusste nicht, warum er mir das jetzt erzählte. Unsere Beziehung lag fünf Jahre zurück. Und nach dem ich den anfänglichen Schock überwunden hatte, hatte ich sie nie zurückhaben wollen.

»Ich wohne jetzt wieder in Durness und weil wir bald wieder nebeneinander wohnen, dachte ich …«

»Das mit uns, Brad, ist vorbei. Wirklich vorbei«, sagte ich bestimmt, ohne zickig zu klingen. »Auch wenn meine Eltern dich immer noch gern als Schwiegersohn haben wollen. Ich empfinde nichts mehr.«

Ein betretenes Schweigen entstand daraufhin zwischen uns. Vermutlich hatte mein Dad ihm ins Gewissen geredet, damit er es nochmal probierte. Aber so etwas funktionierte nicht. Das mussten jetzt nur noch meine Eltern verstehen.

Ich drückte ihm seine Limo in die Hand, nahm das zweite Glas und ging zu Simon. Nach der Pizza machten es sich die beiden auf der ausklappbaren Couch gemütlich, während ich in meinem Bett verschwand. Ewig konnte ich nicht einschlafen. Immer wieder sehnte ich mich zu den Nächten mit Marc zurück.

»Bleib doch noch hier und pack«, schlug Simon am nächsten Morgen vor. »Wir beladen den Rest aus deinem Laden. Anschließend kommen wir her und schauen, was wir noch reinkriegen.«

Ich stimmte zu. »Denkt daran, nicht auf das Steinrelief zu treten.«

Sie hoben beide ihre Hände und lachten. »Wir sind doch nicht lebensmüde.«

Am Nachmittag sah ich sie wieder. Es passte sogar noch die Couch und der Sessel in den Transporter sowie ein paar Regale aus der Wohnstube und diverse Kisten.

Ich lief noch einmal zum Laden und legte dort die Schlüssel auf die Arbeitsplatte. Mit dem Handy machte ich ein Foto und tippte eine Nachricht an Marc, dass ich raus war. Ich verabschiedete mich von Tom und Ina nebenan.

»Wenn du im Süden unterwegs bist, kommst du aber vorbei«, sagte Tom bestimmt und zog mich schniefend in seine Arme.

Er drückte mir als Abschiedsgeschenk einen Kranz aus Buchsbaum in die Hand, in den weiße Winterblüten hinein geflochten waren.

»Das mache ich. Fest versprochen.«

Auch Ina umarmte ich. »Wenn du mal etwas Wolle übrig hast, schickst du mir dann welche?«, fragte sie.

»Das mache ich.«

Auch bei Elenor schaute ich noch vorbei und kaufte Sandwiches für unterwegs. Sie packte noch Scones extra mit ein, weil sie wusste, wie sehr ich ihre liebte. Mit dem Tuch wischte sie sich über die Augenwinkel.

»Die Fußgängerzone wird nicht mehr dieselbe sein ohne dich.«

Mir ging es nicht anders. Selbst wenn ich irgendwo ein neues Teegeschäft eröffnen würde, wäre es nicht mehr dasselbe.

Schließlich saßen wir zu dritt in dem alten Transporter und fuhren nach Norden. Ich starrte taub und leblos aus dem Fenster, als es zu regnen begann. Der Himmel vergoss die Tränen, die ich nicht mehr hatte. Abermals ließ ich einen ganzen Lebensabschnitt hinter mir.

KAPITEL 36

MARC

Jeremy, der zwischen den Jahren frei hatte, hing gechillt in meinem Sessel und schrieb mit seinem Date für heute Abend, während ich den Vertrag von Ajit las. Und da Jeremy keine Lust auf sein Apartment hatte, leistete er mir in meinem Büro Gesellschaft. Vielleicht tat er das auch nur, damit ich nicht zu viel Trübsal blasen konnte.

Doch tatsächlich schoss das Adrenalin seit gestern durch meinen Körper, denn der chinesische Großinvestor hatte sich für einen Teil des Straßenzuges entschieden. Ajit und ich hatten den Vertrag noch einmal umschreiben müssen, doch im Hinblick auf die Zusage des Investors taten wir das gern. Er kaufte zwar nicht alles, dennoch würde dieser Vertragsabschluss meine Firma retten.

»Ajit, ich habe keine Anmerkungen«, sagte ich in meine Kamera am Laptop.

Damit Ajit nicht persönlich vorbeikommen musste, hatten wir einen Videocall vereinbart, um so die vertraglichen Abstimmungen besser treffen zu können.

»Super. Dann schicke ich ihn dir als PDF, sodass du ihn mailen kannst. Ich freu mich, dass wir das noch im alten Jahr abschließen können und drück dir die Daumen, dass er unterschreibt.«

Das kurze Vibrieren meines Handys lenkte mich ab.

Caylin!

Überrascht öffnete ich die Textmessage, welche aus einem Foto und drei Sätzen bestand.

C: *Ich bin raus. Die Schlüssel liegen in der Küche. Der Hintereingang ist offen.*

Ich schloss meine Augen und rieb mit Daumen und Zeigefinger über die Nasenwurzel. Nicht ein persönliches Wort. Ganz sachlich. Einen Tag eher als vereinbart. Sie konnte scheinbar nicht schnell genug Chichester verlassen. Vielleicht hatte ich mich doch in der Tiefe ihrer Gefühle mir gegenüber getäuscht.

»Marc? Stimmt etwas nicht?«, vernahm ich Ajit aus dem Lautsprecher.

Jemand nahm mir das Handy aus der Hand und stieß umgehend einen Fluch aus.

»Vergiss sie, Marc«, schimpfte Jeremy. »Sie ist es nicht wert.«

»Was weißt du schon?«, fuhr ich ihn gereizt an.

»Ist doch wahr. Einfach so verschwinden und alles hinschmeißen, ohne dass es richtig anfangen konnte. Nicht gerade die feine englische Art.«

»Sie ist Schottin.«

»Mir egal, was sie ist.« Jeremy wurde laut. »Du solltest ihr nicht hinterher trauern.«

Er irrte sich so gewaltig. Caylin war alles wert. Wenn ich könnte, würde ich ihr die Welt zu Füßen legen. Und doch wusste ich nicht, was sie brauchte, weil sie sich mir nicht in Gänze anvertraut hatte. Es klingelte an der Tür.

»Ich mach auf«, brummte Jeremy.

»Marc? Alles in Ordnung?« Ajit erinnerte mich daran, dass er noch in Leitung war.

Ich nickte zögerlich, doch Ajits besorgter Blick zeigte mir, dass er mir nicht glaubte.

»Mach es fertig. Ich schick den Vertrag heute noch raus. Vielen Dank für deine Zeit.«

Wir beendeten den Videocall und Jeremy betrat mit Aiden das Wohnzimmer. Dunkle Ränder säumten seine Augen. Und eine tiefe Furche zog sich über seine Stirn, während die Kiefer sich anspannten.

»Willkommen zurück. Wie waren deine Feiertage?«, fragte ich.

»Beschissen.«

Ja, so sah er auch aus.

»Bist du allein?«

»Sheryl ist Frustshoppen. Wir haben uns gestritten.«

»Will ich wissen, warum?«, hakte ich verunsichert nach.

»Nope. Ich habe auch keine Lust, darüber zu reden«, antwortete er knapp.

»Ich weiß schon, warum ich mich nur an die Frauen im *Dark* halte. Mit denen habe ich für eine Nacht meinen Spaß und definitiv keinen Ärger«, brummte Jeremy.

»Wie läuft's hier?«, fragte Aiden.

»Caylin ist ausgezogen. Die Schlüssel liegen in der Küche. Der Hintereingang ist offen«, sagte ich.

»Dann muss ich ja morgen früh nicht um sechs los, um für die Übergabe pünktlich da zu sein«, antwortete er resigniert, was mir nicht gefiel.

Caylin hatte bestimmt rund um die Uhr gepackt, um so früh rauszukommen und er schien sich nicht einmal darüber zu freuen. Doch ich biss mir auf die Zunge und schluckte meine Bemerkung herunter. In Sachen Caylin neigte ich dazu, Partei zu ergreifen.

»Was macht ihr Silvester?«, fragte Aiden.

»Ich bin im *Dark*«, sagte Jeremy. »Ihr kommt doch mit, oder etwa nicht?«

Ich hatte überhaupt keine Lust auf Silvester oder das *Dark*.

»Sheryl würde auch gern im *Dark* feiern«, sagte Aiden.

»Du nicht?«, hakte ich nach, weil er nicht überzeugt klang.

»Ich will nach *Chester Hall*. Der Umzug muss endlich über die Bühne, damit ich richtig arbeiten kann.«

»Mein Büro steht dir jederzeit offen.«

»Danke, das brauch ich auch vorerst, wenn es dir nichts ausmacht. Trotzdem ist der Zeitplan knapp, denn Sheryl will im Sommer auf *Chester Hall* heiraten. Den Termin haben wir über die Feiertage mit ihren Eltern festgemacht, damit sie rechtzeitig Flüge buchen können. Und die Gewerbeeinheiten in der Innenstadt von Chichester müssen umgebaut werden.«

»Hast du schon eine Vorstellung, wie?«

»Habe ich. Aber ich hatte gehofft, mir deine Projektplanerin ausleihen zu dürfen, damit sie mir die ideale Nutzung erarbeitet.«

Meine Mundwinkel zuckten nach oben.

»Was grinst du so?« Obgleich er empört sein wollte, stieg er in mein Lachen mit ein.

»Du kannst dir Carol ausleihen und anschließend meine Rechnung bezahlen.«

»Schon klar, Mann. Ich habe deine andere Rechnung schon beglichen.«

Das wusste ich und tatsächlich würden wir die nächsten Monate über die Runden kommen, wenn der Investor unterschreiben würde.

»Sie hat bis zum 6. Urlaub. Aber ich könnte es mir vorher anschauen und Fotos machen. Dann hat sie schon einmal eine Vorstellung und es fehlt nur noch das Aufmaß.«

»Den Grundriss habe ich.«

»Perfekt.«

Aiden sprang freudestrahlend auf die Füße und schaute auf seine Uhr. »Wann fahren wir los? In einer Stunde? Dann könnte ich Sheryl noch abholen. Sie soll sich den Raum für ihr Reisebüro anschauen.«

Ich nickte zustimmend. Während Jeremy seufzte.

»Ich komme auch mit. Dann weiß ich wenigstens, wo ich euch im Zweifelsfall finde.«

Sheryls spitze Absätze hallten in den leeren Räumen von Caylins Teeladen wider. Er sah einsam und verlassen aus. Nicht so warm, wie ich ihn in Erinnerung hatte. Doch ihr Geruch nach Vanille und Zimt hing noch in der

Luft, gepaart mit Teearoma. So intensiv, dass mein Herz sich krampfend zusammenzog. Es war eine echt miese Idee, hierher zu kommen. Warum hatte ich das nur vorgeschlagen?

»Es riecht nicht so angenehm hier.« Sheryl rümpfte ihre Nase. »Nach Räucherstäbchen oder so.«

»Es war ein Teeladen, Sheryl«, sagte Aiden.

»Ist mir egal. Du weißt doch, dass ich Kaffee bevorzuge«, antwortete sie schnippisch. »Ich öffne mal die Fenster.«

Ich musste arg an mich halten, um nicht aus der Haut zu fahren. Am besten, ich ging wieder und wartete im Auto. Als ich durch die Küche laufen wollte, fiel mein Blick auf das Lebkuchenhaus, was wir zusammen gebacken hatten. Es stand verlassen auf der Arbeitsplatte. Ich schnappte nach Luft. Caylins Teehaus. Sie hatte es hier gelassen?

Es war definitiv eine richtig miese Idee gewesen, herzukommen. Ich zog mein Handy und überlegte, ob ich sie anrief, als Jeremy mir auf die Schultern klopfte.

»Geht's?«

Ich presste meine Kiefer aufeinander, steckte die Hände in die Hosentaschen, damit er nicht sehen konnte, wie ich sie zu Fäusten geballt hatte, und nickte. Ich sollte die Fotos machen und dann raus. Mit dem Handy ging ich von Raum zu Raum, während Aiden und Sheryl zusammen überlegten, wie sie die Ladenfläche umbauen könnten.

»Hier ist eine Treppe«, sagte Sheryl.

»Da geht es nach oben. Die Treppe sieht sehr urig aus. Und irgendwie bräuchte ich für die Kanzlei einen separaten Zugang.«

»Den könntest du doch von diesem albernen Raum aus legen«, sagte Sheryl und ging zu dem Rundbogen, wo Cay ihre Teezeremonien abgehalten hatte.

Mit großer Schrift stand auf einem Zettel, der auf dem Boden lag *Bitte das Steinrelief nicht betreten.*

»Was soll denn der Zettel hier?«, fragte Sheryl genervt.

Sie drückte Aiden den Zettel in die Hand und lief zwei Schritte in den Raum rein. Ich erinnerte mich, dass Caylin das Relief im Boden mit einem schwarzen Absperrband abgetrennt hatte.

»Diese hässliche Kommode wurde offensichtlich vergessen«, sagte Sheryl. »Wenn du die entfernen lässt, Aiden, und dort einen Wanddurchbruch machst, hättest du einen separaten Treppenzugang.«

»Aber dann kommt man nur über den Hinterhof in meine Kanzlei. Das gefällt mir nicht.«

»Mir gefällt die ganze Immobilie nicht. Da muss wirklich gut umgebaut werden«, antwortete Sheryl.

Sheryl trat weiter in den Raum und drehte sich um ihre eigene Achse. Ihre Absätze blieben in dem Baumrelief hängen. Sie wollte gerade etwas sagen, als dieser plötzlich anfing, rot aufzuleuchten.

»Was ist das?«, schrie sie panisch. »Aiden, ich hänge fest.«

Aiden wollte zu ihr, doch ich hielt ihn an der Schulter fest.

»Caylin hat den Raum niemals mit Schuhen betreten.«

Aiden warf mir einen ärgerlichen Blick zu. »Das ist doch albern, Marc. Das ist ein dicker Steinboden. Da laufe ich garantiert nicht barfuß. Nachher hole ich mir noch eine Erkältung. Die kann ich nun wirklich nicht gebrauchen.«

Er riss sich los, während Jeremy hinter mir angerannt kam und wie gebannt auf das rote Leuchten starrte.

»Woher kommt das Leuchten? Über einen Bewegungsmelder?«, fragte Jeremy.

Mich wunderte es ebenfalls. Hatte Caylin ihre Lichterkette nicht mitgenommen? Aber LED-Streifen konnte ich nicht erkennen. Aiden eilte auf Sheryl zu und griff nach ihrer Hand, die sie ihm entgegenstreckte, um ihr zu helfen. Das rote Licht aus dem Baumrelief erstrahlte immer heller, dazu kam Wind auf und wirbelte wie eine Windhose um das Relief.

»Das ist ja richtig unheimlich. Woher kommt denn plötzlich der Wind?«, fragte Jeremy.

Ich zuckte mit den Schultern, da ich darauf keine Antwort hatte. Der Raum besaß keine Fenster und war rundum mit dicken Feldsteinen ummauert. Wir hatten die Hintertür geschlossen, sodass auch kein Durchzug entstehen konnte. Der Wind wirbelte um das Baumrelief und wurde immer stärker. Dabei zog er an Sheryl, die laut aufschrie.

Aiden hockte sich hin und versuchte ihren Schuh aus dem Relief zu bekommen.

»Brich mir ja nicht den Absatz ab. Die Schuhe haben 300 Dollar gekostet«, wetterte Sheryl.

Der Wind zerrte an ihnen. Die Haare wirbelten durcheinander. Ich überlegte, ob ich ihnen helfen sollte. Doch wagte ich nicht, den Raum zu betreten. Obendrein tat Aiden schon alles, um Sheryls Absatz aus dem Steinrelief zu bekommen.

Plötzlich zuckte ein greller Blitz durch den Raum. Jeremy und ich drehten uns weg und hielten schützend unseren Arm vor die Augen. Sheryls Schrei dröhnte durch das Windrauschen.

So plötzlich wie es gekommen war, so abrupt war der ganze Spuk wieder vorbei. Kein Wind. Kein Licht. Kein Aiden und keine Sheryl. Beide waren verschwunden.

KAPITEL 37

MARC

Jeremy und ich starrten uns an. Nur Sheryls verkeilter Absatz steckte im Relief und Aidens rot-goldener Schal, den der Wind offensichtlich in eine Ecke geweht hatte, zeugten davon, dass beide hier gewesen waren.

»Wo ... wo ... sind sie hin?«, stotterte Jeremy.

Ich schüttelte den Kopf. Das wusste ich auch nicht. Mir lief es eiskalt den Rücken herunter.

»D... du hast das ... aber auch gesehen, oder?«, stammelte Jeremy weiter.

»Ja«, hauchte ich entsetzt.

»Was geschieht hier?«

Ich hatte keine Antwort, doch die Gerüchte um die Spukgeschichten fielen mir wieder ein. Caylin hatte sie abgetan und darüber gelacht, als wären es alberne Geschichten. Aber dass, was ich gerade mit meinen eigenen Augen gesehen hatte, war alles andere als albern. Es war grauenvoll. Mein bester Freund und seine Verlobte hatten sich vor unseren Augen in Luft aufgelöst! Mir war zum Schreien zumute. Nur die lähmende Panik hielt mich davon ab, auszurasten.

Ein Klopfen an der Vordertür riss uns beide aus der Starre und ließ mich zusammenzucken. Mein Herz schlug mir bis zum Hals. Ich eilte in die Küche, um den Schlüssel zu holen. Tom und Ina standen davor. Ich suchte nach Worten, fand jedoch keine. Stattdessen deutete ich nur auf den Raum, in dem Aiden und Sheryl gerade verschwunden waren.

»Marc? Was ist passiert? Wir haben ein Donnern und einen grellen Schrei gehört.«

Beide hatten kreidebleiche Gesichter. Ob ich auch so aussah?

»Ich … weiß es nicht. Sie sind … weg. Einfach weg«, stotterte ich.

»Wer?« Toms Stimme klang schrill.

»Aiden und Sheryl. Sie standen … in dem Baum.«

Ina presste sich die Hand auf den Mund. »Ich habe es dir ja gesagt, sobald Caylin weg ist, fängt der Spuk sofort wieder an. Es ist wie damals.«

»Was für ein Spuk?«, fragte Jeremy scharf, der dazu gekommen war.

»Dieses Haus ist verflucht, Süßer. Schon immer gewesen. Man kann nachts Gesänge hören. Und es sind schon oft Menschen verschwunden. Schätzchen, du solltest unbedingt die Polizei rufen«, sagte Tom zu mir.

Er schien die Situation einigermaßen gefasst zu nehmen.

Ina schüttelte jedoch panisch den Kopf. »Die können eh nichts machen. Das haben sie noch nie. Ihr müsst Caylin anrufen. Bevor noch mehr verschwinden.«

»Ja, Caylin, die Liebe. Am besten beides«, ergänzte Tom resolut.

»Hoffentlich macht das nicht so schnell die Runde. Sonst kommt wieder keiner mehr zu uns in die Läden, Tom. Weil jeder denkt, deine Blumen und meine Wolle sind ebenfalls verflucht«, sagte Ina mit Panik in der Stimme.

»Ich verstehe das nicht.« Jeremy sah zwischen beiden hin und her. »Ich dachte, hier war ein Teegeschäft drin gewesen.«

Tom nickte. »Caylin hatte es am Anfang sehr schwer gehabt, die Leute davon zu überzeugen, dass es in ihrem Geschäft nicht spukt und sie ihren Tee kaufen können. Caylin hatte jedoch nie miterlebt, wie Menschen einfach so verschwunden sind.«

»Wusstest du davon?«, fragte mich Jeremy mit hochgezogenen Augenbrauen.

»Ich habe es als Geschichten abgetan, die man sich zu Halloween erzählt.«

Ich zog mein Handy hervor und wählte die Nummer der örtlichen Polizei. Keine zehn Minuten später standen sie in der Küche und hörten sich Jeremys und meine Geschichte an.

»Es geht also wieder los«, murmelte der eine.

Als ich ihnen den Raum zeigen wollte, wo es geschehen war, hoben sie jedoch beide Hände und schüttelten kalt lachend den Kopf.

»Nein, danke. So dicht gehen wir auf gar keinen Fall an diese Stelle heran.«

»Sie kennen diesen Raum?«, fragte ich fassungslos und legte die Stirn in Falten.

»Ja, natürlich. Jeder in Chichester kennt diesen Raum und die Geschichten, wie Menschen in ihm verschwunden sind. Keiner ist je wiedergekommen. Man hat auch nie eine Leiche gefunden.«

»Aber Miss O'Neil hat dort ihre Teezeremonien gehalten.«

»Ja, ja, das wissen wir alles. Bei ihr traten diese Phänomene tatsächlich nicht auf, weshalb Chichester in den letzten vier Jahren aufgeatmet hat«, sagte der Chief.

»Phänomene? Mein Freund hat sich gerade in Luft aufgelöst und sie erklären ihn als ein Phänomen?«, fragte Jeremy ungläubig und lachte kalt auf.

»Wenn Sie eine bessere Bezeichnung für etwas Ungeklärtes haben?« Der Chief sah ihn fordernd an.

»Und was gedenken Sie jetzt zu tun?«, fragte Jeremy schärfer.

»Nichts. Niemand ist jemals wieder aufgetaucht, der in diesem Haus plötzlich verschwunden ist. Wir können nichts tun«, erklärte der Chief.

»Das können Sie doch nicht machen. Es ist unser Freund, der dort verschwunden ist und sie wollen einfach die Füße stillhalten?«, fuhr Jeremy ihn an.

»Nicht nur unser Freund. Mr McKenzie«, fügte ich an.

»Selbst wenn es King Charles höchstpersönlich ist, können wir nichts tun. Wir schreiben einen Bericht und

geben eine Vermisstenanzeige auf. Aber ich mache Ihnen keine Hoffnung.«

»Und was wird dann aus *Chester Hall* und diesem Objekt?«, fragte ich.

Der Polizist zuckte mit den Schultern. »Es wird dauerhaft verfallen oder der Stadt angeeignet werden. Das liegt nicht in unserem Ermessen. Wollen Sie den Schlüssel noch behalten oder sollen wir die für Mr McKenzie aufbewahren?«

»Nein, schon gut. Ich nehme sie. Ich bin sein offizieller Immobilienverwalter«, antwortete ich geistesabwesend und zog meine Visitenkarte aus der Manteltasche. »Hier ist meine Nummer, wenn Sie doch noch rein wollen. Wegen der Spurensicherung.«

»Prima. Ich denke, das wird in dem Fall nicht notwendig sein. Aber gut zu wissen.«

Die Polizei ging und Jeremy und ich blieben ratlos zurück.

»Das gibt es doch nicht. Sie können doch nicht einfach nichts tun«, schimpfte er.

»Kannst du etwas machen? Spuren sichern?«

»Welche Spuren soll ich denn sichern, Marc? Sie sind vor unseren Augen verschwunden. Haben sich einfach so in Luft aufgelöst. Es gibt keine Mordwaffe, keine Blutlache oder ähnliches, was es zu untersuchen gilt. Lediglich ein Schuh wie bei Cinderella und einen Schal. Den Schuh hole ich garantiert nicht aus den Steinplatten heraus. Wem der gehört, wissen wir beide.«

»Aber wir müssen doch etwas unternehmen. Was ist, wenn der Chief recht hat und Aiden nicht wieder auftaucht?«

»Das ist ein Fall für die Mystery Abteilung beim MI6. Aber definitiv nicht mein Gebiet, Marc.«

»Hast du von denen eine Nummer?«, fragte ich.

Ob MI6 oder irgendwer sonst war mir egal. Hauptsache jemand begab sich auf die Suche nach Aiden und Sheryl.

Jeremy lachte kalt auf. »Als ob man die einfach so anrufen könnte.«

»Hier geht es um Aiden, Jer. Verdammt!«

Jemand räusperte sich. Als wir uns umdrehten, stand Elenor mit Tom im Flur.

»Es gibt nur eines, was du tun kannst«, sagte sie mit besorgtem Blick.

»Und das wäre?«, fragte ich ungeduldig.

Wie kamen sie hier rein?

»Du musst Caylin zurückholen.«

»Ich weiß nicht, ob ich Caylin hier haben möchte, wenn so etwas gerade geschehen ist«, entgegnete ich knapp.

Doch Elenor schüttelte den Kopf. »Sie wusste davon. Und nic ist etwas geschehen, solange sie den Laden gemietet hatte. Sie konnte mit diesem, was auch immer es ist, umgehen und hat es für sich selbst genutzt.« Elenor deutete auf den Baum im Boden.

»Sie wusste davon? Mir gegenüber hat sie es als Gruselgeschichten abgetan, die man sich als Kinder nachts unter der Bettdecke erzählte.«

»Aber das sind sie nicht, Marc. Nichts, was man sich über dieses Haus erzählt, ist erfunden«, beharrte Elenor zu meinem Erstaunen.

»Doch Caylin hatte es unter Kontrolle«, sagte Tom und nickte dabei heftig. »Sie wusste mehr über dieses Es, davon bin ich überzeugt.«

Es? Was bitte schön meinten sie mit Es? Entgeistert starrte ich beide an. Es klang alles zu kryptisch, als dass ich es verstand. Ich glaubte nicht an übernatürliche Phänomene. Doch das, was gerade mit Aiden und Sheryl geschehen war, konnte ich nicht mehr leugnen. Oder war ich in einen anderen Albtraum hineingeraten und musste nur aufwachen?

Ein kalter Lufthauch strich über mein Gesicht und ließ mich erschauern. Nein, ich träumte nicht. Das hier war alles echt gewesen. Aber meine Caylin soll eine Geisterbezwingerin gewesen sein?

»Was hatte sie unter Kontrolle?« Langsam wurde ich ungeduldig.

Elenor deutete auf das Relief am Boden, in dem immer noch Sheryls Schuh steckte.

»Alles, was von diesem Ort ausgeht. Ich weiß nicht, wie sie das gemacht hat. Sie hat nie ein Wort darüber verloren. Und keiner der Bewohner Chichesters hat sie danach gefragt. Jeder war nur glücklich, dass dieser Spuk aufgehört hat.«

»Und woher weißt du das dann?«, fragte Jeremy, dem das auch sehr fremd vorkam.

Betreten schauten Tom und Elenor sich an. »Wir haben einmal ihren Laden betreten, als sie Tee mischte. Er war nicht abgeschlossen, was sie normalerweise immer tat beim Teemischen. Aber da haben wir es gesehen. Das Leuchten des Lichts und sie unterhielt sich dabei mit jemandem.«

»Es war uns zu unheimlich. Ich hatte voll die Gänsehaut. Also sind wir schnell wieder raus. Als wir Caylin am nächsten Tag sahen, wirkte sie wie immer. Sie lächelte und war völlig vergnügt«, erzählte Tom weiter. »Selbst wenn sie deinen Freund nicht zurückholen kann, kann sie dir zumindest sagen, was hier gerade geschehen ist. Eine Erklärung oder so.«

Elenor nickte eifrig. Augenblicke verstrichen. Jeremy zuckte ratlos mit den Schultern. Was blieb mir denn für eine andere Wahl? Seufzend wählte ich schließlich die Nummer, die eine schmerzende Wunde in mein Herz gerissen hatte.

Es tut mir leid, Caylin. Aber ich muss dich doch nochmal anrufen.

Es klingelte. Die Sekunden verstrichen. Es klingelte weiter. Jeremy lief unruhig auf und ab. Es klingelte immer noch. Schließlich legte ich auf und schüttelte den Kopf.

»Sie zieht diese Ruf-mich-nicht-an-Nummer echt durch?«, stieß Jeremy entsetzt hervor. »Selbst im Notfall? Ich fass es nicht.« Er zog sein Handy aus der Tasche. »Gib mir die Nummer. Meine hat sie nicht. Ich wette, bei mir geht sie ran.«

Jeremy hielt das Handy ans Ohr und lief abermals hin und her. Elenor und Tom wirkten nervös. Sie schauten sich unruhig um, als ob von irgendwoher ein Gespenst auftauchen und in der Wand verschwinden würde.

»Das muss ich William heute Abend am Telefon erzählen. Dass so schnell jemand verschwindet, hätte niemand gedacht«, murmelte Tom vor sich her.

»Nope. Sie hebt nicht ab.«

Die Vordertür klapperte und ein kräftiger Mann mit Mantel und Weste stand kurz darauf in der Küche.

»Ich habe vom Chief schon gehört, was geschehen ist. Ich habe Mr McKenzie gewarnt, Miss O'Neil vor die Tür zu setzen. Aber er wollte nicht auf mich hören. Kam mir gleich mit den Wahlen nächstes Jahr.«

»Wer sind Sie?«, fragte ich genervt.

Du lieber Himmel, es schien wirklich die gesamte Stadt über diesen Raum Bescheid zu wissen. Und vor allem verbreiteten sich diese Neuigkeiten wie ein Lauffeuer.

»Henry Wilson. Der Bürgermeister von Chichester. Haben Sie Miss O'Neil erreicht?«

Ich schüttelte den Kopf. Ratlos blickte ich von einem zum nächsten.

»Hat jemand ihre Adresse? Ich fahre zu ihr«, beschloss ich spontan.

»Nach Schottland? Wir wollten Silvester im …« Jeremys Stimme klang seltsam schrill.

»Kannst du jetzt ans *Dark* und ans Feiern denken? Ich nicht, Jeremy. Und vermutlich ist es besser, diese Angelegenheit mit ihr persönlich zu klären«, schlug ich vor.

»Du hast ja recht. Es ist nur sauweit und in den Highlands liegt bestimmt Schnee.«

»Hast du eine bessere Idee? So lange anrufen, bis sie genervt abhebt?«

Jeremy verneinte seufzend. Erwartungsvoll sah ich Elenor und Tom an, wegen der Adresse. Doch sie schüttelten nur den Kopf, während Mr Wilson bereits auf seinem Handy herumtippte.

»Das ist doch kein Problem«, blubberte er, als wäre es das einfachste auf der ganzen Welt. »Chief, ich brauche umgehend die Adresse von Miss O'Neil in Schottland. Ja, es ist dringend. Du weißt schon, warum.«

Wow. Wenn das mal keine Vertuschungsgeschichte war. Die ganze Kleinstadt schien ein eingeschworener Haufen zu sein.

KAPITEL 38

GAYLIN

W o sollen die Sachen hin, Connor?«, fragte Brad, als wir nach einer sechzehnstündigen Fahrt ausstiegen.

Mein Hintern hatte mir noch nie so weh getan. Zwischendurch hatten wir auf einem Rastplatz gehalten, um drei Stunden im Transporter zu schlafen. Aber es war viel zu unbequem und zu eng zwischen Brad und Simon, als dass ich mich einigermaßen erholt fühlte.

Mum und Dad kamen uns auf dem schmalen Steinweg entgegen. Das alte Feldsteincottage sah noch so aus wie letztes Jahr. Ein wenig mehr Moos saß in den Fugen zwischen den Steinen. Die frische Landluft belebte mich umgehend. Es roch nach zuhause. Und doch fühlte es sich irgendwo in mir drin nicht richtig an.

»Pack es in den Schuppen. Da sollte noch Platz sein«, brummte Dad. »Danke, Brad, dass du sie endlich nach Hause geholt hast.«

Ich traute meinen Ohren kaum. Brad hatte mich nicht nach Hause geholt. Ich war allein gekommen. Obendrein hatte ich Simon um Hilfe gebeten.

»Nein, auf gar keinen Fall. Der Schuppen ist feucht. Ich will nicht, dass die Regale schimmeln«, hielt ich umgehend Einspruch.

»Ach Linny, die brauchste doch nicht mehr. Ich hab schon mit dem alten Sully gesprochen. Du kannst seinen Laden übernehmen. Er will sich zur Ruhe setzen. Er kann nicht einmal mehr richtig die Zahlen auf den Geldstücken erkennen.«

Mir wurde umgehend schwindelig. Zugegeben, Sully war schon wirklich alt. Ende siebzig und hatte einen Gemischtwarenladen im Dorf, wo ich gern aushalf, solange ich hier war, da es die einzige Möglichkeit vor Ort war, etwas einzukaufen. Dennoch wollte ich selbst entscheiden, wie es weiterging.

»Connor, das besprechen wir lieber später. Lass Caylin erstmal ankommen«, schaltete sich Mum ein.

Mit ihren Pantoffeln schlurfte sie über die bemoosten Feldsteine des Gehwegs auf mich zu und strich mit ihren Händen durch meine Locken. Das hatte sie schon immer gern getan.

»Schön, dass du endlich zurück bist. Du hast uns wirklich gefehlt.« Sie lächelte ein wenig.

»Ja, wurde auch Zeit. Also ich pack dann mal mit an«, sagte Dad und schob sich die Ärmel seines Pullovers hoch.

»Wo sollen die Regale denn nun hin?«, fragte Brad ungeduldig, schlüpfte in seine Arbeitshandschuhe und öffnete den Transporter.

»Na, sagte ich doch. In die …«

»In mein Zimmer!«, unterbrach ich Dad.

»Mach dich nicht lächerlich, Linny. Das passt doch nie und nimmer in dein Zimmer. Warum haste das Zeug denn nicht gleich da unten verkauft? Dann hättste noch 'n bissl Geld gekriegt.«

»Dad, das ist nur als Zwischenlösung gedacht.«

»Ach was. Sully verlässt sich auf dich. Und Brad ist ja auch zurück, nicht wahr?«

Er klopfte Brad auf die Schulter, als sei damit alles geklärt.

»Dad!« Ich ballte die Fäuste und musste mich arg zusammennehmen, nicht loszuschreien.

»Ist euer Dachboden noch frei?«, mischte sich Simon ein.

»Ja, schon. Aber der Schuppen ist doch näher. Und es gibt keine Treppen.«

Ich schloss die Augen und begann leise zu zählen. Wie ich Dads Sturheit hasste.

»Also Brad, ab damit auf den Dachboden«, beschloss Simon.

Dad zuckte mit den Schultern. »Na gut. Dann eben nach oben.«

»Das war ein riesengroßer Fehler«, murmelte ich leise und bereute meinen Schritt bereits jetzt schon.

Doch in Chichester hätte ich nicht bleiben können. Wenn ich mehr Zeit gehabt hätte, hätte ich mir eine andere Stadt für einen Neuanfang suchen können. Vielleicht hätte ich Mr McKenzies Angebot, erst im Januar auszuziehen, annehmen sollen. Warum nur war ich so stolz gewesen?

Simons Hand auf meiner Schulter ließ mich zusammenzucken. »Bleib ruhig, Cay. Es wird sich alles klären«, sagte er neben mir.

Ich war ihm wirklich dankbar, während ich Dad und Brad am liebsten zum Mond schießen würde.

»Du hast ja Tee mitgebracht«, rief Dad erstaunt, als er die ersten Kisten aus dem Transporter zog. »Was sollen wir denn damit?«

»Trinken, Dad«, sagte ich.

»Ach, dieses lose Zeug trinkt doch kein Mensch«, maulte er und drückte mir die leichten Kisten mit den Teeboxen in die Hand. »Versteh gar nicht, wie du damit Geld machen konntest.«

»Connor, sei jetzt still. Wenn Caylin ihren Tee trinken will, geht er in die Speisekammer. Irgendwie bekommen wir den schon unter«, schaltete sich Mum dazwischen.

»Jetzt fall du mir nicht auch noch in den Rücken, sonst geh ich gleich in den Pub«, polterte Dad los und trug mit Brad die ersten Regale ins Haus.

Das war genau der Grund, warum ich nicht gern nach Hause fuhr. Mir war in dem Moment einfach zum Heulen zumute.

Frustriert und eingeengt ließ ich mich auf mein Bett sinken. Es war fünf am Nachmittag und ich brauchte dringend eine Mütze voll Schlaf. Sicherheitshalber stellte ich mir den alten Wecker neben meinem Bett auf zehn, denn alle erwarteten mich im Pub, um Silvester zu feiern.

Mein Zimmer sah noch genauso aus, wie ich es hinterlassen hatte. Eine weiße Wolldecke, die ich mit vier-

zehn selbst gestrickt hatte, lag über dem Bett. In mein kleines Zimmer passten nur mein Bett, ein weißer Holz-kleiderschrank und ein schmaler, weißer Schreibtisch.

Ich hatte noch für jeden Geschenke nachträglich für Weihnachten. Für Mum Wolle von Ina, für Dad englisches Bier und für Granny ein Buch über Feen. Doch Dad wollte mit Brad und Simon anstoßen gehen. Immerhin war seine Linny nach Hause gekommen. Also mussten die Geschenke eben warten. Egal! Morgen vielleicht.

Ich vermisste Chichester. Meinen Teeladen. Meine Wohnung. Marc. Einfach alles. Es gab keinen Ort auf der Welt, wo ich weniger hingehörte als nach Durness.

Ein Klappern an meiner Tür ließ mich aufsehen. Grandma schob mit ihrem Gehstock meine Tür auf. In ihren Händen hielt sie zitternd ein Tablett. Ich sprang sofort auf die Füße.

»Granny, lass mich dir helfen.«

Ich nahm ihr umgehend das Tablett ab, auf dem zwei Tassen mit dampfendem Tee standen.

Granny grinste verschmitzt. »Ich weiß, du wolltest dich hinlegen. Aber ich habe mir gedacht, mit einem Tee im Bauch schläft es sich besser.«

Sie setzte sich auf mein Bett und ich stellte das Tablett auf dem Schreibtisch ab. Danach fiel ich ihr um den Hals, denn Granny war meine Seelenverwandte.

»Ich weiß, es ist nicht leicht, wieder hier zu sein. Aber ich freu mich trotzdem. Vor allem auf deinen Tee.« Sie zwinkerte vielsagend mit den Brauen.

»Welchen hast du aufgebrüht?«

»*Feennacht*. Ich will von ihnen träumen. Heute Nacht. An Silvester.«

Oh, das glaubte ich ihr sofort. Da Granny nicht mehr so gut zu Fuß war, war sie bestimmt schon lange nicht mehr auf dem Feenhügel gewesen. Ein amüsiertes Blitzen funkelte in ihren Augen. Ich stand auf, griff nach ihrem Weihnachtsgeschenk und überreichte es ihr.

»Frohe Weihnachten, Grandma.«

»Das wäre doch nicht nötig gewesen«, winkte sie ab.

»Doch, ist es. Es wird dir gefallen.«

Sie wickelte das Geschenk aus. Ihre alten Augen leuchteten, als sie das Buch betrachtete. Andächtig fuhr sie über den Einband. Mit dem Finger zeichnete sie die Fee nach, die auf dem Cover zu sehen war.

»Du hast recht. Es gefällt mir. Und ich behalte es.«

Ich schmunzelte. Das dachte ich mir. Meine Hände griffen nach der Tasse Tee.

»Willst du mir erzählen, was geschehen ist?«, fragte sie und in ihren weisen alten Augen las ich, dass sie mehr vermutete, als ich meinen Eltern erzählt hatte.

»Es ist kompliziert.«

»Also ein Mann.«

Ich nickte.

»Liebst du ihn?«

Tränen stiegen mir in die Augen, dennoch lächelte ich sie an. »Ja, sehr.«

»Wollte er dich nicht?«

»Doch. Ich musste gehen, weil mein Mietvertrag von dem Teeladen auslief.«

»Verstehe. Das ist wirklich nicht gut gelaufen.«

Granny war die Einzige, die von dem Portal in meinem Teeladen wusste. Nur sie kannte die Wirkung der Feenmagie auf meinen Tee, auch wenn wir nie darüber

geredet hatten. Gedankenverloren strich sie über ihren Ring. Sie trug denselben wie ich. Der Feenring verband uns. Seitdem ich ihn bekommen hatte, hüteten wir unser Geheimnis. Obgleich scheinbar noch mehr in Durness Bescheid wussten, wie Simons Bemerkung am Südtor verraten hatte.

Doch Granny und ich hatten unser Versprechen nie gebrochen und das Geheimnis der Feen bewahrt. Wir mussten uns nicht austauschen, um zu wissen, was jeweils die andere erlebt hatte. Somit brachen wir unser Versprechen nie und konnten dennoch offen miteinander umgehen.

»Ich weiß nicht, was ich tun soll«, wisperte ich und wischte mir über die Augenwinkel.

Ihre Hand legte sich tröstend auf meinen Oberschenkel. »Atme erst einmal durch. Und nimm Connor nicht zu persönlich. Es wird sich ein Weg finden, da bin ich mir ganz gewiss. Und tatsächlich fände ich es sehr schade, wenn er die Schaffarm aus den Händen gäbe. Schließlich gehört sie zu unserer Familie, auch wenn du dich damit nicht identifizieren kannst. Doch Connor ist in die Jahre gekommen. Er schafft es nicht mehr allein mit deiner Mutter.«

Die Sache mit der Schaffarm war wirklich ein Problem, was ich vor mir herschob.

KAPITEL 30

CAYLIN

Die letzten Stunden des Jahres verbrachten alle im Dorf, immer im örtlichen Pub. Nur Granny blieb zu Hause. Sie wollte um diese Uhrzeit nicht mehr das Haus verlassen.

Wirklich Lust hatte ich auch nicht, denn Dad war schon betrunken, als ich den Pub betrat und heiße, verschwitzte Luft mir entgegen wehte. Aber da ich nun einmal in Durness war, sollte ich mich dort hin und wieder blicken lassen. Mum saß mit ihren Freundinnen zusammen und spielte Karten, während Dad an der Bar hockte und grölte.

»Connor hat mir gesagt, du würdest meinen Laden übernehmen«, sagte der alte Sully auf seinem Gehstock gestützt, als ich kaum zwei Schritte im Pub stand. »Caylin, du weißt gar nicht, wie sehr dich der Allmächtige schickt. Meine Gelenke können nicht mehr. Und die

meisten Pakete sind für mich zu schwer, als dass ich sie noch heben könnte. Ich habe dir sogar ein Regalbrett für deinen Tee freigeräumt.«

Der alte Sully sah mich mit leuchtenden, alten Augen an, dass ich in dem Moment kaum ablehnen konnte. Allein schon, dass er mir ein Stück Regal zur Verfügung stellte, berührte mein Herz. Seine Töchter hatten beide geheiratet und Durness verlassen. Wenn der alte Sully schließen würde, müsste man eine halbe Stunde in den nächst größeren Ort fahren. Vor allem für die Älteren im Dorf wäre das sehr beschwerlich. Auch wenn ich keine Lust hatte, in Durness zu stranden und mein Herz in Chichester verloren hatte, musste ich mir in dem Moment eingestehen, dass ich in dem schottischen Dörfchen durchaus einen Platz finden würde.

»Ich komme die Tage mal vorbei und schau mir deinen Laden an.«

»Danke, Caylin. Du bist die Beste.«

Ich lächelte und setzte mich neben Simon.

»Und? Ein paar Stunden geschlafen?«

»Nach der Nacht in deinem Transporter war das dringend notwendig. Was ist mit dir?«

»Keine Chance auf ein Stündchen Schlaf, solange die Kleinen wach sind. Komm, ich geb dir einen Drink aus. Was magst du?«

»Eine Limo.«

Simon lachte. »Ich glaub, das gibt es hier nicht. Ein Ale?«

»Irgendwas Alkoholfreies.«

Simon bestellte mir ein Soda mit Eis.

»Ist Fiona auch hier?«

Ich sah mich im Pub um und wollte sichergehen, dass ich sie nicht in dem Gedränge übersehen hatte.

»Nein, sie bleibt mit den Kindern bei ihrer Mum zu Hause.«

»Wann fahrt ihr wieder nach Edinburgh?«, fragte ich.

»Übermorgen. Bis dahin musst du unbedingt vorbeikommen, sonst ist sie sauer.«

»Ich komme morgen am Nachmittag, wenn's recht ist.«

Ich freute mich tatsächlich auf Fiona und die Kinder. Unsere ganze Kindheit hatten wir zusammen verbracht.

Er zuckte mit den Schultern. »Hier passiert nicht viel. Du kannst kommen und gehen, wie du willst.«

»Danke.«

»Dasselbe gilt auch für Edinburgh. Oder ziehst du das mit dem alten Sully wirklich in Betracht?«

Ich stieß einen lauten Seufzer aus. »Ich habe gerade keine Ahnung, was ich in Betracht ziehen soll. Aber dein Angebot klingt auf alle Fälle verlockend.« Ich grinste ihn an.

»Sag Connor nicht, dass ich es dir unterbreitet habe.«

Wir stießen lachend an. Nach einer Weile verschwand Simon auf die Toilette. Ich nutzte die Zeit und zog mein Handy aus der Tasche, um ein paar Silvesternachrichten an Tom, Ina und Elenor zu schicken. Dabei musste ich feststellen, dass ich seit dem Umzug nicht mehr draufgeschaut hatte. Zwei verpasste Anrufe. Einer von Marc und einer von einer unbekannten Nummer.

Es war kurz vor elf. Ob ich ihn zurückrufen sollte? Vielleicht hatte er den Schlüssel nicht gefunden. Wach würde er am letzten Tag des Jahres sicherlich noch sein.

»Hey, alles in Ordnung?«, fragte mich Simon, als er zurückkam.

»Ja. Ich denke, ich werde nach Hause gehen.«

»Jetzt schon?«

»Ich schau mal nach Granny«, log ich.

Simon umarmte mich. »Dann ein frohes Neues, Cay. Schön, dass du wieder hier bist.«

Ich hüpfte vom Barhocker, griff an der Garderobe meinen Wollmantel und verließ das Pub. Erst als mir die kalte Winterluft ins Gesicht blies, merkte ich, wie heiß und stickig es dort drin gewesen war. Die Stille im Dorf tat mir gut. Jedoch hörte man das laute Feiern noch weit hinter dem Pub.

Während ich mich auf den Heimweg machte, überlegte ich, ob ich Marc zurückrufen sollte oder lieber nicht. Mich wunderte es, dass er sich gemeldet hatte. Denn ich hatte nach meinem Brief verständlicherweise nichts mehr von ihm gehört. Auf der anderen Seite würde ich sehr gern seine Stimme hören. Nur fürchtete ich mich vor dem Schmerz, der garantiert kommen würde.

Ich bog in die kleine Straße, wo meine Eltern wohnten und hielt abrupt inne, als ich den schwarzen Sportwagen davor stehen sah. Zu viele Fragen schossen gleichzeitig durch meinen Kopf, sodass meine Beine zu rennen begannen. Ich riss die Tür auf.

»Granny?«

»In der Küche, Caylin«, vernahm ich ihre kratzige Stimme.

Ich schlüpfte eilig aus meinen Schuhen und stand wenige Atemzüge später in der Küche. Marc erhob sich in

dem Moment, wo ich sie betrat, und drehte sich zu mir. Er sah wie immer gut aus. Sein Mantel lag ordentlich über der Stuhllehne. Nur sein grün-goldener Schal hing noch um seinen Hals. Er trug einen anthrazitfarbenen Pulli, unter dem ein weißes Hemd hervorschimmerte. Die goldenen Sterne in seinen schwarzen Augen funkelten in einer Mischung aus Wärme und Erleichterung. Dennoch spürte ich die Unsicherheit. Ja, das war ich auch. Doch was bei allen Teetassen machte er hier? Und woher kannte er diese Adresse?

KAPITEL 40

MARC

Sie stand in ihrem dunkelblauen Wollmantel in der Küche. Ihre lockige Haarsträhne fiel ihr über die Nase, sodass sie instinktiv den Kopf schüttelte, nur damit diese über die Wange rutschte. Sie zu sehen war das Schönste seit einer knappen Woche. Mein Lichtblick in dieser trüben Jahreszeit und nach den erschreckenden Ereignissen in ihrem Teeladen. Ihre grünen Augen strahlten auf, als sie mich erblickten. Und ihre elegant geschwungenen Lippen, die ich am liebsten küssen wollte, zuckten leicht. Verunsichert, ob sie lächeln oder überrascht schauen sollen.

»Marc«, wisperte sie und meinen Namen aus ihrem Mund zu hören, ließ mein Herz höher schlagen.

»Ich sollte mich entschuldigen, dich so zu überfallen. Aber mir tut es nicht leid.«

Sie kicherte und ihre Grandma, die ich sofort in mein Herz geschlossen hatte, weil sie mich in so vielen Dingen an Cay erinnerte, räusperte sich.

»Nimm dir eine Tasse Tee, Caylin und setz dich. Marc hat dir etwas zu erzählen«, sagte ihre Grandma ernst. »Ist dein Dad schon betrunken?«

Caylin wich sofort meinem Blick aus und lief rot an. Ich wusste nicht, was diese sehr direkte Frage zu bedeuten hatte.

»Ja.«

»Gut, dann verbleibt uns ja noch ein wenig Zeit, in der wir zu dritt ungestört sind.«

Caylin nahm sich eine Tasse aus dem rustikalen, dunklen Küchenschrank und goss sich etwas Tee ein.

»Hmm, *Magische Nacht*? Du hast doch heute Nachmittag schon *Feennacht* getrunken. Granny, hast du mir etwas zu sagen?«, fragte sie verschmitzt und deutete auf den Tee.

»Nein, ich nicht. Aber Marc.«

Caylin setzte sich zu meinem Bedauern nicht neben mich, sondern neben ihre Grandma. Irritiert, aber neugierig sah sie mich an. Ich räusperte mich, denn jetzt, wo ich hier bei ihren Eltern saß, wusste ich plötzlich nicht mehr, wo ich anfangen sollte mit erzählen. Als ich in Chichester heute früh losgefahren war, hatte sich der Plan noch richtig angefühlt. Aber jetzt? Die ganze Geschichte klang völlig bizarr. Sie musste mich für verrückt halten.

»Ich wollte wirklich die Bitte in deinem Brief erfüllen, auch wenn ich sie total bescheuert fand. Aber ich konnte nicht«, begann ich und fuhr mir mit einer Hand durch

mein Haar, denn ich fühlte mich wie ein liebeskranker Trottel. »Ich brauche dringend deine Hilfe.«

»Wobei? Hast du die Schlüssel nicht gefunden? Dafür hättest du auch anrufen können.« Abermals färbte sich ihr Gesicht rot. »Entschuldige, dass ich deinen Anruf verpasst habe. Es ist nur, hier oben schaut keiner ständig aufs Handy. Weil man das nicht braucht. Obendrein ist der Empfang nicht der Beste.«

Es war zwar schon dunkel, als ich Durness erreicht hatte. Dennoch war mir deutlich bewusst, dass die letzte größere Ortschaft eine gute Stunde Fahrt zurück lag. Ich konnte mir vorstellen, dass das Leben hier langsamer verlief.

»Schon gut. Es ist eh etwas, was ich lieber persönlich mit dir berede. Bitte halte mich nicht für verrückt. Und nein, ich habe nichts getrunken. Es geht um den Raum, wo du deine Teezeremonien abgehalten hast.«

Erkenntnis zog durch Caylins Augen. Sofort verschwand ihr Lächeln. Sie konnte es sich schon denken?

»Was ist passiert?«

»Aiden und Sheryl sind verschwunden.«

Caylins Hand stieß gegen ihre Teetasse, die gefährlich wackelte. Zu meiner Überraschung sah auch Caylins Grandma mich wissend an.

»Ich habe doch extra einen Zettel hingelegt, dass das Steinrelief nicht betreten werden darf.«

Ich zuckte mit den Schultern. »Nun, du und ich haben ihn damals auch betreten und sind nicht verschwunden.«

Sie schüttelte entsetzt den Kopf. »Wir haben das Steinrelief nie betreten. Ich nehme an, keiner von den beiden hatte sich zuvor die Schuhe ausgezogen.«

Ich lachte leise auf. »Erzähl mir jetzt bitte nicht, dass es nur an den Schuhen lag. Das Ganze ist verrückt genug, Caylin. Die Polizei wollte deine Räumlichkeiten nicht einmal betreten ...«

»Meine Räumlichkeiten? Es sind Mr McKenzies.«

»Der gerade verschwunden ist.«

»Verstehe. Und die Adresse meiner Eltern hast du woher?«

Natürlich wollte sie das noch wissen. Süß. In Anbetracht der Tatsache, dass gerade zwei Menschen spurlos verschwunden waren, war das doch die unwichtigste aller Fragen.

»Mr Wilson hat den Chief dazu genötigt, im Polizeisystem nach deinen Eltern zu suchen.«

Caylin kicherte. Schön, dass sie das amüsierte, denn ich fand das alles andere als lustig.

»Caylin, das ist nicht witzig. Ich hoffe sehr, dass du mir helfen kannst.«

Sie wurde sofort ernst, doch den mitleidigen Blick, den sie mir zuwarf, wollte ich nicht sehen.

»Es tut mir leid. Ich mache mich nicht lustig. Nur die Umstände sind ... bizarr.«

Bizarr traf es vollkommen.

»Das Südtor hätte niemals zugemauert werden dürfen«, sagte stattdessen ihre Grandma.

»Ich verstehe nicht.«

»Granny, nicht. Wir haben ein Versprechen gegeben.« Caylin sah sie alarmiert an.

»Was wir beide immer gehalten haben. Doch in Anbetracht der Umstände …«

»Es sind schon oft Personen verschwunden. Mr McKenzie und seine Freundin sind nicht die ersten.«

»Das hat der Chief auch erzählt. Was …«

»Marc versteht es nicht«, schaltete sich ihre Grandma dazwischen.

»Natürlich nicht. Keiner tut es. Weder der Bürgermeister noch die Polizei. Und ich habe extra ein Schild geschrieben. Ich frage mich, wie Mr McKenzie dieses ignorieren konnte.«

Darüber regte sie sich auf, dass ihr Schild ignoriert wurde? War sie denn gar nicht entsetzt, dass zwei Menschen verschwunden waren? Ihre Granny legte die Hand auf Cays. Mir fiel sofort auf, dass beide denselben Ring trugen. Was hatte er zu bedeuten?

»Du hast getan, was du tun konntest. Auch am Nordtor sind viele verschwunden.«

»Ich wäre es damals auch, hätte ich dein Lied nicht gehabt«, gestand Caylin.

Nordtor? Südtor? Ich verstand nur Bahnhof und Abfahrt.

»Fahr mit ihm zum Hügel und frage nach, wie du die beiden zurückholen kannst.« Cays Granny nickte in meine Richtung.

»Das hat noch niemand getan.« Caylins Stimme war tonlos. »Obendrein hat Mr McKenzie keine guten Karten. Irgendetwas ist damals vorgefallen, was sie verärgert hat.«

Sie?

»Dann leg für ihn ein gutes Wort ein. Er braucht einen Fürsprecher, dem sie vertrauen.«

»Das liegt nicht in meiner Macht, Granny.«

»Du bist die Einzige, die das tun könnte. Nicht einmal hier im Dorf weiß es noch jemand.«

»Da täuschst du dich aber. Simon wusste sofort Bescheid, als er den Baum im Boden gesehen hat.«

Caylins Grandma verzog das Gesicht. »Vielleicht hat er es nur vermutet, denn natürlich ist jeder im Dorf mit den alten Legenden großgeworden.«

Ich wusste nicht, was ich von der Unterhaltung zwischen den beiden halten sollte. Es gab offensichtlich etwas, was mir entgangen war. Wollte oder konnte Caylin Aiden nicht helfen?

»Caylin, was läuft hier?«, fragte ich und konnte die Schärfe in meiner Stimme nicht zurückhalten.

Caylin sah mich nicht an. Stattdessen spielte sie mit ihren Fingern an der Teetasse.

»Meine Enkelin trifft keine Schuld«, sagte ihre Grandma. »Der erste McKenzie hat einen Fehler begangen. Einen großen. Und wenn der nicht behoben wird, ist Ihr Freund für immer verloren.«

Woher kannte sie die McKenzies? Sie besaßen *Chester Hall* schon mehrere Jahrhunderte, wenn ich Johns Ausführungen zur Familienhistorie Glauben schenken durfte.

»Welchen? Und woher kennen Sie die McKenzies?«

»Die McKenzies stammten ursprünglich aus Schottland. Sie sind mit unserer Familie nicht verwandt. Aber ihnen gehörten die Ländereien in Cromartyshire, eine Grafschaft, die es heute nicht mehr gibt. Schritt für

Schritt kauften oder erbten sie über die Jahrhunderte weitere Teile von Nordschottland und wurden zu einem politisch ernstzunehmenden Mitspieler im britischen Haus.«

»Weißt du, was damals vorgefallen ist?«, fragte Caylin ihre Granny überrascht.

Sie schüttelte den Kopf.

»Nichts Genaues, nur dass es damals sehr gravierend war. Aber das findest du schon heraus, wenn du zu ihnen gehst. Arthur McKenzie wollte sich politisch engagieren. Als er *Chester Hall* geerbt hat, hat er umgehend in Schottland seine Sachen gepackt und ist in den Süden gezogen, wo es nicht lange gedauert hat, um Schuld auf sich zu laden. Das ist alles, was man sich über ihn erzählt hat.«

»Aiden zurückzuholen wird nahezu unmöglich sein. Sie werden seine Blutlinie sofort erkennen«, schaltete sich Caylin ein.

»Und deshalb ist es wichtig, dass du für ihn ein gutes Wort einlegst«, sagte ihre Grandma an sie gewandt.

»Das kann ich versuchen. Aber ich mache dir keine große Hoffnung, Marc. Es ist noch nie jemand zurückgekommen.« Ihre grünen Augen sahen mich ernst und durchdringend an.

»Sag niemals nie, Kind. Schau deinen Tee an. Niemand hat jemals ihre Magie für Tees genutzt«, ermutigte ihre Grandma sie.

Magie und Caylins Tee? Es wurde immer abstruser. Ich fuhr mir durch mein Haar und wünschte, ich würde mehr verstehen.

»Morgen bei Tagesanbruch kann ich auf den Hügel gehen«, sagte Cay leise.

»Nimm ihn mit«, forderte ihre Grandma mit Nachdruck. »Er muss es verstehen.«

Er war anwesend und konnte euch hören. Zumal ich einen Namen hatte. Ich fühlte mich etwas unwohl, dieser Unterhaltung beizuwohnen. Ich wollte schon vorschlagen, kurz das Zimmer zu verlassen, als Caylin schon weiterredete.

»Dann breche ich mein Versprechen. Das ist keine gute Verhandlungsbasis.«

Zugegeben, ich wollte das Zimmer nicht verlassen.

»Caylin, bitte sag mir endlich, was hier vor sich geht.«

Ihre Augen färbten sich traurig. »Das kann ich eben nicht, weil ich ein Versprechen gegeben habe, ein Geheimnis für immer zu wahren.« Dann wandte sie sich an ihre Grandma. »Und du auch. Du darfst es nicht brechen.«

Ihre Grandma griff nach ihren Händen. »Hier geht es um viel mehr als um dein Versprechen, Caylin. Hier geht es auch um dein Herz.«

Flüchtig streiften Caylins Augen meine. Ihre Wangen färbten sich.

»Du hast das Versprechen über dein Herz gestellt. Aber es wird dich auf Dauer nicht glücklich machen. Ich bin zwar alt, aber nicht dumm. Ich habe gesehen, wie eure Augen vorhin gestrahlt haben. Marc ist hier, Schätzchen. Nimm ihn mit. Er muss es verstehen.«

»Sie werden einen Preis fordern. Ich weiß nicht, ob ich bereit bin, ihn zu zahlen«, gestand Caylin und Verzweiflung schwang in ihrer Stimme mit.

Ihre Grandma grinste breit. »Oh, natürlich werden sie das. Und nicht du wirst ihn zahlen, sondern ich.«

»Nein, das lass ich nicht zu.«

Caylin sprang auf die Füße und Tränen traten in ihre Augen. Sie sah erschüttert aus.

»Nicht für einen McKenzie, Granny. Ich habe extra ein Schild geschrieben, dass das Relief nicht betreten werden darf.«

»Aber er hat es dennoch getan. Dich trifft keine Schuld, Caylin. Die McKenzies waren nie sehr feinfühlig gewesen. Das spielt jetzt aber keine Rolle. Ich tue das nicht für Arthur McKenzies Nachfahren, sondern für dich. Lass mich den Preis für dich bezahlen.« Sie deutete mit dem Kopf in meine Richtung. »Dann kannst du ihn mitnehmen. Er muss es wissen.«

»Das kannst du nicht tun«, wisperte sie.

In meinem Kopf wirbelte es durcheinander. Noch mehr Fragen als je zuvor tauchten in mir auf. Doch wollte ich nicht unhöflich sein und sie mit meinen Fragen unterbrechen. Caylins Grandma erhob sich ebenfalls. Sie zog den Ring von dem Finger, den Caylin ebenfalls trug. Grandma legte den Ring in Cays Hände und Tränen rollten über Caylins Wangen.

»Warum?«, fragte sie erstickt.

»Das ist mein Geschenk an dich. Werde glücklich mit Marc.«

»Sie werden dir alle Erinnerungen nehmen. Wir werden nichts mehr haben, was uns verbindet.«

»Wenn ich deinen Tee trinke, kann ich von ihnen träumen. Ich bin alt, Caylin. Ich kann nicht mehr auf den Hügel gehen. Also was nützt mir das Wissen darum.

Aber dich bringt es weiter. Deshalb zahle ich den Preis und nicht du.«

Ihre Grandma sah zu mir und zwinkerte mir zu. Ich schob ebenfalls meinen Stuhl zurück.

»Und jetzt hör auf zu weinen, Kindchen, und werde endlich glücklich. Nichts darf zwischen euch stehen, wenn ihr wollt, dass es funktioniert. Auch dieses Geheimnis nicht.«

Caylin zog die Ärmel ihres Stickpullis länger und wischte sich über die Wangen.

»Hast du es Grandpa damals auch erzählt?«

Ihre Grandma lächelte geheimnisvoll. »Dein Grandpa, wie dein Dad auch, war so sensibel wie ein Bergtroll. Noch schlimmer als ein McKenzie. Er war mehr mit den Schafen beschäftigt. Ich brauchte ihm das nicht erzählen. Aber zwischen euch ist es anders. Sein Freund ist im Tor verschwunden. Marc wird es nie verstehen, wenn du es ihm nicht zeigst und ihm hilfst.«

Caylin schniefte kurz und nickte tapfer. Ihre Augen wanderten zu mir. Ein zaghaftes Lächeln erschien.

»Ich werde dir alles erzählen. Und wenn du mich danach noch willst, finden wir gemeinsam eine Lösung für ein Uns.«

Ich konnte mein Erstaunen nicht für mich behalten. Darum ging es hier? Um ein Uns? Um Caylin und mich? Sie lief auf mich zu und blieb ganz nah vor mir stehen. Ihr Duft nach Vanille und Zimt umhüllte mich sofort.

»Sei mir nicht böse, dass ich weggelaufen bin. Wenn du mich morgen auf den Feenhügel begleitest, wirst du es verstehen. Jetzt im Dunkeln werden wir das Tor nicht

finden, weshalb wir bis zum Morgengrauen warten müssen.«

Feenhügel? Ich dachte schon, meine Geschichte über Aiden und Sheryls Verschwinden sei bizarr, aber offensichtlich steckte eine noch viel verrücktere dahinter. Zärtlich legte ich meine Hand auf ihre Wange.

»Cay, ich habe dir versprochen, dass wir zusammen eine Lösung finden. Für mich stand es von Anfang an außer Frage. Aber was ist mit Aiden und Sheryl?«

»Ich kann dir nicht versprechen, ob sie zurück dürfen. Niemand kam jemals aus dem Tor zurück. Außer dir.«

»Ich?« Überrascht zog ich meine Augenbrauen nach oben.

»Bei unserer Teezeremonie, weißt du noch? Du hast es als Traum abgetan. Die Frauen in den weißen Gewändern, die um den Baum getanzt haben. Aber es war echt.«

»Es war echt? Nicht nur ein Traum?«, stieß ich überrascht aus.

Caylin nickte.

»Ich war verschwunden?«

»Dein Körper nicht, aber dein Geist ist mit dem Baum des Lebens verschmolzen. Die Wächterinnen haben dich zurückgeholt, während ich das Tor offen hielt. Ich werde mein Möglichstes für Aiden und Sheryl tun, aber versprechen kann ich nichts.«

»Du sprichst in Rätseln.«

»Ich weiß. Morgen bei Tagesanbruch.«

Es tat gut, wieder bei ihr zu sein. Dennoch war diese ganze Situation schon sehr bizarr.

Ich wollte mich gerade zu ihr hinunterbeugen, als ihre Grandma sagte: »Es gibt nur ein Problem, Caylin.«

Nur eines? Also ich zählte wenigstens eine ganze Handvoll.

Caylin drehte sich zu ihr um. »Welches?«

»Marc braucht ein Zimmer. Ich kann mir nicht vorstellen, dass dein …«

Weiter kam sie nicht, denn die Haustür wurde polternd aufgestoßen.

»Linny!«, brüllte eine männliche Stimme, die selbst mir einen Schauer über den Rücken jagte.

»Oh nein! Warum ausgerechnet jetzt?«, murmelte Caylin und verdrehte die Augen.

»Was 'n das für 'n Auto?«, blubberte diese männliche Stimme.

»Dad?«

Sie wandte sich ab und lief schnell um den Küchentisch. Schwere Schritte brachten die Holzdielen zum Knarren und Quietschen. Ein Mann, der aussah wie ein Bär, trat in die Küche und schwankte dabei leicht bei jedem Schritt und der saure Geruch von Alkohol erfüllte den Raum.

»Es ist gleich Mitternacht. Geh zurück ins Pub und stoß mit Brad auf ein neues Jahr an«, lallte er.

Wenn das Caylins Dad war, wollte ich sie nicht hier haben. Ich wusste nicht viel über ihre Eltern und ihr Verhältnis zu ihnen. Dennoch war ich etwas schockiert von dem Bild, das sich mir zeigte. Und wer bei allen guten Geistern war Brad? Die Anzahl an unbeantworteten Fragen in mir schoss gerade exponentiell nach oben.

KAPITEL 41

CAYLIN

Ich baute mich vor Dad auf und hoffte, dass Marc nicht so viel von ihm sah, denn Dads Auftauchen konnte mir kaum unangenehmer sein. Jedoch war ich gut einen halben Kopf kleiner als Dad und nur halb so breit wie er.

»Dad, ich werde nicht zurück ins Pub gehen. Ich habe da nichts verloren.«

»Doch, Brad.«

Brad war der letzte Mann, mit dem ich ins neue Jahr starten wollte.

»Brad ist mir egal.«

»Wie kannst du das nur sagen?«, polterte er ungehalten los. »Er hat dich nach Hause gebracht. Sei gefälligst ein wenig dankbarer.«

»Es war Simon, der mich abgeholt hatte, weil ich ihn darum gebeten hatte.«

Dad kratzte sich am Kopf und schien zu überlegen.

»Simon … hmm … ist doch auch nicht so wichtig.«
Dad griff nach meinem Arm. »Jetzt stell dich nicht so an.
Brad wartet jedenfalls auf dich.«

Hinter mir vernahm ich Bewegung, was Dad aufschauen ließ. Seine Augen fokussierten sofort Marc. Ich
entzog ihm meinen Arm, was Dad ins Wanken geraten
ließ.

»Ich stell mich nicht so an. Brad hat mich betrogen.
Erinnerst du dich?«

Doch Dad sah immer noch zu Marc. Eine tiefe Furche
erschien auf seiner Stirn. Offensichtlich versuchte er gerade zu verstehen, wer Marc war.

Ich drehte mich halb zur Seite und deutete auf ihn.
»Darf ich dir Marc vorstellen, Dad?«

Marc streckte ihm seine Hand entgegen, doch Dad
regte sich nicht. Auch antwortete er nicht und ich fragte
mich, ob er mich verstanden hatte.

»Dad?«

»Hmm?«

»Du solltest zurück ins Pub gehen, wenn du Mitternacht mit deinen Kumpels anstoßen willst.«

»Linny, was hast du angestellt?«, fragte er entsetzt.

Seufzend schüttelte ich den Kopf. Bitte nicht Linny
vor dem Mann, den ich liebte. Marc nahm seine Hand
wieder herunter.

»Nichts! Wieso?«

»Hast du Probleme? Du weißt, du kannst immer zu
mir kommen«, lallte er weiter. »Und zu Brad natürlich.«

Meine Schultern sackten nach unten. Warum konnte
er Brad nicht einmal dort lassen, wo er war? Außerhalb
meiner Reichweite.

»Er ist ein guter Junge. Passt auf meine Linny auf.«

»Ich kann selbst auf mich aufpassen.«

»Nein, kannst du nicht. Ich hab dir hunderte Male gesagt, du sollst dich fern von Kriminellen halten. Jetzt bringste se in mein Haus. Detective Voss ist im Pub. Den werde ich gleich mal anhauen.«

»Dad, wie kommst du denn nur auf die Idee, dass Marc kriminell ist? Lass Detective Voss bloß in Ruhe sein Bier trinken.«

»Jeder, der so ein Auto fährt, das draußen vor unserem Haus steht, ist kriminell. Kann sich doch keiner sonst leisten.« Dad deutete mit dem Daumen auf die Haustür.

Ich wusste nicht, ob ich lachen oder weinen sollte. Auf jeden Fall wünschte ich mir, der Boden würde sich auftun und mich verschlingen.

»Marc hat in London eine eigene Firma und verkauft Immobilien«, sagte ich knapp, obgleich ich wusste, dass Dads benebeltes Gehirn nur die Hälfte an Informationen bekam.

Marc streckte Dad erneut die Hand entgegen.

»Marc Baxter. Sehr erfreut, Sie kennenzulernen.«

Doch Dad nahm sie abermals nicht entgegen. Er sah Marc immer noch misstrauisch an.

»Alles Halsabschneider sind das. Mein Haus kriegste nicht. Ist ’n Erbstück, nicht wahr Mummy?« Dad sah zu Granny.

»Connor, du blamierst gerade deine Tochter. Geh jetzt zurück ins Pub«, schimpfte Granny.

Abermals kratzte er sich am Kopf. Seine roten Haare standen ihm in alle Richtungen zu Berge. Wenn er weg

war, musste ich erst einmal das Fenster öffnen, um den Biergestank aus der Küche zu bekommen. Dad blickte endlich wieder zu mir.

»Stimmt, ins Pub. Da wartet Brad.«

»Dad, das hatten wir eben schon einmal.«

»Jetzt sei nicht so kleinlich. Ist 'n netter Kerl. Mit ihm kann man gut einen trinken. Und um die Schafe kümmert er sich auch toll.«

Oh, das glaubte ich gern. Nein danke.

»Das hat mit kleinlich nichts zu tun. Ich liebe Brad nicht, sondern …«

Ich schaute zu Marc und spürte, wie die Hitze in meine Wangen schoss. Konnte ich das sagen? Marc begegnete fragend meinem Blick.

»Ich liebe Marc, Dad. Deswegen will ich Brad nicht«, sagte ich schließlich, zwar verunsichert, doch es war die Wahrheit. Ich liebte ihn. Alles an ihm. Auch wenn ich nicht wusste, ob er mich noch haben möchte, wenn er morgen alles erfährt.

»Ach. Das sagst du mir jetzt erst?«, polterte Dad wieder los. »Ich dachte die ganze Zeit, es ist …«

»Nein, Dad.«

Er sah zwischen Marc und mir hin und her. Es fiel ihm schwer, zu verstehen, was gerade passierte.

»Hmm. Na gut. Aber Brad wird traurig sein.«

»Das glaub ich kaum. Jetzt geh zurück ins Pub zum Anstoßen. Und vergiss nachher nicht, Mum mit nach Hause zu bringen.«

Er drehte sich nachdenklich um und schwankte abermals gefährlich. Er sollte eigentlich nicht noch ein Glas

trinken. Aber das versuchte ich ihm gar nicht auszureden, schließlich wollte er es eh.

»Ach, und Dad?«

»Hmm?«

»Hast du was dagegen, wenn Marc heute bei uns schläft?«

»Auf der neuen Couch schläft schon deine Mum«, sagte er nur. »Sie schafft es bestimmt nicht ins Schlafzimmer. Muss immer allein schlafen.«

Mitleid schlich sich in mein Herz. Meine Eltern führten schon eine äußerst merkwürdige Ehe. Tja, und die neue Couch war gar nicht so neu. Es war nämlich meine. Während die alte von meinen Eltern schon aufgerissene Polster besaß, hatte er beim Ausladen diese in den Stall geschafft, während meine Couch nun im Wohnzimmer stand. Spontan würde ich sagen, ich wurde Couch-enteignet.

»In meinem Zimmer, Dad.«

Ich kam mir blöd vor, dass ich mit 28 meinen Dad immer noch fragen musste, ob Marc in meinem Zimmer schlafen durfte. Doch Granny hatte recht und ich kannte meinen Vater zu gut.

»In Ordnung. Geht klar. Wirst du wieder weggehen? Du bist doch gerade erst gekommen. Linny, du bist immer so lange weg.«

Seine Frage kombiniert mit seinem Schmollton erwischte mich eiskalt. Man sagte immer, Betrunkene seien wie kleine Kinder. Sie sagen das, was sie denken. Auf Dad traf es definitiv zu. Es war anstrengend, all das in diesem Zustand auszudiskutieren. Ich hoffte nur, dass er morgen früh nicht die Hälfte wieder vergessen

hatte. Obgleich er roch, als wäre er in ein Bierfass gefallen, umarmte ich ihn.

»Morgen bin ich da. Ich koch dir einen Tee.«

»Danke, Linny. Frohes neues Jahr.«

»Frohes neues Jahr, Dad.«

Mit einem Scheppern flog die Haustür ins Schloss und auch draußen polterte es, woraufhin ich ihn fluchen hörte. Vermutlich hatte er die Mülltonne umgerannt. Meine Schultern sackten nach unten und ein Seufzen entwich mir. Granny öffnete bereits die Fenster in der Küche, worüber ich sehr dankbar war.

Kurz darauf schoben sich warme Hände um meine Taille und drehten mich um. Ein amüsiertes Lächeln strahlte mir entgegen.

»Linny?«

Ich kicherte. »Wehe, du nennst mich jemals so.«

»Ist das eine Drohung oder ein versteckter Wunsch?«

»Ganz klar eine Drohung.«

Langsam beugte sich Marc zu mir herunter. »Ich bin neugierig, was die Konsequenz wäre. Linny?«

Ein unwilliges Schnauben entwich mir. Legte er es gerade darauf an, die Nacht in seinem Auto zu verbringen?

»Du liebst mich also?«, fragte Marc weiter und seine Lippen strichen zärtlich über meine.

Die Anspannung fiel von mir ab. Ich konnte ihm nicht böse sein.

Umgehend schob ich meine Arme in seinen Nacken. »Das tue ich. Du erinnerst dich an *für immer die deine*?«

Marc holte tief Luft.

»Wenn du mich denn willst«, fuhr ich zögerlich fort.

Ein sehnsuchtsvolles Flackern entbrannte in Marcs Augen. »Ich habe mich nicht getraut, das zu hoffen, nachdem du dich Weihnachten aus meinem Leben geschlichen hast. Also ja. Natürlich will ich dich.«

Das hoffte ich auch noch, wenn er wusste, wie ich meinen Tee in den letzten Jahren hergestellt hatte. Aber diesen Gedanken schob ich vorerst zur Seite, denn Marcs Lippen lagen umgehend auf meinen und küssten mich leidenschaftlich.

»Trinkt er immer so viel?«, fragte Marc etwas später, als wir uns in mein Zimmer zurückgezogen hatten.

Wir hatten noch mit Granny und einer Tasse *Die magische Nacht* aufs neue Jahr angestoßen, bevor wir dann nach oben gegangen waren.

»Hmm. Schon. Aber er ist nicht gewalttätig, wenn er getrunken hat. Darüber musst du dir keine Sorgen machen. Mir tut es eher leid, dass du ihn so gesehen hast. Er ist recht robust und eigentlich ganz in Ordnung.« Ich atmete tief durch und ließ mich neben Marc auf mein Bett sinken. »Es mangelt in Durness einfach an etwas Aufregung. Ihm ist langweilig. Vor allem im Winter. Eigentlich geht es dem ganzen Dorf so. Also treffen sie sich jeden Abend im Pub. Er steht trotzdem jeden Morgen früh auf und kümmert sich um die Schafe. Es ist ein anderes Leben als das in der Stadt.«

»Und Brad?«

Ich seufzte und verdrehte die Augen. »Wir waren verlobt und gingen nach der Schule nach Edinburgh. Doch Brad hatte mich betrogen. Als die schwangere

Affäre an unserer Wohnung geklingelt hatte, habe ich meine Sachen gepackt.«

»Er war der Grund, warum du Schottland verlassen hast.«

Ich nickte und beugte mich zu ihm, um ihn flüchtig zu küssen.

»Und das war die beste Entscheidung meines Lebens. Denn sonst wäre ich dir nie begegnet.«

Marc lachte. »Ich bin froh, dass du das getan hast.«

»Es tut mir wirklich leid, dass ich mich so davongestohlen habe. Deine Familie ist so gänzlich anders als meine. Ich habe mich so wohl gefühlt ...«

»Oh, das ist doch mal eine Erklärung, warum du gegangen bist. Weil du dich wohl gefühlt hast«, zog er mich auf.

Ich schloss kurz die Augen und grinste. »Du hast mich nicht ausreden lassen.«

Seine Lippen streiften meine. »Weil dein süßer Mund mich ablenkt.«

Ich wusste nicht, was ich daraufhin sagen sollte.

»Ich denke, wir sind quitt, Cay. Das erste Mal habe ich es verbockt, das zweite Mal du. Nur, bitte lauf nie wieder vor mir davon.«

»Mach ich nicht«, sagte ich und doch wusste ich nicht, ob er mich nach dem Besuch auf dem Feenhügel noch wollte.

Schließlich war Marc ein rational denkender Geschäftsmann und hatte mit Feen und Magie nichts zu tun.

Als würde er meine Gedanken lesen können, sagte er: »Meinst du, die Chancen stehen gut, dass Aiden und Sheryl wieder auftauchen?«

Die Chancen standen extrem schlecht.

KAPITEL 42

GAYLIN

Bei Morgengrauen, nachdem ich Dad, wie versprochen, einen Tee gekocht und warm gestellt hatte, dirigierte ich Marc durch Schottlands schneebedeckte
Landschaft. Die winterlichen Highlands sahen wunderschön aus, wie mit weißem Puderzucker überzogen,
und doch war der Himmel von einer dicken Wolken-
schicht verhangen. Fast schien es, als könnte ich die Wolken mit meiner Hand berühren, wenn ich mich nur danach ausstreckte.

Im Dunkeln verschwanden die Tore auf magische
Art und Weise. Zumindest die, die sich unter freiem
Himmel befanden. Mein Südtor war auch nachts in meinen Räumen zu sehen. Warum die anderen nachts nicht
aufzufinden waren, wusste niemand so genau. Einmal
bei einer lauen Sommernacht hatte ich das Nordtor gesucht. Ich kannte den Weg in- und auswendig und war

mir hundertprozentig sicher gewesen, den richtigen Weg zu nehmen. Und doch hatte ich es nie gefunden.

»Es gibt insgesamt vier Tore. Auf dem Feenhügel befindet sich das Nordtor, in Mr McKenzies Laden das Südtor. Das Westtor befindet sich in Wales und das Osttor an der Küste in der Nähe von Flamborough«, begann ich.

»Was meinst du mit Tor?«

»Es ist so etwas wie ein Portal.«

»In eine andere Welt?« Ungläubig zog er die Augenbrauen nach oben.

Ich nickte, hob aber gleichzeitig beide Hände, um es ein wenig zu beschwichtigen. Als wäre es das Normalste der Welt. War es nicht. Doch was brachte es mir, wenn Marc mich für eine Verrückte hielt. Menschen wie mich hätte man im Mittelalter verbrannt.

»Sie führen in eine Welt, die im Erdinneren liegt. Stell es dir wie eine Zwiebel vor. Viele Schalen und Schichten. Und jede Schicht eine andere Welt.«

Er lachte auf. »Du erzählst mir jetzt kein Märchen, oder?«

»Nein, Marc. Ich erzähle dir das, weil dein Freund in einem Portal verschwunden ist. Man darf es nicht betreten. Deshalb war die Absperrung um den Baum in dem Raum, wo ich die Teezeremonie abgehalten hatte.«

»Und warum hat es dich nie verschlungen?«

Ich grinste. »Weil ich das Portal nie betreten habe.«

»Aber du hast es genutzt bei deinen Zeremonien.«

Er kombinierte schnell.

»Ich habe die Magie der Feen genutzt, ja. Das Südtor ist das einzige Tor, was überbaut ist und sich in einem

Haus befindet. Wenn ich meinen Tee mische, setze ich mich neben das Portal, rufe die Wächterin des Tores und diese spricht eine magische Rune in den Tee.«

Marcs Wagen kam gerade ins Schlittern.

»Pass auf!«, stieß ich hervor, während meine Hände sich in das Sitzpolster des Beifahrersitzes vergruben.

»Entschuldige. Das ist … ich versuche, es zu begreifen. Es ist nicht so einfach für mich«, stammelte er.

Ich nickte verständnisvoll und hoffte, dass sich mein Puls bald wieder beruhigen würde.

»Du musst dort reinfahren«, sagte ich und deutete nach links.

»Hier zwischen den Büschen und Hecken? Bist du dir sicher?«

»Normalerweise geht dazwischen ein Weg entlang. Doch der Schnee hat ihn verdeckt. Wir können das Auto hier abstellen und den Rest des Weges laufen.«

Marc setzte den Blinker und bog links ab. Da der Schnee recht hoch war, blieb er unmittelbar nach dem Abbiegen am Rand stehen.

»Zurück zu deinem Tee. Wie funktioniert es?«, fragte Marc, als wir ausgestiegen waren und zwischen den Hecken den Weg den Hügel hinaufliefen.

»Jeder Tee soll ein bestimmtes Gefühl in dem Teetrinker hinterlassen. Das Ganze geschieht mittels Magie. Feenmagie. Wenn der Tee *Happy Moments* heißt, dann …«

»… erzeugt er ein Glücksgefühl«, vervollständigte Marc meine Erklärungen. »Wir haben damals einen Entspannungstee getrunken. Und ich war offensichtlich so tiefenentspannt gewesen, dass ich eingeschlafen bin.«

»Der Tee hinterlässt immer positive Gefühle. Es ist wie Schokolade essen. Sie schüttet Glückshormone im Körper aus, das macht mein Tee ebenfalls. Und der Liebestee wirkt aphrodisierend.«

»Warte, was?« Marc blieb abrupt stehen und sah mich entsetzt an.

Ich lachte leise auf. »Ich habe immer darauf geachtet, dass wir beide zusammen keinen Liebestee trinken. Du weißt schon, *Kaminliebe* hieß einer oder *Liebeszauber*. Diese Tees wirken aphrodisierend.«

»Cay …« Doch seine Frage stellte er nicht zu Ende.

»Es haben sich gerade von den Mittvierzigern viele bei mir bedankt für den Tee, weil ihre Ehe einen zweiten Frühling erlebte.«

»Ich kann es immer noch nicht glauben. Welchen hatten wir gestern Abend?«

Ich schmunzelte. »Die magische Nacht.«

Ich stellte mich auf die Zehenspitzen, um ihn zu küssen. »Ich weiß nicht, wie du es empfunden hast, aber ich fand unsere Nacht sehr magisch.«

»Ich weiß nicht, was ich dazu sagen soll.«

»Es ist mein Geschäftsgeheimnis, Marc. Das macht meinen Tee zu etwas Besonderem. Und das ist auch der Grund, warum ich nicht einfach in Chichester umziehen konnte.«

Erkenntnis flackerte in seinen Augen auf. »Ich verstehe. Deswegen hast du es nicht einmal im Ansatz in Betracht gezogen, umzuziehen. Deine Kunden würden sofort merken, dass dein Tee in ihnen nicht mehr das Gefühl hinterlässt, was er sonst getan hätte.«

Wir liefen weiter den Berg hinauf.

»Und diese Runen?«

»Die Wächterin spricht die Runen in den Tee, die der Tee vermitteln soll. Zum Beispiel Freude oder Entspannung. Die Kräuter oder Teesubstanzen haben eh diese Wirkung, wie zum Beispiel Lavendel. Die Magie wirkt so ähnlich wie ein Katalysator.«

»Dein Tee ist absolut lecker, Cay. Ich möchte keinen anderen mehr trinken. Ich finde, das allein reicht. In meinen Augen brauchst du die Magie gar nicht. Und deine Kunden wären auch ohne magischen Tee zu dir gekommen. Von daher hättest du nicht so weit wegziehen brauchen. Chichester liebt dich und deinen Tee.«

Marcs Worte berührten mein Herz. Und vielleicht hatte er recht und mein Umzug war viel zu übereilt. Ein kalter Wind wehte in unser Gesicht. Wir hatten den Weg zum Gipfel des Feenhügels zur Hälfte hinter uns gelassen, als das Warnschild am Wegrand auftauchte.

»Bist du dir sicher, dass wir weiter sollen? Hier steht Lebensgefahr.«

»Das Schild ist für Touristen. Es verschwinden auch bei uns immer wieder Personen, die unbedacht über das Tor laufen. Die Dorfbewohner meiden normalerweise diesen Ort, weil er ihnen nicht geheuer ist. Der Hügel ist umgeben vom Moor. Also eigentlich eine gute natürliche Barriere.«

»Und es ist dasselbe Tor wie in dem Laden?«

»Es ist das Nordtor. In Mr McKenzies Immobilie befindet sich das Südtor.«

»Und woher wusstest du davon?«

Ich erzählte ihm, wie ich Aidens Vater auf einer Teemesse kennengelernt hatte und er mir das Angebot

unterbreitete, in seinen Räumlichkeiten einen Teeladen zu eröffnen.

»Als ich einzog, fand ich das Südtor und wusste sofort, warum die Leute an den Spuk glaubten.«

»Du hattest vorher nicht die Idee, Magie zu deinem Tee hinzuzufügen?«

»Nein. Woher auch. Ich wollte nur losen Tee verkaufen. Er hat mir in Europa so sehr geschmeckt, dass ich ihn auch in Britannien anbieten wollte. Wer trinkt in Europa mehr Tee als unsere Nation?

Ich aktivierte schließlich das Tor. Die Wächterin erschien und war überrascht, jemanden gegenüber zu finden, der sich mit Feenmagie auskannte. Wir freundeten uns an. Eines Tages mischte ich Tee in dem Raum und wir unterhielten uns nebenbei. Sie fragte mich zu den getrockneten Blättern und Kräutern. Schließlich murmelte sie eine Rune. Der Baum im Steinboden leuchtete auf und der erste magische Tee entstand. Ich probierte ihn und schickte eine Probe an die Aufsichtsbehörde und bekam ihn zertifiziert.«

»Dann war es eher Zufall. Dennoch klang es gestern Nacht so, als ob auch deine Grandma die McKenzies kannte.«

»In Schottland gibt es viele Sagen und Legenden über die McKenzies. Sie gehören zu den alten schottischen Clans. Kennen im Sinne von persönlichen Kontakt pflegen ist übertrieben.«

Wir hatten den Gipfel erreicht. Das Tor war unter einer dicken Schneeschicht begraben. Nichts deutete darauf hin, dass sich hier ein Portal zur Feenwelt befand.

»Ich sehe nichts«, sagte Marc irritiert und suchte den Boden ab.

»Genau das ist das Gefährliche. Im Sommer ist es mit Gras bewachsen und im Herbst weht der Wind das Laub von den Bäumen darüber.«

Wir blieben am Rand stehen.

»Wie hast du dieses Tor hier auf dem Gipfel gefunden, wenn jeder in eurem Dorf diesen Ort meidet?«

Ich zuckte gelassen mit den Schultern. »Wir haben Verstecken gespielt. Dabei habe ich mich im Moor verlaufen. Irgendwann stand ich dann hier oben und fand den Baum im Steinboden. Weil ich mich verloren fühlte, setzte ich mich an den Rand und sang das Lied, was Granny mir jeden Abend als Schlaflied sang.«

»Es aktivierte das Tor«, kombinierte Marc.

Ich nickte mit hämmerndem Herzen, denn genau das würde ich jetzt tun.

KAPITEL 43

MARC

Die Aussicht von dem kleinen Feenhügel über das Land gefiel mir. Ich konnte sogar bis zum Meer schauen. Imposant erstreckten sich nach Westen Schottlands Berge. Dunkelgraue Wolken, die vermutlich noch mehr Schnee bringen würden, ragten bis zum Horizont. Ich sah das kleine Dorf, in dem Caylin aufgewachsen war. Es schien nur aus wenigen kleinen Cottages und Gehöften zu bestehen. Sie hatte so ein ganz anderes Leben geführt als ich, obgleich ich ebenfalls in einem Dorf aufgewachsen war. Der Umgang in der Familie fühlte sich genauso rau an wie der Wind, der über die Highlands fegte.

Zugegeben, es war viel und nicht ganz einfach für mich, zu akzeptieren, was Caylin mir alles über die Tore und die Welt der Feen erzählte. Wenn ich nicht mit eigenen Augen das Licht gesehen und den Wind gehört hätte, dass Aiden und Sheryl verschlungen hatte, würde es mir noch schwerer fallen.

Caylin griff nach ihren Schuhen, an deren Sohlen der Schnee klebte.

»Was hast du vor?«, fragte ich.

»Bleib hier!«, sagte sie und wirkte sichtlich nervös.

Als sie auch aus ihren Socken schlüpfte, schüttelte ich ungläubig den Kopf.

»Caylin, das ist zu kalt.«

Sie seufzte. »Willst du deinen Freund wiederhaben oder nicht?«

Missbilligend beobachtete ich das Prozedere.

»Gibt es keine andere Möglichkeit?«

Sie schüttelte mit dem Kopf. »Immer ohne Schuhe. Und ich mag nun einmal keine nassen Socken.«

Unruhig fuhr ich mir durchs Haar.

Caylin quietschte laut auf. »Aaaah, das ist kalt.«

Sie hüpfte mehr auf die Mitte des Kreises zu, als dass sie ging. Es entlockte mir ein leises Lachen. Sie war so süß. Ihre roten Locken wehten hin und her und zeichneten sich kontrastreich von der weißen Umgebung ab.

Doch mit dem Schuhe ausziehen war es noch nicht genug, denn sie hockte sich fünf Fuß von mir entfernt in den Schnee und begann zu singen. Ihre Melodie berührte mein Herz und ein prickelnder Schauer legte sich über meine Haut. Uralte Worte, die ich nicht verstand. Vielleicht gälisch. Ich wusste es nicht. Doch wunderschön.

Je mehr sie sang, desto mehr drang unter der Schneedecke ein blaues Licht hervor. Gebannt starrte ich auf den Schnee vor ihr, als ich das Baumrelief erkannte.

Dasselbe wie in Chichester. Nur als Aiden und Sheryl verschwanden, hatte es rot geleuchtet.

Caylins Lied war verklungen, als in dem blauen Licht über dem Schnee eine Frau schwebte. Sie hatte goldenes Haar und trug ein weißes, langes Gewand. Es waren dieselben Kleider, die ich gesehen hatte, als ich bei der Teezeremonie den Traum über den Baum hatte. Ihre Füße, die unter dem Kleid hervorlugten, trugen keine Schuhe. Und hinter ihrem Rücken schimmerten fast durchsichtige Flügel.

Eine Fee!

Mein Mund trocknete schlagartig aus und in meinem Hals bildete sich ein dicker Kloß. Es gab sie also wirklich.

»Du hast mich gerufen und bist dennoch nicht allein gekommen. Hast du dein Versprechen vergessen, das du damals gegeben hast?«, fragte die Fee und schien nicht sehr erfreut zu sein.

»Nein, das habe ich nicht. Er ist ein Freund von mir und vertrauenswürdig.«

»Wer vertrauenswürdig ist, das entscheidet die Königin.«

»Das verstehe ich.«

»Du weißt, dass ich von dir einen Preis fordern muss, wenn du jemandem unser Geheimnis anvertraust.«

Caylin nickte und streckte ihre Hand aus. Der Ring ihrer Grandma schwebte in der Luft. Die Fee berührte ihn mit dem Finger und sah Caylin verwirrt an.

»Sie hat uns schon lange nicht mehr besucht.«

»Es war ihr Vorschlag gewesen, ihn mitzubringen. Sie hat mir von sich aus ihren Ring gegeben, denn sie wird auch nicht mehr kommen.«

»Sie schwindet.«

»Ja.« Caylins Stimme war tonlos.

Ein paar Atemzüge kehrte Stille ein. Die Fee berührte den Ring abermals mit dem Finger und er verglühte mit einer blauen Flamme.

»Nun denn, dein Preis ist akzeptiert. Sprich! Was führt dich hierher?«

»Am Südtor sind zwei Menschen verschwunden.«

»Das ist richtig. Die Königin war nicht sehr erfreut darüber und hat bereits ihre Wächter ausgesandt.«

»Besteht die Möglichkeit, sie zurückzuholen? Es war ein Versehen.«

Die Fee bedachte Caylin mit einem nachdenklichen Blick. Mein Herz schlug wild in der Brust. Am liebsten wäre ich zu Caylin gerannt, doch sie hatte mich extra darum gebeten, am Rand zu bleiben.

»Ist es das nicht meistens?«

Caylin schwieg.

»Du weißt, wer unser Land betreten hat«, sagte die Fee.

Caylin nickte. »Ich weiß nur, dass es nicht absichtlich geschehen ist. Die Königin darf ihn nicht für die Vergehen seines Vorfahren bestrafen.«

Die Fee lachte kalt. »Caylin Feuerhaar, erzähle meiner Königin niemals, was sie darf und was nicht.«

»Es tut mir leid. So sollte es nicht rüberkommen. Was ist damals geschehen? Wie können wir es wiedergutmachen?«

Überrascht legte die Fee die Stirn in Falten und flog noch ein wenig höher, dabei glänzten ihre Flügel in einem glitzernden Schein.

»Vor langer Zeit kamen die Menschen regelmäßig an unsere Tore. Oft baten sie um Rat, manchmal auch um Heilung. Wir halfen ihnen mit unserer Magie, wie wir es konnten und die Menschen brachten uns zum Dank oft einen Teil ihrer Schätze mit. Edelsteine oder Gold. Manchmal auch ein Tier.

Doch unsere Tore gerieten mit der Zeit mehr und mehr in Vergessenheit. Nur noch wenige erinnerten sich an sie. Einer von ihnen, der an dem Glauben an die Legenden über unsere Magie festhielt, war der junge Arthur McKenzie.

Er kam oft zum Nordtor und bat das eine oder andere Mal um Hilfe oder Heilung, die ihm gewährt worden war. Er brachte immer großzügige Geschenke als Dank mit. Eine frühere Wächterin des Nordtores verriet ihm, dass es drei weitere gab, auf dessen Suche er sich vermutlich aus reiner Neugier begeben hatte. Schließlich fand er das Südtor und aktivierte es.

Er verliebte sich in die damalige Wächterin des Südtores. Um sie vor den Augen anderer zu schützen und weil er die Magie der Feen ganz für sich allein beanspruchen wollte, baute er ein Haus um das Tor. Sie schien auch an ihm Gefallen zu haben. Irgendwann erwartete die Wächterin von ihm ein Kind und wurde von der Königin aus der Feenwelt verstoßen. Arthur McKenzie nahm sie bei sich auf, doch ihr fehlte die Magie der Feenwelt und so wurde sie sehr krank.

Arthur war besorgt und bat die neue Wächterin des Tores um Heilung, die ihm verwehrt wurde. Da Arthur annähernd jeden Tag um Hilfe flehte, belegte die Königin der Feen schließlich das Portal mit einem Bann. Kein McKenzie könne jemals wieder ein Tor zur Feenwelt aktivieren. Da niemand sonst darüber Bescheid wusste, und das Tor sich immer noch auf dem Grundbesitz der McKenzies befand, geriet es vollständig in Vergessenheit.

Die verstoßene Fee gebar das Kind und verstarb kurze Zeit später. Vor lauter Schmerz leistete Arthur einen Blutschwur über dem Portal. Sollte er noch einmal eine Fee sehen, würde er sie töten, um sich an der Königin zu rächen. Dieser Schwur erzürnte die Königin so sehr, dass sie veranlasste, Menschen in die Feenwelt zu entführen, die unser Portal betreten. Das, was früher zum Segen für die Menschen wurde, wurde nun für sie zum Fluch. Die Menschen mieden die Orte fortan, an denen die Tore sich befanden und niemand bat mehr um Heilung oder um Rat. Keiner brachte mehr Geschenke. Stattdessen dachten sich die Menschen grausame Geschichten über diese Tore aus.«

»Was ist aus Arthur McKenzie geworden?«, fragte Caylin tonlos.

»Er verstarb irgendwann und sein Sohn, das Kind aus ihm und der verstoßenen Fee, überlebte und erbte seinen Besitz.«

»Hatte dieser Sohn magische Kräfte?«, bohrte Caylin weiter.

Entsetzt stieß ich den Atem aus, sodass die Fee mir kurz ihre Aufmerksamkeit schenkte.

»Vielleicht. Wir wissen es nicht. Da er jedoch in deiner Welt aufgewachsen ist, werden sie sich nie entfaltet haben.«

»Wie können wir jetzt wiedergutmachen, was Arthur McKenzie getan hat?«

»Du kannst es nicht, Caylin Feuerhaar«, beantwortete die Fee schließlich Cays Frage und bedachte sie mit einem bedauerlichen Blick.

»Nein! Bitte, es muss doch eine Möglichkeit geben«, stieß ich panisch aus und setzte reflexartig einen Schritt vor.

»Tritt näher, Freund von Caylin Feuerhaar und leiste deinen Schwur.«

Was? Schwur? Ich? Mir war schlagartig nicht mehr kalt, sondern heiß. Ich wollte schon loslaufen, als mein Blick auf Caylins Schuhe fiel. Ein Seufzen entwich mir. *Aiden, du schuldest mir was.*

Ich schlüpfte aus meinen Schuhen und Socken und hockte mich neben Caylin in den Schnee. Sie lächelte mich zuversichtlich an.

»Du kennst jetzt unser Geheimnis«, sagte die Fee. »Schwörst du, es zu wahren und es zu schützen?«

»Ich schwöre, dieses Geheimnis für mich zu behalten«, sagte ich und wusste nicht, ob das ausreichte.

Doch um meinen Finger bildete sich ein metallischer Ring, dessen Ornamente genau dieselben waren wie bei Caylins.

»Nur eine Seele, die der Tod schon einmal geküsst hat, kann das Tor passieren und wieder zurückkehren«, sagte die Fee und ihr Blick ruhte auf mir.

Ich brauchte ein paar Atemzüge, bis ich begriff, dass sie mich damit meinte.

»Was, ich? Ich habe doch gar nicht den Tod …« Ich unterbrach mich selbst. Doch, hatte ich. Damals bei dem Unfall nach der Beachparty. »Aber ich weiß nicht, was ich tun muss.«

»Das ergibt sich von selbst«, antwortete sie ausweichend.

Nein, Moment! Darauf ließ ich mich nicht ein.

»Warum Marc?«, fragte Caylin.

»Weil sein Geist sich leichter von seinem Körper trennt, da er dem Tod schon einmal entkommen war«, erklärte die Fee.

Woher wusste sie von dem Autounfall?

Doch bevor ich meine Frage stellen konnte, sagte die Fee: »Hüte dich davor, unsere Welt mit deinem Körper zu betreten. Schicke nur deinen Geist durch das Südtor und überzeuge Aiden McKenzie, den Blutschwur seines Vorfahren aufzuheben. Dann, und nur dann wird sich die Königin vielleicht gnädig stimmen lassen.«

Wie sollte ich das denn anstellen?

»Doch beeil dich. Du hast nur drei Tage Zeit. Verweilen sie länger als drei Tage in unserer Welt, ist eine Rückkehr für sie ausgeschlossen. Auch ist es das, wenn die Königin bereits ihr Urteil über deinen Freund gefällt hat. Ihr Urteil ist unumstößlich. Viel Erfolg, Marc Todestänzer.«

Die Fee verschwand genauso wie das blaue Leuchten. Übrig blieben Caylin und ich im Schnee.

»Todestänzer?«, fragte ich ungläubig, was Caylin ein Kichern entlockte.

»Das ist nicht lustig, Cay. Ich verstehe das nicht«, fuhr ich sie aufgebracht an.

Sie legte ihre Hand in meine. Sie war eiskalt und auch ihre Lippen verfärbten sich bereits lila. Das riss mich aus meinem Fragenstrudel.

»Du musst sofort ins Warme«, sagte ich.

Caylin nickte. Zusammen liefen wir zurück zu unseren Schuhen. Die Socken über die nasse Haut zu ziehen, war äußerst unangenehm. Zurück im Auto drehte ich die Heizung voll auf.

»Die Sitzheizung kommt gleich«, sagte ich zu Caylin, deren Zähne schon zitternd aufeinanderschlugen.

»Danke«, hauchte sie.

Ich startete den Motor und manövrierte meinen Wagen aus dem Schnee, um zurück nach Durness zu fahren.

»Was ist dort oben gerade geschehen?«

»Die Wächterin hat dich aufgenommen, Marc. Du darfst es niemandem erzählen.«

»Das hat mich ein wenig überrumpelt«, gestand ich. »Was hätte sie gemacht, wenn ich mich geweigert hätte, den Schwur zu leisten? Es fühlt sich nämlich komisch an, als ob ich mit meinem Leben bezahlen würde.«

»Dann hätte sie einen weiteren Preis gefordert. Meinen Ring. Und wir hätten Aiden und Sheryl nicht zurückholen können.«

»Was macht der Ring?«

»Der Ring ist nur ein Symbol der Zugehörigkeit. Wie eine Art Siegelring. Gibst du ihn ab, löschen sie deine Erinnerungen an das Portal und an ihre Magie.«

»Oh! Und wie holen wir jetzt Aiden und Sheryl zurück?«

»Am Südtor. Und wir haben nur drei Tage Zeit. Wann sind die beiden verschwunden?«

Das war nicht ganz die Antwort auf meine Frage. Aber gut. Caylin schien zu wissen, was zu tun war und ich vertraute ihr. Ich sah auf die Uhr auf der Anzeige in meinem Auto.

»Am 30. gegen Abend.«

Auf die Minute genau wusste ich das nicht mehr.

»Gut. Uns bleiben nur noch eineinhalb Tage. Das wird ziemlich knapp. Ich packe kurz ein paar Sachen zusammen und dann fahren wir sofort nach Chichester.«

KAPITEL 44

CAYLIN

Die Scheibenwischer von Marcs Auto quälten sich, das Glas während der Fahrt freizuhalten. Kaum hatten wir Durness verlassen, konnten die dunkelgrauen Wolken den Schnee nicht mehr zurückhalten. Natürlich fuhr kein Schneepflug in der Gegend, sodass wir nur im Schneckentempo vorwärts kamen.

»Wenn es so weiter schneit, kommen wir heute nicht mehr in Chichester an«, sagte Marc gequält.

Mir lagen schon ermutigende Worte auf den Lippen, doch tatsächlich sprach nicht nur das Wetter gegen unser Vorhaben. Wir hatten nicht im Geringsten eine Vorstellung davon, wie wir Aiden in der Feenwelt finden wollten. Und das mussten wir, bevor die Königin ihn zu sich holte und ihr Urteil über ihn als Nachfahre von Arthur McKenzie sprach. Marcs Handy klingelte. *Jeremy* zeigte sein Display. Über die Gegensprechanlage nahm er den Anruf an.

»Wo steckst du, Mann? Hast du was erreicht?«, fragte Jeremy ungeduldig.

»Caylin sitzt neben mir. Wir sind auf dem Rückweg. Aber in Schottland herrscht Schneechaos.«

»Hey Caylin. Ich sehe, Marc lebt noch. Er hatte schon arge Befürchtungen, dass du ihn nicht mehr sehen willst.«

Ich grinste breit und betrachtete amüsiert Marcs Profil.

»Ich weiß nicht, wovon Jer da redet«, tat Marc unwissend, doch das Zucken um seine Mundwinkel zeugte von seiner Lüge.

»Hi Jeremy. Die Sorge war völlig unbegründet.«

Ein erleichtertes Seufzen drang durch den Telefonhörer.

»Wie schön, dass wenigstens einer mit der Frau seines Herzens ins neue Jahr gestartet ist.«

»Hat sich etwas Neues bezüglich Aiden und Sheryl ergeben?«, fragte Marc.

»Nope. Nichts. Und Silvester in Chichesters Pub war zwar nett, aber mir haben die Frauen gefehlt.«

»Londons Frauenwelt kommt auch ein Wochenende ohne dich aus«, lachte Marc.

»Das bezweifle ich. Ich bin doch der Beste. Wie konnte ich sie nur so enttäuschen. Aiden schuldet mir etwas. Ich hoffe, Caylin hat eine Idee, wie sich dieses bizarre Thema in Luft auflöst.«

Hmm, so richtig nicht. Wir waren es bereits mehrfach durchgegangen. Und doch blieben am Ende zu viele Fragen übrig. Marc verabschiedete sich von Jeremy, während sein Auto sich weiter durch das Schneetreiben

kämpfte. Obgleich ich in Durness noch eine Kanne mit Tee gekocht hatte, wurde mir immer noch nicht warm, sodass ich mich tiefer in den Beifahrersitz kuschelte und meinen Mantel als Decke über mich ausbreitete. Das langsame Tempo, die kurze Nacht und das gleichmäßige Schlagen der Scheibenwischer machten mich schließlich müde.

Wir fahren nicht mehr, war der erste Gedanke, der mir durch den Kopf schoss. Ich blinzelte. Draußen dämmerte es bereits. Ein schmaler violetter Streifen am Horizont deutete den Sonnenuntergang an. Es war also schon Spätnachmittag. Wie lange hatte ich geschlafen? Mir war entsetzlich heiß, sodass ich den Mantel von mir stieß und mich aufrichtete.

Wir standen an einer Tankstelle und Marc stieg gerade ins Auto.

»Gut geschlafen?«, fragte er.

Ich nickte und streckte mich.

»Hast du Hunger? Soll ich uns etwas zum Essen holen? Oder einen Kaffee?«

»Wo sind wir?«, fragte ich.

Marc seufzte. Dunkle Ringe säumten seine Augen.

»Wir sind bei Perth. Immer noch im tiefsten Schottland. Es dauert also noch ein bisschen. Ich befürchte, dass wir heute irgendwo übernachten werden. Die

Schneefront hat sogar London erreicht und ich brauche dringend ein paar Stunden Schlaf.«

»Ich könnte ein Stück fahren und du ruhst dich aus?«, bot ich an.

Marc nickte dankbar. Die Silvesternacht war schon extrem kurz gewesen, da wir bei Morgengrauen auf den Feenhügel gestiegen waren und davor die Nacht war Marc die Strecke schon einmal gefahren.

Ich stieg tatsächlich kurz aus, um die Toilette aufzusuchen. Auf dem Rückweg brachte ich uns zwei Coffee-to-go und Sandwiches mit. Während das Auto sich weiter durch den Schnee quälte, suchte Marc auf dem Handy nach einem B&B zum Übernachten. Die Zeit verrann wie Wasser zwischen unseren Fingern. Es war ein nahezu aussichtsloses Unterfangen.

KAPITEL 45

MARC

Du siehst etwas blass aus. Geht es dir gut?«, fragte ich Caylin besorgt, als wir unser Zimmer des B&Bs in der Nähe von Carlisle bezogen hatten.

Leider hatten wir den ganzen Tag gebraucht, um aus Schottland herauszukommen. Der Winterdienst kam kaum hinterher mit dem Räumen und uns lief die Zeit davon. Nur noch der morgige Tag verblieb uns, um Aiden und Sheryl in der Feenwelt zu finden, den Blutschwur aufzuheben und die Königin zu überzeugen, beide zurückzulassen.

»Ich denke, ich bin nur müde«, antwortete Cay ausweichend.

Sie hatte mir von der Nacht im Transporter erzählt und auch die gestrige war kurz geworden. Dennoch glaubte ich ihr nicht. Ihre Hände waren eiskalt und ihre Wangen glühten wie Feuermelder.

»Ich geh erstmal duschen«, murmelte sie und verschwand im Bad.

Ihr fragwürdiger Gesundheitszustand setzte mich noch einmal mehr unter Druck. Denn mich ärgerte der Wintereinbruch. Was, wenn wir zu spät kamen? Ich würde mir nie verzeihen, wenn ich Aiden und Sheryl nicht aus dem Südtor holen konnte. Ich zog mir ein Shirt an und legte mich ins Bett. Meine Gedanken, die ich besser für mich behielt, da ich Caylin nicht auch noch damit belasten wollte, wirbelten durcheinander.

Cay duschte lange, bevor sie sich zu mir unter die Decke kuschelte.

»Ist wirklich alles in Ordnung?«, wollte ich mich noch einmal vergewissern.

Sie lächelte mild und küsste mich. »Mach dir keine Gedanken. Schlaf gut, Marc.«

»Sollen wir Jeremy gleich abholen? Er hat sich in *Chester Hall* einquartiert«, fragte ich, als wir am Nachmittag die Gegend von Chichester erreichten.

Es hatte sich lange gezogen, weil der Schnee weiter über das Land tobte. Dennoch hatte es sich in England besser fahren lassen als durch die schottischen Highlands.

»Wir haben beide ein Versprechen gegeben. Lass uns Jeremy da bitte raushalten.«

Ich konnte meine Überraschung nicht verbergen, schließlich wartete er extra auf uns. Obendrein war Aiden auch sein Freund. Caylin las meinen Gesichtsausdruck.

»Was würdest du ihm denn sagen wollen?«, fragte sie nun.

Darüber hatte ich noch nicht nachgedacht. Aber es würde sicherlich schwer werden, diese Angelegenheit zu erklären, ohne die Feen und ihr Portal zu erwähnen. Obendrein klang es selbst noch für mich wie ein Traum.

»Was schlägst du also vor?«, ruderte ich noch einmal zurück.

»Wir gehen zum Portal. Die Schlüssel sind doch bei dir, oder?«

Ich nickte. »Und was, wenn wir es nicht schaffen?«

»Dann kann uns Jeremy auch nicht helfen. Niemand kann das. Uns bleiben nur noch ein paar wenige Stunden«, sagte sie.

Ich parkte am Straßenrand in der Nähe der Fußgängerzone.

»Ich bräuchte den Wasserkocher aus meiner Wohnung«, sagte sie.

»Wieso?«

Sie lächelte. »Na, wir machen eine Teezeremonie. Du und ich. Es wird nicht ganz so gemütlich. Aber es ist die einfachste Möglichkeit, deinen Geist durch das Portal zu schicken. Wie damals, als du mir von deinem Traum erzählt hast.«

Sie zog eine kleine Packung Tee aus ihrer Tasche.

»Das ist derselbe Tee wie damals, als du eingeschlafen bist.«

Etwas unsicher sah ich sie an, willigte jedoch ein. Sie kannte sich da besser aus als ich. Also würde ich ihr dementsprechend vertrauen, obgleich mir wirklich flau im Magen war, meinen Geist in die Feenwelt zu schicken. Wir liefen die kleine Gasse zu ihrer Wohnung entlang. Es fühlte sich an, als wären Ewigkeiten vergangen, seit wir hier Anfang Dezember nach dem Schlittschuhlaufen zusammen entlanggegangen waren.

Sie schaltete das Licht an, woraufhin mir augenblicklich der Atem stockte, als ich ihre halbleere Wohnung sah. Nicht einmal mehr eine Couch stand noch da. Mein Herz zog sich krampfend zusammen. Es schmerzte ungemein. Natürlich hatte sie auch ihre Wohnung leergeräumt und die Frage, ob sie zurückkommen würde, hatten wir nicht in Gänze ausdiskutiert. Wir hatten zwar unsere Gefühle offengelegt und doch hatten wir noch keinen Plan, wie es mit uns beiden weitergehen sollte.

»Cay«, mehr kam nicht über meine Lippen, weil es mir so leidtat, wie alles gelaufen war.

Sie lächelte wehmütig. »Es ist nicht mehr so gemütlich. Aber für die Nacht wird es gehen. Das Bett steht zumindest noch.«

»Das meine ich nicht. Es ist ... es tut mir so unendlich leid.«

Sie wich meinem Blick aus und lief in die Küche, holte zwei Tassen, eine Kanne und den Wasserkocher, um alles in eine Tasche zu packen. Dazu eine Tüte Tee, die sie aus ihrer Umhängetasche kramte.

Danach gingen wir durch die dunkle, menschenleere Fußgängerzone. Nur ein paar Hundebesitzer wagten sich bei dem Wetter vor die Tür. Ich schloss den

Teeladen auf und Caylin kochte Tee. Die Räumlichkeiten hatten sich in den letzten drei Tagen schnell abgekühlt. In dem Portalraum entzündete ich zwei Kerzen, die ich in der Küche noch gefunden hatte.

Barfuß hockten wir schließlich mit je einer Tasse Entspannungstee in der Hand vor dem Portal auf dem kalten Steinboden. Der dampfende Tee legte sich bereits in das Baumrelief und ließ ihn in grünen Farben aufleuchten. Sheryls Schuh steckte immer noch im Relief fest. Caylin weigerte sich, diesen herauszuholen.

»Bereit?«, fragte mich Caylin.

Nein.

»Ja.« Ich holte tief Luft. »Nein. Ich weiß überhaupt nicht, was ich machen soll.«

»Ich war noch nie auf der anderen Seite des Portals, Marc. Bitte die Wächterin des Südtores um Hilfe. Sie wird wissen, wo sich Aiden und Sheryl aufhalten. Ich halte das Tor in der Zwischenzeit offen.«

»Was, wenn die Königin ihr Urteil über Aiden bereits gefällt hat?«

Caylin sah mich mitleidig an. »Ich weiß es nicht.«

»Sie wird ihn doch nicht zum Tode verurteilen, oder?«

Caylins Gesicht wirkte noch trauriger. »Es ist damals auch eine Fee gestorben.«

Also gut. Hoffentlich würde das gutgehen. Wir tranken zuerst den Tee. Als dieser seine entspannende Wirkung entfaltete, sang Caylin das alte Lied, was sie bereits am Nordtor gesungen hatte.

Das grüne Licht des Baumreliefs vermischte sich mit einem hellblauen. Eine Fee erschien. Auch wenn sie

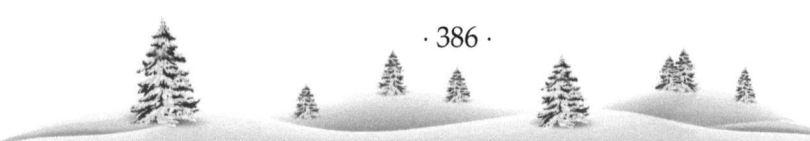

dasselbe weiße Gewand trug, hatte sie ein anderes Gesicht wie im Norden. Ihre Haare waren haselnussbraun und ihre Augen eisblau.

»Caylin, dein Zettel hat nicht geholfen«, sagte sie sofort und ich spürte die Vertrautheit der beiden im Vergleich zu der Wächterin des Nordtores, die doch eher eine gewisse Strenge ausgestrahlt hatte.

»Ich weiß. Wie können sie zurück?«

»Gar nicht. Du weißt, dass einer von beiden ein McKenzie ist.«

Caylin seufzte. »Die Wächterin des Nordtores hat uns versichert, dass es Marc möglich wäre, beide zu finden.«

»Das hätte sie nicht sagen dürfen.« Die Fee machte ein betretenes Gesicht.

»Stimmt es etwa nicht?« Auch Caylin klang überrascht.

Die Fee schaute mich an. »Du bist der Mann, der im Baum verschwand.«

»Äh …«

Diese Feen waren schon ein wenig merkwürdig. Die eine nannte mich Todestänzer und die andere *der Mann, der im Baum verschwand*. Welche Namen würde ich noch bekommen?

»Die Königin hat Aiden McKenzie bereits zu sich holen lassen. Die Urteilsverkündung findet jeden Augenblick statt. Es ist aussichtslos und zu spät. Es tut mir leid.«

»Was ist mit Sheryl?«, fragte ich.

»Sie ist für die Königin uninteressant und irrt durch das Feenland. Ihr bleiben nur noch wenige Stunden.«

»Dann müssen wir beide gehen«, schlug Caylin zu meiner Überraschung vor. »Kannst du mich in den Thronsaal der Königin bringen? Und Marc sucht Sheryl.«

Die Wächterin nickte nachdenklich. »Einen Versuch wäre es vielleicht wert. Nur das Tor müsste auf bleiben. Wie willst du das bewerkstelligen?«

Caylin zückte ihr Handy und nahm ihren Gesang auf. Die Aufnahme stellte sie als Dauerschleife ein.

»Ich hoffe, mein Akku hält«, sagte sie nachdenklich.

Ich kramte meine PowerBank aus der Tasche hervor. »Die ist geladen und hält vierundzwanzig Stunden.«

Caylin lächelte. »Danke.«

»Ich bringe erst Marc in die Feenwelt, denn sein Geist löst sich schnell. Bei deinem brauchen wir Geduld und es könnte ein wenig schmerzhaft werden. Sollte er sich nicht lösen wollen, kann ich nichts für euren Freund tun«, sagte die Wächterin.

Caylin nickte. Ich atmete tief durch.

»Gut, probieren wir es«, sagte ich.

Die Fee streckte mir ihre Hand entgegen. »Leg deine Hand in meine, schließ deine Augen und denk an den Ort, an dem du schon einmal warst. Dein Körper bleibt hier. Er wird schlafen. Nur dein Geist wird mitkommen.«

Ich sah Caylin ein letztes Mal an, Schweißperlen glänzten auf ihrer Stirn, während die Haut fahl aussah. Ihr ging es nicht gut. Sie tat das alles für Aiden, der ihren Lebenstraum zerstört hatte. Ich bewunderte sie für ihren Mut. Cay versuchte ein zartes Lächeln. Mir wurde

wehmütig ums Herz. Ob ich sie wiedersehen würde? Zu viele Fragen über unser Vorhaben blieben ungeklärt.

Ich tat schließlich, wie mir die Fee geheißen hatte. Ein greller Blitz zuckte vor meinen Augen und ich spürte, wie mein Körper zusammensackte.

KAPITEL 46

MARC

Ich stand auf einer Wiese, deren Gras grüner erschien als alles, was ich je zuvor gesehen hatte. Bunte Blumen wiegten sich in einem zarten Sommerwind. Ich spürte die wärmenden Sonnenstrahlen auf der Haut und fragte mich, wie das sein konnte, wenn mein Körper auf dem kalten Steinboden lag. Das hier fühlte sich intensiver an als jede VR.

Am hinteren Ende der Wiese sah ich den Baum, um den damals die Feen getanzt hatten. Mein Blick wanderte hinauf zum Himmel und ich stieß hörbar die Luft aus. Über mir leuchtete im dunkelblauen Licht das Baumrelief.

»Das Portal«, murmelte ich.

»Normalerweise erlischt es sofort, wenn jemand hindurchgegangen ist. Aber Caylins Zauberei hält es von der anderen Seite offen.«

Caylins Zauberei? Sie meinte ihr Handy? Ich hoffte, dass ich Sheryl schnell finden würde.

»Ich kann nicht bei dir bleiben, wie du weißt. Das letzte Mal habe ich Sheryl bei den Wasserfällen gesehen.« Sie streckte den Arm zu einer Seite aus.

Am Horizont konnte ich eine Bergkette erkennen. Das sah weit aus.

»Obgleich nur dein Geist in unserer Welt ist und nicht dein Körper, rate ich dir, keine Speisen oder Getränke zu dir zu nehmen. Sie sind für Menschen nicht bekömmlich. Viele verderben den Kopf. Andere den Körper. Einiges heilt wieder aus, aber manches hält ein Leben lang.«

Ich war ihr dankbar für diesen Hinweis, denn ich wusste nichts von dieser Welt. Und auch wenn sie mir auf den ersten Blick gefiel, fühlte ich mich den Herausforderungen kaum gewachsen. Ich las eher das Londoner Börsenblatt als einen Fantasyroman.

»Hast du das Sheryl und Aiden auch erzählt?«

»Das habe ich. Doch je länger Menschen in unserer Welt verweilen, desto weniger wollen sie diesen Rat annehmen. Bei ihnen wirken Getränke und Speisen noch einmal bedeutend stärker, da auch ihr Körper hier ist. Wenn Sheryls Körper den Feenfrüchten verfällt, wird ihr die Rückkehr schwerfallen.«

Es klang grauenvoll.

»Wie viel Zeit bleibt mir«, fragte ich.

Ich machte mir Sorgen, dass ich die Wasserfälle nicht rechtzeitig erreichen würde oder Sheryl schon weitergezogen war. Die Fee schnippte mit den Fingern und eine Sanduhr schwebte vor mir in der Luft.

»Fällt das letzte Sandkorn, ist ihr Leben verwirkt. Wenn du sie gefunden hast, bringe sie unter das Portal, damit ihr beide zurück könnt.«

Skeptisch starrte ich auf die Sanduhr. Mir blieb nicht viel Zeit, um Sheryl zu finden und sie auch noch zu dem Portal zu bringen.

»Ich verlasse dich nun, Freund von Caylin und Baumwanderer. Viel Glück.«

Die Wächterin flog auf das Tor zu, während ich meinen Weg zu den Wasserfällen anvisierte.

KAPITEL 47

CAYLIN

Mein ganzer Körper schüttelte sich. Ich hatte in der Kommode noch zwei Wolldecken gefunden. Eine hatte ich über Marc gelegt, damit sein Körper nicht zu sehr auskühlte. Die andere war für mich. Dennoch fühlte sich der Steinboden ohne meinen dicken Teppich zu kalt an und eine Heizung gab es in dem kleinen Raum nicht.

Über eine Stunde war es nun her, dass die Wächterin mit Marc im Tor verschwunden war. Wie lange brauchten sie denn? Ich hatte angenommen, dass sie in wenigen Minuten wieder zurück wäre. Aber länger als eine Stunde? Ob es Komplikationen gab?

Ich strich über Marcs Gesicht. Seine Haut fühlte sich normal an und sein Atem kam gleichmäßig, als würde er schlafen. Bei seinem Körper war alles in Ordnung, jedoch beunruhigte mich mein Gesundheitszustand.

Ich durchwühlte meine Handtasche nach einem fiebersenkenden Mittel, fand jedoch keines. Dunkel erinnerte ich mich daran, dass ich alles umgepackt hatte. Ich trank von meinem Tee, doch das führte nur dazu, dass ich müde wurde. Zitternd legte ich mich vor Marc und zog mir die Wolldecke bis zum Hals. Ich beobachtete, wie die grünen Feenlichter über dem Steinrelief tanzten. Immer wieder klappten meine Augen zu.

Eine liebreizende Stimme, die von weit her klang, drang zu mir ins Bewusstsein. Abrupt riss ich die Augen auf. Ich durfte doch nicht schlafen, sondern musste Aiden McKenzie retten. Mein Körper zitterte immer noch. Über dem Südtor schwebte die Wächterin und blickte mich besorgt an.

»Deinem Körper geht es nicht gut«, sagte sie.

Ich schüttelte den Kopf.

»Bist du dir sicher, dass du mit mir gehen willst?«, fragte sie.

Ich nickte, denn ich konnte Aiden nicht zurücklassen. Nicht nur, weil er Marcs bester Freund war, sondern auch, weil ich seinem Vater so vieles zu verdanken hatte.

»Grundsätzlich kommt es uns zugute, deinen Geist von deinem Körper zu lösen, wenn dein Körper schwach ist und glüht. Doch birgt es auch die Gefahr, dass er dann schwindet, denn nur dein Geist gibt ihm die Kraft, wieder gesund zu werden. Ich bin wirklich unschlüssig, ob wir das riskieren sollten«, sagte die Fee.

»Ich muss«, krächzte ich. »Wie geht es?«

Sie streckte mir die Hand entgegen. »Gib mir deine Hand, dann schließ die Augen und denke an einen

Traum. Wenn dein Bewusstsein diesem Traum nachgibt, dann folge dem Ziehen, was du verspüren wirst.«

Ich tat, was sie sagte, und stellte mir vor, in einen Traum hinüberzugleiten. Ihre Hand fühlte sich hauchzart an und doch bildete sie in dem Moment den Anker, der mich daran erinnerte, nicht gänzlich einzuschlafen. Das Ziehen empfand ich fast als angenehm. Ich gab dem nach und sowohl die Gliederschmerzen als auch das Schütteln meines Körpers verstummte augenblicklich.

Ich öffnete die Augen, denn ich fühlte mich großartig. Befreit und leicht. Ohne Sorgen und ohne Lasten. Es fühlte sich in dem Moment an, als wäre ich eine Feder, die in einem warmen Sommerwind davonschwebte. Ich blickte zurück zu meinem Körper. Er lag nun ganz still neben Marcs.

»Was geschieht mit mir, wenn er schwindet?«, stellte ich die eine Frage, die mich in dem Moment beschäftigte.

»Dann wirst du nie Frieden finden und zu einem Geistwind werden.«

Instinktiv wollte ich schlucken, doch mein Geist brauchte das nicht.

»Gut, hoffen wir, dass mein Körper durchhält. Gehen wir zu Aidens Urteilsverkündigung.«

KAPITEL 48

MARC

Die Sandkörner fielen schneller durch die Sanduhr, als mir lieb war. Doch egal, wie weit ich über die wunderschöne Sommerwiese lief, die sich vor mir erstreckte, der Abstand zu den Bergen, in denen die Wasserfälle sein sollten, verringerte sich nicht. So begann ich irgendwann zu rennen. Mein Körper war es gewohnt, täglich eine Runde im Park zu joggen, also sollte es mein Geist ebenfalls sein.

Ich spürte eine kühle Brise im Gesicht, die angenehm über meinen Körper strich, während ich doch tatsächlich zu schwitzen begann. Die bunt schillernden Blumen zogen an mir vorbei, sodass ich das Gefühl hatte, mich von der Stelle zu bewegen und doch kamen die Berge einfach nicht näher. Als würde ich auf einem Laufband stehen und jemand drehte meine direkte Umgebung wie bei einem Film weiter, nur der Horizont blieb immer gleich.

Keuchend stemmte ich mich irgendwann auf meine Knie ab, um durchzuatmen. So kam ich nicht weiter. Schon die Hälfte der Sandkörner war durch die Uhr gefallen. Wenn mir nicht bald etwas einfiel, würde ich Sheryl nicht mehr rechtzeitig finden.

Hinter mir raschelte es, sodass ich mich umdrehte. Ich traute meinen Augen kaum.

»Wie?«

Verwundert starrte ich die Frau an, die ich liebte.

»Caylin? Was, was machst du denn hier? Du wolltest doch Aiden helfen?«

Ihre Sommersprossen schimmerten deutlich in dem warmen Sonnenlicht und der Wind blies ihre störrische Locke ins Gesicht. Doch Caylin schob sie nicht zur Seite. Merkwürdig. Normalerweise tat sie das doch immer.

»Bist du schon fertig?«, fragte ich überrascht.

Das ging aber schnell. Ich lächelte und lief zwei Schritte auf sie zu.

»Ich bin dir so dankbar, dass du Aiden geholfen hast. Sheryl habe ich leider noch nicht gefunden. Es scheint so, als ob die Berge mit den Wasserfällen nicht näher kommen wollen.«

Caylin redete immer noch nicht, was mich verwunderte. Stattdessen lächelte sie mich nur mit diesen zuckersüßen Lippen an. Wie sehr ich ihr Lächeln liebte. Caylin streckte mir ihre Hand entgegen.

»*Komm.*« Ein Wind fuhr mir durchs Haar und flüsterte das Wort an mein Ohr.

Wusste Caylin etwa, wo sich Sheryl aufhielt oder besser noch, wie ich diese wunderschöne Blumenwiese schneller überquerte? Offensichtlich hatte sie Aiden

auch schon in Sicherheit gebracht. Obgleich es merkwürdig war, dass sie nicht redete und erst recht, dass sie sich ihre Haarsträhne nicht aus dem Gesicht schob.

»Geht es dir gut?«, fragte ich und legte meine Hand vertrauensvoll in die ihre.

Kaum berührten sich unsere Finger, schossen schwarze Schatten aus ihren Händen, umwickelten meine Arme und zogen mich enger an sich. Ich schrie auf.

»Caylin, was …?«

Weiter kam ich nicht, denn Caylin löste sich in einem schwarzen Schatten auf und umhüllte mich gänzlich. Mir wurde schwarz vor Augen, sodass ich das Bewusstsein verlor.

KAPITEL 40

CAYLIN

Zusammen mit der Wächterin landete ich auf einem Felsplateau, auf dem sich ein Schloss in die Höhe schraubte, dessen Anblick mich fühlen ließ, als wäre ich in einem Märchen gelandet. Es funkelte schöner und magischer, als ich es mir je erträumt hatte. Das Schloss der Feenkönigin.

Wir folgten dem gepflasterten Weg zum Schloss, aus dem viele kleine Türmchen in den Himmel ragten. Erker ließen es verwinkelt erscheinen. Große Rundbogenfenster mit bunten Mosaiken unterbrachen die helle Fassade und Hecken mit wunderschönen Blüten säumten den Torbogen, der in den Hof führte. In der Mitte des Hofes befand sich ebenfalls ein Baum, um den ein kleiner Bach floss.

Feen flogen ein und aus. Viele schauten uns merkwürdig an, was ich jedoch ignorierte.

»Kommen viele Menschen hierher?«

»Nein. Die, die sich in unsere Welt verirren, schaffen es kaum bis zum Schloss. Und keine Wächterin würde grundlos einen Menschen hierher bringen.«

»Was geschieht mit den Menschen, die durch das Portal in eure Welt gelangen?«

Die Wächterin machte ein betretenes Gesicht. »Es ist keine Welt, in der Menschen lange überleben. Obendrein vertragen die Menschen unser Essen nicht. Genauso würde es uns in eurer Welt gehen.«

»Aber eure Magie scheint uns nichts auszumachen. Zusammen mit meinem Tee hat sie viele Menschen glücklich gemacht.«

»Unsere Magie wirkt auch bei euch. Aber sie ist bedeutend schwächer, sodass sie ungefährlich für euch ist.«

Wir traten durch das große Tor und durchquerten eine Art gläserne Eingangshalle.

»Dort ist der Thronsaal, wo die Königin das Urteil spricht«, sagte die Wächterin.

Zwei Wachen versperrten mit ihren Hellebarden den Zugang. Die Wächterin des Südtores ging mit festen Schritten auf die Wachen zu und bat um Einlass.

»Die Königin hat ihr Urteil gefällt«, erklärte einer von ihnen.

O nein! Kamen wir etwa zu spät?

»Welches Urteil?«, fragte ich.

Die Wachen sahen mich missbilligend an, antworteten jedoch nicht.

Die Wächterin seufzte. »Wie lautet ihr Urteil?«

»Wie die Fee damals schwand, soll auch er schwinden. Fern ab von seiner Heimat«, verkündete die Wache.

»Nein!«, stieß ich entsetzt aus. »Bitte. Er kann nichts für die Vergehen seines Vorfahren.«

»Das Urteil der Königin ist unumstößlich.«

So einfach war das für die Feenkönigin? Die Wächterin neben mir ließ ihre Flügel hängen.

»Es tut mir leid, Caylin. Aber wir sind zu spät.«

»Wir müssen ihm helfen«, stieß ich fassungslos aus.

»Caylin, wir können nichts mehr für ihn tun. Ich bringe dich jetzt zurück, bevor dein Körper ebenfalls schwindet. Glaub mir, ein Geistwind zu werden ist schlimmer als Aiden McKenzies Urteil. Denn er schwindet in seinem Körper und wird in die Ewigkeit übergehen, während du zwischen den Welten wandern würdest, ohne jemals Ruhe zu finden.«

»Nein, bitte. Lass mich mit deiner Königin reden. Auch wenn die McKenzies nicht immer taktvoll waren, hat er das nicht verdient. Es war nicht sein Vergehen, sondern Arthurs, und der ist längst tot.«

Die Wächterin seufzte. »Also gut. Versuch dein Glück, doch mache dir nicht zu viel Hoffnung. Noch nie hat die Königin ein Urteil widerrufen.«

Die Wächterin trat erneut zu den beiden Wachen vor dem Thronsaal. »Caylin Feuerhaar bittet um eine Audienz bei Ihrer Majestät.«

Es dauerte ein paar Flügelschläge, bis die Tore sich öffneten. Mit einem flauen Gefühl im Bauch blickte ich auf den langen, gläsernen Gang zum Thron, auf dem erhaben das schönste Wesen saß, was ich je zu Gesicht bekommen hatte.

KAPITEL 50

MARC

Mit zitternden Armen stemmte ich mich auf dem kalten Steinboden auf. Wo war ich? Hohe Felswände ragten links und rechts neben mir auf. Dunkelgraue Wolken verfinsterten den eben noch strahlend blauen Himmel. Ich erkannte nichts wieder. Nur die schwebende Sanduhr, die Sheryls Zeit anzeigte, war mir vertraut. Befand ich mich in den Bergen?

Auch versuchte ich einzuordnen, was geschehen war. Ich hatte Caylin getroffen, doch sie hatte sich merkwürdig benommen. Ob ich mir das alles nur eingebildet hatte? Die Wächterin hatte erzählt, dass vieles in ihrer Welt nur eine Täuschung sei.

Ich seufzte und schnippte mit dem Finger gegen die Sanduhr. Sheryls Zeit war fast abgelaufen. Die Chance, sie noch zu finden, war nahezu aussichtslos. Sie war von Anfang an zum Scheitern verurteilt. Die Wächterin sollte recht behalten. Aber ich hatte es nicht hinnehmen wollen und nun steckte ich selbst in einer Katastrophe fest.

Ich stand auf und blickte mich um. Vier Wege gingen von dem Felsen ab, auf dem ich gelegen hatte. Welchen Weg sollte ich nehmen? Ich entschied mich für eine Richtung, die leicht bergab führte. Vielleicht würde ich auf einen Bach oder Fluss stoßen, der mich zu den Wasserfällen bringen würde.

Von den Schatten, die mich umgeben hatten, war keine Spur zu sehen. Erleichtert atmete ich durch. Diese Schatten waren wirklich einen Tick zu unheimlich und gruselig. Hoffentlich war Caylin mit Aiden erfolgreicher gewesen. Was ich ihm jedoch wegen Sheryl erzählen würde, wusste ich nicht. Vermutlich die Wahrheit, dass ich zu langsam gewesen war.

Der Weg führte um eine Kurve und anstatt weiter bergab zu führen, begann nun ein Anstieg, der mir nicht wirklich gefiel. Es war nur ein schmaler Pfad, den ich beschritt. Links und rechts schossen die Felswände empor. Wenn ich doch nur etwas sehen könnte? Während ich lief, folgte mir die schwebende Sanduhr und erinnerte mich permanent an mein Versagen.

Abermals bog der Weg ab, nur um sich hinter der Kurve zu verzweigen. Einer führte nach rechts, einer nach links. Welchen sollte ich nehmen? Ich konnte weder die Sonne am Himmel erkennen, um mich anhand des Schattens an den Himmelsrichtungen zu orientieren, noch hatte ich eine Vorstellung, wo ich mich genau befand. Also nahm ich wahllos einen in der Hoffnung, mein Ziel zu erreichen.

Ich lief und lief, während in der Sanduhr nur noch die Spitze gefüllt war. Frustriert lehnte ich mich an einen Felsen und starrte auf die Weggabelung direkt vor mir. War ich hier nicht schon einmal gewesen? Welchen Weg hatte ich genommen? Den linken? Nein, das war an der Weggabelung davor. Ich hatte den rechten genommen. Oder?

Seit einer gefühlten Ewigkeit irrte ich durch das Labyrinth aus Felsen und Steinen. Wie kam ich hier heraus? Seufzend ergab ich mich meinem Schicksal. Mitleid half mir nicht weiter, besser ich versuchte einen Weg zu finden, als auf der Stelle stehenzubleiben. Ich steuerte einen Weg an, als ich über mir ein Flattern vernahm. Überrascht starrte ich in den wolkenverhangenen Himmel und bemerkte einen goldgelben Vogel. Mit einem Trällern flog er über den anderen Weg und war, so schnell wie er gekommen war, auch schon wieder verschwunden.

»Hey, warte!«

Er war das erste Wesen, das mir hier begegnet war. Also stürzte ich ihm hinterher. Ich holte ihn schnell ein und folgte ihm durch die schmalen Felsgänge. Der Weg führte mich bergab und nach einigen Kurven vernahm ich ein lautes Rauschen.

»Der Wasserfall!«

Freude machte sich in mir breit.

»Ich danke dir. Du bist meine Rettung!«, stieß ich erleichtert aus.

Nach zwei weiteren Weggabelungen konnte ich den gewaltigen Gebirgsfluss erkennen. Ich eilte darauf zu. Der Vogel flog über den Fluss und verschwand am

anderen Ufer. Ein schmaler Pfad führte die Klippen hinab, während der Wasserfall mit einem ohrenbetäubenden Lärm in die Tiefe stürzte. Vor mir erstreckte sich eine weite Ebene und am Horizont erkannte ich ein Felsplateau, auf dem ein Kristallschloss in den Himmel emporragte.

Der blaue Strudel, der mich zurückbringen würde, schwebte in der Nähe des Kristallschlosses.

»Das Tor war noch geöffnet.«

Leises Singen und Kichern drang an meine Ohren. Ich sah hinab in die Tiefe. Der Wasserfall mündete in einen kleinen See, an dessen Ufer Sheryl auf einem Stein saß und lachend ihr Spiegelbild anstrahlte. Sie streckte immer wieder ihre Hände in das Wasser und Fische sprangen heraus.

Ich konnte es kaum fassen, dass ich sie doch noch gefunden hatte. Eilig wagte ich den Abstieg. Unten angekommen rannte ich auf sie zu.

»Sheryl!«, rief ich.

Sie drehte sich zu mir um und winkte zurück. Doch anstatt zu mir zu kommen, blieb sie vehement auf ihrem Stein sitzen und beobachtete weiterhin die bunten Fische im Wasser.

»Sheryl, wir müssen uns beeilen.«

»Warum?«, fragte sie in einem Singsang zurück. »Es gibt nichts, was wir tun müssen.«

Irritiert sah ich sie an und deutete auf die schwebende Sanduhr neben mir. »Deine Zeit ist fast abgelaufen.«

»Ich habe alle Zeit der Welt«, antwortete sie wieder.

»Willst du denn gar nicht zu Aiden? Er ist schon zurück«, sagte ich und hoffte, dass das stimmte.

Wirklich sicher war ich mir nicht.

»Wer ist Aiden?«, fragte Sheryl.

Fassungslos starrte ich sie an und wusste vor Schreck nicht, was ich daraufhin erwidern sollte.

»Und dich kenne ich auch nicht«, fügte sie an, dann streckte sie wieder ihre Finger in das Wasser und kicherte, als die Fische heraussprangen.

Sie kannte mich nicht? Zugegeben, viel Zeit hatten wir nicht gehabt, aber dennoch müsste sie wissen, wer ich war? Von Aiden ganz zu schweigen.

»Also willst du nicht zurück?«, fragte ich verwirrt.

»Wo soll ich denn hin wollen? Hier bin ich glücklich.«

Sie wollte dort bleiben, obgleich ihre Zeit ablief? Vermutlich war sie sich nicht einmal bewusst, was das für sie bedeuten würde. Unschlüssig, was ich tun sollte, lief ich am Ufer hin und her, während Sheryl sich weiterhin an den bunten Fischen erfreute. Die Sanduhr war fast abgelaufen. Nur noch wenige Körner drängten sich, um durch die Spitze zu fallen.

In dem Moment teilte sich der Wasserfall und ein Boot kam aus der Höhle dahinter geschwommen. Es bestand vollständig aus Glas. Eine Fee am Ruder hatte dieselbe Haarfarbe wie der Vogel, der mich durch die Felsen geleitet hatte. Konnten Feen sich in Tiere verwandeln? Ach, das war doch alles absurd. So langsam zweifelte ich an meinem Verstand.

»Ich bin Marc Baxter, CEO der *South Realty Inc*. Ich werde nicht verrückt«, murmelte ich zu mir selbst.

Als das Boot näher kam, erkannte ich die Wächterin des Nordtores. Sie lenkte das Boot zwischen das Ufer und den Stein, auf dem Sheryl saß.

»Steig ein, Marc Todestänzer. Es hat ewig gedauert, dich zu finden«, sagte sie.

Ich nickte und stieg über die Reling, als sie vor mir das Boot anhielt.

»Ich möchte auch mitfahren. Es sieht so wunderschön aus und eine Bootsfahrt macht bestimmt Spaß«, rief Sheryl von der anderen Seite und stellte sich auf ihren Stein.

Die Wächterin nickte. »Wenn du das möchtest, dann fahr mit uns.«

Sheryl stieg ebenfalls über die Reling und hockte sich an die Spitze des schmalen Bootes, um weiterhin die Fische zu beobachten.

»Wieso kann sie sich an nichts mehr erinnern?«, fragte ich.

Die Wächterin deutete auf einen Baum am Ufer, während das Boot sich in Bewegung setzte und den Fluss, der sich über die Ebene schlängelte, entlangfuhr.

»Sie hat von diesen Früchten gegessen.«

Betreten starrte ich die Bäume am Ufer an.

»Wird sie sich wieder erinnern können?«

Die Wächterin lächelte geheimnisvoll. »Die Frage ist doch eher, ob wir noch rechtzeitig am Tor ankommen, bevor das letzte Sandkorn fällt.«

Ich seufzte. »Ich habe mich verlaufen.«

»Nein, du hast dich nicht verlaufen. Du hast dich von der Illusion einer Schattenfee täuschen lassen.«

Überrascht zog ich die Brauen nach oben. »Schattenfee? Nein, ich bin …«

»… Caylin begegnet. Doch es war nicht Caylin Feuer-haar, sondern eine Schattenfee, die dich in dem Steinla-byrinth ausgesetzt hat. Ein Schmetterling hat dich beo-bachtet und ist sofort zu mir geflogen, nachdem die Schattenfee mit dir verschwunden ist.«

Meine Schultern sackten nach unten. »Diese Welt ist zu fremd für mich.«

»Deshalb helfe ich euch, um zurückzufinden. Und jetzt halt dich gut fest, ich werde dem Boot etwas Ge-schwindigkeit geben müssen, um zum Tor zu gelan-gen.«

Ich umklammerte die Reling, während sie beide Hände an die Lippen setzte und einen Ton erzeugte. In wenigen Augenblicken erschienen zehn weiße Schwäne, die das Boot in der Luft an beiden Seiten flankierten. Nun streckte sie ihre Hände gen Himmel. Ein silbernes Band verließ ihre Fingerspitzen, das sich wie ein Ge-schirr um die Schwäne legte. Sie band es an der Spitze des Bootes fest.

Ein Ruck ging durch den Schiffsrumpf, als die Schwäne begannen, das Boot über den Fluss zu ziehen. Der Wind rauschte in meinen Ohren und zerwühlte mein Haar, als die Sommerblumenebene rasant an mir vorbeizog.

Es fielen nur zwei Sandkörner durch das Stunden-glas, als wir das Felsplateau erreichten. Drei letzte hin-gen noch an der Spitze. Das Plateau erhob sich schät-zungsweise mehrere hundert Meter senkrecht in die Höhe. Die Felswand wirkte großporig wie Sandstein, dessen Farbe rötlich schimmerte. Eine verwinkelte Treppe führte hinauf.

»Das schaffen wir nie«, sagte ich und deutete auf die unzähligen Stufen.

Der Wächterin hieß uns auszusteigen und zeigte auf eine Steinplatte am Fuß des Plateaus.

»Achtung! Nicht erschrecken.«

Dann drückte sie auf einen Stein in der Plateauwand. Augenblicklich schoss die Steinplatte in die Höhe und wir wurden auf das Plateau katapultiert. Erschrocken landeten wir auf beiden Füßen auf dem Vorplatz des Schlosses. Der Strudel des Südtores wirbelte noch am Himmel.

Sheryl starrte lächelnd das Schloss an. Ich griff nach ihrer Hand und sprang zusammen mit ihr direkt unter die Verwirbelung am Himmel. Genau in dem Moment fiel das letzte Sandkorn durch das Stundenglas.

KAPITEL 51

CAYLIN

Die Feenkönigin trug ein bodenlanges, seidig glänzendes Kleid. Ihre zart bläulich schimmernden Flügel waren aufgeklappt und flatterten im steten Rhythmus. Ihre nackten Füße schwebten über dem Boden. Anhand ihres Gesichtes würde ich ihr Alter auf höchstens sechzehn Jahre schätzen. Jedoch war sie mehrere tausend Jahre alt. Blau strahlten ihre Augen, von denen ich das Gefühl hatte, sie könnten mein Innerstes lesen. In langen Locken fiel ihr Haar offen bis zu ihren Füßen. Noch nie hatte mich ein Wesen so sehr fasziniert wie sie.

»Wen bringst du zu mir, Wächterin?« Ihre Stimme war wie das Läuten einer Glockenmelodie.

»Das ist Caylin Feuerhaar. Ich hatte Euch schon einmal von ihr erzählt«, antwortete sie. »Sie möchte für Aiden McKenzie sprechen.«

»Das Urteil hat bereits stattgefunden und ist unumstößlich«, erklang die Antwort der Feenkönigin.

»Wie kann der Blutschwur des Arthur McKenzie aufgehoben werden?«, fragte ich.

»Nur ein McKenzie selbst kann ihn zurücknehmen.«

»Bitte lasst mich zu Aiden. Ich rede mit ihm. Er kennt die Geschichte seines Vorfahren nicht.«

Die Feenkönigin wedelte mit der Hand und zwei Wachen zogen von dannen. Ich wertete es als vorläufigen Erfolg.

»Ihr seid diejenige, die sich mit getrockneten Blättern, Früchten und Kräutern auskennt. Habe ich recht?«, fragte mich die Königin.

Ich nickte. »Wir nennen es in meiner Welt Tee.«

»Tee«, wiederholte sie.

Sie flog die Stufen, die zu ihrem Thron hinaufführten, herunter.

»Meine Tochter hat Gefallen daran gefunden. Jedoch hat sie Schwierigkeiten, eine genussvolle Mischung herzustellen. Entweder schmeckt es zu wässrig oder zu intensiv.«

»Oh, das ist nicht so schwierig. Ich helfe ihr sehr gern«, sagte ich sofort begeistert.

Die Gesichtszüge der Feenkönigin hellten sich auf. »Wir trinken sonst nur Feenwein und Kristallwasser. Doch das Aufgießen von getrockneten Blättern klingt nach einer sehr verlockenden Alternative. Denn über die vielen Jahrtausende verspüre ich ebenfalls Lust auf etwas Neues.«

Ich hatte wirklich kein Problem damit, meine Rezepte mit den Feen zu teilen. Immerhin hatte mir die Wächterin jahrelang ihre Magie zur Verfügung gestellt.

Die Türen des Thronsaals schwangen auf und vier Wachen eskortierten Aiden McKenzie, als wäre er ein Schwerverbrecher. Mit eingefallenen Wangen, fahler Haut und wirr abstehenden Haaren hatte er gar nichts mehr von dem erfolgreichen Anwalt aus den USA. Stattdessen sah er ziemlich mitgenommen aus. Unsere Blicke begegneten sich überrascht.

»Caylin«, stieß er verwundert aus.

Meinen Namen hatte er sich nun offensichtlich gemerkt.

»Caylin Feuerhaar ist gekommen, um für dich zu sprechen. Da mir Caylin Feuerhaar ihre Hilfe in einer Angelegenheit zugesichert hat, bin ich gewillt, mein Urteil zu überdenken. Unter der Voraussetzung, dass du den Blutschwur aufhebst«, forderte die Königin bestimmt.

Hilfesuchend sah Aiden zu mir und ich erzählte ihm die Geschichte von Arthur McKenzie. Als ich endete, nickte Aiden. Einer der Wachen reichte ihm einen Dolch, womit Aiden sich in den Finger stach. Ein Tropfen seines Blutes fiel auf den makellos glänzenden Kristallboden des Schlosses.

»Hiermit schwöre ich, Aiden McKenzie, Nachfahre von Arthur, keiner Fee etwas zuleide zu tun und erkläre die Fehde, die mein Vorfahre begangen hat, für beendet. Ich verspreche feierlich, das Tor der Feen zu beschützen.«

Als seine Worte endeten, verschwand sein Blut auf dem Boden, als hätte es dieses nie gegeben. Die Feenkönigin lächelte nun.

»Dann, Aiden McKenzie, hebe ich mein Urteil auf und du bist ein freier Mann. Das Tor befindet sich auf dem Vorplatz. Begleitest du ihn hinaus?« Die Feenkönigin sah die Wächterin des Südtores an.

Die Wächterin strahlte über das ganze Gesicht. »Sehr gern.«

Während sie mit Aiden den Thronsaal verließ, deutete die Feenkönigin mir, ihr zu folgen. Sie führte mich in eine Art hellen Wintergarten. Auf einem Tisch lagen sortiert alle möglichen Arten von getrockneten Kräutern, Blättern, Obststückchen und Gewürzen. Es duftete wie in meinem Teeladen und ich fühlte mich sofort wohl. Genau in meinem Element begann ich zu erklären, wie ich meine Teemischungen zusammenstellte.

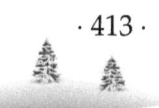

KAPITEL 52

MARC

B rrr, ist mir kalt«, murmelte ich, als ich in meinem
Körper zu mir kam, und schüttelte mich.

Feine Atemwölkchen bildeten sich vor meinen Lippen. Mein Rücken fühlte sich steif und verspannt an, als ich mich aufsetzte und mich streckte. Caylin lag direkt neben mir und blaue Feenlichter tanzten über dem Baumrelief.

»Marc?«

Ich schaute zur rechten Seite und sah Aiden auf dem Boden mit angezogenen Knien sitzen, auf denen er seine Arme abgestützt hatte.

»Du bist zurück?«, fragte ich und Freude stieg in mir auf, dass ich meinen Freund zurück hatte.

Noch bevor er antworten konnte, bemerkte ich eine Bewegung an der linken Seite, gepaart mit einem Stöhnen.

Sheryl!

»Warum ist es hier so dunkel? Wo ist das schöne Schloss hin?«, fragte Sheryl und sah sich panisch um.

»Sheryl«, stieß Aiden aus und sprang auf die Füße, um zu ihr zu gehen. »Nie hatte ich gedacht, dass ich dich wiedersehen würde. Und dich auch nicht, Marc.«

»Irgendwoher kenne ich dich«, sagte Sheryl nachdenklich.

Aiden hielt in der Bewegung inne.

»Marc? Was ist geschehen?«, fragte Aiden, doch ich hatte nur Augen für Caylin.

Sie war noch nicht zurück. Ihr ganzer Körper glühte, während er immer wieder krampfend zuckte.

»Caylin? Hörst du mich?«

Doch sie reagierte nicht. Ihre Haut fühlte sich viel zu heiß an. Instinktiv zog ich mein Handy aus der Tasche.

»Endlich meldest du …«

»Jer, ich brauche dich. Schnell. Es ist ein Notfall. Bring deine Arzttasche mit.«

»Ruf den Notarzt, Marc. Du weißt, dass ich nicht praktiziere.«

»Ich weiß, und doch hast du deinen Arztkoffer immer im Auto. Bitte. Komm! Ein Notarzt stellt zu viele Fragen.«

Jeremy seufzte. »Will ich wirklich wissen, was passiert ist?«

Nein, das wollte er bestimmt nicht. Wir legten auf.

»Sie ist noch bei der Königin. Ich weiß nicht, was sie mit ihr verhandelt hat. Aber nur wegen ihr durfte ich gehen«, sagte Aiden tonlos.

Panisch schaute ich auf die Uhr und hoffte, dass Jeremy schnell kommen würde. In dem Moment erschien

die Wächterin im Südtor. In ihren Händen hielt sie zwei Kelche und überreichte einen Aiden und einen Sheryl.

»Bitte trinkt das. Es wird euch helfen, die Ereignisse, die geschehen sind, hinter euch zu lassen.«

»Ich möchte zurück. Zu dem schönen Schloss«, sagte Sheryl.

Die Wächterin lächelte mitleidig. »Es tut mir leid, aber unsere Welt ist nichts für dich.«

Traurig nickte Sheryl, griff nach dem Kelch und trank ihn in einem Zug leer. Aiden zögerte.

»Werde ich alles vergessen?«

»Es wird dir vorkommen wie in einem Traum.«

»Sheryl wirkt verändert.«

Nachdenklich ging der Kopf der Wächterin hin und her. »Sie hat von den Früchten gegessen. Manchmal kommt die Erinnerung zurück. Manchmal jedoch nicht.«

»Also gut«, sagte Aiden und griff ebenfalls nach dem Kelch.

»Was ist mit Caylin?«, fragte ich. »Ihr Körper …«

»… schwindet. Ich weiß. Sie ist noch bei der Königin und wollte nicht zurück. Ich probiere es noch einmal. Ihr Körper hält nicht mehr lang durch. Rede mit ihr und erinnere sie daran, dass es sich lohnt, durchzuhalten. Sie hört dich, auch wenn sie bei uns ist.«

Ich schluckte. So durfte es nicht enden. Die Wächterin verschwand, nachdem Aiden und Sheryl die Kelche geleert hatten. Sheryl griff nach ihrem Schuh im Relief und zog ihn heraus. Dann verließ sie den Raum und sah sich verwundert um.

Als es an der Tür klopfte, öffnete Aiden, während ich bei Caylin blieb. Als Jeremy eintrat, atmete ich erleichtert durch.

»Wie habt ihr denn diese Lichter wieder anbekommen? Und was ist das für komische Musik?«, fragte er.

Caylins Handy spielte immer noch das Lied, um das Tor offen zu halten. Jeremy hockte sich neben sie.

»Wow. Sie verglüht ja regelrecht.«

KAPITEL 53

CAYLIN

Die Tochter der Königin hatte sich zu uns gesellt und zu dritt mischten wir verschiedene getrocknete Zutaten zusammen, sodass hinterher ein genussvoller Tee entstand. Ich genoss die Zeit. Als die Wächterin des Südtores erschien, sah sie mich traurig an.

»Caylin, du musst zurück. Dein Körper schwindet.«

Ich schüttelte den Kopf. »Aber wir sind noch nicht fertig. Ich wollte doch noch den Mandelblütentee zusammenstellen.«

»Meine Königin, bitte, es ist Caylin Feuerhaar«, drängte die Wächterin erneut.

Die Königin lächelte liebevoll. »Die Wächterin hat recht. Es ist Zeit für dich zu gehen.«

Sie setzte ihre Hand an ihre Lippen und blies sanft in meine Richtung. Ein Windhauch erfasste und wirbelte mich durch das Schloss, bis ich einen Strudel am

Himmel über mir erkannte und in einem hellen Licht verschwand.

Mit einem Stöhnen kam ich zu mir. Ich lag in einem bequemen, breiten Bett mit einem Baldachin. Mir war heiß. Schweiß lief gefühlt in unendlichen Rinnsalen an meinem Körper herunter. Eine schwere Tagesdecke erdrückte mich fast, während meine Zunge am Gaumen klebte.

»Wasser.«

Ich setzte mich auf und erkannte das Zimmer nicht, in dem ich mich befand. Ein Glas Wasser stand auf einem schweren, hölzernen Nachtschrank. Ich griff danach und trank es in einem Zug leer. Ein Ölgemälde mit Goldrahmen hing an der Wand gegenüber von dem Bett, in dem ich lag. Schwere Vorhänge säumten die bodentiefen Fenster an den etwa drei Meter hohen Wänden, deren Decke mit Stuck verziert war.

Ich schwang meine Beine über die Bettkante. Bevor ich mich mit der Frage beschäftigte, wo ich mich befand, brauchte ich erst einmal ein Badezimmer. Kaum stand ich auf meinen zwei Beinen, schwankte der Boden gefährlich. Ich stürzte und fiel in zwei starke Arme, die mich auffingen. Der Geruch von Zypressenholz empfing mich.

»Du bist noch nicht so weit, aufzustehen«, sagte eine warme Stimme, die in meinem Innersten wohlig vibrierte.

Hmm, wie sehr ich sie liebte. Langsam schaute ich auf und direkt in Marcs dunkle Augen, in denen goldene Sterne tanzten.

»Ich muss unbedingt ins Bad«, murmelte ich und hoffte, dass ich nicht zu sehr verschwitzt roch.

Am liebsten würde ich erst einmal duschen. Aber mit dem labilen Kreislauf würde das wohl warten müssen.

»Mach langsam.« Er hauchte mir einen zärtlichen Kuss auf die Stirn und deutete danach auf eine Tür, die von dem Zimmer abging.

Als ich aus dem Bad herauskam, stand auf dem runden Tisch am Fenster ein Tablett mit Essen. Es duftete herrlich und mein Magen knurrte umgehend. Auch roch ich das Aroma eines mir sehr bekannten Grüntees. Marc saß in einem der wuchtigen Sessel neben dem Tisch und zeigte auf den zweiten.

»Ich hoffe, du hast Hunger.«

»Und wie.« Ich lächelte. »Wo bin ich? Wo sind Aiden und Sheryl?«

Während ich aß, brachte mich Marc auf den aktuellen Stand der Dinge. Ich befand mich in *Chester Hall*. Marc empfand meine halbleere Wohnung als zu ungemütlich, sodass er mich auf das Anwesen der McKenzies einquartiert hatte.

»Du musst dich am Nordtor unterkühlt haben. Jeremy hat mir eine Ladung Medikamente für dich dagelassen.«

»Ich würde nach dem Essen erstmal duschen gehen.«

Marcs Mundwinkel zuckten amüsiert nach oben. »Wie wäre es mit einer Badewanne? Und mir?«

»Das klingt sehr verlockend.«

Als ich am nächsten Morgen in die Küche ging, fühlte ich mich zwar immer noch angeschlagen, aber deutlich besser. John und Greta, die Köchin, begrüßten mich.

»Mr McKenzie und Mr Baxter warten bereits auf Sie in dem kleinen Salon neben der Bibliothek«, informierte mich John.

»Hmm, ich dachte, ich könnte erst noch etwas zu essen machen.«

»Essen gibt es im Salon.«

Ich war es nicht gewohnt, bedient zu werden. Dennoch ging ich in den Salon und fühlte mich ein wenig wie eine Prinzessin. Marc saß an dem runden Tisch, an dem ich mit Mr McKenzie Senior immer Tee getrunken hatte. Marc sah sofort auf und kam mir entgegen.

»Du siehst bedeutend besser aus als gestern.«

Wir setzten uns und John servierte das Frühstück.

»Wo sind Jeremy und Sheryl?«, fragte ich, während ich mir etwas Rührei auf den Teller schaufelte und Tee eingoss.

»Jeremy musste wieder zurück ins Labor. Und Sheryl macht einen Spaziergang im Park«, sagte Marc.

Aiden strich Orangenmarmelade auf ein Weißbrot und biss anschließend hinein. In der Zwischenzeit

tauschten wir ein paar Belanglosigkeiten aus. Nach einer Weile erhob sich Aiden und wischte sich dabei die Hände an einer Serviette ab. Er holte eine Ledermappe von einer Kommode, in der sich ein Schreiben befand, und überreichte sie mir.

»Was ist das?«

»Eine Schenkungsurkunde«, sagte er knapp.

Eine Schenkungsurkunde? Und was sollte ich damit? Wollte er mir etwas schenken?

Während ich weiter meinen Tee trank, begann ich zu lesen. Es ging um die Gewerbefläche in der Fußgängerzone in Chichester. Aiden verschenkte sie an … Meine Augen suchten weiter im Text.

Mich?

Ich verschluckte mich und begann zu husten. Das konnte doch unmöglich sein Ernst sein. Marc lachte leise auf. Er schien meine Gedanken zu lesen. Unterzeichnet war die Urkunde nicht nur von Aiden, sondern auch vom Bürgermeister Mr Wilson.

»Das … das … ich …« Sprachlos starrte ich Aiden an.

»Das Gebäude in der Fußgängerzone gehört ab sofort dir. Ich denke, du kannst mehr damit anfangen als ich. Schließlich hast du vier Jahre lang deinen Tee dort erfolgreich verkauft«, sagte Aiden geschäftsmäßig.

»Ich verstehe nicht, willst du denn gar nicht mehr deine Kanzlei eröffnen?«

»Sheryl zieht es nach London. Sie ist völlig verändert, seitdem sie diesen merkwürdigen Traum hatte. Wir müssen uns erst einmal wieder neu kennenlernen. Unsere Hochzeit haben wir erst einmal verschoben. Und ich habe das dumpfe Gefühl, dass ich mich bei dir

bedanken muss. Ich weiß nicht mehr genau, was vorgefallen ist, aber ich hatte einen Traum, in dem du mir das
Leben gerettet hast. Dieser Traum fühlte sich so real an.
Ich wusste sofort, dass ich dir etwas schuldig bin«, erklärte Aiden.

»Das ist doch selbstverständlich«, murmelte ich fassungslos.

»Nein, das ist es auf gar keinen Fall. Hör mal, es tut
mir wirklich leid, dass ich dich unbedingt aus diesen
Räumlichkeiten raushaben wollte. Im Nachgang betrachtet kann ich unmöglich meine Kanzlei in einem
Spukhaus eröffnen. Und nachdem Sheryl sich mit London arrangieren könnte, wäre das sowieso meine erste
Wahl gewesen. Marc hat noch einen halben Straßenzug
zum Verkauf, den würde ich übernehmen. Damit ist die
South Realty Inc auch wieder auf einem grünen Zweig«,
fuhr Aiden fort.

»Das kann ich auf gar keinen Fall annehmen.«

Ich spürte, wie mir die Hitze durch den Körper
schoss und meine Wangen fühlten sich plötzlich wieder
heiß an. Etwas verwirrt sah mich Aiden an, als hätte ich
etwas Dummes gesagt.

»Warum verkaufst du es nicht an mich, wenn du es
nicht willst?«, fragte ich. »Wir vereinbaren eine Raten-
zahlung.«

Ich wollte niemandem etwas schuldig sein. Und
wenn ich diese Schenkung annahm, hätte ich immer das
Gefühl, dass dem so wäre.

»Mir steht es nicht zu, die Immobilie zu verkaufen.
Aber ich darf sie verschenken. Du kannst damit ab sofort
machen, was du möchtest. Dir gehört auch die zweite

Etage, die bisher leer stand. Du könntest zum Beispiel ein Teecafé eröffnen. Mr Wilson hat auch schon einem Ausbau zugestimmt, sofern er im Sinne der Stadtplanung wäre. Falls du etwas baulich verändern willst.«

Bei allen Teetassen, was hatte er denn alles in die Wege geleitet, während ich krank im Bett gelegen hatte? Marc legte seine Hand auf meine und sah mich liebevoll an.

»Freust du dich? Du willst doch deinen Teeladen wieder zurück, oder?«

Langsam sickerten die Worte von Aiden in mein Bewusstsein. Tränen sammelten sich in meinen Augen und ich begann zu lachen. Natürlich wollte ich meinen Teeladen wiederhaben.

»Sehr! Ich weiß gar nicht, was ich sagen soll.«

Marc griff nach meiner Hand und zog mich auf seinen Schoß. Warm strahlte sein Körper durch meine Kleidung, während mich der Geruch nach Zypressenholz mit einer dezenten blumigen Note umgarnte. Marcs Handy blinkte hell auf und zeigte, dass eine E-Mail eingegangen war.

»Ich will dir auch noch etwas zeigen«, sagte er geheimnisvoll und griff nach seinem Handy.

Er öffnete eine Reihe von Fotos, auf denen ein Cottage zu sehen war. Von außen und auch von innen. Eine große Wohnküche. Ein Arbeitszimmer. Drei Schlafzimmer oben. Und zwei Bäder.

»Gefällt es dir?«, fragte er.

»Es sieht sehr gemütlich aus.«

»Wenn du möchtest, können wir es uns nachher anschauen fahren. Es ist nicht weit von hier entfernt.«

Verwirrt sah ich ihn an. Er zog einen Schlüssel aus der Hosentasche und legte ihn auf den Tisch.

»Der Schlüssel gehört für drei Tage uns. Wir können zu jeder Tages- und Nachtzeit vorbeischauen.«

»Marc!«, stieß ich leise aus.

»Es soll dich nicht bedrängen, Cay. Aber ich habe vor, mein Leben mit dir zu verbringen. Ich würde London den Rücken kehren. Natürlich nur, wenn du das auch möchtest.«

»Aber was wird aus deiner Firma?«

»Die bleibt natürlich. Mein Büro und mein Loft auch. Mr Singh aus China hat einen Teil des Straßenzugs gekauft und sogar schon die Anzahlung überwiesen. Ich werde gelegentlich nach London fahren müssen.«

»Ist das nicht ein wenig zu überstürzt?«

Marc schüttelte den Kopf und deutete auf den Ring an meinem Finger. Demonstrativ legte er seine ringbesetzte Hand daneben.

»Ich finde, wir beide passen nun noch perfekter zusammen. Doch deine Wohnung ist halbleer und ich dachte, dass uns beiden ein Neustart wohnungstechnisch guttun würde.«

Ich schob meine Arme in seinen Nacken und küsste ihn.

»Ich würde es mir sehr gern anschauen und mit dir zusammenziehen. Aber nur, wenn ich mich am Hauskauf beteiligen darf.«

Ich wusste zwar noch nicht, wie ich das Mum und Dad beibringen wollte und auch der alte Sully, der sich schon so über meine Hilfe gefreut hatte, tat mir leid. Dennoch würde ich in Durness, so schön dieses

schottische Dorf auch war, nicht dauerhaft glücklich werden würde.

Er schob seine Unterlippe leicht vor. »Da habe ich nichts einzuwenden.«

Ich konnte nicht anders, als mich zu ihm hinüberzubeugen und meine Lippen auf seine zu legen, denn ich konnte mein Glück kaum fassen. Ich hatte nicht nur meinen Teeladen wieder, sondern der Mann, den ich liebte, wollte mit mir zusammenziehen.

EPILOG

CAYLIN
Sechs Monate später

M ach die Augen zu«, sagte Marc und hielt mir bereits die Hand vors Gesicht, während seine Stimme sich vor Aufregung fast überschlug.

»Dann seh ich aber nicht, wohin ich laufe«, beschwerte ich mich halb lachend.

»Ich führe dich schon.« Er zog mich weiter.

Ich hörte jede Menge Getuschel um mich herum. Die Sonne schien an diesem schönen Sommertag warm auf uns herab.

»Hier kannst du stehenbleiben. Aber noch nicht die Augen öffnen«, sagte Marc.

Seine Hand löste sich aus meinem Gesicht.

»Jane, jetzt«, rief er.

Kurz darauf spürte ich ihn hinter mir. »Jetzt.«

Ich blickte auf meinen umgebauten Teeladen, über dessen Eingang ein neues Schild hing.

Caylins magisches Teehaus

Ich stieß einen freudigen Schrei aus, während Applaus und Jubel ertönte. Sämtliche Ladenbesitzer und Stammkunden hatten sich in der Fußgängerzone um meinen Teeladen versammelt. Luftballons tanzten in der warmen Sommerluft.

»Das Schild ist wunderschön geworden«, sagte ich.

»Ich hatte gehofft, dass es dir gefallen würde.«

»Magisch, ja?«, zog ich ihn neckend auf.

Marc zuckte gleichgültig mit den Schultern. »Ist es das nicht?«

Tatsächlich hatte ich mir überlegt, nur noch einige ausgewählte Teesorten mit Magie anzubieten. Erstens konnte ich nicht ständig die Wächterin für mich beanspruchen und zweitens musste ich Marc recht geben. Mein Tee schmeckte auch ohne.

Nachdem Aiden mir das Haus geschenkt hatte, hatte ich es umbauen lassen. Die Treppe, die in die zweite Etage führte, wurde erneuert und verlegt. Die zweite Etage wurde zu einem Café. Von Elenor bekam ich täglich eine Torte, einen Kuchen und etwas Gebäck aus der Bäckerei. Große, gemütliche Sitzbereiche und Loungesessel hatten wir über die Fläche verteilt. Jane würde es fortan führen. Somit konnte sie ihren schlecht bezahlten Barjob kündigen und trotzdem weiter vormittags studieren. An zwei Wänden gab es mehrere Bücherregale. Der Buchladen schräg gegenüber hatte ein paar Mängelexemplare gespendet. Somit konnte man es sich bei einer Tasse Tee, einem Stück Kuchen und einem Buch gemütlich machen. Mit Tom von nebenan hatte ich vereinbart, dass er regelmäßig frische Blumen vorbeibringt und Ina aus dem Wollladen wollte Strickkurse im Café geben.

Marc hatte Carol, seine Projektplanerin, für den Umbau beauftragt und es war großartig geworden. Es gab ein paar Fördermittel und großzügige Unterstützer von Seiten der Stadt, die dem Objekt endlich einen anderen Ruf geben wollten und glücklich waren, dass ich wieder zurück war.

Marc und mein Cottage am Rande von Chichester, in dem wir seit einem Monat wohnten, war auch fast fertig eingerichtet.

»Herzlichen Glückwunsch zur Neueröffnung«, sagte Mr Wilson feierlich und hob sein Sektglas. »Die Stadt Chichester ist ausgesprochen glücklich, dass das alte Spukhaus im wahrsten Sinne des Wortes Geschichte ist.«

Ich sah mich freudestrahlend um. Marcs gesamte Familie stand am Rand und alle hielten ein Sektglas in die Höhe. Selbst Mum und Dad waren mit Simon aus Schottland gekommen. Ich hatte mich bereit erklärt, die Schaffarm zu übernehmen und Brad als Verwalter in Vollzeit anzustellen. Verdienen tat ich daran nichts, aber wenigstens blieb die Farm im Familienbesitz. Simon hatte mit Fiona ein kleines Cottage in Durness gekauft. Er behielt seine Kanzlei in Edinburgh, sodass er regelmäßig pendelte und Fiona den Laden vom alten Sully übernehmen konnte. Als das feststand, schrumpfte mein schlechtes Gewissen und ich konnte mich endlich auf mein Teehaus konzentrieren.

Ich hob ebenfalls mein Sektglas. »Ich freue mich, dass ihr so zahlreich gekommen seid. Vielen Dank für all eure Unterstützung. Auf magische Teemomente.«

Nachwort und Danksagung

In der Wittenberger Innenstadt gibt es ein Teegeschäft, in dem ich für mein Leben gern einkaufen gehe. Ich liebe den Geruch, wenn ich das Geschäft betrete. Auch ist es super gemütlich eingerichtet. Als ich wieder einmal meinen Teeschrank auffüllen wollte und im Teekontor einkaufen ging, wusste ich, dass ich irgendwann einmal ein Buch schreiben würde mit diesem Setting. Und nichts bietet sich an der Stelle besser an als ein Weihnachtsroman. Schließlich kann man im Winter nicht genug Tee trinken.

Vielen Dank, liebe Frau Höhne, für Ihr wundervolles und inspirierendes Teegeschäft. Ohne Sie gäbe es dieses Buch nicht. Ich komme immer gern zu Ihnen und genieße Ihre Teemischungen sehr.

Ein reiner Liebesroman ist *Wintertee und Feenzauber* nicht geworden. Dafür liebe ich das Genre der Fantasy viel zu sehr. Aber gerade in der Weihnachtszeit liegt so viel Magie in der Luft, sodass sich diese Kombination aus beiden Genres einfach anbietet.

Vielen Dank an jeden Leser, der mein Buch liest. Schreib mir gern, ob es dir gefallen hat oder hinterlasse eine Bewertung. Darüber würde ich mich sehr freuen.

Natürlich gilt mein Dank auch meinem Ehemann, der, wie sollte es anders sein, glücklicherweise meine

Teeleidenschaft teilt. Danke, dass ich mit dir immer meine Gedanken zu meinen Geschichten teilen kann und du mir oft deine Perspektive darüber erzählst.

Danke, liebe Rena, für dein Lektorat und deine vielen Anmerkungen. Es ist immer wieder erfrischend und regt mich oft zum Denken an. Deine Einwände sind so oft berechtigt und am Ende kommt etwas Wundervolles heraus.

Tausend Dank geht an Christin von Giessel Design. Du hast dich mal wieder selbst übertroffen. Das Cover ist atemberaubend geworden.

Danke Petra Schütze für das Korrektorat.

Auch dir, liebe Mira, möchte ich danken fürs Testlesen. Es ist für mich am Anfang immer spannend zu sehen, ob meine Geschichten deinen Kriterien standhalten können. Vielen Dank für deine Zeit und Mühe.

Bis zum nächsten Mal
Eure Zoe

Hat dir *Wintertee und Feenstaub* gefallen? Dann lass doch gern deine Bewertung, z.B. bei Amazon, da. Ich würde mich darüber sehr freuen.

Willst du keine Buchveröffentlichung mehr verpassen?
Auf meiner Website gibt es einen Newsletter, bei dem du dich anmelden kannst. Oder folge mir direkt bei Amazon oder auf meinen anderen sozialen Kanälen.

www.zoe-rosary.com
www.facebook.com/Zoe.Rosary
www.instagram.com/zoe_rosary
tiktok: @zoe_buechervideos
Pinterest: @zoe_rosary
contact@zoe-rosary.com

VORSCHAU

Das Tal der Fabelwesen birgt seit jeher eine ungeahnte Gefahr. Als Tarinija von den Göttern zu Unrecht als Hüterin dorthin verbannt wird, gleicht dies ihrem Todesurteil. Schließlich hat niemand vor ihr lange im Tal überlebt.

Schnell findet sie heraus, dass alle Hüter vor ihr ermordet wurden. Sie versucht aus dem Tal zu fliehen und lernt dabei die Fabelwesen näher kennen. Doch nicht jeder freut sich über ihre Ankunft. Vor allem der launische Panther Noir macht ihr das Leben extrem schwer.

WEITERE BÜCHER DER AUTORIN

Naturgewalten

Erlebe mit Ayeleth nicht nur die Kraft der vier Elemente, sondern begib dich mit ihr auf ein spannendes Abenteuer in die Freiheit. Eine Enemy-to-Lovers High-Fantasy-Geschichte.

Band 1: Naturgewalten – Die Tochter der Elemente
Band 2: Naturgewalten – Die Insel der Götter

Eyaland

Als Prinzessin Linea den Sväreos Anführer Ryen das erste Mal trifft, wirbeln nicht nur ihre Gefühle unkontrolliert durcheinander, sondern die Vergangenheit scheint auf magische Weise die Gegenwart zu küssen. Doch wie sieht die Zukunft des Landes aus? Ein High-Fantasy-Romance-Abenteuer mit dystopischen Elementen.

Band 1: Das Herz der Sväreos
Band 2: Der Kuss der Kälte
Band 3: Die Nebel der Tvibura Fjålls
Sammelband: Eyaland – Das Flüstern der Nebel

Die Chroniken der Drachenperle

Seit 150 Jahren ist Prinzessin Tarinija von Latura spurlos verschwunden. Laut der Prophezeiung des heiligen Orakels sollen sieben magische Fragmente einer Perle sie zurückbringen. Unglücklicherweise sind diese quer in der Welt der Menschen zerstreut. Und nur eine einzige Frau kann sie finden.

Ein episches Urban-Fantasy-Abenteuer mit Romance-Anteilen

Band 1: Perlensplitter (auch als Hörbuch verfügbar)
Band 2: Drachenperle
Band 3: Weltendrache

Götterspiel – Das Geheimnis der hängenden Gärten (auch als Hörbuch verfügbar)

Im ewigen Eis auf der Nachtseite Kardeiras gilt Narjas ganze Leidenschaft der Jagd. Als sie ohne ihren Partner von einer Jagd zurückkehrt, degradiert Herdenführer Tjaris sie zum Teesammeln im Wald der glühenden Bäume. Frustriert macht sie von dort einen Abstecher in die nahegelegene Zone und fällt dem Wächter des verwunschenen Gartens in die Hände.

High-Fantasy-Abenteuer kombiniert mit einer Second-Chance-Love Story

Sturmwellen

Als Maeve die Nachfolge ihres Vaters antreten soll und die Regentschaft des Meervolks für den Atlantik übernimmt, bittet sie ihren Bruder Amael um Hilfe. Doch dieser verfolgt gänzlich andere Pläne als sie. Als Maeve dann auch noch einen Menschen kennenlernt und dieser ihr Herz bewegt, geht es nicht nur unter Wasser, sondern auch an Land stürmisch einher.
Märchenhaftes Climate-Fantasy

Band 1: Sturmwellen – Schwerelos im Meer (auch als Hörbuch verfügbar)
Band 2: Sturmwellen – Der König des Atlantiks